Alexa Hennig von Lange

Ach wie gut, dass niemand weiß …

DIE AUTORIN

Alexa Hennig von Lange wurde 1973 geboren und begann bereits mit acht Jahren zu schreiben. 1997 erschien ihr Debütroman Relax, mit dem sie über Nacht zu einer der erfolgreichsten Autorinnen und zur Stimme ihrer Generation wurde. 2002 bekam sie den Deutschen Jugendliteraturpreis. Es folgten zahlreiche Romane für Erwachsene wie Jugendliche und Kinder, außerdem Erzählungen und Theaterstücke. Alexa Hennig von Lange lebt mit ihrem Mann und ihren Kindern in Berlin.

Von der Autorin ist bereits bei cbt erschienen:

Leute, ich fühle mich leicht! (30709, Band 1)
Leute, mein Herz glüht! (30748, Band 2)
Leute, die Liebe schockt! (30770, Band 3)
Leute, das Leben ist wild! (30807, Band 4)

Der Atem der Angst (30977)

Die Welt ist kein Ozean (16296)

Alexa Hennig von Lange

Ach wie gut, dass niemand weiß …

cbt

Der Verlag weist ausdrücklich darauf hin, dass im Text enthaltene externe Links vom Verlag nur bis zum Zeitpunkt der Buchveröffentlichung eingesehen werden konnten. Auf spätere Veränderungen hat der Verlag keinerlei Einfluss. Eine Haftung des Verlags ist daher ausgeschlossen.

MIX
Papier aus verantwortungsvollen Quellen
FSC® C014496

Verlagsgruppe Random House FSC® N001967

1. Auflage
Erstmals als cbt Taschenbuch September 2016

Umschlaggestaltung: Geviert, Grafik & Typografie
unter Verwendung von Motiven von
© Shutterstock (Aleshyn Andrei)
jb · Herstellung: LW
Satz: KompetenzCenter, Mönchengladbach
Druck und Bindung: GGP Media GmbH, Pößneck
ISBN: 978-3-570-31065-6
Printed in Germany

www.cbt-buecher.de

Eins

1. Tag

»Los! Raus mit dir! Du hast lange genug depressiv rumgesessen.« Juno und Nana schleifen mich hinter sich her durch unseren Vorgarten und katapultieren mich in den Wagen, den Lil hinter den Büschen vor unserem Haus geparkt hat. »Du lenkst dich jetzt ab!«

Ich bin nicht sonderlich überzeugt von der Idee meiner drei besten Freundinnen, mich in dieser Sommernacht im Schlabberlook auf die Straße zu zerren, damit ich meinen Liebeskummer vergesse. Was soll das bringen? Ich werde nie über Jean hinwegkommen. Wir waren ein Jahr und drei Monate zusammen, und plötzlich hat er in den Sommerferien im Tenniscamp mit einem anderen Mädchen etwas angefangen und mir einen Tag vor Schulbeginn auf Facebook geschrieben, dass es mit uns vorbei ist.

»Dieser Feigling!«, schimpft Lil und startet den Motor. Sie hat sich – ohne überhaupt einen Führerschein zu besitzen – wieder mal den riesigen schwarzen Mercedes ihres Vaters genommen. Das macht sie andauernd. Diesmal zum Ausgleich, weil ihre Eltern schon wieder im

Italien-Urlaub sind. Aber Lil macht sowieso, was sie will. Koste es, was es wolle. Hauptsache, sie hat ihren Spaß. Sie sagt: »Niemand wird von der Aktion etwas merken, solange wir keine Cola verschütten oder Softeis auf den Sitzen verteilen.«

Hallo!? Wir sind keine Assis. Auch wenn mein Outfit gerade total danach aussieht: Badelatschen, T-Shirt und Jogginghose. Vorgestern habe ich mir zum letzten Mal die Haare gewaschen. Meine Mutter würde Anfälle kriegen, wenn sie wüsste, dass ich so aus dem Haus gehe. Aber fürs ausgedehnte Beautyprogramm bin ich einfach zu niedergeschlagen. Es kostet mich schon Kraft, mir die Zähne zu putzen. Seit einer Woche kämpfe ich mich durchs Leben und fühle mich ohne Freund wie eine Ausgestoßene der Gesellschaft. Komplett minderwertig. Heute habe ich mir nicht mal mehr meine Wimpern getuscht. Eigentlich ein absolutes No-Go. Ich seufze: »Und wohin fahren wir?«

Nana rutscht neben mich. »Auf so eine Dachgartenparty von ein paar Jungs, die mit Nick Basketball spielen. Er meint, dass die cool sind.«

Wow! Klingt echt toll. Nick ist Nanas Freund. Er ist zwei Meter groß, will Profi-Basketballer werden und er ist nicht gerade der Hellste.

Als hätte Nana meine Gedanken gelesen, fügt sie eilig hinzu: »Außerdem fangen die meisten von ihnen im Herbst an zu studieren.«

Das ist natürlich ganz was anderes! Ich sage: »Könnt ihr da nicht ohne mich hingehen? Guck mal, wie ich aussehe!«

Mir ist definitiv nicht nach Party zumute. Ich will zurück in mein Bett, bei Kerzenschein traurige Songs hören und die Fotos von Jean und mir anstarren, die ich als riesige Erinnerungskollage rund um mein Bett an die Wände geklebt habe. Warum hat mir niemand gesagt, dass Liebeskummer so wehtut? Dann hätte ich mich erst gar nicht in ihn verliebt.

»Vergiss dein Outfit!« Juno dreht sich zu mir um, wobei ihre riesigen goldenen Ohrringe schlenkern. Sie sitzt vorne auf dem Beifahrersitz und tippt in Lichtgeschwindigkeit irgendwelche Nachrichten in ihr Smartphone. »Auf dieser Party werden nur Sportler sein, thematisch liegst du da mit deiner Jogginghose also genau richtig. Perfekt, um sich einen davon als neuen Freund zu angeln.«

»Ich will aber keinen neuen Freund!« Schon gar keinen Basketballer! Zwei Meter sind mir definitiv zu groß.

Bevor ich wieder aussteigen kann, rast Lil schon die Straße runter und dreht die Musik auf. »Was hast du gesagt? Wir können dich nicht hören!«

»Ich habe gesagt, ich will keinen neuen Freund.«

Juno dreht die Musik wieder leiser und wirft Nana einen genervten Blick über die Schulter zu. Von wegen, dass ich mich mit meinem Liebeskummer langsam mal wieder einkriegen sollte. Dann sieht sie mich durchdringend an. »Jetzt hör mal gut zu, Baby! Du wirst Jean schön den Beweis liefern, dass er dich verloren hat und nicht du ihn. Alles klar? Dieser Trottel muss kapieren, dass du das Wertvollste warst, was er je besessen hat! Er ist der Verlierer – nicht du! Alles klar? Wenn du ihm das gezeigt hast, wird es dir gleich besser gehen.«

Juno muss es ja wissen, die tut alles, um sich ja nie zu verlieben, damit ihr Herz nie gebrochen werden kann.

Nana nickt. »Wir freuen uns schon darauf, wenn wir ihm morgen in der Schule sagen können, dass du bereits wieder einen neuen, unheimlich heißen Freund hast, der dich auf Händen trägt.«

»Wozu?« Ich starre meine Freundinnen an. Ich weiß natürlich, was das Ganze soll. Es geht ihnen nicht um mein Herz, das zertrümmert in meinem Brustkorb mit letzter Kraft ein müdes Pulsieren von sich gibt. Sie wollen Rache und einen Warnschuss an alle Jungs dieser Welt abgeben, ihnen ja nie wehzutun.

Wir fahren die hell erleuchtete Zufahrtsstraße runter und dann direkt zu Kentucky Fried Chicken auf den Parkplatz, wo sich um diese Uhrzeit sämtliche Leute in unserem Alter in den schicken Wagen ihrer Eltern versammeln. Meine drei besten Freundinnen wollen sich Hähnchenteile mit Kartoffelpüree kaufen und ihr Aussehen im Toilettenspiegel überprüfen. Das Bei-KFC-Vorbeifahren gehört seit jeher zum nächtlichen Ausgehritual unseres Viertels. Keine Ahnung, warum. Vermutlich gilt das als echt wild. Juno steht besonders drauf, weil sie irgendwo gelesen hat, dass in Hühnchen ganz viel Proteine sind, die nicht dick machen, und es auf den meisten Partys nichts zu essen, dafür aber Unmengen zu trinken gibt. Um da nicht gleich komplett neben der Spur zu sein, ist es gut, ein bisschen was im Magen zu haben.

Ich knibbele an meinen lackierten Fingernägeln herum und stelle mir zum zehntausendsten Mal vor, wie Jean dieses Tenniscamp-Mädchen küsst und sich von ihr abgeschmackte Verlockungen ins Ohr flüstern lässt. Ich murmele: »Sollte ich jemals rausfinden, wie sie heißt und wo sie wohnt, werde ich ihr alle Haare einzeln ausreißen. Das ist komplett gewissenlos, einem anderen Mädchen den Freund auszuspannen …«

Nana stupst mich von der Seite an. »He, Babe! Jetzt werd nicht schon wieder depressiv. Vergiss sie einfach! Sie hat überhaupt nicht verdient, dass du ständig über sie nachdenkst. Oder hast du wirklich geglaubt, dass Jean und du zusammenbleiben und irgendwann heiraten würdet? Hallo! Dornröschen! Das Leben ist kein Märchen!«

Juno lässt ihren Sicherheitsgurt nach hinten schnalzen und wirft mir verschwörerische Blicke zu. »Vertrau uns. Es werden noch tausend heißere Jungs vorbeikommen, und du wirst froh sein, dass du dich nicht an den Erstbesten gekettet hast. Lenk dich mit einem von diesen durchtrainierten Basketballern ab, und übermorgen weißt du nicht mal mehr, wer Jean war!«

Lil parkt den Wagen mit Schwung auf dem letzten freien Platz, der etwas abseits im Dunklen liegt, wobei sie dem daneben stehenden Sportwagen fast den Seitenspiegel abfährt. »Es ist einfach komplett mittelalterlich, dass Jean eure Beziehung beendet hat und nicht du. Was glaubt der eigentlich, wer er ist? Sexiest Man Alive?! Wir lassen uns von ihm nicht den Glauben an die weibliche Macht nehmen.«

»Alles klar!« Ich lächele gequält.

Weibliche Macht! Was soll das denn bitte sein? Die Drei haben null Ahnung von echter Liebe. Die waren noch nie richtig verliebt. Juno verbietet sich jedes romantische Gefühl, schläft wahllos mit irgendwelchen Jungs und bricht ihnen anschließend das Herz. Lil wartet auf den einen, den sie heiraten will. Und Nana ist auch nur mit Nick zusammen, um nicht grundlos die Pille zu nehmen. Sie werden noch dahinterkommen, dass man einen geliebten Menschen nicht einfach so durch einen neuen ersetzen kann. Ein gebrochenes Herz bleibt für ewig gebrochen. Das weiß jeder, der so was schon mal durchgemacht hat.

Meine drei Freundinnen steigen aus. Ich bleibe sitzen.

Nana beugt sich in ihrem weitausgeschnittenen Tank-Top zu mir runter ins Wageninnere. Mit diesem Push-up-Mörder-Dekolleté hätte mich meine Mutter niemals vor die Tür gelassen. »Kommst du nicht mit rein, Sina?«

Ich schüttele den Kopf. »Ich warte hier draußen auf euch.« Ich senke meinen Blick auf meine abgeblätterten Fingernägel. Das totale Symbol für mein zerstörtes Leben.

»Glaub aber nicht, dass ich dir eins von meinen Chickenteilen abgebe!« Nana schlägt die Wagentür zu.

»Ich habe sowieso keinen Hunger«, sage ich zum leeren Wageninneren.

Ich sehe meinen drei besten Freundinnen traurig nach. Sie laufen in ihren Leggings, Blusen und Ketten und allem, was sie sich sonst noch angezogen und umgehängt haben, auf den Seiteneingang des überfüllten KFC zu und lassen mich im Wagen sitzen. Bevor sie drinnen verschwinden, höre ich noch, wie Juno quer über den Platz schreit: »Und hau ja nicht ab, Sina! Wir finden dich überall!«

»Alles klar!« Schön, dass jetzt alle wissen, wie ich heiße!

Ich versinke auf dem Lederrücksitz und lasse meinen Blick durchs offene Fenster über den dunklen Parkplatz schweifen. Schließlich bleibt er an einem Jungen hängen, der direkt neben dem Kaugummiautomaten an seinem Motorrad lehnt. Er wirkt ganz und gar gelassen, als sei der Parkplatz der beste Ort, um den Abend dort zu verbringen. Sein ebenmäßiges Gesicht schimmert im milchigen Licht der Laterne. Er trägt ein weißes T-Shirt, sodass seine muskulösen Arme gut zur Geltung kommen. Aber da ist noch etwas anderes an ihm, was meine Aufmerksamkeit nicht mehr loslässt. Ich kann nicht sagen, was es ist. Vielleicht ahne ich zu diesem Zeitpunkt schon, was als Nächstes passieren wird. Vielleicht passiert es auch nur, weil ich ihn anstarre. Vielleicht passiert all das Unglaubliche, das von nun an passieren wird, nur, damit wir am Ende zu den beiden werden, die wir sein sollen.

Inzwischen sieht auch er mich an, als würden wir uns von irgendwoher kennen. Total magisch. Obwohl ich dafür definitiv nicht in der Stimmung bin, steige ich aus dem Auto aus. Eigentlich habe ich überhaupt keine Lust dazu, denn ich hatte fest vor, mich da auf der Rückbank ausgiebig in meinen schmerzvollen Fantasien von Jean und dem Mädchen zu suhlen, bis meine Freundinnen zurückkommen. Es ist, als wäre ich bereits süchtig nach diesem Schmerz. Stattdessen trete ich jetzt ein Stück vom Wagen weg. Ich stehe da in meiner Jogginghose und den pinken Badelatschen. Meine langen, welligen Haare habe ich zu einem losen Zopf geflochten. Nicht gerade sexy.

Der Junge behält mich im Auge, wie ich langsam rüber

zum Automaten schlendere, an dem ich mir normalerweise immer eine Kaugummikugel ziehe, um zu wissen, wie sich mein Leben entwickeln wird. Rot bedeutet: Ich werde Glück in der Liebe haben. Gelb bedeutet: Ich werde später weltberühmt sein. (Ich weiß, ein total peinlicher Babywunsch.) Weiß bedeutet: Ich werde megareich sein. Und eine blaue Kugel bedeutet: Ich werde Pech in der Liebe haben und einsam sterben.

Als ich vor einer Woche eine Kaugummikugel gezogen habe, war sie blau. Der totale Schock! Und einen Tag später hat sich Jean von mir getrennt. Hätte ich damals bloß keine Kugel gezogen! Dann wären wir vermutlich noch zusammen!

Ich stelle mich vor den Automaten und stecke ein Zwanzig-Cent-Stück in den Schlitz. Was soll mir jetzt noch passieren? Was Schlimmeres, als einsam zu sterben, gibt es nicht. Es kann also nur aufwärts gehen. Leider rutscht das Geldstück vorbei und kullert direkt in den Gully. Super! Bevor ich mich richtig aufregen kann, steht der Junge im weißen T-Shirt neben mir und sagt mit sanfter Stimme: »Warte, ich kauf dir eine.«

Er lächelt mich kaum merklich an, wirft zwanzig Cent ein und dreht langsam den Griff herum. Er hat unglaublich schöne Hände, wie ich dankbar feststelle. Im Automaten klackert es. Für einen Augenblick stehen wir reglos nebeneinander, ich konzentriere mich voll auf seine weißen Sneaker, dann fragt er: »Willst du nicht nachsehen, welche Farbe du hast?«

»Wieso?« Ich hebe meinen Kopf und starre ihn mit großen Augen an. Kennt er mein Spiel?

Er grinst. »Was ist? Rot bedeutet: Du wirst Glück in der Liebe haben. Und Weiß bedeutet: Du wirst reich sein. Oder nicht? Jedenfalls ist es bei mir so. Ich spiele das Kaugummispiel, seit ich zehn bin.«

Ich nicke und flüstere ein ersticktes »Ich auch!« Wie kann das sein? Spielt dieser Junge wirklich mein albernes Kaugummikugelspiel? Das ist unmöglich! Ich dachte, ich sei die Einzige weltweit.

»Und? Was wünschst du dir? Geld oder Liebe?«

Seine wunderschönen tiefdunkelgrünen Augen, die von dichten, gebogenen Wimpern umrandet sind, verschmelzen mit meinen. Vor Aufregung kriege ich keinen Ton heraus. Meine Zunge hat sich in meinem Mund verknotet, sodass ich ihn nur noch anstarren kann.

Da ich mich nicht rühre, öffnet er schließlich die silberne Automatenklappe, nimmt die Kugel und legt sie mir wie eine kostbare Perle in die offene Hand. »Hier. Sie gehört dir. Ich hoffe, es ist die richtige Farbe!«

Er verschließt meine Hand mit seiner Hand. Auf der Innenseite seines Unterarms zieht sich eine große Tätowierung vom Handgelenk bis hoch zur Armbeuge. Ein Messer, um das sich eine Schlange windet. Er kann nicht von hier sein. In dieser wohlbehüteten Gegend hat niemand ein Tattoo. Schon gar kein Messer, um das sich eine Schlange windet. So eins haben nur die knallharten Jungs aus dem Viertel jenseits des Kanals, mit denen Mädchen wie wir niemals auch nur reden würden.

Er lächelt. »Pass gut darauf auf.« Dann verschwindet er zu seinem Motorrad, ohne sich noch einmal nach mir umzudrehen. Was um Himmels willen war das denn bitte?

Ich öffne meine Hand und halte sie ins fahle Licht der Laterne. Die Kugel ist rot! Glück in der Liebe! Mein Herz wummert. Was hat das nun wieder zu bedeuten? Dass ich nicht einsam sterben werde! Ich sehe hinüber zu dem Jungen, der an seinem Motorrad lehnt und meinen Blick erwidert. Seltsam genug, dass er sich überhaupt hierhertraut.

Eigentlich will ich sofort in den Laden rennen, um meinen drei besten Freundinnen aufgeregt zu berichten, was hier draußen auf dem Parkplatz gerade abgegangen ist. Aber ich kann mich nicht rühren. Also sehe ich schnell in die andere Richtung, um mich von dem Jungen abzulenken. Ich will ihn vergessen. Das alles hat nichts zu bedeuten. Reiner Zufall. Ich bin in Trauer. Mein Herz ist gebrochen. Ich will nichts von ihm. Er kommt aus einer Gegend, in der Messerstechereien, Drogendeals, bissige Hunde mit Maulkörben und illegale Boxkämpfe an der Tagesordnung sind. Das weiß ich von meinem Vater. Der ist Oberstaatsanwalt. Niemals würde ich da freiwillig einen Fuß reinsetzen.

Aber etwas sagt mir, dass zwischen diesem Jungen und mir etwas begonnen hat und alles Weitere zwischen uns bereits vorbestimmt ist. Das klingt jetzt vermutlich komplett abgedreht, aber diejenigen, die in ihrem Leben schon mal eine derartig verrückte Situation erlebt haben, werden bestätigen, dass man sich in so einem Moment gar nicht mehr anstrengt, zu entkommen. Weil es zwecklos ist. Es ist in etwa so, als würde man versuchen, in zehntausend Meter Höhe aus einem brennenden Flugzeug zu entfliehen. Das kannst du total vergessen. Du musst dich hingeben und darauf vertrauen, dass irgendeine unbekannte Macht dich retten wird oder du es zumindest schaffst, cool zu bleiben, bis alles vorbei ist. Mehr kannst du nicht tun. Ab jetzt hat das Schicksal die Steuerung übernommen.

Meine drei besten Freundinnen kommen wieder aus dem KFC raus, umhüllt von einer Duftwolke aus drei verschiedenen superteuren Parfüms. Aber ohne Chickenteile. Sie reden wild durcheinander. Über ihre Sommerbräune, Sonnenbrand, Sonnenstich und endlose Warteschlangen bei KFC.

Lil klimpert mit dem Autoschlüssel und setzt sich wieder hinters Lenkrad. »Steig ein, Baby! Wir holen uns woanders was zu essen. Bis du da drinnen an der Reihe bist, ist die Nacht vorbei.«

Doch bevor ich mich zu den anderen in den Wagen setzen kann, reißt mich jemand ohne Vorwarnung rückwärts ins Gebüsch. Ich stürze. Spitze Äste kratzen über meine nackten Arme, mein Gesicht. Ehe ich überhaupt verstehe, was los ist, werde ich immer tiefer ins Gebüsch gezerrt. Wie das wehrlose Opfer eines Raubtieres. Meine Haare bleiben in den Zweigen hängen. Ein scharfkantiger Stein bohrt sich von unten in meinen Oberschenkel. Was zur Hölle soll das? Ich schlage um mich und versuche, mich mit aller Macht zu befreien. »Lass mich los!«

Doch der Klammergriff um meinen Oberkörper wird immer enger. Draußen auf dem Parkplatz höre ich meine Freundinnen kreischen. Um mich herum ist nichts als ein Netz von Zweigen. Dahinter Dunkelheit, durchwoben vom gelblichen Licht der Parkplatzlaterne. Ich will schreien.

Aber ich kriege kaum Luft. Von hinten wird mir der Mund zugehalten und meine Handgelenke werden fest umklammert. Ich strampele, bis die Beine meiner Jogginghose bis zu den Knien hochgerutscht sind und meine Waden von den Ästen zerkratzt sind. Es bringt nichts. Der, der mich von hinten festhält, ist viel stärker als ich.

Er flüstert in mein Ohr: »Beruhig dich! Es ist alles gut!«

Mein Herz hämmert. Es ist alles gut? Hier ist überhaupt nichts gut! Ich habe unfassbare Angst! Ich weiß nicht, was das zu bedeuten hat! Ich weiß nicht, wer mir den Mund zuhält! Ich weiß nicht, was dieser Jemand mit mir vorhat! Ich höre meine Freundinnen schreien. Ich versuche, in diese fremde Hand zu beißen, um mich zu schlagen und zu treten. Doch gegen diesen Jemand bin ich machtlos. Ich höre Lil ein letztes Mal aufschreien. Dann quietschen Autoreifen, das aufheulende Motorengeräusch entfernt sich und mit einem Schlag ist es totenstill. Bis auf das gleichmäßige Atmen an meinem Ohr. »Beruhig dich! Und hör endlich auf, so herumzustrampeln!«, wispert die Stimme heiser.

Schließlich gehorche ich, weil ich gegen die Umklammerung sowieso nicht ankomme.

Als ich ganz ruhig bin, flüstert die Stimme: »Ich verschwinde jetzt. Wenn dich jemand fragt: Du hast mich nie gesehen. Kann ich dir vertrauen?«

Jetzt schaffe ich es, zumindest zu nicken. Er kann mir vertrauen. Ich tue alles, was er will, solange er nur verschwindet. Außerdem habe ich ihn sowieso nicht gesehen. Oder doch?

Wie durch Watte höre ich aufgeregte Stimmen auf dem Parkplatz. Irgendwelche Leute scheinen mit ihren Handys die Polizei und einen Krankenwagen zu rufen. Was genau los ist, kann ich nicht verstehen. Sind wir überfallen worden? Von wem und warum? Sind meine Freundinnen verletzt? Sind sie in Sicherheit? Was wird mit mir passieren? In meinem Kopf rauscht es. Ich glaube nicht ans Übersinnliche. Ich glaube nur an das, was ich spüre. Obwohl ich denjenigen, der mir da von hinten noch immer den Mund zuhält und meine Handgelenke umklammert, nicht habe kommen sehen, weiß ich plötzlich ohne jeden Zweifel, wer es ist. Es ist der Junge, der mir erst vor ein paar Minuten die rote Kaugummikugel aus dem Automaten gezogen hat. Was soll das alles? Wusste er, was gleich passieren würde? War das geplant?

Er murmelt in meine Haare: »Entschuldige, ich wollte dich nicht erschrecken.« Dann lässt er mich endlich los und verschwindet beinahe lautlos durchs Gebüsch, Richtung Zufahrtstraße.

Ich sollte es vermutlich nicht tun, aber ich drehe mich trotzdem um und sehe in der Dunkelheit die Reflektoren an seinen weißen Sneakern aufleuchten. Er war es tatsächlich! Warum hat er das getan? Um mich zu beschützen? Warum verschwindet er einfach und lässt mich allein zurück? Hat er mit dem zu tun, was da draußen auf dem Parkplatz passiert ist? Ist er gut oder ist er böse?

Noch immer nehme ich seinen Geruch wahr. Noch immer höre ich seine sanfte Stimme. Ich spüre seinen kräftigen Griff um meine Handgelenke. Mit einer Hand muss er beide gleichzeitig umklammert haben. Ich fühle seine

Brust an meinem Rücken, seinen Atem. Ich versuche, mich zwischen den Zweigen aufzusetzen, und bemerke erst jetzt wieder die Kaugummikugel in meiner Hand. Soll ich sie in das Gewirr aus Ästen fallen lassen oder behalten? Obwohl ich auf all diese Fragen keine Antworten finde, weiß ich in diesem Augenblick, dass ich in eine neue Welt eingetreten bin, von der ich bisher nicht einmal geahnt habe, dass es sie für mich gibt.

Zwei

2. Tag

»Hey! Wie geht es dir?«

Total übernächtigt zwänge ich mich am nächsten Morgen durch den Türspalt zu Lil ins Krankenzimmer. Meine Eltern haben mich direkt vor dem Krankenhaus abgesetzt und chauffieren jetzt meine zwei Jahre jüngere Schwester Franziska zum Reiten. In einer halben Stunde holen sie mich wieder ab.

Wenn es nach meiner Mutter geht, setze ich ohne sie nie wieder einen Schritt vor die Tür. Endlich hat sich für sie bewahrheitet, was sie schon ihr Leben lang befürchtet hat: dass wir in einer bösen, bösen Welt leben. Trotz der Katastrophe von letzter Nacht bin ich noch nicht bereit, die Welt so dramatisch negativ zu sehen. Auch wenn Juno und Nana von diesen Kerlen im Auto mitgenommen und erst eine Stunde später auf einer Landstraße wieder freigelassen wurden. Bestimmt ist es komplett dumm, zu glauben, dass mich der Junge, der mich ins Gebüsch gezerrt hat, beschützen wollte. Wahrscheinlich war er Teil des ganzen Überfalls. Aus welchem Grund sollte er sonst so schnell verschwunden sein? Obwohl ich ihn verachten und verdammen sollte, hofft etwas in mir darauf, ihn wiederzusehen.

»Hey, Babe.« Lil hebt müde die Hand, in der eine Kanüle steckt, die über einen dünnen Plastikschlauch mit einem Infusionsbeutel verbunden ist. »Danke, dass du gekommen bist.«

Sie sieht furchtbar aus. Gerade erinnert nichts mehr an die wilde, haltlose Lil. Bei dem Angriff hat sie ziemlich was abbekommen. Ihre eine Gesichtshälfte ist dunkellila und geschwollen. Einer der drei Typen, die den Mercedes ihres Vaters geklaut und unsere beiden Freundinnen mitgenommen haben, hat sie zu Boden gestoßen. Dabei ist sie mit dem Kopf aufgeschlagen.

Ich lächele möglichst unbekümmert. »Wie geht es dir, Baby?«

Sie versucht, ebenfalls zu lächeln. »Frag nicht. Und tu nicht so, als sähe ich nicht aus, als hätte ich eine halbe Pizza im Gesicht.«

Ich setze mich zu ihr auf die Bettkante und gebe mein Bestes, mir mein Entsetzen nicht anmerken zu lassen. »Hast du Schmerzen?«

Sie schüttelt kaum merklich den Kopf und guckt hinauf zum Fernseher, der von der Zimmerdecke hängt. »Sie haben mir Schmerzmittel gegeben. Mir ist nur schlecht. Und vermutlich werde ich für den Rest meines Lebens aussehen wie ein Monster.«

Ich greife nach ihrer Hand und halte sie fest. »Niemals! Und wenn doch klebe ich mir aus Solidarität eine Pizza Margarita ins Gesicht.«

Sie flüstert: »Nimm lieber eine Pizza Quattro Stagioni mit viel Käse.«

Dann fängt sie plötzlich an zu weinen und fällt mir um den Hals. Ich halte sie ganz fest. Es tut mir so leid, was ihr passiert ist. Über Lils Schulter sehe ich den Schauplatz von letzter Nacht über die Mattscheibe flimmern. Der Parkplatz von KFC ist in den Nachrichten. Zu Hause haben wir uns die Bilder schon beim Frühstück angeguckt, ohne dass ich sie auch nur ansatzweise mit mir in Verbindung bringen konnte. All das scheint schon so lange her. Der Junge und ich im Gebüsch. Sein fester Griff um meine Handgelenke. Seine Stimme: »Kann ich dir vertrauen?« Sein Atem in meinem Haar. Die rote Kaugummikugel, die die ganze Zeit über in meiner Hand lag. Wie ein unwirklicher Traum.

Lil richtet sich wieder auf und sagt leise mit belegter Stimme: »Ich habe sie nicht kommen sehen. Es ging so wahnsinnig schnell. Als hätten diese Typen alles geplant.«

»Wie sollen sie das geplant haben? Sie wussten ja gar nicht, dass wir da auftauchen«, erwidere ich und wische Lil eine Träne von der Wange. Obwohl auch ich das Gefühl nicht loswerde, dass der Überfall kein reiner Zufall war. Warum hätten sie dann Nana und Juno mitnehmen sollen, wenn es ihnen nur um das Auto ging?

»Ich hab jetzt schon Angst, wenn meine Eltern hier heute Nachmittag aus Italien auflaufen. Meine Mutter ist durchgedreht, als sie gehört hat, was passiert ist. Das hat ihr gerade noch gefehlt, im Urlaub von der Polizei angerufen zu werden. Ich habe ihre Standpauke schon im Ohr.

Lil, du bist unverantwortlich! Lil, du hast keinen Führerschein! Lil, hättest du den Wagen nicht genommen, wäre das alles nicht passiert.« Nach einer kurzen Pause fragt sie leise: »Meinst du, ich bin an allem schuld?«

»Vergiss es, Schatz.« Ich winke ab und mache ein harmloses Gesicht. »In unserem Alter macht man nun mal Blödsinn. Kann ja keiner ahnen, dass uns diese Idioten überfallen. Hallo! Wir waren bei KFC! Das ist normalerweise total sicheres Gelände!«

Ich grinse aufmunternd, wobei klar ist, dass noch ordentlich Ärger auf Lil zukommen wird. Das Auto ist weg, die Polizei weiß, dass sie ohne Führerschein gefahren ist, und ihre Eltern verstehen keinen Spaß, wenn es um unerlaubte Aktionen geht. Aber wessen Eltern tun das überhaupt? Meine Mutter flippt schon aus, wenn ich zehn Minuten zu spät nach Hause komme. Von wegen: Auf mich sei kein Verlass.

Ich sage: »Deine Eltern werden froh sein, dass dir nicht noch was Schlimmeres passiert ist. Glaub mir. Die werden dich abküssen.«

»Du bist süß!« Lil lächelt wenig überzeugt und guckt wieder hoch zum Fernseher.

Auf den Nachrichtenbildern ist nicht viel zu sehen, außer einer Traube von aufgeregten Leuten, die in T-Shirts und Jeans auf dem nächtlichen Parkplatz hinter der Polizeiabsperrung aus gelbem Flatterband stehen. Innerhalb der Absperrung liegen Junos Tasche und meine Badelatschen. Beinahe vollständig von den Sanitätern verdeckt, liegt Lil reglos am Boden.

»Wo warst du eigentlich, als sie kamen?« Lil blinzelt

mich an und streicht sich mit ihrer verbundenen Hand eine Haarsträhne aus dem geschwollenen Gesicht.

Ich schlucke. Für einen Moment klingt ihre Stimme vorwurfsvoll. Als hätte ich das Ganze verhindern können. Oder ist das nur mein schlechtes Gewissen, das zu mir spricht? Weil mir als Einziger nichts passiert ist? »Erinnerst du dich nicht mehr? Ich … Ich stand zwischen dem Auto und den Sträuchern«, stottere ich und zeige hoch zum Fernseher. »Und plötzlich kam jemand von hinten und hat mich in die Büsche gezerrt.«

Lil atmet tief ein. »Würdest du ihn wiedererkennen?«

»Nein. Ich hab ihn nicht gesehen«, flüstere ich und senke meinen Blick Richtung Boden, wo Lils Ballerinas stehen. »Er hat mir von hinten den Mund zugehalten und ist in die Dunkelheit verschwunden, als die Leute auf dem Parkplatz die Polizei gerufen haben. Bestimmt hatte er mit all dem sowieso nichts zu tun.«

»Warum ist er dann abgehauen?«

»Vielleicht weil er nicht in die Sache hineingezogen werden wollte«, gebe ich zu bedenken. »Schließlich hat er sich zwischen uns und diese Kerle geworfen.«

»Du meinst, zwischen *dich* und diese Kerle … Glaubst du, sie hätten dich sonst auch noch mitgenommen?« Lil zupft am Verband ihrer aufgeschürften Hand herum. Eine Träne tropft darauf. Irgendwie wirkt die Verletzung erschreckend, weil Lil normalerweise total viel Wert auf perfekte Hände mit perfekten Fingernägeln legt.

Mein Blick schwebt wieder zurück zu den Fernsehbildern. »Ich weiß es nicht.« Ich weiß es wirklich nicht. Und doch sage ich nicht ganz die Wahrheit: Ich habe den

Jungen gesehen. Und er hat mir das Versprechen abgenommen, dass ich ihn nicht verrate. Was nur bedeuten kann, dass er Teil der Gang war. Warum er mich gerettet hat – keine Ahnung. War es der kurze Moment vor dem Kaugummiautomaten, der ihn dazu gebracht hat? Schwer zu sagen. Alles wirkt so surreal. Als wären Lil und ich in irgendeiner absurden Filmhandlung gefangen. Ich kann mich nicht mal mehr richtig an mein Leben vor dem Überfall erinnern. Wer ich war. Wovon ich geträumt habe. Dafür habe ich umso besser das unerträglich hübsche Gesicht des geheimnisvollen Jungen vor Augen. Ich würde ihn unter einer Million Menschen wiedererkennen. Warum nur hat er mich gerettet? Oder hat er das gar nicht?

Lil sieht mich durchdringend an. Als würde sie merken, dass ich ihr etwas verschweige. Was mich nicht wundern würde. Schließlich sind wir beste Freundinnen. »Ist dir denn irgendjemand aufgefallen, als du draußen auf dem Parkplatz auf uns gewartet hast? Irgendwas?«

Ich schüttele langsam den Kopf. »Nein. Niemand. Nichts.«

Erstaunlich, wie selbstverständlich diese Lüge über meine Lippen geht. Ich fühle mich so schlecht dabei. Aber ich habe das Gefühl, diesen Jungen schützen zu müssen. Als sei ich ihm das schuldig. Als würde Lil das, was zwischen uns vor dem Kaugummiautomaten passiert ist, sowieso nicht verstehen. Ganz zu schweigen von der Polizei. Wie auch? Es ist nicht zu verstehen. Ich frage mich, wie Lil in meiner Situation entscheiden würde. Vermutlich wütend und impulsiv. Sie würde der Polizei alles erzählen. Aber sie hat diesem Jungen ja auch nicht in die Augen geschaut.

Wie verhält man sich in so einem irren Fall? Ich könnte meinen Vater fragen. Als Oberstaatsanwalt leitet er eine Abteilung für jugendliche Straftaten und Bandenkriminalität. In seiner Funktion als Moralapostel würde er bestimmt sagen: »Sina, das sind gewissenlose Menschen! Du hast die Pflicht, alles zu Protokoll zu geben, was du weißt. Oder willst du dich zu ihrer Komplizin machen?«

Doch was bringt es, wenn ich meinen Retter verrate und sein Phantombild in den Nachrichten gezeigt wird? Das macht die Sache auch nicht ungeschehen. Ich will mir nicht vorstellen, was Nana und Juno gestern Nacht durchmachen mussten. Ich habe entsetzliche Angst, etwas Falsches zu tun. Ich liebe meine Freundinnen. Gleichzeitig kann ich den Moment nicht vergessen, in dem dieser Junge mir die kleine verheißungsvolle Kugel in die Hand gelegt hat, die jetzt in der Schublade meines Nachtschränkchens hinter den Fotoalben liegt.

Lil streckt ihre Hand mit der Fernbedienung aus und schaltet den Fernseher ab. Dann sieht sie mich an und ihr seltsam stumpfer Blick jagt mir einen eisigen Schauer über den Rücken. Ihre Stimme klingt brüchig. »Hast du schon mit Nana und Juno geredet?«

»Nein, noch nicht.« Unruhig stehe ich vom Bett auf und verschränke die Arme vor der Brust. »Sie sind zu Hause und sollen sich erst einmal ausruhen. Aber ihnen geht es wohl den Umständen entsprechend gut. Mal abgesehen von ihren wund gelaufenen Füßen.«

Lil nickt müde. »Meinst du, sie kommen darüber hinweg?«

Bevor ich noch irgendwas Superschlaues sagen kann, geht die Tür auf und meine Bodyguard-Eltern drängen rein, um mich wieder abzuholen.

»Oh, mein Gott, Süße!« Meine Mutter presst sich die Hand vor den Mund und gibt ein theatralisches Seufzen von sich, als sie auf Lil zustürmt. So, als wären Fernsehkameras auf sie gerichtet und ein Regisseur hätte »Action« gerufen.

Mein Vater schließt hinter sich die Tür. Er hat seine typische Staatsanwalt-Miene aufgesetzt, mit der er Lil fachmännisch mustert. »Bist du schon verhört worden?«

»Was haben dir diese Verbrecher nur angetan?«, jammert meine Mutter dazwischen. Wie immer sieht sie aus, als wäre sie soeben einem Modekatalog entstiegen. Ihre blond glänzenden Haare sind zu einem sportlichen Pferdeschwanz gebunden. Dazu trägt sie weiße Röhrenjeans, ein rosa Poloshirt und Lederslipper. Sie gibt alles, um möglichst mitfühlend rüberzukommen. Dabei ist sie meistens mit sich selbst beschäftigt und damit, ihre makellose Fassade aufrechtzuerhalten.

Mein Vater tut gar nicht erst so, als würde er mitfühlen. Er ist ganz der Profi in seinem maßgeschneiderten Anzug und mit der super seriösen grausilbrigen Anwaltsfrisur. Er scheint nicht mal zu bemerken, wie verquollen Lil aussieht. Er fragt nur: »Kannst du einen von den Typen beschreiben? Irgendwelche Auffälligkeiten?«

Bevor Lil etwas sagen kann, dreht er sich schon wieder weg, weil sein Handy klingelt. Typisch für ihn. Er gibt einem ständig das Gefühl, nichts Brauchbares beitragen zu können, weil nur er den Durchblick hat. Er drückt sich sein Telefon ans Ohr und sagt ein paar Mal: »Verstehe. Verstehe.« Dann lässt er es in die Tasche seiner Anzugjacke gleiten und wendet sich uns wieder zu. »Entwarnung. Drei der Tatverdächtigen sind vor einer halben Stunde gefasst worden. Nach dem vierten wird noch gesucht.«

Lil fällt mir erleichtert in die Arme und hält sich an mir fest. Ich zittere vor Anspannung am ganzen Körper: Ist der Junge auch festgenommen worden? Oder ist er derjenige, den sie noch suchen? Warum ist ausgerechnet uns dieser Überfall passiert? Der angesagtesten Mädchenclique der Schule? Niemals hätte ich mit so etwas gerechnet. In unserer Welt galten wir bisher als unantastbar. Umgeben von einem Glorienschein. Aber offenbar gibt es da draußen noch eine andere Welt, die sich kein bisschen um unseren Glorienschein schert.

Lil weint wieder. Ich glaube, ich habe sie noch nie so erschüttert gesehen. Obwohl auch ich fassungslos bin, hindert mich etwas in mir weiterhin daran, die ganze Wahrheit preiszugeben, so als hätten der Junge und ich einen Pakt für die Ewigkeit geschlossen. Diese Nacht, das spüre ich, hat jetzt schon unser aller Leben verändert. So oder so.

Als mein Vater seinen schwarzen BMW in der Mittagshitze vor unserer Garage parkt, hält meine Mutter mir die Wagentür auf und macht einen Schritt zur Seite, als sei ich ansteckend. Ich schlurfe an ihr vorbei, sie lächelt versteinert.

»Ist es nicht seltsam, dass dir nichts passiert ist?«

Keine Ahnung, was sie mir damit sagen will. Dass ich es nicht verdient habe, nicht entführt oder verletzt worden zu sein? Oder dass sie mir zutraut, dass ich mich geschickt aus der Sache herausgeschummelt habe? Meine Mutter denkt ständig, dass ich mich aus Verpflichtungen herausschummele, um mir das Leben so bequem wie möglich zu machen. Wenn sie ganz ehrlich wäre, würde sie zugeben, dass sie sogar der Meinung ist, dass ich schuld daran bin, dass Jean im Tenniscamp mit diesem anderen Mädchen rumgemacht hat. Weil ich ihm nicht genug gezeigt habe, was er mir bedeutet. Nicht gerade schmeichelhaft, was meine Mutter von mir denkt. Aber vermutlich hat sie Angst, dass ich nie wieder einen Freund abbekomme und damit einen Schatten des Scheiterns auf ihre perfekte Familie werfe.

Meine Eltern könnten in jeder Vorabendserie reiche Leute spielen. Unser Haus könnte in der Vorabendserie das Haus dieser reichen Leute sein. Unser Garten mit dem Springbrunnen, unsere Eingangshalle mit dem hellen Marmorboden und dem riesigen Blumenbouquet auf dem runden Tisch. Das cremefarbene Wohnzimmer, das cremefarbene Esszimmer, die Bibliothek und die cremefarbene Küche: All das ist die perfekte Kulisse für eine Heile-Welt-Vorabendserie. Sogar unsere Putzfrau Helga sieht irgendwie gecastet aus. Und ich vermutlich auch.

Mein Exfreund Jean hat hier fantastisch reingepasst. Er kommt auch aus dieser Hochglanzwelt. Kein anderer Kosmos würde je für ihn infrage kommen. Vermutlich ist das Mädchen, mit dem er jetzt zusammen ist, noch viel durchgestylter, als ich es normalerweise bin, und er hat unsere Hochglanzfamilie gegen eine noch perfektere Hochglanzfamilie eingetauscht. Anders kann es gar nicht sein. Obwohl es kaum möglich ist, unechter als wir zu leben. Sagt jedenfalls Franzi, meine jüngere Schwester, die von all dem oberflächlichen Kram total genervt ist, was vielleicht auch daran liegt, dass sie pummelig ist und unzähmbares rotes Haar hat. Diese beiden Makel haben ihr inzwischen eine gewisse Narrenfreiheit beschert, weil meine Mutter es nach dem erfolglosen Weight-Watchers-Kurs aufgegeben hat, aus ihr ein begehrenswertes Hochglanzmädchen zu machen. Nicht mal das Glätteisen funktioniert bei ihrer störrischen Mähne. Sie ist ein allgemein anerkannter hoffnungsloser Fall.

Meine Mutter verschränkt die Arme vor der Brust und bleibt neben dem Tisch mit dem gigantischen Blumenbouquet stehen, während mein Vater im Hintergrund in der Bibliothek auf- und abgeht und schon wieder wichtige Ermittlungstelefonate führt. Offiziell darf er den Fall seiner Tochter natürlich nicht übernehmen. Aber es scheint, als habe er ihn einem jungen Kollegen übertragen, den er jetzt so lange herumkommandiert, bis alle wasserdichten Beweise für eine Anklage zusammen sind. Hier geht es schließlich darum, Stärke zu demonstrieren, damit klar ist, dass seine Familie niemals angegriffen werden darf. Ironischerweise hat mein Vater mich bisher noch nicht einmal gefragt, wie es mir geht.

Ich weiß nicht, warum mir plötzlich all die Künstlichkeit in unserer Familie so auffällt. Natürlich habe ich sie auch schon vorher gesehen, genau wie Franzi, aber ich war trotzdem Teil von all dem. Jetzt ist es so, als würde ich mit einem Mal aus mir heraustreten und unser Zuhause mit fremden Augen sehen. Und ich sehe Angst, dass all das zerstört werden könnte. Besonders in den hellblauen Augen meiner Mutter, die schon wieder fragt: »Und du kannst dich wirklich an niemanden erinnern? Ich meine, du musst doch gesehen haben, wer dich da in die Büsche gezerrt hat!«

»Hab ich aber nicht. Es war dunkel.«

»Aber warum hat er dich von deinen Freundinnen getrennt?« Sie fragt das schon zum fünften Mal, seitdem wir im Krankenhaus losgefahren sind. Irgendetwas scheint sie daran zu beunruhigen. Vermutlich denkt sie, ich wurde wegen meiner ungewaschenen Haare und der Badelatschen nicht entführt. Dass mich diese Typen für zu unattraktiv gehalten haben, als dass man mit mir Geld oder sonst was erpressen könnte.

»Weiß dieser mysteriöse Unbekannte irgendetwas über dich?«

»Wie meinst du das?«

»Keine Ahnung.« Meine Mutter hebt die gebräunten Arme und lässt sie wieder sinken. »Deinen Namen. Hat er deinen Ausweis? Dein Portemonnaie, irgendetwas, das ihn zu uns führen könnte?«

Tatsächlich kann ich mein Portemonnaie seit gestern Nacht nicht mehr finden. Es steckte in der Tasche meiner Jogginghose, aber da ist es nicht mehr. Vielleicht habe ich es im Gebüsch verloren. Oder dieser Junge hat es. Meine Gesichtszüge entgleiten mir minimal.

Aber minimal reicht bei meiner Mutter schon aus. Sofort dreht sie sich zu meinem Vater um, der gerade sein Telefonat beendet hat und zu uns in die Halle zurückkommt. »Einer der Verbrecher hat Sinas Portemonnaie mit ihrem Ausweis. Bernhard! Die wissen, wo wir wohnen. Wir brauchen Sicherheitsleute, die uns beschützen. Wer weiß, was diese Gang vorhat? Womöglich galt der ganze Überfall Sina, weil du einen ihrer Brüder mal hinter Gitter gebracht hast.«

Mein Vater starrt mich einen Moment lang an. »Stimmt das? Hat er dein Portemonnaie?«

Ich zucke mit den Schultern. »Kann schon sein.«

»Und warum fällt dir das erst jetzt ein?« Er klingt aufgeregter als sonst. Vermutlich sollte ich mir langsam auch mal Sorgen machen.

»Ich weiß es nicht. Ich ...«

Mein Vater stöhnt auf und verschwindet wieder zum Telefonieren in die Bibliothek. Meiner Mutter ist die Sommerbräune aus dem Gesicht gewichen. »Jetzt werden sie uns alle umbringen!«

Leider neigt sie zu komplett destruktiven Gedanken, die überhaupt keinen Sinn ergeben. Hätte der Überfall mir gegolten, wäre vermutlich nur ich entführt worden. Aber Logik war noch nie ihre Stärke. Sonst hätte sie als ängstlicher Mensch auch nicht meinen Vater geheiratet. Ausgerechnet einen Staatsanwalt, auf den eine ganze Masse von Leuten eine ordentliche Wut haben dürfte! Im ersten Stockwerk hat meine Mutter hinter ihrem Schlafzimmer sogar einen Panic-Room mit Stahltür einrichten lassen, in dem sich Konserven, Wasservorräte, ein Funktelefon, eine Überwachungszentrale für das Haus sowie vier Liegen befinden. Falls wir uns vor schwer bewaffneten Killern in Sicherheit bringen müssen. Seit der Fertigstellung des Panic-Rooms hat sie übrigens noch mehr Angst vor einem Angriff. Als hätte ihr erst dieser Raum bewiesen, wie gefährdet ihr Leben ist. Ich habe mir jedenfalls vorgenommen, mich von ihrer Panik nicht anstecken zu lassen.

Ich lasse sie in der Halle stehen und gehe die Treppe rauf in mein Zimmer. So, wie es aussieht, werden mich meine Eltern heute nicht mehr fragen, wie ich mich nach all dem Horror eigentlich fühle. Dafür sind sie wieder mal viel zu sehr mit sich selbst beschäftigt. Franzi hat mich beim Frühstück zumindest um die Aufregung beneidet. Sie meinte mit einem Anflug von Neid in der Stimme: »Du erlebst wenigstens was, während ich vor Langeweile eingehe!« Ich hätte es nie gedacht, aber samstagabends zu Kentucky Fried Chicken zu gehen, scheint wirklich richtig abenteuerlich zu sein.

Gedankenverloren schließe ich die Tür hinter mir und setze mich an den Schreibtisch, auf dem meine Zeichensachen liegen. Mit dem Bleistift ziehe ich eine zarte Linie über das Papier. Dann noch eine. Und noch eine. Bis das ebenmäßige Gesicht des geheimnisvollen Jungen aus dem Nichts auftaucht. Er hat mein Portemonnaie. Er weiß, wo ich wohne. Er weiß viel mehr über mich als ich über ihn. Mit jedem Strich wird sein Gesicht deutlicher. Er blickt mich direkt an, aus seinen tiefgründigen Smaragdaugen. Ich weiß, dass er ein gutes Herz hat. Ich weiß, dass er mich retten wollte. Aber warum war er dann überhaupt bei dem Überfall dabei?

Ich flüstere: »Wer bist du?«

Dann zeichne ich ihm ein sanftes Lächeln auf die Lippen. Ich will wissen, warum all das passiert ist und wohin es noch führen wird. Denn dass die Geschichte schon zu Ende ist, daran glaube ich nicht.

Drei

6. Tag

»Hey, bist du wach?«, flüstert es neben mir.

Nein, ich schlafe. Also bin ich nicht sicher, ob ich träume oder ob sich wirklich jemand in meinem dunklen Zimmer befindet und »Hey, bist du wach?« flüstert. Ich schlage die Augen auf.

Tatsächlich steht da ein schwarzer Schatten. Trotzdem gerate ich nicht in Panik. Obwohl ich kaum etwas erkenne, weiß ich sofort, dass er es ist. Ich kann nicht erklären, warum ich das weiß. Wahrscheinlich Intuition. Außerdem hätten meine Schwester Franzi oder meine Mutter längst das Deckenlicht angeschaltet und auf mich eingeredet. Aber der Schatten bleibt ruhig. Ich höre sein tiefes Atmen. Ich spüre die seltsame Kraft, die von ihm ausgeht. Vorsichtig richte ich mich auf und starre in seine Richtung. Ich versuche, keine Angst aufkommen zu lassen, und frage leise in die Stille meines Zimmers hinein: »Bist du der, den sie suchen?«

»Kann sein.«

»Was willst du hier?« Ich setze mich ganz auf und richte

meinen Blick weiterhin fest auf ihn. Auf meinem Nachttisch liegt mein Handy, mit dem ich den ganzen Abend über mit Nana und Juno telefoniert habe, um mir von ihnen haarklein alles über ihre unfreiwillige Autofahrt erzählen zu lassen. Super gruselig, von so drei unbekannten Typen mitgenommen zu werden! Wäre mir das passiert, hätte ich garantiert einen Schaden davongetragen! Jedenfalls könnte ich mit meinem Telefon jederzeit Alarm schlagen.

Von draußen dringt fahles Flurlicht unter meiner Zimmertür durch. Offenbar gehen meine Eltern gerade ins Bett. Ich könnte auch einfach um Hilfe rufen. Mein Vater würde hereinstürmen und sich mit der Nachttischlampe auf ihn stürzen, während der Rest von uns in den Panic-Room flieht, bis die Polizei eintrifft. Ich müsste nur rufen und ich hätte mein altes Leben ohne Geheimnisse wieder.

»Mit dir reden.« Er kommt näher heran. Ich höre ihn atmen.

»Bleib, wo du bist«, flüstere ich streng und er bleibt stehen.

Ich habe nur ein T-Shirt und eine Unterhose an, weswegen ich die Bettdecke fester um mich ziehe. Außerdem verzichte ich darauf, die Nachttischlampe anzuschalten. »Wie bist du hier reingekommen?«

»War kein Kunststück. Ich bin auf die Regentonne geklettert, habe mich dann am Rosenspalier und der Regenrinne hochgezogen und auf deinen Balkon geschwungen.« Seine Stimme klingt rau und doch wunderbar sanft.

Ich klinge eher wie meine Mutter, wenn sie mich aushorcht, um rauszufinden, ob ich was Verbotenes getan habe. »Woher wusstest du, dass es mein Balkon ist?«

»Intuition.« Er macht eine Pause. Dann fügt er hinzu: »Entschuldige, wenn ich dir Angst gemacht habe.«

»Du machst mir keine Angst«, wispere ich zurück und wundere mich, dass es der Wahrheit entspricht.

Das Einzige, was mir gerade Sorgen bereitet, ist nämlich, dass ich *keine* Angst habe. Jeder normale Mensch hätte an meiner Stelle Angst. Draußen im Flur geht das Licht aus. Die Schlafzimmertür meiner Eltern fällt ins Schloss. Vielleicht habe ich mich beim Überfall auf dem KFC-Parkplatz vollkommen von meinen Gefühlen abgespaltet, sodass aus mir ein Mensch geworden ist, der nichts mehr spürt. Erst neulich habe ich über solche Leute einen Bericht im Fernsehen gesehen. Sie empfinden keine Schmerzen, weil sie von ihren Nerven keine Warnsignale empfangen, wie zum Beispiel »Vorsicht! Du fasst gerade auf eine heiße Herdplatte.« Darum befinden sich diese Menschen in ständiger Lebensgefahr und merken es erst, wenn es nach verbranntem Fleisch riecht.

»Langsam machst *du* mir Angst.« Er klingt beeindruckt.

»Ja? Wieso?«

»Weil sich die meisten Menschen vor mir fürchten.«

»Habe ich denn Grund dazu?« Ich stopfe mir ein großes Kissen in den Rücken.

»Nein.« Er macht eine kurze Pause. Dann fährt er fort: »Nein, hast du nicht. Ich find's nur eigenartig, dass du dich gar nicht darüber wunderst, mich nachts in deinem Zimmer vorzufinden.«

»Ich wusste, dass du irgendwann kommen würdest«,

sage ich leise und klinge dabei ziemlich abgeklärt. So, wie ich immer klinge, wenn ich mich unsicher fühle. Vermutlich habe ich doch gerade eine Heidenangst. Ich räuspere mich. »Seitdem meine Mutter weiß, dass du meinen Ausweis hast, rechnet sie jederzeit damit, dass du mit deinen kriminellen Freunden vorbeikommst und uns mit Baseballschlägern zusammenschlägst.«

Er lacht leise. Es ist ein schönes Lachen. Vielleicht klingt es übertrieben, wenn ich sage, dass ich nur ein einziges Mal in meinem Leben ein derart schönes Lachen gehört habe. Es war das von meinem Opa. Wann immer ich ihm beim Essen oder im Garten etwas erzählt habe, hat er gelacht. Er hat es geliebt, mir bei meinen philosophischen Gedanken über die Menschen und das Leben zuzuhören. Wir waren wirklich dicke Freunde, bis er vorletztes Jahr kurz vor Weihnachten an Herzversagen gestorben ist.

»Du lachst genau wie mein Opa«, sage ich und dann wird mir klar, wie abgedreht das klingen muss.

»Ist das ein Kompliment?« Er kommt zögernd näher.

Als ich ihm nicht befehle, stehen zu bleiben, setzt er sich ein Stück von mir entfernt auf die Bettkante, sodass ich im einfallenden Mondlicht die Umrisse seines Körpers erahnen kann.

»Es ist mehr als das«, flüstere ich.

Die Balkontür steht sperrangelweit offen und ein kühler Nachthauch kommt zu uns herein. Wie kann es sein, dass ich jemandem vertraue, bei dem mir mein Verstand sagt, dass er so schnell wie möglich aus meinem Leben verschwinden sollte?

»Wirst du mich verraten, sobald ich wieder weg bin?«, wispert er.

»Wie könnte ich?« Auf meinen Armen bildet sich eine Gänsehaut. »Offiziell … ich habe dich nie gesehen.«

»Du hättest trotzdem allen Grund dazu, deinen Leuten von mir zu erzählen.«

»Bisher hast du mir ja noch nichts getan.« Ich senke die Stimme etwas. »Im Gegenteil. Aber ich weiß natürlich nicht, warum du hier bist. Wenn du jetzt vorhast, mir etwas zu tun, werde ich definitiv laut um Hilfe schreien …«

Der Junge wendet mir sein Gesicht zu. Seine Augen schimmern im Mondlicht wie zwei Bergseen. »Ich wollte dich wiedersehen. Ich konnte dich einfach nicht vergessen. Du hast so schön ausgesehen, als du neulich in deinen pinken Badelatschen und der ausgebeulten Jogginghose vor dem Kaugummiautomaten standest … und dein Geld in den Gully geworfen hast.«

»Ach ja?« Mein Herz wummert, und ich merke, wie seine Stimme jede Zelle in meinem Körper zum Vibrieren bringt.

»Außerdem wollte ich dir sagen, dass ich mit der ganzen Sache nichts zu tun habe.«

»Soll das ein Witz sein?« Vor Erstaunen spreche ich zu laut, weswegen er sofort zu mir rüberrutscht und mir schon wieder den Mund zuhält. Für eine Schrecksekunde setzt mein Herzschlag aus.

»Psst. Nicht so laut.« Seine Hand liegt kühl auf meinen Lippen. Und ich beruhige mich wieder. So sitzen wir einige Augenblicke lang und lauschen, ob meine Eltern in ihrem Schlafzimmer etwas gehört haben. Als sich nebenan nichts rührt, nimmt er sachte seine Hand wieder weg und streift damit kaum merklich über meinen Arm.

Ich flüstere mit leicht vorwurfsvollem Unterton: »Hältst du Mädchen immer den Mund zu?«

»Normalerweise nicht.« Er lacht unterdrückt. Und ich zerfließe. Das werde ich ihn allerdings nicht spüren lassen. Gut, dass es so dunkel ist.

Ich sage: »Du hast also mit der ganzen Sache nichts zu tun, ja?«

»Ja, genau.«

»Natürlich. Du bist ein braver Junge und standest nur zufällig auf dem KFC-Parkplatz herum, als meine drei besten Freundinnen überfallen wurden. Und dann war es reiner Zufall, dass du mich in die Büsche gezerrt und mir den Mund zugehalten hast …«

»Sagen wir so: Ich habe versucht, das Schlimmste zu verhindern. Was nicht so einfach war. Weil vier überdrehte Chicks in einer schwarzen Limousine für gewisse Leute einfach leichte Beute sind.«

»Überdrehte Chicks? Vielen Dank fürs Kompliment!«

»Ich sage ja nur, wie ihr für die anderen ausgesehen habt.«

Langsam haben sich meine Augen an die Dunkelheit gewöhnt. Ich sehe seine Hand, die durch sein Haar fährt. Ich rieche seinen Duft. Ich würde gerne seinen Arm mit meinen Fingerspitzen berühren. Ganz vorsichtig. Nur, um zu spüren, ob er wirklich da ist. Stattdessen frage ich wieder mit der Verhörstimme meiner Mutter: »Und was wolltest du dann dort?«

»Hatte was Geschäftliches zu erledigen. Jedenfalls überfalle ich keine Mädchen und klaue ihnen dann ihr Auto. Ist nicht mein Stil. So eine Nummer ist was für Feiglinge. Ich bin kein Feigling.«

»Aha.« Normalerweise klingt es irgendwie ehrenhaft, wenn einer sagt, dass er kein Feigling ist. In diesem Fall aber kann es nur heißen, dass er sich für einen richtigen Gangster hält, der sich zu fein dafür ist, ein paar ahnungslosen Mädchen das Auto wegzunehmen. Um ehrlich zu sein: Diese Art von Mensch habe ich mir anders vorgestellt. Mit Narben im Gesicht, drohendem Blick, brutaler Ausdrucksweise. Gefühllos und kalt. In den Augen meines Vaters sind solche Typen unrettbare Existenzen, Kampfmaschinen, die kein Gewissen haben und jederzeit bereit sind, für den eigenen Vorteil zu töten.

»Hast du schon mal jemanden umgebracht?«, höre ich mich zu meinem eigenen Erstaunen fragen. Was erhoffe ich mir darauf für eine Antwort? Eine süße Gute-Nacht-Geschichte, die mich liebevoll in den Schlaf schaukelt?

Ich spüre förmlich, wie sich sein ganzer Körper versteift.

»Ich bin kein Mörder«, sagt er, wobei sein Atem plötzlich stoßweise geht. Er fährt sich wieder nervös durchs Haar. »Ich bin hier, um zu gucken, ob es dir gut geht.« Trotzdem verhaspelt er sich, als er weiterspricht: »Und egal, was du über mich zu hören kriegst. Es … Es ist unwahr. Das ist alles, was ich dazu sagen kann.«

Ich habe meine Frage total unbedacht gestellt. In der Hoffnung, dass er sie empört von sich weist. Wäre das nicht die normale Reaktion gewesen? Stattdessen benimmt er sich jetzt, als hätte ich, ohne es zu wissen, ins Schwarze getroffen. Dabei hatte ich mir mit der Frage den Beweis holen wollen, dass er durch und durch harmlos ist. Keine Ahnung, wie ich auf diese Idee komme! Er geht nicht auf meine Schule. Er wohnt nicht in meiner Gegend. Er hat ein riesiges Tattoo auf dem Unterarm. Und er treibt sich mit Leuten rum, die nachts Mädchen überfallen und entführen. Aber nach seiner Antwort zu urteilen, stresst ihn das Thema. Aus welchem Grund auch immer.

»Vergiss es«, sage ich hilflos. »Geht mich ja auch nichts an.«

Nach einer kurzen, peinlichen Pause murmelt er: »Ich schätze, du weißt, dass die Polizei bereits die anderen drei gefasst hat.«

»Ja«, flüstere ich. »Weißt du denn auch, dass mein Vater Oberstaatsanwalt ist und nicht eher Ruhe geben wird, bis er denjenigen gefunden hat, der seine Tochter in die Büsche gezerrt hat?«

»Jep. Ich habe dich gegoogelt.« Er räuspert sich. »Du warst bis vorletzten Sommer Mannschaftskapitän der Grashockey-Mannschaft. Die Fotos von eurem Sieg habe ich mir farbig ausgedruckt und an die Wand gehängt. Du siehst echt sexy aus mit diesem riesigen knallpinken Mundschutz und den Schienbeinschonern.«

»Sehr witzig!« Was soll das denn jetzt? Will er vom Thema ablenken? Oder mir nur klarmachen, dass er vor meinem Vater keine Angst hat? Das sollte er aber. Ich würde meinen Vater an seiner Stelle nicht unterschätzen. Wenn er ihn kriegen will, dann wird er ihn kriegen.

Außerdem ist es mir komplett peinlich, dass er sich die Fotos angeguckt hat! Damals hatte ich noch das totale Kindergesicht! Ich beuge mich ein Stück weiter vor, um ihm direkt in die Augen zu sehen. »Und trotzdem wolltest du mich sehen? Oder hoffst du darauf, dass ich bei meinem Vater für dich ein gutes Wort einlege?«

»Nein, Sina.« Es ist das erste Mal, das er meinen Namen sagt. Er macht eine Pause, bevor er weiterspricht. »Ich bin gekommen, um dir dein Portemonnaie wiederzubringen und mich von dir zu verabschieden. Das klingt vielleicht etwas seltsam, weil wir uns eigentlich gar nicht kennen ...«

»Allerdings«, falle ich ihm ins Wort, worüber ich mich im nächsten Augenblick schon ärgere. Für einen kurzen Augenblick überlege ich, ob ich seiner Beteuerung trauen kann, dass er kein Mörder ist. Oder ob ich einfach nur dumm und leichtgläubig bin.

Doch er fährt unbeirrt fort: »Aber ich konnte dich nicht mehr vergessen. Das wollte ich dir nur sagen, bevor ich verschwinde.«

»Du willst verschwinden? Wohin?«

»Dahin, wo mich niemand findet. Diese drei Kerle, mit denen ich unterwegs war, werden alles dafür tun, um möglichst unversehrt aus der Sache rauszukommen. Es ist also nur eine Frage der Zeit, bis sie meine Identität verraten. Ich muss untertauchen.«

»Sind das jetzt nun deine Freunde oder nicht?!«

Er blinzelt. Und seine Lippen zucken, bevor er antwortet. »Nein, sind sie nicht.«

»Und was genau sind das dann für Typen?«

»Leute, die genug über mich wissen, um mir zu schaden. Darum ist es besser, das Weite zu suchen, wenn ich nicht – wie sie – im Gefängnis enden will.«

Was heißt das denn? Dass er die Stadt verlässt? Das Land? Dass ich ihn nie wiedersehe? Es ist verrückt. Ich sollte froh sein, dass er verschwindet und ich mit all dem abgründigen Zeug nichts mehr zu tun habe, aber stattdessen würde ich am liebsten meine Hand nach ihm ausstrecken.

Seine Stimme klingt jetzt ganz weich. »Ich hätte gerne mal mit dir unten am See, auf dem Steg, ein Eis in der Sonne gegessen.« Er legt mein Portemonnaie vor mich aufs Laken. »Oder eine kleine Motorradtour am Kanal entlang gemacht. Bis raus aufs Land. Mit Picknick und so. Weißt du, wie ich meine?«

Er ist ganz nah bei mir. Seine Worte flattern über mein Gesicht. »Du riechst sehr gut.«

»Danke.« Hat er das wirklich alles gesagt? Verlegen schiebe ich das Portemonnaie unter eins meiner vielen Kissen. Es wäre keine gute Idee, es offen in meinem Zimmer herumliegen zu lassen. Meine Mutter würde sofort fragen, woher ich es habe.

Stille hängt zwischen uns. Wieder sehe ich ihn an, wie er da im milchigen Mondlicht sitzt. Dieses gleichmäßige Gesicht mit den ausdrucksvollen Augen, dem Haar, das ihm leicht in die Stirn fällt. Seine schön geschwungenen Lippen. Die Schultern. Seine Oberarme. Seine Hände, die über mein Laken streichen.

Er kann kein Junge sein, dem es egal ist, was er anderen Menschen antut. Ich weiß nicht, was ich sagen soll. Das alles ist so irreal. Ich weiß nur, dass dieser Junge mir niemals schaden würde. Aber was nützt schon dieses Wissen? Gleich wird er verschwunden sein – und dann wird all das nichts weiter sein als eine süße, einzigartige, sehnsüchtige Erinnerung.

Als ob er die Stille nicht mehr aushielte, steht er plötzlich von der Bettkante auf und vergräbt die Hände in den Hosentaschen. »Also, dann …«

»Warte!« Aus einem Impuls heraus greife ich nach dem Handy auf meinem Nachttisch und strahle ihn mit dem Licht des Displays an.

Sofort hält er sich die Hand vors Gesicht. Ich sehe sein Tattoo auf dem Unterarm, das Messer, um das sich eine Schlange windet. »Hey, was soll das?«

»Warum stellst du dich nicht einfach?«, frage ich atemlos. »Du … du hast mich gerettet. Du hast den Wagen nicht gestohlen und meine Freundinnen auch nicht nachts am Waldrand an einer entlegenen Landstraße ausgesetzt.«

Er dreht sich halb aus dem Licht meines Handys heraus, Richtung Balkon. »Die Jungs werden es aber anders darstellen.«

»Aber ich weiß, wie es wirklich war! Ich kann für dich aussagen.«

Jetzt wendet er sich mir wieder zu, wobei er zu Boden sieht. »So läuft das Leben aber nicht. Wenigstens nicht da, wo ich herkomme.«

»Glaubst du nicht an das Gute?« Obwohl ich es ernst meine, klinge ich unfassbar naiv. Von meinem Vater weiß ich längst, dass es das Gute nicht gibt. Nur das Böse, das bekämpft werden muss.

Er lächelt traurig und wirft mir einen langen Blick zu. »Fragst du immer so viel?«

Ich schalte das Handy wieder aus; das Displaylicht erlischt. »Eigentlich nicht. Aber du antwortest ja auch kaum.«

»Es ist besser, wenn ich dir nichts sage. Glaub mir.«

»Warum nicht?«

»Weil das alles nur noch komplizierter macht.« Er beugt sich langsam zu mir herunter, bis sich unsere Gesichter ganz nah sind. Unglaublich nah. So nah, als wolle er mich küssen. Er nimmt mein Gesicht in beide Hände. Ich atme tief ein, und für eine Millisekunde denke ich an meinen Exfreund Jean, sein selbstgewisses Grinsen, sein frisch gewaschenes Tennisoutfit. Dieser Junge hier ist so anders als er. So echt. So klar. So unerschrocken. Nichts von all dem Lifestyle-Kram, den Jean interessiert, würde diesen Jungen auch nur einen Moment lang beschäftigen. Er kennt bestimmt die Härte, mit der einen das Schicksal treffen kann. Und er kennt die dunkle Seite des Lebens. Aber auch die Schönheit und die Weisheit, die daraus erwachsen können, wenn man sich ihr stellt. Würden wir, trotz der unterschiedlichen Welten, aus denen wir kommen, gut zueinanderpassen?

Ich flüstere: »Wer bist du?«

Zärtlich streicht er mir eine lockige Haarsträhne aus dem Gesicht. »Frag nicht. Es war schon ein Fehler, dass wir uns noch einmal gesehen haben. Es ist besser, wenn es keine Verbindung zwischen uns gibt.«

Aber es gibt schon längst eine Verbindung zwischen uns! Ich kann sie nicht erklären. Und doch fühle ich mich diesem Jungen so nahe, wie ich mich noch nie einem anderen Menschen nahe gefühlt habe. Ich sehe ihm direkt in die Augen. »Geh noch nicht! Bitte!«

»Mach's gut, Sina!«

»Sag mir wenigstens, was dein Tattoo zu bedeuten hat.«

»Als ich dreizehn Jahre alt war, hat mein Bruder es mir gestochen. Es ist mein Talisman. Er hat ihn mir geschenkt – zum Schutz vor bösen Mächten und als Glücksbringer beim Heben eines Schatzes.«

»Das gefällt mir«, rufe ich leise. *Zum Schutz vor bösen Mächten und als Glücksbringer beim Heben eines Schatzes.*

Bevor ich ihn noch nach seinem Namen fragen kann, verschwindet er durch die Balkontür, über die Brüstung, die Regenrinne hinunter. Ich renne ihm hinterher auf den Balkon und sehe ihn über unseren Vorzeigerasen laufen. Seine weißen Sneaker reflektieren das Licht unserer Außenbeleuchtung. Es ist wie vor ein paar Nächten, als er zum ersten Mal in die Dunkelheit verschwunden ist. Mit einem Satz springt er am Ende des Gartens über den Zaun und lässt nichts als nächtliche Stille zurück.

Mein Herz schlägt heftig. Werde ich ihn jemals im Leben wiedersehen?

Vier

7. Tag

»Schmeckt wie …« Juno rührt mit angeekeltem Gesichtsausdruck in dem Gemüseeintopf herum, den die Schulcafeteria heute im Angebot hat.

Nana hat ihren Löffel bereits beiseitegelegt und kaut auf einem Stück Baguette herum, als ich mich neben sie auf den freien Stuhl fallen lasse. Wir sitzen ganz hinten am letzten Tisch, während sich um uns herum die Schüler mit ihren Tabletts drängen und nach freien Plätzen suchen. Meine Mädels und ich müssen nie nach einem freien Tisch suchen, weil alle wissen, dass das hier unserer ist. Einer der Vorteile, wenn man zur angesagtesten Mädchenclique der Schule gehört. Der größte Nachteil ist, dass einen alle supergenau angucken. Da darf man sich kein Gramm Fett oder ungewaschene Haare leisten. Sonst verbreitet sich die Nachricht von diesem Makel wie ein Lauffeuer. Ich habe mir nur einen Salat mit Schafskäse vom Büffet geholt.

»Sprich es nicht aus! Ich kann es mir vorstellen!«, sage ich und werfe einen mitleidigen Blick in Junos Suppenteller. Dann schiebe ich meine Sportsachen unter den Stuhl und stochere hochkonzentriert in meinem Salat herum, als würde ich darin etwas suchen. Nur, damit ich nicht reden muss und mich am Ende vor lauter Aufregung noch verrate.

Es ist der erste Tag nach dem Überfall, an dem wir – bis auf Lil – wieder in der Schule sind. In den beiden großen Pausen mussten wir die Geschichte wieder und wieder erzählen. In sämtlichen Kursen stehen wir noch mehr im Mittelpunkt als sonst. Eigentlich müsste uns diese besondere Erfahrung noch viel enger zusammenschweißen. Doch seitdem ich gestern Nacht Besuch hatte, fühle ich mich den anderen gegenüber wie eine Fremde. Ich bin total durch den Wind. Keinen klaren Gedanken kann ich mehr fassen. Es ist verrückt und verboten. Alle Welt sucht nach diesem mysteriösen Jungen, dessen Kumpels meine beiden besten Freundinnen nachts auf einer gottverlassenen Landstraße ausgesetzt und Lil übel zugerichtet haben. Ich könnte einfach den Mund aufmachen und endlich sagen, was ich weiß. Ich könnte der Polizei mein gezeichnetes Porträt von ihm geben. Dann wäre es ein Phantombild. Doch ich tue es nicht, obwohl ich ihn eigentlich gar nicht kenne. Ich weiß nicht, wo er wohnt, wie alt er ist, ich weiß nicht mal, wie er heißt. Ich weiß absolut gar nichts über ihn und trotzdem schütze ich ihn. Ich verrate meine Freundinnen, die ich seit zehn Jahren kenne und mit denen ich bisher jedes noch so winzige Geheimnis geteilt habe. Es gibt keinen Menschen auf der ganzen Welt, der mich so gut kennt wie sie. Ich enthalte meinem Vater wichtige Informationen vor. Dabei verfolgt er den

Fall auf Schritt und Tritt, um sicherzugehen, dass seine Kollegen auch ja sauber arbeiten. Er wird nicht aufgeben, bis er die Täter zur Strecke gebracht hat. Er sagt: »Niemand greift ungestraft meine Familie an! Wer auch immer dabei war, wird die volle Härte des Gesetzes zu spüren bekommen!«

Und das Schlimmste ist, ich kann trotz allem mit niemandem darüber reden. Ich kann niemanden fragen, warum ich das tue, was ich tue. Obwohl ich weiß, dass es einfach nur unlogisch und komplett falsch ist!

Es hilft nichts: Ich muss es einfach schaffen, diesen Jungen zu vergessen. Das wäre die einfachste Lösung. Ihn zu vergessen und so zu tun, als hätte ich ihn nie gesehen. Dann könnte ich einen Schlussstrich unter das Vergangene ziehen und mich wieder voll auf meinen Liebeskummer konzentrieren, der mit einem Mal wie weggeblasen ist. Stattdessen kreisen meine Gedanken nur noch um die paar unbeschreiblichen Augenblicke, die der Junge und ich miteinander geteilt haben. Ich schaffe es nicht mal, meinen beiden besten Freundinnen in die Augen zu sehen, so sehr schäme ich mich für meine Gefühle. Auch, wenn mein Retter meint, er hätte mit der ganzen Sache nichts zu tun, würden alle anderen das ganz anders sehen. Er hätte versuchen können, seine Gangster-Kollegen von ihrem Vorhaben abzuhalten. Warum hat er es nicht getan? Warum tut er überhaupt Dinge, die gegen das Gesetz sind? Alle anderen Leute schaffen es doch auch, sich daran zu halten. Vermutlich, weil er der Meinung ist, dass es nicht anders geht. Aber stimmt das? Bis vor ein paar Tagen hätte ich noch gesagt: Niemand muss etwas Verbotenes tun. Doch inzwischen habe ich so meine Zweifel daran.

Als ich meinen Salat aufgegessen habe und immer noch nichts sage, sieht Nana mich durchdringend an. »Sag mal, ist alles in Ordnung mit dir? Du bist total blass, als hättest du kaum geschlafen.«

»Klar! Alles klar!« Ich lächele versteinert und gucke zu dem letzten freien Platz am Tisch. »Es ist nur so komisch, dass Lil nicht da ist. Es ist, als wäre nichts mehr so wie vor dieser Sache. Wisst ihr, was ich meine?«

Juno nickt und verschränkt die Arme vor der Brust. Es ist ihr anzusehen, dass sie lieber nicht drüber reden will. Sie murmelt: »Es hätte viel schlimmer ausgehen können. Wir hatten ein paar Schutzengel dabei. Dafür sollten wir echt dankbar sein.«

»Wenn du meinst.« Nana sieht wenig überzeugt aus. »Der Überfall ist fast eine Woche her und Lil traut sich noch immer nicht vor die Tür. Ich habe sie gestern zu Hause besucht. Sie ist ein Wrack. Wir müssen sie dringend aus dieser Depression rausholen, bevor sie darin versinkt.« Nana schiebt ihren halb leer gegessenen Teller von sich. »Sie ist total traumatisiert. Sie denkt, sobald sie auf die Straße geht, wird ihr wieder was Schlimmes passieren.«

»Dann soll sie mit uns ins Fitnessstudio kommen und sich ablenken, anstatt sich da so reinfallen zu lassen.« Juno bindet sich einen Pferdeschwanz, ihre Augen funkeln. »Ich für meinen Teil will die Sache so schnell wie möglich vergessen.«

»Vergessen?«, zischt Nana entrüstet und beugt sich zu

Juno rüber. »Wie willst du das vergessen? Indem du dich ein bisschen auf dem Stepmaster abreagierst? Warum schreibst du nicht einen Ratgeber? So nach dem Motto: Sie wurden überfallen? Kein Problem! Strampeln Sie sich eine Stunde auf dem Stepmaster ab. Dann geht's wieder!«

»Könntest du bitte etwas leiser reden?« Juno wirft einen kurzen Blick in die Cafeteria, etliche Augenpaare ruhen interessiert auf unserem Tisch. »Das ist total peinlich, wenn du dich so aufregst.«

Aber Nana fährt unbeirrt fort: »Diese Idioten haben uns im Auto mitgenommen und im Wald ausgesetzt. Will ich nachts zwischen Bäumen rumrennen und Panik haben, dass uns diese Typen sonst was antun?« Sie funkelt Juno wütend an, als sei sie irgendwie schuld an der ganzen Geschichte. »Ich dachte, das war's für uns! Ich sehe Nick und meine Familie nie wieder!«

Juno hebt beruhigend die Hand. »Schon gut. Ich versuche nur, das Positive daran zu sehen. Immerhin haben wir …«

»Das Positive?!« Nanas Stimme überschlägt sich fast. »Ich habe mein Leben an mir vorbeiziehen sehen, wie jemand, der eigentlich schon tot ist! Ich dachte, die verscharren uns unter der Erde!«

Juno schüttelt unwillig den Kopf und spricht noch ein bisschen leiser. »Baby, du siehst definitiv zu viele Horror-Filme! Ich hab's dir schon mal gesagt: Das ist nicht gut für deine Psyche.«

»Wow! Frau Psychologin. Gut, dass du unfehlbar bist. Wenn du es für gesünder hältst, nonstop Diät zu machen. Bitte!«

Ich räuspere mich. Ich will nicht, dass Nana auch noch den Boden unter den Füßen verliert, so wie Lil. Ich mache mir große Sorgen um Lil. Ich bringe ihr jeden Tag ein paar Magazine oder kleine Geschenke vorbei, und nichts erinnert mehr an das überdrehte Mädchen, das ohne Führerschein in der Limousine ihres Vaters durch die Stadt rast und sich für unverwundbar hält. »Ist ja gut!«

»Ist ja gut?« Jetzt starrt Nana mich kreidebleich an. »Ist ja gut? Das musst du gerade sagen! Dir ist ja rätselhafterweise nichts passiert. Du hast überhaupt keine Ahnung, was wir durchgemacht haben!« Ihr laufen Tränen über die Wangen, und Juno legt beschwichtigend den Arm um sie, während uns ein Haufen jüngerer Schüler vom Nachbartisch neugierig anstarrt. »Psst! Sina hat es doch nicht so gemeint. Sie will nur nicht, dass wir uns da so reinsteigern. Und vermutlich ist das auch vernünftig. Lass uns heute Nachmittag einfach alle miteinander ein bisschen shoppen und danach was essen gehen.«

Nana schnieft und tupft sich mit der Papierserviette unter den Augen herum, um ihre Wimperntusche nicht zu verwischen. »Ich bin schon sonst nicht gerne im Wald. Wegen der ganzen Spinnen und Käfer und was nicht alles.«

»Aber, Baby, du hattest mich doch dabei!« Juno stupst sie von der Seite an und klimpert mit ihren langen Wimpern. »So schlimm waren die Typen doch gar nicht. Bisschen wortkarg vielleicht. Immerhin haben sie uns nicht angefasst. Meine Mutter sagt immer: Alles hat auch seine guten Seiten! Es ist nur eine Frage der Sichtweise.« Juno hält ihr Wasserglas hoch, das halb ausgetrunken ist. »Ist das Glas halb voll – oder ist es halb leer?«

»Oh bitte! Hör auf!« Nana schüttelt sich angewidert, muss dabei aber grinsen. »Ich bin nur froh, dass die Polizei diese drei Typen geschnappt hat. Hoffentlich kriegen sie den letzten auch noch.«

Ich flüstere: »Sie werden ihn schon noch finden.«

Dabei hoffe ich das genaue Gegenteil. Es ist richtig unheimlich. Ich hatte nie Geheimnisse vor meinen Freundinnen, aber ohne dass ich das will oder eine Wahl habe, hat dieser Überfall alles zwischen uns verändert. Ich höre Nana und Juno reden, doch auf einmal hat das, was sie sagen, nichts mehr mit mir zu tun. Ich kenne die beiden, seit ich ein Kind war, wir haben immer alles zusammen erlebt, sogar diesen Überfall. Aber irgendwie finde ich gerade nicht zu ihnen zurück, und es wird nicht lange dauern, bis sie das merken. Doch das Schlimmste ist, dass nur ich den Grund dafür weiß. Aber genau den kann ich ihnen nicht sagen.

Plötzlich sieht Nana mich seltsam ausdruckslos an. »Mein Anwalt meint, dieser Typ, der noch gesucht wird, hat jemanden auf dem Gewissen. Zumindest behaupten das die anderen drei.«

In meinem Kopf brandet ein ganzer Ozean auf. Ich presse fast unhörbar hervor: »Die Polizei weiß also inzwischen, wer er ist?« Wie er heißt? Hat er vielleicht doch jemanden umgebracht?

Meine Freundinnen starren mich für einen Augenblick irritiert an. »Ist alles okay? Das ist doch eine gute Nachricht!«

»Ja. Vermutlich«, hauche ich, während sich meine Gedanken drehen, bis mir schwindelig wird.

Wenn die anderen ihn verraten haben, weiß die Polizei jetzt, nach wem sie suchen muss. Dann ist es nur noch eine Frage der Zeit, bis sie ihn haben. Niemand kann sich ewig verstecken, wenn die ganze Stadt nach ihm sucht, oder? Dann bin ich in jemanden verliebt, der im Gefängnis sitzt. Oder der doch jemanden umgebracht hat. Ich muss aufhören, ihn zu mögen! Ich kann so nicht weitermachen. Ich kann mich nicht gegen meine Freundinnen stellen, mit denen ich alles geteilt habe. Auch wenn sie manchmal komplett oberflächlich sind. Trotzdem haben sie immer zu mir gehalten. Sie haben Erste Hilfe geleistet, als ich mir bei der Weihnachtsfeier unserer Literatur-AG an einer Kerze die Haare weggeschmort habe. Sie waren mit mir entsetzt, als ich mein Smartphone mit all meinen Fotos beim Shoppen in der Umkleidekabine habe liegen lassen. Und sie haben mich getröstet, als Jean sich von mir getrennt hat.

»Und dein Anwalt sagt, der Typ ist wirklich ein Mörder?« Juno beugt sich über den Tisch und flüstert: »Es wäre also möglich, dass er eigentlich was ganz anderes mit Sina vorhatte?« Sie blinzelt mich entschuldigend an. »Ich meine, du weißt schon …«

Ich nicke. »Ja, ich weiß.« Mir fallen seine Worte wieder ein. Die Worte, die er gestern Nacht in meinem dunklen Zimmer zu mir gesagt hat, als er ganz nah bei mir war. *Egal, was du über mich zu hören kriegst. Es ist unwahr.* Soll ich ihm das glauben? Sagt das nicht jeder Mörder, um seiner Strafe zu entgehen? Warum ist es ihm überhaupt wichtig, was ich von ihm denke? Mörder – wie das klingt! So fremd. So entsetzlich. Klingt das nach ihm?

Plötzlich setzt Juno sich aufrecht hin und lächelt. »Wie auch immer, Mädels! Wir sind noch mal davongekommen und diese Kerle werden ihre gerechte Strafe kassieren. Dafür werden unsere Anwälte schon sorgen. Die kriegen ihr Geld auch nicht umsonst. Die werden sie kaltmachen.«

Aber so richtig erleichtert sieht sie nicht aus. Nana wendet sich mir zu und hat ein versöhnliches Gesicht aufgesetzt. »Entschuldige. Ich krieg das alles nicht mehr auf die Reihe. Vermutlich hast du in allergrößter Gefahr geschwebt. Wer weiß, was passiert wäre, wenn nicht so schnell die Polizei aufgetaucht wäre. Kommst du klar mit der Sache?«

Ich zucke hilflos mit den Schultern. »Ich denke schon.« Warum bin ich nur so fasziniert von diesem Jungen? Weil er so anders ist, als das, was ich kenne?

Gerade, als ich meinen Teller aufs Tablett stellen will, werden mir von hinten die Augen zugehalten. Es gibt nur einen Menschen, der das tut. Meinen Exfreund Jean.

Ich hasse es, wenn er das macht, und ich habe es ihm in der Vergangenheit schon tausendmal gesagt: »Meine Wimperntusche verschmiert, wenn du mir die Augen zudrückst.« Das allerdings ist gerade mein geringstes Problem. Meine Nerven sind am Durchdrehen.

Jean fragt mit verstellter Stimme: »Wer bin ich?« Er kommt sich so unglaublich witzig vor. Sein Freund Mellow, den er immer im Schlepptau hat, lacht neben mir übertrieben laut los.

»Hi, Jean!«, sage ich genervt und schiebe seine Hände aus meinem Gesicht. Er springt hinter dem Stuhl hervor.

»Hey, Cinderella!«

Was will er von mir? Seit den Sommerferien haben wir nicht mehr miteinander geredet. Ausgesprochen haben wir uns auch noch nicht. Wir sind uns einfach nur aus dem Weg gegangen. Ich wollte ihn nicht treffen, um höllische Herzschmerzen zu vermeiden. Doch als ich ihn jetzt angespannt mustere, spüre ich – gar nichts. Es ist, als würde mich nichts mehr mit ihm verbinden. Dabei waren wir mal so was wie das Traumpaar unserer Schule. Jean, der Schwarm jedes Mädchens: sonnengebräunt, durchtrainiert, mit seinem Ich-hab-die-weißesten-Zähne-Lächeln. Und ich, Tochter des einflussreichen Oberstaatsanwalts und allseits bewunderte Einser-Schülerin mit fast schon unangenehmem Hang zur Perfektion.

Jeans nerviger Begleiter Mellow hebt die Faust und deutet einen superalbernen Hip-Hop-Gruß an. »Hey, Bitches! Alles easy?«

Nana und Juno stöhnen auf und drehen sich demonstrativ weg. »Du bist so peinlich, Mellow!«

Ich lächele höflich. »Ja, alles easy.«

Das Milchgesicht hat sich seinen Namen selbst zugelegt. Er glaubt, dadurch strahle er Autorität aus. Die Hip-Hop-Autorität von schwarzen Hip-Hop-Produzenten, dabei gibt es keinen Menschen auf der ganzen Welt, der weißer ist als Mellow. Er ist weißer als ein Marshmallow. Sogar seine Haare sind weißblond und so weich und flaumig wie die eines Babys. Trotzdem hält er sich für einen echten Gangster. Dabei fängt er schon an zu heulen, wenn unter seinem Scheibenwischer ein Strafzettel fürs Falschparken klemmt. Na ja. Jeder braucht offenbar sein Image.

Genau wie Jean.

Er hat komplett das Image seines erfolgreichen Zahnarzt-Daddys übernommen. Wir alle lassen uns bei Jeans Vater die Zähne bleichen, und bevor er mit der Behandlung anfängt, rückt er auf seinem Stuhl mit den Rollen ganz nah an einen heran, hält einen beruhigend an den Händen und erklärt Schritt für Schritt, was er gleich vorhat. Dabei klingt seine Stimme wie die eines Massenmörders, der einem verklickert, wie er einen gleich mit der Kettensäge zerlegen wird. Aber er und seine Frau Melissa sind in der Community unserer Eltern super beliebt. Sie organisieren jedes Jahr im Sommer eine Charity-Gala für notleidende Kinder, denen Jean in seiner Freizeit kostenlose Tennisstunden gibt. So was kommt toll an. Ich fand's eigentlich auch immer toll, dass er sich für arme Kinder einsetzt. Aber plötzlich habe ich das Gefühl, er tut es inzwischen nur noch aus Imagegründen – genau wie seine Eltern. Sich für die Schwachen der Gesellschaft starkzumachen, ist ja eher so ein Reichen-Hobby. Als wir zusammengekommen sind, war er irgendwie noch nicht so aufgebläht. Oder habe ich das nur nicht gesehen? Oder spinne ich jetzt total?

Er setzt sich in seinem frisch gewaschenen T-Shirt und der noch frisch gewascheneren Jeans neben mich auf den freien Platz und sieht mich durchdringend an. Mit diesem Ich-will-dich-Blick, den er garantiert vor dem Badezimmerspiegel eingeübt hat. Keine Ahnung, was das jetzt soll. Ich dachte, er hätte eine neue Freundin. Juno und Nana räuspern sich und werfen ihm wütende Blicke zu, die er gekonnt ignoriert. Er nickt ihnen mit seinem Ich-bring-euch-zum-Schmelzen-Lächeln zu. »Ladies!«

Dann beugt er sich zu mir rüber und flüstert in mein Ohr: »Ich hab Konzertkarten für nächsten Freitagabend. Ich hole dich um halb acht ab.« Er zwinkert mir zu, als müsste ich vor lauter Dankbarkeit total aus dem Häuschen sein.

»Bitte?« Ich verstehe nicht ganz, was das soll. Er hat sich von mir eiskalt und feige über Facebook getrennt. Kein Wort mehr mit mir gesprochen. Und jetzt das? Glaubt er, er kann sich alles erlauben? Glaubt er, jemandem wie ihm verzeiht man alles, aus lauter Dankbarkeit, dass er sich überhaupt wieder mit einem abgibt? Ich zische: »Willst du da nicht lieber mit deiner Tenniscamp-Freundin hingehen?«

»Nein, denn sonst hätte ich sie gefragt.« Er kommt noch dichter heran und wispert kaum hörbar in mein Ohr: »Vergiss meine neue Freundin. Es war ein Fehler, dich zu verlassen. Ich empfinde immer noch was für dich. Vielleicht hat es diesen Überfall gebraucht, damit ich das kapiere.«

»Hä?« Ich sehe ihn verständnislos an.

Er streicht mir eine Haarsträhne aus dem Gesicht und sagt nun für alle gut hörbar: »Du hast mich schon verstanden. Also bitte sei um halb acht startklar, Cinderella!«

Dabei klingt er wie sein eigener Vater, wenn er zu Hause ganz privat mit seiner Frau Melissa über die Abendgestaltung redet und ausschließen will, dass sie ihm einen Strich durch die Rechnung macht. Aber so ist das seit einiger Zeit bei Jean. Nichts ist mehr echt, alles wirkt plötzlich, als habe er es irgendwo abgeguckt. Früher, da bin ich mir jetzt doch ziemlich sicher, war er irgendwie witziger und nicht so eingebildet. Keine Ahnung, wie diese Wandlung passieren konnte. Vielleicht sind's die Hormone oder es ist sein exzessives Trainingsprogramm, mit dem er sich im letzten Jahr übertrieben viel Muskelmasse zugelegt hat. Irgendwie hat mir das ja auch imponiert, aber jetzt finde ich es nur noch abstoßend.

Jean steht auf, beugt sich zu mir nach unten und raunt: »Lass uns wieder das tollste Paar der Schule sein.«

Dann drängt er sich mit Mellow und ihren riesigen Sporttaschen zwischen den vollbesetzten Tischen hindurch und die beiden verschwinden Richtung Sportplatz, wo sie jetzt Fußballtraining haben.

Juno starrt mich alarmiert an. »Okay! Was war das? Was wollte der?«

Bevor ich antworten kann, übernimmt Nana schon die Erklärung. Dabei sieht sie plötzlich sehr entspannt aus. »Schätze, Jean hat nach seinem lächerlichen Fehltritt begriffen, dass es nur eine wahre Lady für ihn geben kann. Guter Junge!«

Ich seufze. »Er hat mich ins Konzert eingeladen.«

»Was? Wirklich?« Juno fallen beinahe die Augen aus dem Kopf vor Überraschung. »Ist das wahr?«

Ich nicke und Nana fügt euphorisch hinzu: »Die Welt ist also doch nicht so schlecht, wie ich dachte. Alles hat eben einen tieferen Sinn.«

Juno nestelt nervös an ihren goldenen Ohrringen herum. »Und, Baby? Wirst du mit ihm zum Konzert gehen?«

Ich bin nicht ganz so euphorisch wie Nana. Wenn Jean glaubt, dass er mich so einfach um den Finger wickeln kann, hat er sich geschnitten. Ich schüttele den Kopf. »Definitiv nicht! Ich werde ihn nachher anrufen und sein schleimiges Vorhaben zunichte machen. Ich lasse mich doch nicht für ein paar Tickets kaufen, nur, damit sein Image keinen Knacks bekommt!«

»Hallo?!« Nana sieht mich entgeistert an. »Ich dachte, du bist am Boden zerstört, weil er dich verlassen hat? Offenbar hat er dazugelernt und will dich zurückerobern. Was hast du dagegen einzuwenden?«

Juno zuckt mit den Schultern. »Hast du denn gar keinen Stolz, Nana? Also ich würde mich an Sinas Stelle auch nicht so leicht breitschlagen lassen.«

»Er ist ein Idiot!« Ich räume das Geschirr klirrend zusammen. »Wenn er glaubt, dass er seinen Betrug so einfach wiedergutmachen kann, liegt er komplett falsch.« Ich werde gerade richtig wütend. Für wen hält der sich eigentlich? Beziehungsweise: Für wen hält er mich? Für ein hilfloses Mädchen, das sich ohne ihren tollen Freund minderwertig vorkommt? Das war vielleicht mal so. Inzwischen sieht die Realität allerdings etwas anders aus. Das behalte ich natürlich für mich. Ich schiebe den Stuhl zurück, stehe auf und nehme das Tablett. »Ich muss noch zum Schließfach, meine Zeichensachen holen. Wir sehen uns gleich im Kunstkurs.«

»Du solltest ihn wirklich zappeln lassen«, ruft mir Juno hinterher. »Hast du gesehen? Er hatte einen Knutschfleck am Hals. Das heißt, die Sache mit seiner Freundin läuft noch.«

Ich bleibe stehen und drehe mich zu ihr um. Inzwischen ist sie ebenfalls vom Tisch aufgestanden. »Ja, den Knutschfleck habe ich gesehen.« Und er hat mir einen Stich ins Herz versetzt. Es ist eben doch was anderes, nur zu hören, dass er mit einem anderen Mädchen zusammen war, als die eindeutigen Zeichen davon zu sehen. Ich versuche, diese Tatsache zu ignorieren.

»Knutschflecken brauchen ewig, um zu verschwinden«, sagt Nana und wirft Juno einen warnenden Blick zu.

Aber Juno zieht wenig überzeugt die Augenbrauen hoch. »Ihr könnt sagen, was ihr wollt. Ich finde, er hat seine Chance auf eine Versöhnung verspielt.«

Ja, vermutlich! Vielleicht meint er es aber auch ernst. Ich weiß es nicht. Ich weiß überhaupt nichts mehr. Ich bin nur froh, dass wir jetzt mein Lieblingsfach Kunst haben, wo wir gerade die Komposition von »Stillleben« durchnehmen. Da werde ich wenigstens für die nächsten neunzig Minuten ausschließlich mit dem Zeichnen von drei Äpfeln, einer Birne und einer Milchflasche beschäftigt sein.

Fünf

7. Tag

Als ich am Nachmittag nach Hause komme, steht meine Mutter im dunkelblauen Polokleid in der Halle neben dem Tisch mit dem Blumenbouquet und hält mein Portemonnaie in die Luft. »Junge Dame, kannst du mir das erklären?«

Ich drücke die Haustür ins Schloss und merke, wie mein Gesicht augenblicklich rot anläuft. Wie hat sie es gefunden? Ich habe es letzte Nacht doch extra unter meinen Kissen versteckt. Sie soll es nicht anfassen. Er hat es bei sich getragen. Es ist der einzige Gegenstand, der mich mit ihm verbindet.

Meine Mutter sieht mich mit hochgezogenen Augenbrauen an. Ihre Stimme bebt. »Ich höre?«

Es bringt nichts, zu versuchen, möglichst unbeteiligt zu wirken. Die Hitze in meinem Kopf verrät meine Aufregung. Mein Mund geht auf und zu, ohne dass ein Ton herauskommt. Ist das der Moment, in dem ich endlich alles zugebe? Ehrlich gesagt würde ich das lieber mit meinem Vater unter vier Augen regeln. Der schafft es wenigstens, ruhig zu bleiben. »Ich habe es …«

Doch bevor ich überhaupt noch irgendetwas sagen kann, unterbricht sie mich wieder. Meine Mutter ist mindestens so gestresst wie ich. »Weißt du, was das ist? Ich habe es unter deinem Kopfkissen gefunden, als ich vorhin in deinem Zimmer für Ordnung gesorgt habe. Da sieht es aus wie Kraut und Rüben. Deine Schulhefte fliegen auf deinem Schreibtisch herum …«

Okay, ich habe meiner Mutter schon tausendmal gesagt, dass sie nichts in meinem Zimmer verloren hat. Ich hätte schlauer sein sollen und wissen müssen, dass sie sich nicht daran hält. Ich schlucke und sage mit trockener Stimme: »Das ist mein Portemonnaie.«

»Ganz richtig. Dein Portemonnaie.« Sie legt es mit einem Klatscher auf den Tisch. »Mit deinem Personalausweis darin. Und weißt du, was das bedeutet?« Sie verschränkt die Arme vor der Brust und sieht mich scharf an.

Ja, es bedeutet, dass mein Lebensretter mir beides gestern Nacht wiedergebracht hat. Dass er bei mir war, weil er mich nicht vergessen konnte. »Ich weiß nicht?«, versuche ich auszuweichen.

»Tu nicht dümmer, als du bist!« Meine Mutter ist schon wieder richtig gut drauf. Sie pustet die Luft aus, in dem Versuch, ruhiger zu werden. Sie wird es nie schaffen. Ich schätze, ich muss mir eine gute Ausrede einfallen lassen, wenn ich verhindern will, dass sie komplett an die Decke geht. Doch bevor ich noch irgendetwas sagen kann, fällt sie mir schon wieder ins Wort. »Spar dir deine Ausflüchte. Das bedeutet, dass dein Vater umsonst alle Hebel in Bewegung gesetzt hat, um ein paar Sicherheitsleute für uns zu bekommen. Denn: Dieser Kerl, der noch immer da draußen herumläuft, hat dein Portemonnaie gar nicht. Es lag, wie gesagt, unter deinem Kopfkissen. Das bedeutet, er weiß gar nicht, wen er da in die Büsche gezerrt hat. Das bedeutet: Er weiß nicht, wo du wohnst. Das bedeutet: Wir brauchen keine Extra-Sicherheitsleute. Wo bist du nur immer mit deinen Gedanken?«

Obwohl ich ihr das für jetzt zum Beispiel ganz genau sagen könnte, nicke ich und presse mir ein »Entschuldigung, es tut mir leid« heraus. Meine Mutter hat überhaupt keine Ahnung. Er weiß, wer ich bin. Er weiß, wo ich wohne. Er kennt längst mein Zimmer. Er saß auf meinem Bett, ganz nah bei mir.

»Das kannst du deinem Vater erklären. Er sitzt in seinem Arbeitszimmer und telefoniert.« Meine Mutter dreht sich um und ruft die Treppe hinauf: »Franziska! Wir müssen los! Deine Klavierstunde fängt gleich an!«

»Komme sofort!« Meine Schwester erscheint in Leggings und T-Shirt auf dem Treppenabsatz. Ihre krausen rötlichen Haare stehen wild vom Kopf ab. »Ich muss nur noch meinen iPod laden.«

Meine Mutter entgleisen die Gesichtszüge. »Willst du in diesem Aufzug zur Klavierstunde gehen? Du siehst aus, als hättest du in eine Steckdose gefasst.«

»Na und?« Franzi zuckt mit den Schultern. Bevor sie wieder in ihr Zimmer verschwindet, winkt sie mir zu und lächelt ihr Feste-Zahnspange-Lächeln. »Hey, Sina. Alles klar? Ich habe heute deinen bekloppten Exfreund auf dem Schulparkplatz in seinem Cabrio gesehen. Er ist über ein umgekipptes Fahrrad gebrettert und hat dann Fahrerflucht begangen. Du kannst echt froh sein, dass du ihn los bist. Der ist total asozial.«

»Danke, Sweety!« Ich grinse meine Schwester an. Sie ist ein Schatz. Sie ist die Einzige, die wenigstens für etwas Klarheit in meinem Kopf sorgt.

Sie lächelt bittersüß zurück. »Keine Ursache. Er ist ein Arsch!«

»Franziska!« Meine Mutter läuft die Treppe hinauf. »Ich will so etwas nicht hören! Und Jean kommt aus einer guten Familie. Er wird sich bestimmt um den Schaden kümmern.«

»Ja, sicher!«, sage ich und beschließe, meinen plötzlich wieder funktionierenden Instinkten zu vertrauen. Ob der geheimnisvolle Junge, der mich gerettet hat, ein Mörder ist, weiß ich nicht. Aber Jean, der mich betrogen hat, ist definitiv ein Arsch.

»Sina?«, ruft mein Vater hinter mir. Ich drehe mich um. Mit hochgekrempelten Hemdsärmeln steht er in der offenen Arbeitszimmertür. Seine grau melierten Haare liegen nicht mehr ganz so frisch frisiert. »Kann ich dich mal kurz sprechen?«

»Klar.« Ich winke meiner Schwester noch mal zu, dann folge ich ihm in sein Arbeitszimmer, das bis zur Decke mit Bücherregalen vollgestellt ist, in denen sich Gesetzesbücher und Akten stapeln. Er setzt sich hinter seinen Schreibtisch. »Schließ die Tür und nimm Platz.«

Ich gehorche und setze mich ihm gegenüber auf die andere Seite seines überladenen Schreibtischs. Sein Handy surrt schon wieder. Er stellt den Ton ab und sieht mich streng an. »Deine Mutter hat dein Portemonnaie gefunden. Was soll das? Wir waren davon ausgegangen, dass es dir entwendet wurde.«

Jetzt funktioniert das Lügen schon leichter. »Entschuldige, ich war verwirrt und habe es wohl unter meine Kopfkissen geschoben.«

Er nickt. »Schwamm drüber. Um ehrlich zu sein: Das ist eine gute Nachricht. So weiß der Kerl nicht, wer du bist und wo du wohnst. Das beschert uns eine gewisse Sicherheit.« Mein Vater stützt die Ellenbogen auf dem Tisch auf und faltet die Hände unter dem Kinn. »Ich gebe es nur ungern zu, aber ich habe mir etwas Sorgen gemacht.«

»Wieso hast du dir Sorgen gemacht?« Meine Aufmerksamkeit fliegt durch den Raum. Dann wieder zu ihm zurück. Es ist, als säße ich zum ersten Mal hier drin. Alles ist so anders. So neu. So fremd. Bisher habe ich von der Arbeit meines Vaters nur mitbekommen, dass er rund um die Uhr beschäftigt ist. Jetzt interessiert mich auf einmal, was er tut, wenn er in diesem Zimmer sitzt.

Er senkt seine Stimme. »Das, was ich jetzt sage, bleibt bitte unter uns. Ich will nicht, dass deine Mutter sich noch mehr aufregt, in Ordnung?«

»Okay.« Ich gucke ihn mit großen Augen an. Was kommt jetzt? Ich bin wirklich gespannt. Weiß mein Vater inzwischen mehr über meinen nächtlichen Besucher?

»Die drei jungen Männer, die wir gefasst haben, sind Teil einer Gang. Die ersten Verhöre und Ermittlungen haben ergeben, dass auch der Vierte im Bunde kein unbeschriebenes Blatt ist. Nach ihm wird seit geraumer Zeit gefahndet. Offenbar steht er mit einem ungeklärten

Mordfall in Verbindung. Es ist also wichtig, dass du mir wirklich alles sagst, was du weißt. Ich verstehe, dass du verwirrt bist, aber …«

Ich hole tief Luft. Auf meiner Brust liegt ein tonnenschwerer Felsbrocken. Irgendwie hatte ich gehofft, dass es alles dummes Zeug ist, was Nana gehört hat. Aber jetzt scheint es doch zu stimmen. Darf ich unter diesen Umständen überhaupt noch eine Sekunde länger schweigen? Muss ich meinem Vater nicht sofort die Wahrheit sagen?

Ich flüstere: »Wie heißt er?«

Mein Vater zieht die Augenbrauen hoch und sieht mich prüfend an. »Wer?«

Ich räuspere mich und halte seinem Blick mit aller Macht stand. »Der Junge, den ihr sucht.«

Mein Vater stutzt für einen Moment, dann blättert er in einem roten Pappaktenordner. »Er heißt … Er heißt … Noah. Noah Tal.«

Noah, flüstere ich im Geiste. »Und … Und wie alt ist Noah Tal?«

»Sekunde.« Mein Vater fährt mit seinem Zeigefinger die Zeilen eines Protokolls entlang. »Neunzehn. Er hat im September Geburtstag. In ein paar Wochen wird er zwanzig. Damit fällt er immer noch unters Jugendstrafrecht.« Er blickt mich nachdenklich an. »Aber das ändert nichts daran, dass er gefährlich ist. Nicht auszudenken, was dir hätte passieren können. Du hast an diesem Abend wirklich großes Glück gehabt, Sina. Ganz großes Glück.«

Habe ich das? Mein Vater sieht echt beunruhigt aus. Als würde er sich wirklich nicht vorstellen wollen, was mir alles hätte passieren können. Warum empfinde ich trotzdem keinerlei Erschütterung über die Situation, in der ich mich befunden habe? Weil ich den wahren Noah erkannt habe, den, der in den Akten meines Vaters nie zu finden sein wird – oder weil ich mir etwas vormache?

Mein Vater lehnt sich seufzend zurück. »Er stammt von der anderen Seite des Kanals, aus dem übelsten Viertel der Stadt. Seine Familie wohnt da schon immer. Seit Generationen drehen die da ihre krummen Geschäfte. Das wird vom Großvater an den Vater und vom Vater an den Sohn weitergegeben. Entweder du machst da freiwillig mit. Oder du wirst gezwungen. Letztes Jahr wurde sein zwei Jahre älterer Bruder erschossen am Kanal gefunden. Diese Leute haben kein Gewissen. Die sind immer in irgendwas verwickelt.«

»Aha.« Ich lächele gequält. *Sein Bruder wurde erschossen!* Die Nachricht erschüttert mich zutiefst.

Mein Vater setzt sich wieder auf und blättert die Seiten um. »Ständig muss die Polizei in dieses Viertel rein und für Ordnung sorgen. Immer wieder ziehen wir da Leute raus, aber keiner redet. Sie wissen schon, warum. Es ist einfach zu gefährlich für Leib und Leben.«

»Und was passiert mit dem Jungen, wenn ihr ihn habt?« In meinem Kopf rauscht es. Vermutlich ist es dumm, diese Frage zu stellen. Vermutlich hört mein Vater die Sorge in meiner Stimme. Vermutlich spürt er längst, dass ich etwas verheimliche. Das ist sein Job: aufzudecken, was andere verbergen wollen. Deswegen gebe ich mein Bestes, um ein strebermäßiges Gesicht aufzusetzen, wie eine Einserschülerin, die sich für eine spätere Juristenlaufbahn entschieden hat. »Ich meine, was genau sind die Anklagepunkte?«

»Das ist noch zu klären.« Mein Vater holt tief Luft. »Jedenfalls ist da vor ein paar Monaten ein Mann vor einem Baumarkt aus nächster Nähe niedergestochen worden.« Er klappt den Ordner wieder zu und sieht mich lange an. »Also: Wenn dir noch irgendetwas zu diesem Noah einfällt, dann lass es mich wissen. Versprochen?«

Ich nicke und sehe ihm fest in die Augen. Ich kann mich nicht erinnern, meinen Vater je angelogen zu haben. Alles, was ich gerade von ihm über Noah erfahren habe, sagt mir, dass dies meine letzte Chance ist, die Wahrheit zu sagen. Dass ich sie sagen muss! Aber mein Gefühl sagt mir etwas anderes. Es schreit »Tu's nicht!« Und darum antworte ich ihm: »Ich weiß nichts.«

Diese Lüge verschafft mir Zeit zum Nachdenken. Ich muss mir erst überlegen, was ich tun soll. Nur noch heute Abend. Dann werde ich eine Entscheidung treffen. Wenn ich doch nur jemanden hätte, mit dem ich reden könnte! Die einzige Person, der ich komplett vertraue, ist Franzi. Aber sie ist zu jung, um wirklich einschätzen zu können, was in so einem Fall zu tun ist. Oder?

Als ich aus dem Arbeitszimmer komme, sehe ich gerade noch ihre rote Zuckerwatten-Haarpracht nach draußen verschwinden. Dann schlägt die Haustür zu. Meine Mutter wird meine Schwester jetzt quer durch die Stadt zum Klavierunterricht chauffieren. Und ich muss mich an meine Hausaufgaben setzen und mich in Geduld üben, bis Franzi wieder da ist. Wie um Himmels willen soll ich mich jetzt auf Mathe oder Physik konzentrieren? Wie es aussieht, habe ich mich in einen Mörder verliebt! Denn wie könnte ich den Akten meines Vaters misstrauen? Aber halt! Ich rufe mir in Erinnerung, was mein Vater wirklich gesagt hat: »Er steht mit einem Mordfall in Verbindung«, so war seine Formulierung. Was soll das heißen? Dann ist am Ende vielleicht doch wieder alles ganz anders?

Warum sollte Noah nachts zu mir ins Zimmer kommen, wenn er tatsächlich schuldig ist? Dann wäre mein Vater sein allergrößter Feind – und die Gefahr der Entdeckung für ihn riesig. Wieso sollte er ein solches Risiko eingehen? Aus Liebe??? Aber wie könnte Noah sich ausgerechnet in die Tochter des Mannes verlieben, der eine ganze Reihe von Leuten aus seinem Viertel hinter Gitter gebracht hat und nun gegen ihn ermittelt? Das wäre mindestens so heftig wie *Romeo und Julia*, das wir gerade in der Literatur-AG lesen! Und wie ich es auch drehe und wende: Es ergibt einfach keinen Sinn. Diese Ungewissheit bringt mich noch zum Durchdrehen. Woher soll ich wissen, was richtig und was falsch ist? Und wem ich glauben soll? Und wem ich besser nicht vertrauen sollte? Aber ich kann Noah doch nicht einfach verraten. Wo er doch vielleicht am Ende wirklich unschuldig ist. Wie könnte ich es mir je verzeihen, ihm nicht geglaubt zu haben? Mal ganz zu schweigen von Noah!

Sechs

13. Tag

Es ist etwa halb elf Uhr abends. Die Balkontür steht offen. Von draußen kommt die warme Nachtluft herein. Ich sitze in Unterhose und T-Shirt auf meinem Bett und zeichne im Schein der Nachttischlampe Noahs Gesicht aus allen erdenklichen Perspektiven in meinen Block, um ihn zu mir zu holen. Ich will in seine Augen sehen. Mit ihm sprechen, wissen, was er denkt, zu allem, was ich ihm im Stillen erzähle. Zum Vorwurf meines Vaters. Und zu allem sonst. Ich will ihn kennenlernen. Ich will wissen, wie er fühlt, was er sich wünscht. Er soll von meinen Zweifeln wissen und dass ich aber an ihn glauben will. Ich will von ihm wissen, ob er unschuldig ist. Vielleicht werde ich es in seinen Augen lesen können.

Die Zeichnungen werde ich gut verstecken müssen, nachdem meine Mutter letzte Woche schon das Portemonnaie unter meinen Kopfkissen gefunden hat. Leider verfügt mein Zimmer über keine lockeren Fußbodendielen, unter denen ich meine geheimen Kostbarkeiten wie ein kleiner Troll verstecken könnte. Unser gesamtes

Haus ist mit dem teuersten, cremefarbenen, superflauschigen Teppich ausgelegt. Damit wir alle das Gefühl haben, auf Wolken zu gehen. Inzwischen habe ich eher das Gefühl, ich laufe auf Scherben.

Außer meinen Zeichnungen kriege ich seit Tagen nichts zustande. Obwohl ich immer wieder kurz davor stehe, wage ich nicht, mich Franzi zu offenbaren. Ich kann mich nicht auf die Schule konzentrieren, ich vergesse meine Hausaufgaben, *Romeo und Julia* für die Literatur-AG durchzulesen, schaffe ich erst recht nicht. Ich weiß ja, wie dramatisch die Geschichte um diese verbotene Liebe ausgeht. Und dann vernachlässige ich auch noch meine Freundinnen.

Nana hat sich inzwischen mit den Ereignissen arrangiert. Juno irgendwie auch, obwohl sie ab und an auf einen Schlag ziemlich abwesend wirkt. Lil ist noch nicht wieder zur Schule gekommen. Und ich fühle mich manchmal so kraftlos, dass ich es nicht mal mehr hinkriege, mich zu schminken. Nana meint, ich sehe langsam aus wie Gollum aus *Der Herr der Ringe*, der seit Hunderten von Jahren kein Tageslicht mehr gesehen hat. Sie macht sich ernsthaft Sorgen um mich. Sie sagt: »Ein Mädchen, das bereitwillig ungeschminkt zur Schule geht, ist psychisch am Ende.« Alle denken, dass das bei mir mit dem Überfall zu tun hat. Hat es auch. Nur eben anders. Neulich hat Nana sogar schon einen Kinoabend mit Nick und einem seiner Basketball-Freunde organisiert, damit mich dieser Zweimetermann ein wenig aufmuntert. Ich habe nur drei Sätze mit ihm geredet. Mehr war nicht möglich. Im Vergleich zu Noah hat niemand eine Chance.

Meine Gedanken schweifen immer wieder zurück zu ihm. Er ist alles, woran ich denken kann. Ständig taucht sein Gesicht vor mir auf. Im Chemieunterricht. Beim Abendessen. Beim Musikhören. Immer ist er bei mir. Überallhin nehme ich ihn mit. Ich sehe sein zaghaftes Lächeln. Seine tiefgrünen Augen. Seine Lippen, wenn er leise mit mir spricht. Er hat nichts wirklich Schlimmes getan, das kann gar nicht sein!

Sieben lange Tage ist es her, dass er hier zu mir ins Zimmer gekommen ist. Sieben Tage ohne Noah, die mir wie eine halbe Ewigkeit vorkommen. Wie er wohl küsst? Ich erschrecke selbst vor meinen Gedanken! Aber wenn ich ehrlich zu mir bin, dann wünsche ich mir, nur einmal meinen Kopf an seine Brust zu legen und sein Herz schlagen zu hören. Was hat er mit mir gemacht? Wieso hat er diese unglaubliche Macht über mich? Wohin ist er verschwunden? Wo ist er jetzt? Werden wir uns je wiedersehen?

Mein Atem geht schneller bei der Vorstellung, dass er irgendwo da draußen nur für Augenblicke an mich denken könnte. Was, wenn die Polizei ihn zu fassen kriegt? Wird ihm jemand seine Unschuld glauben? Oder ist sein Urteil längst gesprochen?

Mein Vater vertritt die Meinung, dass Typen wie er grundsätzlich schuldig sind. »Nur einmal möchte ich überrascht werden!«, sagt er immer. »Nur einmal erleben, dass sie sich nicht in Lügen verwickeln. Aber leider ist das noch nie passiert!«

Hat Noah mich ebenfalls angelogen? Wäre es doch im Bereich des Möglichen, dass er den Mann vor dem Baumarkt umgebracht hat? Aber wieso sollte er das tun? Weil er derjenige war, der seinen Bruder erschossen hat? Weil man als Gangmitglied eben Rache nimmt? Oh Gott! Es ist absurd, über was für Dinge *ich* mir plötzlich den Kopf zerbreche. Ich bin ein siebzehnjähriges Mädchen! Bisher habe ich mir über nicht viel mehr Gedanken gemacht als über perfekt lackierte Fingernägel, glänzendes Haar, stylische Klamotten, gute Schulnoten und meinen Status auf Facebook. Sollte ich mich diesem Abgrund nicht besser verschließen? Zu meinem eigenen Schutz.

Mein Blick schweift über meine Zimmerwände, an denen rund um mein Bett noch immer die Fotos von meinem breit grinsenden Exfreund hängen. Die Beziehung mit dem begehrtesten Jungen der Schule war mal mein ganzer Stolz. Seit Tagen versucht er alles, um sich zurück in mein Leben zu drängen. Stunde um Stunde ruft er mich an, damit wir morgen doch noch zusammen ins Konzert gehen. Aber die Ära als Traumpaar der Oberstufe ist vorbei. Was kann ich dafür, dass ich nichts mehr für ihn empfinde?

Ich knie mich auf meine Matratze, rupfe die Fotos allesamt runter und verstaue den Stapel in meiner Schreibtischschublade. Das Blöde ist: Mein Unwille weckt seinen Jagdinstinkt. Noch nie war er so hinter mir her wie jetzt. Das hätte ich mal früher wissen sollen. Er wird nicht aufgeben, bis ich mitgehe. Einen wie ihn, meint er, weist man nicht ab. Bin ich also dumm, wenn ich Jean nicht noch eine Chance gebe, jetzt, wo ich ihn zurückhaben kann? Und stattdessen mein Herz komplett und unwiderruflich an Noah verliere, der gerade in der ganzen Stadt von der Polizei gejagt wird?

Meine Mutter ist sich sicher, dass ich keinen Besseren finden werde als Jean. Sie meint, diese Verbindung hat Zukunft. Auch wenn er mit seinem neuen Cabrio, das er von seinem Vater zum 18. Geburtstag bekommen hat, über umgekippte Fahrräder brettert und dann abhaut. Vielleicht ist auf dieser Welt niemand perfekt. Jeder hat seine Macken. Vermutlich sollte ich Jean mit größerer Gnade sehen. Ich lege mich ins Bett und knipse die Nachttischlampe aus.

»Hey, bist du noch wach?« Plötzlich, als ich fast eingeschlafen bin, gleitet ein dunkler Schatten durch die angelehnte Balkontür in mein Zimmer. »Ich wollte dir nur gute Nacht sagen.«

Ich erkenne ihn sofort an seiner sanften und doch rauen Stimme. Mein Herz wummert. Noah. Er ist zurück. Er ist bei mir. Und obwohl er noch ein paar Schritte von mir entfernt ist, kann ich ihn bereits fühlen, ihn riechen, seine Ausstrahlung spüren. Ich richte mich auf. Vollkommen überwältigt. Atemlos. »Hey … Was machst du hier? Ich dachte, du wolltest verschwinden.«

Behutsam setzt er sich auf die Bettkante und sagt für einen Moment gar nichts. Er atmet nur ein und aus. Aber an seinem Atmen kann ich hören, dass etwas nicht in Ordnung ist. Es ist ein stockendes, verkrampftes Atmen, so als würde er schlecht Luft bekommen.

Ich rutsche näher an ihn heran und strecke zögernd meine Hand aus, sodass ich gerade eben so seinen Unterarm mit meinen Fingerspitzen berühre. Er ist ganz kalt. Ich flüstere: »Ist alles in Ordnung mit dir?«

Seine Augen glänzen im einfallenden Mondlicht. »Hast

du vielleicht eine Schmerztablette für mich? Oder zwei? Und einen Waschlappen oder so. Irgendwas, womit ich die Blutung stoppen kann?«

»Welche Blutung?« In meinen Ohren rauscht es und ich ziehe meine Finger zurück. »Was ist passiert?«

Es dauert, bis er stockend antwortet. »Ich bin verletzt.«

Ohne darüber nachzudenken, ob es ihm recht ist, knipse ich meine Nachttischlampe an. Da sitzt er, nur ein Stück von mir entfernt auf der Bettkante in Jeans und T-Shirt, so wunderschön und so zerstört. Er lächelt mich matt an. Seine Stirn ist dicht über der Augenbraue aufgeplatzt. Sein weißes T-Shirt ist mit Blut befleckt.

»Oh, mein Gott!« Ich versuche, nicht loszuschreien. Ich springe aus dem Bett, obwohl ich nur ein altes, ausgeleiertes T-Shirt und eine Unterhose anhabe. Ich sehe auf diesen unglaublich hübschen Jungen, dem etwas Schreckliches widerfahren sein muss. Und trotzdem lächelt er, als sei nichts passiert!

»Wer war das?«, hauche ich und presse die Hände vor den Mund, wobei ich auf der Stelle trippele, um nicht ohnmächtig zu werden. Das gesamte Blut zieht sich aus meinem Körper zurück. Mir ist so schlecht. Ich kippe definitiv gleich um.

»Bleib ruhig.« Er greift sanft nach meinem Handgelenk und hält mich fest. Es ist, als würde seine gesamte Ruhe nach und nach in mich übergehen, jede Zelle meines Körpers einnehmen und mich langsam ganz erfüllen. Er flüstert: »Es sieht schlimmer aus, als es ist.«

»Es ist schlimm!« Meine Augen füllen sich mit Tränen. Ich versuche wirklich, ruhig zu bleiben und nicht darüber nachzudenken, was ihm Furchtbares passiert ist. Es ist wichtig, dass ich jetzt einfach das tue, was dran ist. Wenn ich nur wüsste, was dran ist? Ich habe in meinem Leben noch nie so viel Blut gesehen. Scheinbar ist seine aufgeplatzte Stirn nicht die einzige Verletzung. Ich presse mühsam hervor: »Ist das alles dein Blut?«

»Ich befürchte schon.« Er lässt mich wieder los und sieht an seinem ehemals weißen T-Shirt runter.

»Bist du … Bist du angeschossen worden?« Die Frage klingt vielleicht komisch. Ich hätte auch nie gedacht, dass ich sie einmal jemandem stellen würde.

Aber ich muss wissen, was los ist. Noah hebt seinen T-Shirt-Saum etwas an, sodass ich die Verletzung an seinem Bauch sehen kann. »Ist nur ein kleiner Kratzer.«

Okay. Er ist vielleicht nicht von einer Kugel durchlöchert worden, aber ein kleiner Kratzer ist das trotzdem nicht. Seine Wunden müssen versorgt werden, damit da kein Schmutz reinkommt. Bevor ich mich darum kümmern kann, blinkt auf dem Laken neben Noah mein Handy. Oh, verdammt! Es ist schon wieder Jean. Das wäre dann der elfte Anruf des Tages.

Noah hält mir das Telefon hin, wobei er mich mit seinen grünen Augen unverwandt ansieht. »Musst du drangehen?«

»Nein. Nein. Ist nicht wichtig.« Ich schüttele den Kopf. Was nicht ganz stimmt. Es wäre schlauer, endlich dranzugehen und mit ihm zu sprechen. Jean wird es sonst so lange weiter probieren, bis er mich erreicht. Er lässt sich nicht abwimmeln. Und wenn er zu guter Letzt auf unserem Haustelefon anrufen muss. Dann kommt meine Mutter mit dem Schnurlosen rein. Also nehme ich das Telefon aus Noahs Hand, wobei sich unsere Fingerspitzen zart berühren, und hebe doch ab. »Jean, ich … Ich schlafe schon.«

Das scheint meinen Exfreund überhaupt nicht zu interessieren. Jetzt hat er mich endlich am Apparat. Jetzt will er Nägel mit Köpfen machen. Sofort fängt er an, mir minutiös nachzuerzählen, was er mit Mellow am Nachmittag erlebt hat, wen er getroffen hat, was er gekauft hat, wo er mit seinem Cabrio rumgefahren ist, welche Pizza er gegessen hat. Was das ganze sinnlose Gerede soll, weiß ich nicht. Aber es gibt nur eine Möglichkeit, es zu stoppen, indem ich entnervt sage: »Jean, ich lege jetzt auf. Wir sehen uns morgen beim Konzert.«

»Wow! Wow! Wow!«, triumphiert er aufgeregt am anderen Ende der Leitung, als hätte er irgendeine Sportmedaille gewonnen. »Ich wusste, dass ich dich noch rumkriege! Ich nehme das als Zeichen, dass wir uns wieder aufeinander zubewegen. Eine große Liebe wirft man nicht einfach so weg! Buena noche, Cinderella!«

»Gute Nacht!« *Buena noche, Cinderella?* Dieser selbstverliebte aufgeblasene Egoist! *Eine große Liebe wirft man nicht einfach so weg?* Das muss Jean gerade sagen!

Als ich das Handy auf mein Kopfkissen werfe, ist in Noahs Gesicht das Lächeln erloschen. Liegt das an seinen Verletzungen? Oder an Jeans Anruf? Seine Stimme klingt nicht mehr so sanft. »War das dein Freund?«

»Nein.« Ich gucke dicht an ihm vorbei zur offenen Balkontür, raus in die sternenklare Nacht, in der Hoffnung, dass mir meine Wut über meine Unfähigkeit, dem eitlen Jean Grenzen zu setzen, nicht anzumerken ist. Noah soll überhaupt nicht merken, dass Jean mich noch irgendwie emotional aufwühlen kann. Schließlich ist unsere Geschichte total vorbei.

»Klang aber irgendwie danach.«

Mein Blick springt zu Noah zurück. Er mustert mich, ohne auch nur eine Miene zu verziehen. Kein Zweifel: Er hat sofort gemerkt, dass ich nicht ganz die Wahrheit sage. Also zwinge ich mich, ihm fest in die Augen zu sehen, und flüstere: »Er war mal mein Freund.«

Dann gehe ich hinüber zum Schreibtischstuhl und ziehe mir schnell meine Jogginghose über.

Noah hebt seinen Arm und tupft sich mit dem T-Shirt-Ärmel das Blut von der Stirn, damit es nicht auf meinen cremeweißen Teppich tropft. Dabei sieht er mich unter seinem erhobenen Arm forschend an. »Trotzdem trefft ihr euch?«

»Eigentlich nur noch in der Schule.« Ich wende mich ab und tue so, als würde ich etwas auf meiner Kommode suchen. Da stehen aber nur Nagellack, Parfümflakons, Lippenbalsam und solches Zeug. Also drehe ich mich wieder um und versuche, die Peinlichkeit zu überspielen. »Ich hole mal besser Verbandszeug und Schmerztabletten aus der Küche.«

Sicherheitshalber schalte ich die Nachttischlampe wieder aus und ziehe leise meine Zimmertür auf. »Bin gleich wieder da.«

Draußen im Flur ist es dunkel. Meine Eltern sind inzwischen ins Bett gegangen. Als ich die Treppe runtertapse, hoffe ich, dass Noah noch da ist, wenn ich wiederkomme. Was denkt er jetzt über mich? Dass ich noch mit

Jean zusammen bin? Dass es keinen Zweck hat, bei mir zu sein? Hätte ich ihm bei seinem ersten Besuch von Jean erzählen müssen? Aus welchem Grund? Wir sind nicht mehr zusammen! Außerdem war es doch Noah, der nachts unaufgefordert in mein Zimmer gekommen ist. Er hat mich nicht mal gefragt, ob ich einen Freund habe. Er ist einfach durch meine Balkontür in mein Leben getreten. Nicht ich in seins. Und streng genommen, muss man doch denjenigen fragen, in dessen Leben man tritt, ob man da überhaupt reinpasst.

Dass Noah nicht in meins passt, liegt total auf der Hand. Er kommt vom Viertel jenseits des Kanals. Er ist in einer Gang. Er wird wegen eines Mordfalls gesucht. Er ist tätowiert. Und jetzt scheint er auch noch in eine Messerstecherei oder so geraten zu sein, obwohl er untertauchen wollte. Ich dagegen gehe nicht mal bei Rot über die Ampel und Tätowieren gilt in meiner Familie als Selbstverstümmelung. Auf der anderen Seite ist Noah genau das, was mir, seit ich denken kann, gefehlt hat. Etwas Echtes.

Als ich mit dem Erste-Hilfe-Koffer zurückkomme, sitzt er zu meiner Erleichterung noch auf der Bettkante. Schnell schiebe ich die Kommode vor die Tür, um zu verhindern, dass meine Mutter einfach so reinplatzen kann. Dann knipse ich das Deckenlicht an und hole aus meinem angrenzenden Badezimmer einen frischen Waschlappen. Auf dem Weg runter in die Küche und wieder rauf habe ich versucht, mich zu beruhigen. Ich will mir keine Gedanken darüber machen, dass Noah gar nicht in meinem Zimmer sitzen dürfte, weil dies das Haus des Oberstaatsanwalts ist, der seine Abteilung aus persönlichen Gründen rund um die Uhr am KFC-Fall arbeiten lässt. Wenn rauskommt, dass ich die ganze Zeit wusste, wo der Flüchtige Noah Tal steckt, werden meine Eltern mich verstoßen und meine Freundinnen mich fallen lassen. Außerdem werde ich vermutlich auch noch verurteilt – wegen Beihilfe oder wie das heißt.

Ich setze mich auf meinen Schreibtischstuhl und rolle näher an Noah heran. »Okay, dann wollen wir mal.«

Ohne ein Wort zu sagen, zieht er sein T-Shirt über den Kopf und ich sehe seine durchtrainierte Brust. Seinen muskulösen Bauch. Auf Höhe der untersten Rippenbögen hat er etwas abbekommen. Sieht aus wie eine Schnittverletzung. Ich hole tief Luft und untersuche vorsichtig die Wunde. »Wer war das?«

»Nicht so wichtig.« Noah sieht mir dabei aufmerksam zu. Er atmet ruhig ein und aus. Er wirkt so unglaublich beherrscht. Seine Stimme ist nie aufgeregt. Ganz ruhig. Als könne er mit allem umgehen, egal, was ihm geschieht. »Und? Liebst du ihn noch?«

»Wen?«

»Deinen Exfreund, mit dem du morgen aufs Konzert gehst?«

Ich richte mich auf und reiche ihm den blütenweißen Waschlappen. »Hier, drück dir den auf die Verletzung.«

Noah folgt meiner Anweisung und fragt noch einmal, nun doch etwas heftiger atmend, wobei er kurz vor Schmerzen die Augen zusammenkneift. »Also? Liebst du ihn noch?«

Ich schraube das Jodfläschchen auf und flüstere schließlich: »Ich war über ein Jahr lang mit Jean zusammen, bis er mich mit einem anderen Mädchen betrogen hat. Seit dem Überfall hat er offenbar ein schlechtes Gewissen und will wieder mein Freund sein. Schätze, um in der Schule nicht als totaler Widerling rüberzukommen.«

»Wie nobel.« Noah lacht bitter in sich hinein. »Und warum gehst du dann mit ihm auf ein Konzert?«

Ich ignoriere den sarkastischen Unterton und sage eigentlich mehr zu mir selbst: »Ich dachte, vielleicht ist es klug – um den Anschein zu wahren.«

»Welchen Anschein?« Noah guckt mich aus seinen Smaragdaugen verwirrt an. Dieser Blick trifft mich mitten ins Herz. Wie kann ein Mensch, der bei genauerer Betrachtung so verletzlich wirkt, ein Leben führen, in dem er ständig verletzt wird? Mein Blick schweift über seine gebräunten Arme, über das Messer, um das sich eine Schlange windet, hinauf zu seiner zweiten Tätowierung, die auf der Innenseite seines muskulösen Oberarms prangt. Ein Engel mit Heiligenschein. Schön!

»Na, den Anschein vom perfekten Leben.«

»Und was soll das sein – das perfekte Leben?«

»Ich vermute, das, was meine Mutter oder meine Freundinnen dafür halten. Was weiß ich.«

Noah nickt kaum merklich. »Und dazu brauchst du diesen Jean?«

Was soll das? Warum stellt er all diese Fragen? Will er mich bloßstellen, oder versteht er wirklich nicht, was ich meine? Erkennt er nicht, in welcher gefährlichen Lage ich mich befinde? Dass ich mich unbedingt so verhalten muss, als wäre alles wie immer, damit niemand merkt, dass gerade gar nichts mehr ist wie immer? Die Sina, die ich war, wäre mit ihrem Exfreund auf ein Konzert gegangen. Und ist die alte Sina nicht die perfekte Tarnung, um zu vertuschen, dass ich nachts von einem gesuchten Gangmitglied Besuch bekomme? Aber so ungläubig, wie Noah guckt, hätte ich meine Überlegung besser für mich behalten sollen. Anscheinend findet er meine Verschleierungstaktik lächerlich. Er kennt mein von meinen Eltern kontrolliertes und vorprogrammiertes Leben eben nicht. Aber jetzt, wo wir schon mal darüber reden, bekommt Noah eben die Langversion präsentiert. Er hat ja keine Ahnung, unter welcher Beobachtung ich stehe. Dagegen kann er sich als von der Polizei Gesuchter geradezu frei bewegen! »Meinen Eltern ist es wichtig, dass ich keine Dummheiten mache und einen Freund habe, dessen Bilderbuchkarriere jetzt schon sicher ist.« Ich schiebe seine Hand mit dem Waschlappen weg und streiche Jod um die Schnittverletzung. »Für sie zählt, dass Jean aus einer wohlhabenden, angesehenen Familie stammt, wohlerzogen ist, gut aussieht und ...«

»... dich betrogen hat.« Noah schüttelt lächelnd den Kopf und ich senke meinen Blick auf die Messer-Tätowierung mit der Schlange. Mir gefällt es. Aber meine Eltern würden ihn nie und nimmer als meinen Freund akzeptieren. Er seufzt: »Ihr seid echt seltsam mit eurem Karrierewahn und Gesellschaftsdenken.«

»Ach ja?« Ich schraube das Jodfläschchen wieder zu und klebe ein großes Pflaster über die Wunde. Aus irgendeinem Grund treffen mich Noahs Worte, und ich habe das Gefühl, mich verteidigen zu müssen. Vielleicht, weil er so tut, als wisse er besser, wie das richtige Leben läuft. »Und du und deine Freunde seid nicht seltsam? Meine Freundinnen haben wegen euch Todesangst ausgestanden. Lil traut sich nicht mehr in die Schule. Haltet ihr es für normal, das Leben anderer Leute zu zerstören oder euch zu nehmen, was euch nicht gehört? Ist das cool oder was?«

»Punkt für dich.« Noah zieht die Luft durch die Zähne ein. Er scheint ziemliche Schmerzen zu haben. Ich sollte mich besser um seine aufgeplatzte Stirn kümmern. Ich krame im Erste-Hilfe-Koffer nach Desinfektionsmittel und nach einem Tupfer. Dann rolle ich wieder meinen Schreibtischstuhl zwischen seine Beine, sodass sich unsere Oberschenkel leicht berühren, und beginne mit dem Wundsäubern seiner Stirn. Er stöhnt unterdrückt.

»Trotzdem finde ich es merkwürdig, was für euch im Leben zählt.«

»Nicht reden!«, befehle ich und frage gleich darauf: »Was meinst du?«

Er sagt: »Wieso tolerieren deine Eltern es, wenn diese Flachpfeife dich betrügt? Aber wenn ich in einem Klamottenladen eine Jeans klaue, kriege ich es mit deinem Vater zu tun. Ich meine, den Klamottenladenbesitzer kenne ich nicht. Du aber warst Jeans Freundin, für die er Verantwortung hatte, auf die er aufpassen sollte, damit ihr nichts passiert, anstatt ihr Schmerzen zuzufügen.«

So habe ich das noch gar nicht gesehen. Warum wiegt das eine Vergehen schwerer als das andere? Sollte es auch Arrestzellen für Fremdgeher geben? Ich lege den Tupfer beiseite und zucke mit den Schultern. »Ich weiß nicht?«

Er sieht mich nachdenklich an. »Es ist doch seltsam, dass Betrügen nicht bestraft wird, aber Klauen. Ist denn nicht beides eine Straftat? Wenn man sich mal die Zehn Gebote anguckt?«

»Ich verstehe es auch nicht«, wispere ich und tupfe noch etwas Desinfektionsmittel um die Platzwunde. »Aber wenn ich Jean für seinen Betrug verurteile, dann muss ich auch dich dafür verurteilen, dass du Hosen klaust.«

»Mache ich ja gar nicht.« Noah grinst liebevoll. »Das war nur ein Beispiel.«

»Könntest du aufhören so zu grinsen«, flüstere ich. »Das sieht ziemlich heftig aus mit deiner aufgeplatzten Stirn.«

»Zu Befehl.« Noah lässt sich nun mit geschlossenen Augen von mir verarzten. Ich sehe sein schönes, demoliertes Gesicht. Ich höre seinen Atem, ich bin ihm so nahe. Ich möchte über seine Hände streichen, deren Finger sich um seine Knie klammern. Er muss heftige Schmerzen haben. Ich sage leise: »Verrätst du mir trotzdem, wie das passiert ist? Ich meine, so etwas passiert ja nicht einfach so, oder?«

»Ich habe nur jemanden gebeten, mir zurückzugeben, was mir gehört.«

»Und dabei wird man so zugerichtet?«

»Wenn derjenige es nicht freiwillig hergeben will.«

»Was war es?«

Noah öffnet seine Augen und sieht mich ernst an. »Meine Unschuld.«

Seine Unschuld? Ich will noch etwas sagen, aber Noah ist schneller: »Aber von all dem willst du nichts wissen«, flüstert er zurück und schließt wieder seine Lider. »Es ist zu gefährlich. Glaub mir.«

»Doch, das möchte ich gerne«, widerspreche ich. »Ich habe dir auch die Wahrheit über mein verkorkstes Leben erzählt, sodass du dir gleich das gruseligste Urteil darüber bilden konntest. Wie oberflächlich und krank wir alle sind.«

»Das ist was anderes.« Er klingt unwillig. Beinahe unwirsch. »Es ist einfach nicht gut, wenn du zu viel über mich weißt.«

»Ich habe keine Angst«, schwindele ich. Dabei habe ich gar keine Ahnung, wovon ich hier rede.

Noah fährt unbeeindruckt fort: »Wenn deine Leute rauskriegen, dass wir uns kennen, gerätst du in furchtbare Konflikte. Du willst mich nicht verraten, andererseits wird das die einzige Möglichkeit sein, um dich zu entlasten. Wie willst du da entscheiden?« Er atmet tief ein und aus und sieht mich nun lange aus seinen wunderschönen Augen an, wobei er mit den Händen sachte über meine Schultern und meine Arme fährt, bis seine Hände auf meinen liegen bleiben.

»Dafür kennen wir uns noch nicht gut genug«, sage ich wahrheitsgemäß, und doch spüre ich, dass ich mich längst bedingungslos ihn verliebt habe.

»Siehst du. Und darum ist es besser, wenn ich dir nichts erzähle. Noch nicht. Vielleicht irgendwann.« Er räuspert sich und fügt dann leise hinzu: »Wenn wir uns zum ersten Mal geküsst haben.«

»Aha?« Ich lächele und sehe zu Boden. Ich weiß, dass ich mit meiner Frage, die mir schon die ganze Zeit auf der Zunge liegt, die Stimmung zerstören werde. Aber ich muss die Wahrheit wissen. Ich hole tief Luft und hebe meinen Blick wieder. »Wirst du mir dann sagen, ob du den Mann vor dem Baumarkt umgebracht hast?«

»Warum tust du das?« Noah blickt mich getroffen an. Er schluckt, und es sieht so aus, als würde er überlegen, auf der Stelle zu gehen.

»Was?« Ich rücke von ihm ab. »Warum darf ich dich das nicht fragen? Weil es der Wahrheit entspricht? Was ist der Grund? Antworte mir!«

Plötzlich wirft Noah mich rücklings aufs Bett. Er kniet über mir auf der Matratze. Seine Augen funkeln wütend. Sein gebräunter Oberkörper senkt sich warm auf meinen. Ich sehe seine schön gezeichneten Lippen. Sie sind meinen so nah, als er flüstert: »Ich habe dir schon einmal gesagt, dass ich kein Mörder bin. Warum ist es so schwer, mir zu glauben?«

Mit seiner Hand hält er meine Handgelenke über meinem Kopf zusammen, sodass ich mich nicht rühren kann. Ich wispere: »Ich glaube dir.« Und es stimmt. »Ich bin nur so durcheinander. Alle suchen nach dir. Alle sagen, dass du in einen Mord verwickelt bist. Meinst du, es ist leicht für mich, da immer die Wahrheit zu erkennen?«

Sein Atem geht stoßweise. »Gib mir etwas Zeit! Ich werde dir meine Unschuld beweisen. Ich war schon kurz davor. Ich finde einen Weg. Vertrau mir!«

Ich mustere sein gleichmäßiges Gesicht. Will jede einzelne Linie für immer in meiner Erinnerung einschließen. Was hat er vor? Wie will er das beweisen? Indem er sich in noch größere Gefahr begibt? Er ist vielleicht viel stärker als ich. Aber auch stärker als seine Gegner? Nachdem wir uns einige Sekunden intensiv in die Augen gesehen haben, flüstert er mit sanfter Stimme: »Und kannst du bitte etwas leiser reden, wenn ich hier bin?«

Ich nicke. Und lächele. »Versprochen.«

Er lässt mich langsam los und richtet sich auf. Ich rappele mich ebenfalls auf.

Bevor wir noch irgendetwas sagen können, hören wir draußen im Flur gedämpfte Schritte, und meine Klinke wird heruntergedrückt. Doch die Tür öffnet sich nur einen Spalt breit, weil meine Kommode davor steht. Noah und ich starren auf die Klinke, die rauf und runter gedrückt wird. Die aufgeregte Stimme meiner Mutter dringt zu uns herein. »Sina, mach sofort die Tür auf. Ich weiß, dass du noch wach bist. Ich sehe das Licht in deinem Zimmer.«

»Ja, weil ich was gesucht habe!« Ich werfe Noah einen nervösen Blick zu. Sacht legt er mir einen Finger auf die Lippen und bewegt sich in seinen weißen Sneakern lautlos Richtung Balkon. Er flüstert kaum hörbar und doch mit einem Unterton in der Stimme, der keinen Widerspruch duldet: »Wir sehen uns morgen Abend wieder.«

Ich nicke wie aufgezogen und auf der anderen Seite der Zimmertür schimpft meine Mutter weiter. »Im Flur und unten in der Küche herrscht Festtagsbeleuchtung. Was soll das?«, ruft sie durch den Spalt. »Es ist nach Mitternacht. Und morgen ist Schule!«

»Ich habe nur was gesucht«, sage ich noch mal und winke Noah hilflos zu, der wie ein flüchtiger Schatten über die Balkonbrüstung in der Schwärze der Nacht verschwindet. Warum habe ich unten nur die Lichter angelassen? Die dumme Macht der Gewohnheit!

»Ich habe dir schon hundertmal gesagt, dass das Licht nachts im Flur ausgeschaltet werden soll.«

»Ich hab's vergessen. Tut mir leid.« Meine Mutter ist so nervig. Warum knipst sie nicht einfach selbst das Licht aus, legt sich wieder ins Bett und schläft, anstatt hier so eine Szene zu machen?

»Und wieso kriege ich deine Tür nicht auf?«

»Weil ich meine Kommode davor geschoben habe.«

»Warum?«

»Damit ich meine Ruhe habe«, erwidere ich ungeduldig.

»Nachts?«

»Damit kein Einbrecher reinkommt und mich umbringt«, sage ich, in der Hoffnung, dass meine Mutter mich nicht weiter mit ihren Fragen löchert.

»Oh Gott, Schätzchen, hast du noch immer Angst, dass diese Leute kommen und uns etwas antun? Warum sagst du mir das denn nicht?«

Meine Mutter drückt von außen gegen die Tür. Es ist egal, was man zu ihr sagt. Sie benutzt alles, um einen nicht mehr in Frieden zu lassen. Ich hätte genauso gut sagen können, dass ich nicht will, dass sie reinkommt. Das würde sie dazu veranlassen, die Tür einzutreten. Du gibst ihr irgendwas, damit sie dich endlich in Ruhe lässt, aber sie rückt nur noch näher an dich heran. Sind eigentlich alle Mütter so?

Hilflos sage ich: »Ich schlafe jetzt. Gute Nacht, Mama.«

Ich knipse das Deckenlicht aus, dann die Nachttischlampe. Meine Mutter bleibt noch einige Augenblicke im Flur stehen. Schließlich geht auch dort das Licht aus;

der schmale leuchtende Balken unter meiner Tür erlischt. Ich schleiche zum Balkon, um zu sehen, ob ich Noahs weiße Sneaker noch in der Dunkelheit erkennen kann. Aber unser Garten und die Straßen dahinter sehen aus wie immer.

Als ich ins Bett zurückgekrochen bin, fällt mir ein, dass ich morgen Abend gar nicht zu Hause bin, wenn Noah wiederkommt. Jean wird mich aufs Konzert schleifen, jetzt, wo ich ihm zugesagt habe. Was soll ich tun? Ich weiß nicht, wie ich Noah erreichen kann, um ihm zu sagen, dass ich nicht da sein werde. Will er, dass ich Jean absage? Ist das ein Test, wie wichtig er mir ist?

»Du bedeutest mir alles!«, flüstere ich in die Dunkelheit meines Zimmers, und meine Stimme fliegt aus der offenen Terrassentür, hinauf zum Mond und den Sternen. »Du bedeutest mir alles.«

Sieben

14. Tag

»Rühr dich nicht von der Stelle!«, brüllt Jean in mein Ohr und gibt mir anschließend einen Schmatzer auf die Nasenspitze. Wir stehen mitten im lärmenden Gedränge der riesigen Konzerthalle. »Ich bin gleich wieder da.«

»Alles klar!« Ich lächele angespannt, und mein Exfreund kämpft sich durch die Menschenmasse Richtung Bar, um uns etwas zu trinken zu besorgen. Die Gelegenheit für mich, mal kurz durchzuatmen. Jean reißt sich ein Bein aus, damit unser Abend »outragious« wird. Sein neues Lieblingswort. Ich dagegen habe es mir zur Aufgabe gemacht, ununterbrochen zu grinsen, um von ihm bloß nicht gefragt zu werden, was in mir vorgeht. Das will er definitiv nicht wissen. Und ich will es ihm definitiv nicht sagen. Er bemüht sich, und dass ich hinter all seinem großspurigen Getue seine Unsicherheit spüren kann, macht das Ganze irgendwie ehrlich. Er will mich zurück, nur weiß er nicht, was ich will.

Vorletzte Woche noch hätte ich mir nichts mehr gewünscht, als dass Jean sagt, dass ihm leid tut, was er getan hat, oder dass er es wenigstens irgendwie zeigt. Aber jetzt ist es kurz vor neun Uhr, und spätestens gegen elf Uhr wird sich Noah vermutlich lautlos durch meine Balkontür schlängeln, um mich zu sehen. Ich hatte gehofft, dass ich dann schon zurück sein würde, aber das Konzert hat noch nicht mal begonnen. Die Band lässt ewig auf sich warten. Was Jean super passt. Und mich total unter Druck setzt. Seit wir hier zwischen diesen 5 000 schwitzenden Leuten eingezwängt stehen, nestelt er an mir herum, macht mir Komplimente und sagt ständig: »Ich war so ein Idiot, dich zu betrügen.«

Er benutzt tatsächlich ganz selbstverständlich dieses Wort, so als gehöre das Betrügen zum Lieben für ihn eben auch dazu. Wobei es mich schon längst nicht mehr interessiert, dass er mit einem anderen Mädchen etwas angefangen hat. Zuerst hat mich das furchtbar verletzt, mein Herz war gebrochen. Ich dachte, ich überlebe es nicht – doch inzwischen bin ich zu einer anderen geworden. Einem Mädchen, das heimlich in einen Jungen aus dem gefährlichsten Viertel der Stadt verliebt ist. Seltsamerweise erscheint mir jetzt, wo ich mit Jean hier bin, meine Liebe zu Noah plötzlich mehr als gewagt, als hätte sie die Kraft, mich einen Abgrund hinunterzureißen. Dagegen wirkt meine alte Liebe zu Jean so sicher und vernünftig.

Er kommt mit zwei Plastiksektgläsern zurück durch die Menge und überreicht mir eins davon. »Hier, Cinderella. Auf uns!«

Ich grinse wieder. »Danke.« Er sollte aufhören, mich Cinderella zu nennen, als sei ich eine Disney-Zeichentrickfigur. Und dann auch noch Aschenputtel. Hallo?!

Offenbar hält er das für charmant. Oder kommt sich dabei männlich vor.

Er legt seinen Arm um mich und zieht mich an seine muskulöse Brust, die er sich über das letzte Jahr antrainiert hat. Er ist süchtig nach Sport. Tennis. Fußball. Rugby. Und süchtig nach Anerkennung für seine Leistungen. Er ist stark und unheimlich ausdauernd, womit er gerne zu jeder Gelegenheit herumprotzt.

»Alles, was sich eine Frau nur wünschen kann«, meinte Juno neulich auf dem Sportplatz, als wir den Jungs von der Tribüne aus beim Fußballtraining zugesehen haben.

War nicht meine Idee, dass wir da oben saßen. Sondern Junos. Sie meint, ich sollte Jean besser im Auge behalten, bevor ich mich wieder auf ihn einlasse. Ihr Leitspruch lautet: Vertrauen ist gut. Kontrolle ist besser. Dabei will ich doch gar nichts mehr von ihm. Aber das scheint mir Juno nicht glauben zu wollen.

»Hey! Schön, mit dir hier zu sein«, raunt Jean gerade in mein Ohr.

Er trinkt sein Glas in einem Zug aus. Dann lässt er es einfach auf den Boden fallen und küsst meinen Hals. Jetzt wäre es meine Aufgabe, ihm unmissverständlich klarzumachen, dass unsere gemeinsame Zeit für immer vorbei ist. Nur finde ich einfach nicht die richtigen Worte. Auch wenn er mich verletzt hat, will ich ihn nicht verletzen. Ich will ihn nicht am Boden zerstört sehen. Aus Angst, seine Trauer könnte mich zur Umkehr bewegen.

Schnell nippe ich an meinem Plastik-Sektkelch und werde stocksteif. Seine Küsse erinnern mich an das, was wir hatten, und sie versetzen mir einen Stich ins Herz.

Offenbar bin ich doch nicht so abgebrüht, wie ich dachte. Mein Plan, mit ihm aufs Konzert zu gehen, um unsere Liebe angemessen zu beenden, ist komplett lächerlich und unaufrichtig. Hier ist es viel zu laut, um zu reden. Ich war einfach zu feige, um ihm abzusagen. Dass ich hier bin, macht jetzt alles nur noch viel komplizierter! Für ihn muss es so aussehen, als hätte er noch eine Chance, und mich macht es melancholisch, weil etwas unwiederbringlich vorbei ist, das eigentlich mal für die Ewigkeit gedacht war. Ich hätte Jean in einem erwachsenen Gespräch klipp und klar sagen sollen, dass ich heute Abend nicht mit ihm herkommen werde. Stattdessen stehe ich hier rum und wünsche mir nichts sehnlicher, als zu Hause zu sein. Ich will in meinem Zimmer auf Noah warten und ihm sagen, dass …!

Plötzlich macht Jean einen Schritt zurück und sieht mich durchdringend an. »Ist alles in Ordnung?«

»Wieso? Was soll sein?«, frage ich mit klopfendem Herzen und hoffe, dass ich nicht aufgeflogen bin. Sieht er mir an, dass ich mit meinen Gedanken und Gefühlen ganz woanders bin? Wäre kein Kunststück.

Jean zuckt bemüht cool mit den Schultern. »Keine Ahnung. Vielleicht befürchtest du, dass wieder irgendein irrer Freak kommt und sich an dir vergreifen will oder so.« Beunruhigt schaut er mir in die Augen, als hätte er echte Sorge, ich sei noch nicht wieder bereit für Menschenaufläufe. Ungewöhnlich feinfühlig für Jean! Und die Gelegenheit für mich, ihn nicht länger im Ungewissen zu lassen.

Aber ich schüttele nur den Kopf und grinse noch ein

bisschen breiter. »Ich bin doch mit dir hier. Du beschützt mich doch sicher, oder?« Was rede ich da? Ich reite mich immer tiefer in die Ausweglosigkeit hinein.

Er gibt mir einen erleichterten Kuss auf die Stirn. »Exakt! Ich beschütze dich! Bei mir bist du sicher.« Es klingt, als seien wir King Kong und die weiße Frau. Aber Jean glaubt offenbar tatsächlich, dass er mein Herz wieder erobern kann, wenn er so redet. Und das ist alles meine Schuld!

Gleich klettert Noah am Rosenspalier hoch. Wenn er wüsste, dass ich gerade zwischen Tausenden von Leuten stehe und mich von meinem Exfreund auf den Hals und die Stirn küssen lasse! Natürlich glaubt er, dass ich zu Hause bin. Aber er wird ein leeres Zimmer vorfinden und sofort wissen, dass ich mit Jean unterwegs bin. Das wird er kaum begreifen können. Auch wenn ich ihm den Grund dafür bereits erklärt habe. Ich kann nicht von heute auf morgen mein altes Leben verlassen, ohne dass es auffällt. Das könnte er ja auch nicht.

Weil ich mich noch immer nicht an Jean schmiege, lässt er wieder von mir ab und sieht mich nun verunsichert an. »Hör auf, mir was vorzumachen, Sina. Ich merke doch, irgendwas geht in dir vor. Du bist total abwesend. Ich komme gar nicht mehr an dich ran.«

»Findest du das seltsam?«, frage ich plötzlich gereizt und zu meinem Erstaunen kommt die alte Verletzung nun richtig hoch. Als hätte der Schmerz nur darauf gewartet, sich endlich Bahn zu brechen und sich dem zu zeigen, der ihn verursacht hat. »Jean, du hast mich mit einem anderen Mädchen betrogen. Meinst du, ich vergesse das einfach so?«

»Müssen wir das jetzt besprechen?« Sein Gesichtsausdruck lässt keinen Zweifel daran, dass er keine Lust auf diese Aussprache hat. Typisch. Jean weicht grundsätzlich jeglicher Auseinandersetzung aus. Jedenfalls, wenn sie für ihn unangenehm werden könnte. Seine Stimme bebt. »Was verlangst du denn? Ich gebe mir Mühe, es wiedergutzumachen und uns hier einen unvergesslichen Abend zu bereiten. Weißt du, wie schwierig es war, Karten für dieses Konzert zu bekommen?«

»Wow! Danke!« Jetzt grinse ich nicht mehr, sondern starre ihn zornig an. »Die Mühe hättest du dir sparen können, wenn du dir vorher überlegt hättest, ob das okay ist, was du tust!«

»Du machst das hier kaputt, weil du nicht über die Vergangenheit hinwegkommst, aber die ist nicht mehr zu ändern. Vergiss die Sache doch einfach. Die hatte nichts zu bedeuten.«

»Die hatte nichts zu bedeuten? Du hast dich wegen dieses ... dieses Mädchens von mir getrennt! Über Facebook!« Ich bin komplett geladen. Zum einen, weil ich mich noch mal ziemlich in diese alte Sache reinsteigere, zum anderen, weil ich hoffe, den Streit so auf die Spitze treiben zu können, dass es einen guten Grund gibt, mich einfach umzudrehen und abzuhauen. Dann wäre ich rechtzeitig wieder zu Hause, bevor Noah in mein Zimmer kommt.

»Jeder macht mal Fehler. Das gehört zum Erwachsenwerden dazu.« Jeans Stimme wird immer lauter, sodass sie sogar das Gelärme übertönt. Die Leute um uns herum beobachten uns schon interessiert. Was mein Exfreund nicht zu merken scheint. Er redet einfach mit derselben

Frequenz weiter. »Meinst du, du bist unfehlbar? Meinst du, dir werden in Zukunft nicht auch noch echt dämliche Sachen unterlaufen? Hältst du dich für eine verdammte Heilige, nur, weil dein Vater Oberstaatsanwalt ist, oder was?«

»Was hat mein Vater damit zu tun?!«, frage ich und komme so um eine direkte Antwort herum.

Es ist beinahe, als könnte Jean meine Gedanken lesen – ohne es zu wissen. Ich mache ihm Vorwürfe, weil er unaufrichtig war, und bin selbst auf dem besten Weg, so ziemlich jeden in meinem Umfeld zu verraten. Im Namen der Liebe? Ist das fair? Sollte das mit Noah jemals rauskommen, kann auch ich verschwinden und untertauchen. Niemand wird mir diesen Verrat verzeihen – und wäre ich anstelle der anderen, hätte ich auch so meine Probleme damit. Zumindest wäre es klug, Jean jetzt nicht weiter für seinen Fehltritt zu verteufeln.

»Entschuldige.« Entschlossen mache ich einen Schritt auf ihn zu, während er mich aufgewühlt ansieht. Ich fasse nach seinen Händen. »Du hast recht. Ich sollte die Sache wirklich vergessen. Schwamm drüber. Danke für den schönen Abend.«

Ich gebe ihm einen flüchtigen Kuss auf die Lippen. Er sieht mich verdutzt an. »Sina, was soll das alles?«

In einem Anfall von plötzlicher Nostalgie kuschele ich mich an Jean, als könnte er mich tatsächlich vor der ungewissen Zukunft retten. Als würde ich für einen kurzen Moment hoffen, dass er mich davor bewahrt, meinen eigenen Weg zu gehen, von dem ich nicht weiß, wohin er führt. Es wäre so einfach, bei ihm zu bleiben und sich keine Gedanken darüber zu machen, ob das, was ich entscheide, richtig oder falsch ist. Ich müsste keine Verantwortung übernehmen, für nichts, weil alles schon vorherbestimmt ist. Klingt gemütlich und langweilig. Aber bin ich denn überhaupt bereit für das Risiko, mich auf Noah einzulassen? Es fühlt sich an, als würde ich auf sehr dünnem Eis gehen.

Als die Band endlich die Bühne stürmt und die Menge begeistert aufschreit, schlinge ich meine Arme um Jeans Taille und wünsche mich für einen Moment in die Vergangenheit zurück, als alles noch unkompliziert war. Als ich sicher war, den richtigen Lebensweg eingeschlagen zu haben – ganz ohne Abenteuer. Beinahe hätte ich gesagt: »Ich liebe dich!« Aus reiner Gewohnheit!

Jean küsst mich auf die Schläfe und hält mich fest. Gleißende Lichtkegel jagen über die Bühne und zwischen uns ist es wie vor den Ferien. Romantisch und harmlos. Als wir noch ahnungslose Teenager waren, die dachten, dass das Leben ohne große Hindernisse und Entscheidungen verläuft. Nun stehen wir hier, halten uns, und ich weiß inzwischen, dass das Leben sich wandelt. Wie das Meer. Immer dasselbe Wasser. Aber mal ist es still und flüsternd. Mal wild und aufbrausend. Mal verschluckt es einen ganz und gar und zieht einen in die bodenlose Tiefe. Es ist, als hätte ich die andere, dunkle, verheißungsvolle Seite gesehen. Und sie übt einen magischen Sog auf mich aus. Es ist, als gäbe es kein Zurück mehr in die Unschuld. Dies ist ein Abschied. Dies ist das letzte Festhalten an etwas, das einmal sehr schön war und ab nun für immer vergangen sein wird.

Ich weiß es. Und Jean weiß es auch. Nur im Gegensatz zu mir will er es nicht wahrhaben. Weil es ihm Angst macht? Damit wäre er nicht allein. Mir macht es ungeheure Angst. Noch nie musste ich mich in meinem Leben von etwas verabschieden und loslassen.

Jean hält mich immer fester. Dann gleitet er hinter mich und bewegt seinen Körper zur Musik. Ich spüre seine Brust an meinem Rücken. Er zieht mich eng an sich. Ich fühle seinen Atem, sein Gesicht in meinen Locken. »Lass es uns ganz bald tun, Sina.«

Bitte? Ich werde stocksteif. Jean wiegt sich hinter mir zur Musik und küsst schon wieder meinen Nacken. Es ist dunkel um uns herum, alle Blicke sind auf das Geschehen auf der Bühne gerichtet. Die Leute stehen dicht gedrängt.

Er streicht über meinen Bauch. Er wispert: »Lass uns nachher zu mir gehen. Meine Eltern sind nicht da und morgen ist Wochenende.«

Ich erstarre, gebe mir aber alle Mühe, nicht zu grob zu klingen, um ihn nicht vollkommen in seiner Hilflosigkeit zu entblößen. »Ich muss leider nach Hause, meine Eltern machen sich sonst Sorgen.«

»Das merken die gar nicht, wenn du später kommst. Die schlafen doch schon.«

»Meine Mutter nicht. Die wartet, bis ich wieder da bin.«

»Dann frag sie, ob du bei mir schlafen darfst.« Jeans Stimme wird immer dünner. »Bitte!«

»Nein!« Jetzt drehe ich mich doch zu ihm um. Er lächelt flehend. So sieht also ein Junge aus, der unbedingt Sex haben will, um zu seiner alten Sicherheit zurückzufinden.

Würde ich mich auf dieses Spiel einlassen, wüsste er, dass er gewonnen hat. Also schiebe ich meine Eltern vor: »Sie werden es niemals erlauben!«

»Oder sag, dass du bei Juno schläfst.« Er streicht mir eine Haarsträhne aus dem Gesicht. »Tu's für uns.« Glaubt er wirklich, dass er mich rumkriegt? Wenn ja, kennt er mich überhaupt nicht.

Er will tatsächlich, dass ich meine Eltern anlüge, damit er Sex haben kann. Es geht gar nicht um mich. Oder uns. Es geht um seinen Sieg. Er sieht aus wie ein Raubtier, das Blut geleckt hat.

»Vergiss es!«

Jean und ich lernen heute Abend beide unsere Lektion. Dass wir nicht alles haben können. Es tut weh, aber es fühlt sich auch großartig an. Für alles, was geht, kommt etwas Neues.

Ich drehe mich um und tanze los. Ich lasse meine Haare fliegen. Es ist, als würde ich erst jetzt die Musik hören, die schweren, stampfenden Bässe, die aus den riesigen Boxen dröhnen. Die Musik vibriert in jeder Körperzelle. Und ich tanze vollkommen befreit. Ich werde meinen Weg gehen. Ich werde ihn gehen und für Klarheit sorgen. Das nehme ich mir fest vor.

Acht

14. Tag

Es ist kurz vor Mitternacht, als Jean sein Cabrio am Straßenrand vor unserem Haus parkt. Er legt seinen Kopf in den Nacken und sieht mich aus den Winkeln seiner beinahe geschlossenen Lider an. »Da wären wir.«

Ihm ist anzumerken, dass es ihn einige Kraft kostet, gelassen zu wirken. Sein Plan für diesen Abend sah definitiv anders aus, als mich brav nach Hause zu bringen. Er wird drüber wegkommen.

»Danke für den schönen Abend.« Ich lächele ihn aufmunternd von der Seite an, stütze mich auf der Armlehne ab und gebe ihm einen freundschaftlichen Kuss auf die Wange.

Dann sehe ich hinüber zu unserem Haus. Ist Noah noch irgendwo da? Beobachtet er uns? Sieht er, wie ich meinen Exfreund zum Abschied küsse und versteht diese Geste falsch? Im Wohnzimmer brennt noch Licht. In der ersten Etage ist alles dunkel. Die Vorgartenbäume wiegen sich sanft in der nächtlichen Brise. Alles scheint unglaublich friedlich. Es gibt bestimmt genug Leute, die hier sonntags Richtung See vorbeispazieren und sich fragen, wie manche Menschen es schaffen, solch eine Villa zu besitzen, und was sie selbst in ihrem Leben falsch gemacht haben. Ich kann all diese Menschen beruhigen. Ein aufgemotztes Zuhause macht das Leben kein bisschen einfacher.

»Was ist?« Jean sieht mich hoffnungsvoll an, weil ich nicht gleich aussteige. »Willst du doch noch mit zu mir kommen?«

»Nein. Besser nicht.« Ich drücke die Wagentür auf und steige in die laue Spätsommerabendluft. »Danke fürs Nachhausefahren. Und bis bald!« Ich schlage die Tür zu und gehe langsam den nächtlichen Vorgartenweg hinunter. Am klaren Nachthimmel blinken die Sterne.

»Bis bald?«, ruft Jean mir nach. Er steigt jetzt auch aus und kommt durch den Vorgarten hinter mir her bis zur Haustür. »Aber morgen ist doch Wochenende!«

»Ja und?« Unter dem Licht der Eingangstür drehe ich mich zu ihm um und kann nicht mit diesem aufgesetzten Grinsen aufhören, mit dem ich ihn mir vom Leib halten will, bis ich endlich das unausweichliche Trennungsgespräch mit ihm geführt habe. Dafür ist es heute Nacht allerdings zu spät.

Plötzlich legt er seine Arme um meine Taille, zieht mich an sich und flüstert mit tiefer gelegter Stimme: »Ich kann nicht fassen, wie schön du bist.«

Fällt ihm eigentlich nichts anderes ein? Ich lächele. »Danke.« Er will einfach nicht aufgeben. Er versucht es wirklich noch einmal. Das nenne ich mutig.

»Ich bin verrückt nach dir. Ich will es wirklich bald tun.

Hörst du? Ich kann an nichts anderes mehr denken, bis ich nicht weiß, wie es ist, mit dir zu schlafen. Und nach über einem Jahr Beziehung ist das nun mal der nächste logische Schritt.«

Ach ja? Meiner Erinnerung nach war sein nächster logischer Schritt, mich zu betrügen.

»Okay«, wispere ich. Nur, um die Situation zu beenden. Ich bin total nervös. Was, wenn Noah uns beobachtet, weil er auf mich gewartet hat? Jean hält meine Hände, und tatsächlich spürt er meine Nervosität, denn er meint allen Ernstes: »Ich werde dir nicht wehtun, versprochen.«

»Fein!« Ich lächele dankbar.

Er zieht mich an sich. Warum kann er mich nicht endlich gehen lassen? Morgen werde ich ihm sagen, dass es zwischen uns definitiv aus ist. Noch besser: Ich schreibe ihm einen Brief. Dann muss ich das nicht noch mal mit ihm diskutieren. Es bringt nichts, mich länger vor dem Unausweichlichen zu drücken. Das wäre auch Jean gegenüber nicht fair, ob er es nun zu würdigen weiß oder nicht. Aber jetzt will ich nur noch wissen, ob Noah während meiner Abwesenheit da war, ob meine Eltern ihn erwischt haben, oder ob er vielleicht sogar noch oben auf mich wartet. Ich mache mich los. Jetzt grinse ich nicht mehr. »Danke für das tolle Konzert. Wir telefonieren.«

»Was ist mit morgen Abend? Sehen wir uns da nicht? Meine Eltern sind bis Sonntag verreist. Wir können uns ein paar Filme angucken. Du weißt schon, vielleicht auch was, um uns ein bisschen in Stimmung zu bringen.«

»Meinst du das ernst?« Ich schüttele angewidert den Kopf. Wer hat ihm denn diesen ekeligen Verführungs-

Tipp gegeben? Juno würde begeistert: »Jaaaa!«, kreischen, aber auch nur, weil sie meint, dass man als Mädchen bei allem, was Jungs vorschlagen, begeistert »Jaaa!« kreischt. Ich ziehe den Hausschlüssel aus meiner Tasche hervor und fixiere unser Schlüsselloch, als könnte ich hindurchschlüpfen.

»Entschuldige, ist mir so rausgerutscht.« Mit einem Mal klingt er furchtbar kläglich. »Tut mir leid, Sina. Ich hab nur Angst, dich zu verlieren. Das würde ich nicht überleben.«

Ich schließe die Tür auf und habe mit einem Mal aufrichtiges Mitleid mit ihm. Für einen kurzen Augenblick. Aber der reicht aus, dass ich mich noch mal zu ihm umdrehe, ihm einen Schmatzer auf die Lippen drücke und verspreche: »Wir telefonieren morgen!«

Ich streiche ihm tröstend über die Wange. Er ist ein absolut gut aussehender Junge. Groß, sportlich, gepflegte Ausstrahlung. Aber dieser ganze Perfektionismus interessiert mich nicht mehr. Ich will mit meinen Fingerspitzen über Noahs verbotene Tattoos streichen. Das Messer mit der Schlange, der Engel mit dem Heiligenschein.

»Dann bis morgen!« Jean hebt seine Hand und schlendert bemüht cool den Vorgartenweg hinunter zu seinem Cabrio.

»Bis morgen!« Ich drücke die Eingangstür hinter mir ins Schloss und bleibe lauschend in der hell erleuchteten Halle stehen. Innerlich mache ich mich auf alles gefasst: dass mein Vater mit der Polizei und Noah im Wohnzimmer sitzt, ihn verhört und bereits über alles Bescheid weiß. Dass meine Mutter gleich auf mich zugestürmt kommt und mir die schlimmsten Vorwürfe macht, wie ich mich mit einem gesuchten Verbrecher einlassen konnte. Doch nichts passiert. Ich lege meinen Schlüssel leise auf dem runden Tisch ab, auf dem das riesige Blumenbouquet steht. Alle drei Tage kommt der Florist in unser Haus und erneuert sämtliche Blumensträuße, obwohl die alle noch frisch aussehen. Aber meine Mutter will nichts im Haus haben, was irgendwie nach Vergänglichkeit aussieht. Darum geht sie auch einmal die Woche zur Kosmetikerin und alle zwei Wochen zum Friseur.

Aus dem Wohnzimmer dringen gedämpfte Stimmen. Ich trete näher heran und sehe um die Ecke. Meine Eltern sitzen auf dem cremefarbenen Sofa und gucken sich im Fernsehen irgendeinen Krimi an.

Ich sage: »Hallo! Ich bin wieder da!«

Mein Vater reagiert gar nicht, dafür dreht sich meine Mutter sofort zu mir um und mustert mich neugierig. »Und? Wie war's, Schätzchen? Habt ihr euch wieder vertragen?«

Vertragen? Wir haben uns nicht um ein Sandförmchen gestritten!

Bevor ich irgendwas sagen kann, steht sie schon auf und kommt mit ausgestreckten Armen ums Sofa herum. »Wie geht es Jean?«

Ich ziehe die Augenbrauen hoch und lasse mich von ihr rechts und links auf die Wangen küssen. »Gut, denke ich.«

Nun guckt auch mein Vater hoch. Er sieht ziemlich fertig aus. Als hätte er bis eben gearbeitet. Wenn er mit einem Fall beschäftigt ist, bohrt er sich richtig rein. Er bringt Berge von Aktenordnern mit nach Hause, und geht sogar während des Abendessens zum Telefonieren in sein Arbeitszimmer. Es heißt, die Angeklagten zittern komplett vor meinem Vater. Aber niemand scheint zu wissen, dass er mindestens genauso große Angst hat, vor Gericht zu verlieren. Eine Niederlage würde total an seinem Ego kratzen.

Meine Mutter hingegen lächelt übertrieben entspannt. Was daran liegt, dass ich mit Jean unterwegs war. Endlich ist wieder alles beim Alten. Alles verläuft in geordneten Bahnen. Das perfekte Leben kann weitergehen. »Hast du noch Hunger? Soll ich dir was machen?«

Sie zupft an meinem Haar herum, als könnte sie darin irgendwelche Hinweise finden, ob es zwischen mir und Jean wieder richtig gefunkt hat. »Es ist noch Hühnchen da. Ich könnte dir einen …«

»Nein, danke.« Ich gähne, mehr gespielt als echt. Offenbar haben meine Eltern nichts von Noahs nächtlichem Besuch mitbekommen. Ich will hoch in mein Zimmer und nachsehen, ob er dort sitzt oder für mich eine Nachricht hinterlassen hat. Ich gähne noch mal. »Ich bin total müde!«

»Moment noch!« Bevor ich entkommen kann, streckt mein Vater plötzlich die Fernbedienung aus und schaltet den Ton ab. »Du weißt, dass du bald deine Zeugenaussage zum KFC-Fall machen musst. Bevor einer meiner Kollegen dich vor Gericht befragt, sollten wir den Tathergang noch einmal genau durchsprechen. Nach Durchsicht deiner Aussage, die du bei der Polizei kurz nach dem Überfall gemacht hast, bin ich der Auffassung, dass du noch nicht optimal präpariert bist.«

Wie denn präpariert? »Was meinst du damit?«

»Ich meine, dass wir deine Erinnerungen noch etwas ordnen sollten.« Ohne den Blick vom Fernseher abzuwenden fährt er fort: »Du wirst zum ersten Mal diesen drei jungen Männern gegenübersitzen, die deinen Freundinnen einen entsetzlichen Schrecken eingejagt haben. Wackelige Zeugen sind für jeden Staatsanwalt das blanke Grauen. Und du willst doch keine wackelige Zeugin sein, oder?« Jetzt erst sieht er mich durchdringend an.

»Ich bin keine wackelige Zeugin!« Ich verschränke die Arme vor der Brust. Mein Vater war doch überhaupt nicht dabei! Meine Erinnerungen sind meine Erinnerungen, die muss er nicht mit mir sortieren. Oder will er nur, dass ich mich an ganz bestimmte Dinge erinnere und an andere nicht? Ich funkele ihn wütend an, was er gekonnt ignoriert.

Sein Tonfall ist unerbittlich. »Um es auf den Punkt zu bringen: Deine Aussage klingt, nun ja, etwas versöhnlich. Als hätte dich dieser Kerl mit Absicht ins Gebüsch gezerrt, um dich aus der Gefahrenzone zu entfernen. Du darfst nicht vergessen: Er wird mit einem Mordfall in Verbindung gebracht. Das ist kein …«

»Aber so kam es mir eben vor!«, unterbreche ich meinen Vater. Meine Stimme bebt. Was will er denn von mir? Dass ich einen Menschen mit Absicht belaste, damit er, der Oberstaatsanwalt, in diesem Mordverfahren bessere Karten hat? Ich dachte, es geht um Gerechtigkeit. Außerdem dachte ich, meine Mutter darf von dem Mordverdacht gar nichts wissen. Allerdings scheint sie wenig überrascht.

Sie flötet: »Schätzchen! Der Kerl, der dich da in die Büsche gezerrt hat, ist es nicht wert, dass man ihn mit Samthandschuhen anfasst.« Offenbar ist sie längst über alle Details im Bilde und hat sich auch schon eine abschließende Meinung gebildet. Wie immer.

Mein Vater fügt hinzu: »Wir gehen das morgen Punkt für Punkt durch, damit dir der Ernst der Lage bewusst wird und du vor Gericht standfest bleibst. Wichtig ist, die Gefährlichkeit der Situation herauszustreichen, und nicht, sie künstlich abzumildern.«

»Ich mildere nicht künstlich ab!«, protestiere ich.

Bevor mein Vater noch einmal nachlegen kann, unterbricht meine Mutter die Diskussion.

»Lass gut sein, Bernhard!« Sie legt den Arm um mich. »Jetzt ist es zu spät. Besprecht das morgen, wenn ihr ausgeschlafen seid.«

Mein Vater hebt die Hand mit der Fernbedienung und schaltet den Ton wieder an. »Ich will einfach, dass uns vor Gericht keine Fehler unterlaufen, ist das klar?«

»Klar«, murmele ich. Was er gar nicht mehr mitbekommt, weil er sowieso davon ausgeht, dass ich mich so verhalte, wie er das möchte. Nur dieses eine Mal könnte das anders sein.

Meine Mutter begleitet mich raus in die Halle. Sie flüstert: »Papa ist ziemlich angespannt, was den ganzen Fall anbelangt. Es geht dabei für ihn um sehr viel.«

»Worum denn?« Ich sehe sie bitter an.

»Er hat seinen Ruf zu verlieren, vor den Kollegen, aber auch vor all den kriminellen Subjekten, die da draußen herumlaufen. Was ist denn sein Name noch wert, wenn er nicht mal schafft, seine eigene Tochter zu beschützen? Seine Familie wurde angegriffen. Das kann er unmöglich auf sich sitzen lassen.« Meine Mutter sieht mich aufgewühlt an, als stünde schon wieder unsere gesamte Existenz auf dem Spiel. »Bitte setz dich morgen mit ihm zusammen und geht die Sache noch mal durch, versprochen?«

»Versprochen.« Ich lächele matt und schlurfe dann zur Treppe, die teppichbezogenen Stufen hinauf, über den cremefarbenen Flur zu meinem Zimmer.

Es ist immer das Gleiche. Ständig geht es in diesem Haus um Karriere, den guten Ruf, die Ehre, den Stolz und dass meine Mutter die Frau eines gefeierten Oberstaatsanwalts ist, den niemanden in die Knie zwingen kann. In diesem Haus geht es schon lange nicht mehr um die Wahrheit. Oder die Gerechtigkeit. Oder um mich.

Vorsichtig schiebe ich die Tür zu meinem dunklen Zimmer auf und taste nach dem Lichtschalter. Für einen kurzen Moment denke ich, dass Noah vielleicht noch auf mich wartet. Dass er im Dunklen auf meinem Bett sitzt. Ich knipse das Licht an. Mein gemachtes Bett sieht vollkommen unberührt aus. Ich schließe die Tür hinter mir und knie mich auf den Boden, um drunter zu gucken. Kein Noah. Dann öffne ich den Kleiderschrank und klopfe mit pochendem Herzen meine Klamotten ab. Wie früher, als ich als kleines Mädchen nach Geistern und Gespenstern gesucht habe. Nichts. Enttäuscht trete ich an die Balkontür. Auf den ersten Blick sieht sie geschlossen aus, aber auf den zweiten sehe ich, dass sie geöffnet und von außen wieder herangezogen wurde.

Er war da. Noah war da.

Zum ersten Mal an diesem Abend pocht mein Herz wirklich bis zum Hals.

Hat er mich mit Jean gesehen? Wird er morgen Abend wiederkommen? Ist er wütend oder verletzt, dass ich nicht da war? Denkt er jetzt, dass ich wieder mit Jean zusammen bin, um mein perfektes Leben weiterzuführen? Dass es ein Fehler war, mir vertraut zu haben?

Ich gehe in mein Badezimmer, um mich abzuschminken. Gleichzeitig habe ich die irre Hoffnung, dass er versteckt in der Dusche auf mich wartet.

Leider nicht.

Während ich mir die Zähne putze, sehe ich mich im Spiegel an. Ein blond gelocktes Mädchen mit großen blauen Augen und langen, gebogenen Wimpern, ein paar Sommersprossen auf der Nase und über den Wangen. Ich gehe dichter an den Spiegel heran, als könnte ich sehen, wer sich hinter meinem Gesicht verbirgt. Ich schaue mich an wie eine Fremde, als könnte ich mein eigenes Selbst ergründen, was mir momentan mehr als je zuvor unergründlich erscheint. Ich weiß nicht, was ich in Zukunft tun werde, welchen Weg ich einschlagen, ob ich vernünftig oder total unvernünftig sein werde. Welcher Geist steckt in mir? Bisher dachte ich, ich wüsste genau, wer ich bin. Aber seitdem ich in mein Zimmer komme und hoffe, dass ein von der Polizei gesuchter Junge darin auf mich wartet, bin ich mir selbst fremd. Auf der anderen Seite habe ich das Gefühl, zum ersten Mal in meinem Leben wirklich mein Herz zu fühlen.

Ich drehe den Wasserhahn auf, um mir den Mund auszuspülen. Als ich mich wieder aufrichte und die Zahnpasta ausspucke, sehe ich im Spiegel, dass hinter mir an der gefliesten Wand, beinahe verdeckt durch ein flauschiges Handtuch, ein kleiner gelber Post-it-Zettel klebt. Ich drehe mich um, trockne mein Gesicht ab und ziehe vorsichtig das Handtuch zur Seite. Tatsächlich. An den hellen Marmorfliesen klebt ein gelbes Post-it. Darauf steht:

»Ich hab dich heute Abend vermisst.
Sehen wir uns morgen? Ich warte um
17 Uhr oben an der Sternwarte auf dich.
N. (Der Junge vom Kaugummiautomaten).«

Glücklich lächelnd ziehe ich den Zettel behutsam von den Fliesen und lasse mich auf den Badezimmerhocker sinken. Meine Hände zittern, mein ganzer Körper zittert. Er war hier! In diesem Raum! Und er will mich wiedersehen!

»Noah!«, ich flüstere seinen Namen wie ein süßes Gebet. Ich lese wieder und wieder seine Zeilen durch, bis die Buchstaben vor meinen Augen verschwimmen. Die Nachricht ist in gleichmäßiger, geschwungener Schrift verfasst. Stünde das »N« mit dem Zusatz »Der Junge vom Kaugummiautomaten« nicht dahinter, hätte ich daran gezweifelt, dass sie von Noah stammt. Nicht mal Jeans Handschrift sieht annähernd so gleichmäßig und formvollendet aus. Meine Mutter mit ihrem analytischen Blick würde sofort feststellen, dass es sich hier um einen sehr verlässlichen, sehr orientierten, sehr intelligenten, sehr feinfühligen Menschen handelt. Dieses eine Mal hätte sie mit ihrer Analyse sogar recht.

Schließlich gehe ich mit dem Zettel hinüber in mein Zimmer und lege mich damit ins Bett. Dieses Stück Papier ist das Wertvollste, was ich je in meinem Leben besessen habe. Ich gebe ihm einen sanften Kuss. Der Zettel ist ein Kleinod, eine Kostbarkeit, absolut einzigartig und verheißungsvoll. Selig sinke ich in die Kissen. Ich lege das kleine gelbe Post-it auf meine Brust und decke es mit meinen Händen zu.

Um Punkt 17 Uhr werde ich morgen an der Sternwarte sein. Ich sehe mich bereits durch den sonnigen Park laufen, den Hügel hinauf, Richtung Planetarium. Mein Atem geht schneller. Von Weitem sehe ich Noah oben auf dem Plateau stehen. Gleich werde ich bei ihm sein und mich von seinen Lippen küssen lassen. Ich knipse das Licht aus, um noch näher bei ihm zu sein.

»Ich komme zu dir«, flüstere ich. »Ich komme!«

Gerade, als ich in verbotene Träume entfliehen will, vibriert mein Handy auf dem Nachttisch. Im Reflex, als könnte es bereits Noah sein, nehme ich es hoch und gehe dran.

»Baby, wie war's?« Es ist Juno.

»Was meinst du?« Ich gucke auf meinen Radiowecker mit der Digitalanzeige. Es ist nach Mitternacht.

»Na, dein Date mit Jeanello. Wie war's?«

»Okay?« Warum interessiert Juno das so brennend? Es ist nicht gerade die heißeste Neuigkeit, dass Jean und ich heute Abend im Konzert waren. »Warum fragst du?«

»Nur so. Ich meine, es ist doch großartig, dass ihr wieder zusammen seid.« Junos Stimme klingt irgendwie unecht fröhlich. Außerdem war sie doch neulich noch total dagegen. Ich will also widersprechen, ihr sagen, dass Jean und ich nicht wieder zusammen sind, doch meine Freundin ist schneller und redet echt wirres Zeug. »Ihr gehört einfach zusammen. Wie Ying und Yang. Oder so.« Sie macht eine Pause. Und da ich nichts Beipflichtendes sage, fragt sie: »Hat er dir endlich gestanden, mit welchem Mädchen er im Tenniscamp rumgemacht hat?«

»Nein. Wieso sollte er?« Was soll denn das? Ist Juno für dieses bizarre Telefonat extra wach geblieben?

»Hast du ihn nicht gefragt?«, plappert sie weiter. »Interessiert dich das gar nicht? Weißt du überhaupt, ob er sie noch trifft?« Sie wirkt seltsam aufgekratzt und gleichzeitig neugierig, so, als würde sie auf brandheißen Gossip hoffen. Den ich ihr nicht liefern kann. Oder macht sie sich ernsthaft Sorgen um mich und mein Herz? Warum war sie dann in letzter Zeit so wild darauf, Jean dauernd beim Trainieren zuzugucken? Wirklich nur, um ihn für mich im Auge zu behalten? Ist sie neidisch, weil sie gerade keinen Jungen zum Knutschen und Fallenlassen hat? Oder …?

»Du bist wirklich leichtgläubig, Sina«, unterbricht Juno meine Gedanken. »Ich schätze, er trifft sie noch immer.«

»Wieso sollte er sich noch mit ihr treffen?«, frage ich mit einem Anflug von Ärger. Ja, wieso sollte er? Vermutlich aus dem gleichen Grund, aus dem ich mich mit Noah treffe. Weil er merkt, dass es nicht echt zwischen uns ist. Dennoch spüre ich ein seltsames Gefühl von Eifersucht, das total neu ist. Ich kenne dieses schneidende Gefühl erst, seitdem Jean mich betrogen hat. Es ist ein grausames Gefühl. Ich wünschte, ich hätte es nicht. Auch wenn ich nicht mehr wirklich etwas für ihn empfinde, haben wir immer noch eine gemeinsame Vergangenheit. Wir haben uns mal geliebt. Die Vorstellung, dass er sich heimlich weiterhin mit diesem Mädchen trifft, ist verletzend. Ich will nicht, dass hinter meinem Rücken Sachen laufen, von denen ich nichts weiß. Ich will nicht zum Narren gehalten werden – dabei halte ich Jean zum Narren. Meine drei besten Freundinnen. Und meine Eltern.

»Na ja, ich möchte dich ja nicht verrückt machen. Ich dachte nur, du solltest ihm nicht zu sehr vertrauen. Er ist ein Spieler, einer, der total in sich selbst verliebt ist, einer, der alle Mädchen haben könnte. Pass besser auf, dass du dich bei ihm nicht zu sicher fühlst und dann nur wieder verletzt wirst.«

»Danke, für deinen Vortrag. Ich schreib ihn mir hinter die Ohren.« Langsam habe ich genug. Will sie mich verrückt machen? Erst Ying und Yang und dann wieder Misstrauen?

»Du sollst nur nicht noch mal dein Herz an ihn verlieren, bevor du wirklich weißt, welches Spiel er mit dir spielt«, höre ich Junos fürsorgliche Stimme.

Dabei tun mir ihre Warnungen vor allen Dingen weh. Das ist bestimmt nicht ihre Absicht, ist aber trotzdem so. Ich will gerade noch sagen, dass mich Jean und seine Heimlichkeiten nicht interessieren, da klingelt es auf Junos Seite im Hintergrund.

»Oh, hier kommt jemand. Ich muss die Tür aufmachen.« Plötzlich klingt Juno atemlos.

»Wer kommt denn um diese Zeit noch bei euch vorbei?«

»Keine Ahnung. Vielleicht meine Eltern, die ihren Schlüssel vergessen haben? Ich muss auflegen. Sorry. Ich melde mich morgen wieder.« Bevor ich noch etwas sagen kann, legt sie auf.

Ich starre mein Handy an. Hier ist gerade etwas komplett Seltsames abgegangen. Meine Eltern haben, seit ich auf der Welt bin, noch nie ihren Hausschlüssel vergessen. Eltern vergessen grundsätzlich keine Hausschlüssel. Das ist so was wie ein Naturgesetz. Irgendwie habe ich das Gefühl, Juno wusste ziemlich genau, wer da geklingelt hat. Sie wollte es mir bloß nicht sagen. Genau, wie ich ihr nie gesagt hätte, wenn Noah jetzt durch die Balkontür in mein Zimmer gekommen wäre. Wieso haben wir nur plötzlich alle Geheimnisse voreinander?

Neun

15. Tag

»Wieso klebt ein gelber Zettel auf deiner Stirn?«

Als ich die Augen aufschlage, sitzt meine Schwester Franzi in Hockey-Röckchen und Poloshirt auf der Bettkante und guckt mich verwundert aus ihren großen braunen Augen an. Hätte ich ihre pummelige Figur und ihre fast weiße Haut, würde ich niemals diese knappen Klamotten tragen. Aber ihr macht es nichts aus, dass hier und da Speckröllchen hervortreten. Was die anderen sagen, scheint ihr egal zu sein. Ich wünschte, ich hätte ihr Selbstbewusstsein.

»Was?« Ich taste auf meinem Kopf herum und habe Noahs Post-it in der Hand, das sich nachts selbstständig gemacht und an meine Stirn geheftet hat.

Meine Schwester rupft ihn mir aus der Hand, wobei ihre hellrote Lockenmähne wippt. Für einen Augenblick habe ich die Horrorvorstellung, dass auf dem Zettel riesengroß »Noah« prangt, einfach nur »Noah«.

»Was steht denn da?« Franzi hält sich das gelbe Papierchen dicht unter die sommersprossige Nase.

»Gib her!«

Als ich danach greife, springt sie auf und macht ein paar Schritte zurück. »Oh! Eine Verabredung! Um 17 Uhr an der Sternwarte. Unterschrieben mit »N«. Sie pfeift durch die Zähne. »Ich wusste gar nicht, dass dein bekloppter Exfreund Jean so romantisch ist. Ich dachte, dem fällt nicht mehr ein, als mit dir aufs Konzert oder zum Bowling zu gehen, damit er sich ja nicht mit dir unterhalten muss. Worüber auch?« Franzi wedelt mit dem Zettel. »So hohl und langweilig, wie der ist. Aber wieso unterschreibt er mit ›N‹ – der Junge vom Kaugummiautomaten? Ist das sein neuer Hip-Hop-Spitzname?«

»Ja, genau. Das ist sein Hip-Hop-Spitzname!« Ich richte mich auf. Meine größte Angst ist, dass meine Schwester den Zettel ruiniert. Ich will ihn bis zum Ende meines Lebens aufheben. Ich gebe mir Mühe, meine Stimme sanft klingen zu lassen. »Könntest du das Post-it bitte zurück auf meinen Nachttisch legen? Es bedeutet mir sehr viel.«

»Klar.« Franzi tut mir den Gefallen und verschränkt die Arme vor der Brust. Auch wenn wir charakterlich komplett verschieden sind – meine Schwester ist überdreht und unberechenbar –, kennt sie mich doch sehr genau. Vermutlich genauer als meine Mutter, dabei ist Franzi zwei Jahre jünger als ich und hatte noch nie einen Freund. Aber sie hat ein untrügliches Gespür für Menschen. »Jean hat es also geschafft, sich wieder ordentlich bei dir einzuschleimen und dein Herz zu erweichen? Ich habe gestern Nacht zufällig aus dem Fenster gesehen, als du ihn zum Abschied geküsst hast. Gratuliere.«

»Ich hab ihn gar nicht geküsst. Zumindest nicht wirklich.« Ich schwinge mich aus dem Bett und stehe in Unterwäsche vor meiner Schwester, die einen halben Kopf kleiner ist als ich.

Die Zimmertür ist angelehnt, von unten aus der Küche ist schon nervöses Geschirrgeklapper zu hören. Am Samstag frühstücken wir immer zusammen im Wintergarten oder auf der Terrasse, je nach Wetterlage. Und es ist total verpönt, da zu spät zu erscheinen, sodass Rührei und Kaffee kalt werden. Ich ziehe mir meine Jeans-Hotpants an und ein Tank-Top drüber und stelle mich vor den runden Spiegel, der an der Wand über meiner Kommode hängt.

Franzi sieht mir beim Schminken zu. »Warum lässt du dich wieder auf ihn ein? Doch nicht, weil du ihn liebst?« Sie klingt seltsam aufgeregt. »Oder ist es wegen Mama und Papa? Wenn du meine Meinung dazu wissen willst: Jean ist ein totaler Mitläufer, der allen gefallen will. Der bringt's nicht. Zu oberflächlich.« Sie macht eine kurze Pause, dann fährt sie murmelnd fort: »Ich geb's zwar nicht gerne zu, aber als er sich diese Arschlochnummer mit dem anderen Mädchen geleistet hat, habe ich mich echt für dich gefreut.«

»Bitte?« Ich sehe meine Schwester im Spiegel an. Sie steht hinter mir und grinst verlegen. Ehrlich. Ich merke es einfach viel zu selten. Ich liebe sie. Sie ist cool. Ich bin nur so sehr mit meinen Sachen beschäftigt, dass ich sie manchmal richtig übersehe.

Sie tritt näher an mich heran. »Ich dachte, das ist deine Chance, dir einen inspirierenden Typen zu suchen. Einen, der was anderes will, als blind in Papis Fußstapfen zu treten. Der sich für unwiderstehlich hält, weil er Kindern aus dem Ghetto drei Tennisstunden gibt, und der sie hinterher als Balljungen für sich laufen lässt. Ich wünsche dir einen, der irgendwie wild ist und dich aus diesem piefigen Trott rausholt, den Mama und Papa für das echte Leben halten, anstatt dich noch tiefer reinzuziehen.« Franzi legt den Kopf schief und sieht mich durchdringend an. »Du denkst vielleicht, dass du brav bist und ein geregeltes Leben genau das Richtige für dich wäre, damit alle stolz auf dich sind und du dir nichts vorzuwerfen hast. Aber ich sage dir, dass das total nicht dein eigentliches Ziel ist.«

Sie gibt mir einen Kuss auf die Schulter, und ich bin kurz davor, mich zu ihr umzudrehen und ihr endlich alles zu erzählen. Von meiner Sehnsucht nach Noah, dem Jungen, den die Polizei sucht, der die treuesten Augen der Welt hat, der so lacht wie unser Opa und der – meiner Vermutung nach – lange nicht so übel ist wie Jean und sein großkotziges Gefolge. Ich könnte ihr sagen, dass sie mit allem recht hat, was sie über mich und unser Leben und mein eigentliches Ziel gesagt hat. Aber ich will meine kleine Schwester da nicht mit reinziehen. Was soll sie mit meiner erschütternden Offenbarung anfangen? Alles für sich behalten und ständig denken, dass sie es eigentlich unseren Eltern beichten müsste? Mir klarmachen, dass das meinen drei besten Freundinnen gegenüber eine ziemlich miese Nummer ist? Das Schlimmste wäre allerdings, wenn sie mich für unzurechnungsfähig halten und mir dringend von Noah abraten würde. Ich glaube nämlich nicht, dass sie mit ihrem »inspirierenden Typen«

jemanden wie ihn meint. Einer wie er liegt sogar außerhalb ihres Vorstellungsvermögens.

Also lächele ich sie nur im Spiegel an und sage: »Danke, dass du meine Schwester bist.«

Von unten ruft unsere Mutter und Franzi grinst. »Nichts lieber als das, Schweinebacke.«

Dann rennt sie in ihrem rosa Hockeyröckchen raus und die Treppe runter. Ich tusche meine Wimpern zu Ende und gehe dann auch runter, wobei ich mir vornehme, nicht daran zu denken, dass ich weiß, wo der meistgesuchte Junge dieser Stadt heute um 17 Uhr leicht zu erwischen wäre. Mein Herz macht einen Hüpfer, als ich begreife, wie sehr Noah mir vertraut. Er begibt sich komplett in meine Hände. So voller Vertrauen kann nur jemand sein, der genau diese Verbindung spürt, die ich zu ihm verspüre. Wir brauchen uns.

Meine Eltern sitzen schon draußen auf der Terrasse beim Frühstück. Jeder eine halbe Grapefruit vor sich auf dem Teller. Mein Vater hasst die Teile, er sagt, er kriegt davon Magenschmerzen. Aber meine Mutter will das nicht hören. Sie meint, bei seinem stressigen Job braucht er die Vitamine. Die Magenschmerzen kommen ihrer Ansicht nach vom beruflichen Druck.

Franzi sitzt neben meinem Vater. Ich sitze, seit ich denken kann, neben meiner Mutter am Tisch, der aussieht, als hätte ihn ein Requisiteur für die Vorabendserie dekoriert: Blumen, Servietten, Goldrandgeschirr und so weiter. Meine Mutter trägt einen weißen Golfdress, mein Vater karierte Golfhosen und ein dunkelblaues Poloshirt. Alles

Einkäufe meiner Mutter, obwohl die beiden nie Golf spielen. Mein Vater hätte dafür sowieso keine Zeit. Der steigt um fünf Uhr morgens auf sein Laufband, das im Dachgeschoss im Fitnessraum steht und rennt eine Stunde um sein Leben. Mit Sport hat das nicht mehr viel zu tun.

Ich setzte mich in meiner ausgefransten Jeans-Hotpants dazu und gieße Sojamilch auf meine Cornflakes. »Guten Morgen.«

»Wie siehst du denn aus?« Meine Mutter schiebt den heruntergerutschten Träger meines Tank-Tops wieder über meine Schulter. Sie kann es nicht aushalten, wenn irgendwas nicht richtig sitzt. Bei Franzi konzentriert sie sich eher auf die krausen Haare, die nie so liegen, wie meine Mutter es wünscht. Neuerdings versucht sie doch wieder, mit dem Glätteisen irgendwas auszurichten, und das Resultat sieht jedes Mal fürchterlich aus. Aber ihrer Meinung nach sind krause Haare eine üble Laune der Natur, der nicht nachgegeben werden darf.

Mein Vater löffelt brav seine Grapefruit aus und verzieht sauer das Gesicht, als er seinen Kopf hebt und mich ansieht. »Es gibt Neuigkeiten, Sina.«

»Was denn für Neuigkeiten?«

Er tupft sich den Mund und das glatt rasierte Kinn mit der hellgelben Stoffserviette ab, doch bevor er antworten kann, fällt ihm schon meine Mutter ins Wort. »Sie haben diesen vierten Kerl aufgespürt, der noch immer flüchtig ist.« Sie legt ihre Hand auf meine Hand. »Diesen Kerl, der dich in die Büsche gezerrt hat. Mein Gott, wenn die Polizei in dieser Nacht nicht so schnell vor Ort gewesen wäre. Wer weiß, was er dir angetan hätte!«

Ich starre meine Mutter entsetzt an. Dann meinen Vater.

Er lächelt bittersüß. »Mach dir keine Sorgen. Sie werden diesen Noah Tal kriegen. Heute, am frühen Abend, wollen sie zugreifen. Die Kollegen von der Polizei haben wohl einen Hinweis von einem anonymen Informanten bekommen, der in den letzten Tagen eine etwas ungute Begegnung mit ihm hatte. Scheinbar will sich dieser jemand an ihm rächen.«

»Woher …«, stottere ich und kriege vor Aufregung kaum noch Luft. »Woher wollt ihr wissen, dass dieser Informant die Wahrheit sagt?« Es fühlt sich an, als würde ich gleich ersticken. Mein Hals ist wie zugeschnürt.

Meine Eltern sehen mich erschrocken an.

Franzi beugt sich zu mir rüber und streicht mir über die Schulter. »Hey! Schweinebacke, ist alles okay?«

Ich nicke. Am liebsten würde ich weinen und in Franzis weichen Armen versinken. Ich ahne, wer dieser Informant ist. Es muss der sein, der Noah die Verletzungen am Bauch und an der Augenbraue zugefügt hat. Langsam verstehe ich. Egal, was man in Noahs Welt tut – es hat ein Nachspiel. Nichts bleibt ohne Folgen. Sogar wenn man nur versucht, wie Noah seine Unschuld zu beweisen, wird man nur noch tiefer ins Verderben hineingezogen. Man kommt einfach nicht frei.

Meine Mutter zupft unwillig an ihrer Serviette herum und sieht meinen Vater strafend an. »Musstest du so unverblümt mit dem Thema anfangen? Es ist doch wohl klar, dass bei Sina die Erinnerungen gleich wieder wach werden. Deine Tochter steht noch immer unter Schock.«

Mein Vater hebt entschuldigend die Hände. »Tut mir leid. Ich dachte, es seien gute Nachrichten, dass wir Noah Tal schon bald aus dem Verkehr ziehen und Sina keine Angst mehr haben muss, dass er ihr auflauert. Besonders, wo sie als Zeugin vor Gericht noch aussagen wird, wie brutal dieser Kerl vorgegangen ist, als er sie ins Gebüsch gezerrt hat.«

Ich schlucke und mit Mühe bringe ich die wichtigste aller Fragen hervor: »Wo will ihn denn die Polizei festnehmen?«

»Ist geheim. Sie schicken ein Sondereinsatzkommando. Er sollte besser keinen Widerstand leisten.«

»Was heißt das?«

»So einiges.« Mein Vater wirft meiner Mutter einen fragenden Blick zu. Ihm ist anzusehen, dass er jetzt gerne genau erklären würde, wie ein Sondereinsatzkommando gegen jemanden vorgeht, der sich wehrt. Aber er will sich nicht noch einen Rüffel einhandeln.

Doch seltsamerweise brennt meine Mutter irgendwie auch darauf, etwas zu dem Fall beizutragen. Also übernimmt sie die Beantwortung: »Nun ja, er hat ja ganz offenbar jemanden erstochen. Zumindest gilt er als dringend tatverdächtig. Also werden sie nicht lange fackeln, wenn …«

»Ich halte es für besser, wenn Sina die Einzelheiten nicht alle weiß«, unterbricht mein Vater sie plötzlich mit ungewohnt ärgerlicher Stimme. »Sie muss noch als Zeugin aussagen. Lass uns das später alles in Ruhe durchgehen. Wichtig ist, dass wir den Kerl festnageln und Sina sich wieder besser fühlt.«

Ich mich wieder besser fühle? Ich habe mich in meinem Leben noch nie so grauenhaft gefühlt wie in diesem Moment. Und wie die Dinge liegen, wird sich daran so schnell nichts ändern. Die Gedanken fahren in meinem Kopf Karussell. Soll ich Noah warnen, damit er noch rechtzeitig verschwinden kann? Damit würde ich mich wirklich strafbar machen. Eigentlich darf ich vom Vorhaben der Polizei gar nichts wissen. Aber es ist ja wohl nicht meine Schuld, dass ich nun informiert bin. Trotzdem kann ich doch nicht als Spion in den eigenen Reihen unterwegs sein. Wenn ich Noah warne, verrate ich meinen Vater, meine Familie, meine Freundinnen. Und wenn ich ihn nicht warne, verrate ich meine Liebe. Gibt es auf dieser Welt eigentlich irgendjemanden, der mir sagen kann, was richtig und falsch ist?

Wankend stehe ich auf und halte mich an der Tischkante fest. Ich presse hervor: »Mir ist schlecht. Darf ich in mein Zimmer gehen?«

Meine Familie sieht mir sorgenvoll nach. Sie denken, dass mir Noah Tal ein so schlimmes Trauma beigebracht hat, dass er dafür mindestens lebenslänglich bekommen müsste. Dabei ist es das Leben selbst, das mich fertigmacht. Niemals hätte ich gedacht, dass es so kompliziert und gefährlich werden könnte.

Zehn

15. Tag

»Tu es nicht! Tu es nicht!«, flüstere ich, während ich den schmalen, sandigen Weg zwischen den Bäumen hinaufsteige, der zur Sternwarte führt. Wenn ich Noah warne, löse ich eine Katastrophe aus. Ich verlasse meine Welt, überschreite die unsichtbare Linie und wechsele auf die andere Seite, die mein Vater bekämpft und vor der sich meine Mutter fürchtet. Ich werde zur Komplizin, ohne zu wissen, worauf ich mich eigentlich einlasse.

Und doch gibt es kein Zurück mehr. Wenn ich diesen Weg nicht bis ans Ende gehe, werde ich nie erfahren, was mich dort oben erwartet. Und ich will es wissen. Es ist, als würde erst da bei der Sternwarte mein Leben beginnen. Oder für immer enden.

Der Weg schlängelt sich ein ganzes Stück durch den Wald, bis er endlich das Plateau mit dem Planetarium erreicht, von dem aus die ganze Stadt zu überblicken ist. Dort oben bin ich schon ein paar Mal gewesen. Mit dem Kindergarten, der Grundschule und mit meinen drei besten Freundinnen. Erst Anfang der Sommerferien haben wir uns da gegenseitig mit unseren Handys fotografiert, mit dramatischem Make-up, offenen Haaren und leuchtendem Abendrot im Hintergrund. Wir haben die Bilder auf Facebook gestellt. Auf das erste Bild habe ich sofort 190 Likes bekommen, mehr als Nana und Lil zusammen. Und sogar mehr als Juno, obwohl die auf ihren Bildern noch ihre Taille und die Beine gefotoshopt hatte. Aber das alles spielt plötzlich überhaupt keine Rolle mehr. Dass diese Art der Bestätigung mal lebenswichtig für mich war, kommt mir komplett irreal vor. Wie ein peinlicher Zeitvertreib, der nichts mit der Realität zu tun hat. Diese Bewunderung der anderen brauche ich jetzt nicht mehr. Ich steige den steilen Weg alleine hoch und mit einem Mal hat dieser Ort eine ganz andere, magische Bedeutung.

Mein Herz klopft.

Gleich werde ich Noah wiedersehen. Sein ebenmäßiges Gesicht, das Ruhe ausstrahlt. Seine sanften Augen, die sich Zeit nehmen, mich anzusehen. Seine Lippen, die kaum merklich zucken, als wollten sie lächeln. Gleich wird er dort oben vor dem Planetarium stehen und mich, die Hände in den Hosentaschen, erwarten. Es ist das erste Mal, dass wir uns nicht im Schutz der Nacht gegenübertreten. Wie wird er in der Nachmittagssonne aussehen? Wird er langsam auf mich zukommen? Werden wir uns dabei glücklich in die Augen sehen oder schüchtern voreinander stehen bleiben? Mein gesamter Körper ist von einer prickelnden Gänsehaut überzogen. Ich möchte schneller laufen, um endlich bei ihm zu sein. Doch stattdessen werde ich immer langsamer, als würde ich mich kaum vom Fleck wegbewegen. Dieser Weg, die Anhöhe hinauf, scheint endlos zu sein. Doch irgendwann lichten sich die Bäume, die Sonne bricht durch die Zweige und wärmt meine Haut.

Seit dem Frühstück weiß ich, dass ich Noah warnen werde. Obwohl ich mich die ganze Zeit beschwöre, es nicht zu tun. Aber mein Wille, ihn zu beschützen, ist stärker als meine Vernunft, mich ans Gesetz zu halten. Meine Füße setzen einen Schritt vor den anderen. Meine Beine tragen mich weiter. Mein Verstand sagt: »Tu's nicht!« Mein Herz sagt: »Du musst es tun!«

Um mich herum rauschen die Laubbäume in der Sommerbrise. Mir kommt ein Spaziergänger mit Hund entgegen. Kurz frage ich mich, ob die Polizei Noah jetzt schon verfolgt und bei der ersten Gelegenheit verhaften wird. Nicht erst am Abend, wie mein Vater meint. Was genau ist Abend? Und wie soll ich es bloß erklären, wenn ich während der Verhaftung zufällig neben ihm stehe?

Das Sonnenlicht reflektiert flimmernd auf den sattgrünen Blättchen und malt Lichtreflexe auf meinen Weg. Ich trage einen Jeans-Mini, dazu ein hellgraues T-Shirt mit ausgeleiertem Kragen, meine schwarzen Vans und einen Pferdeschwanz. Meine Mutter war glücklicherweise nicht da, als ich losgegangen bin. Außerdem habe ich mein Handy ausgeschaltet, damit Jean mir mit seinem Anruf nicht dazwischenfunkt. Ich habe ihm wegen heute Abend noch nicht zu- oder abgesagt. Es ist also nur eine Frage der Zeit, dass er sich meldet. Und ich kann ihn nicht versetzen, weil ich ihm sagen muss, dass es zwischen uns für immer vorbei ist.

Als ich hinter dem letzten Baum hervortrete, sehe ich

ihn. Noah. Er steht mit dem Rücken zu mir auf der Aussichtsplattform, dicht an dem hohen Sicherheitsgitter, hinter dem der Hang steil nach unten zu den S-Bahngleisen abfällt. In blauer Arbeiterhose und weißem T-Shirt, das seine Muskeln erahnen lässt. Seine Hände greifen über seinem Kopf um die Gitterstäbe. Langsam komme ich auf ihn zu und öffne doch noch schnell meinen Pferdeschwanz. Noah ist ein ganzes Stück größer als ich. Als ich dicht hinter ihm bin, flüstere ich: »Ich bin da.«

Langsam dreht er sich um und sieht auf mich herunter. Lächelnd streicht er sich eine Haarsträhne aus der Stirn und sagt leise: »Hey.«

Augenblicklich versinke ich im unendlichen Grün seiner Augen. »Hi.«

»Du bist gekommen.«

»Ja.«

In einem Anflug von Nervosität fährt er sich mit dem Handrücken über den Mund. »Ich war mir nicht sicher, nachdem du gestern Abend nicht da warst.«

Ich hole tief Luft. »Tut mir leid.« Ich beiße mir auf die Lippe und versuche, meine eiskalten Hände in die superengen Rocktaschen zu stecken, damit nicht auffällt, wie sehr ich vor Aufregung zittere. »Danke, dass du mir eine Nachricht hinterlassen hast.«

»So schnell wollte ich nicht aufgeben.« Er sieht mich durchdringend an. Als habe er fest damit gerechnet, dass ich in meinem Zimmer auf ihn warten würde. Oder bilde ich mir das nur ein?

»Ich … Ich konnte nicht«, stottere ich und mein Blick saust über das sonnenbeschienene Plateau hinunter zum

Waldrand, wo sich der schwarze Schatten unter den Bäumen breitmacht. Was ist bitte mit mir los? Meine ganze Selbstsicherheit ist dahin. Gerade würde es mich sogar richtig Kraft kosten, meinen Namen fehlerfrei auszusprechen. Dieser Junge bringt mich um den Verstand.

Er nickt wissend, seine Stimme klingt rau. »Wie war das Konzert?«

»Ganz okay.« Nervös spiele ich an meinem Ohrring und zwinge mich, ihm wieder in die Augen zu sehen. Ich werde mich jetzt einfach voll auf seine Pupillen konzentrieren, so, wie man sich auf dem Meer bei Wellengang auf den Horizont konzentrieren soll, wenn einem flau im Magen ist. Das hilft, um ruhiger zu werden. Ich möchte ihn so gerne berühren, mich an seinem T-Shirt-Saum festhalten. Dann wäre die Unsicherheit sofort vorbei. Doch so weit sind wir noch lange nicht. Ich sage also leise: »Um ehrlich zu sein: Ich habe nicht sehr viel davon mitbekommen. Ich habe die ganze Zeit an dich gedacht. Aber …«

»Aber du musstest ja den Schein wahren, richtig?« Er lächelt und kommt ein kleines Stück näher, sodass wir uns fast berühren. Ich will ihm sagen, dass es nicht so ist, aber er legt seinen Zeigefinger auf meine Lippen und raunt: »Danke, dass du dich neulich um meine Verletzungen gekümmert hast.«

Neben dem Schnitt auf der Stirn, der noch immer nicht ganz verheilt ist, entdecke ich in seinem Gesicht noch zwei alte Narben. Auf der Wange und an seiner Lippe. »Gerne!«

Ich würde ihm so gern gestehen, dass ich vollkommen

durcheinander bin, seit er zum ersten Mal nachts in mein Zimmer gekommen ist. Dass ich die Welt plötzlich mit anderen Augen sehe. Dass ich so voller Freude bin, mit ihm loszugehen. Aber gleichzeitig bin ich voller Angst, weil ich nicht weiß, wohin mich das tragen wird. Noah und ich gehören zusammen – und doch auch nicht. Das kann nicht gut gehen. Diese Liebe ist verboten.

Vorsichtig greift er nach meinen Händen. Ganz locker. Schließlich verschränkt er seine Finger mit meinen, zieht meine Hände an seine Lippen und küsst zärtlich meine Fingerspitzen. Was für ein wahnsinnig schöner Moment.

Zwischen den Küssen wispert er: »Es ist ein ziemliches Risiko, dass wir uns treffen. Wenn uns jemand zusammen sieht, sind wir beide geliefert. Aber ich musste dich noch ein letztes Mal sehen, bevor ich endgültig verschwinde. Ein paar Sachen sind ziemlich schiefgelaufen …«

»Ich weiß.« Ich klammere mich an seine Hände. Meine Augen füllen sich mit Tränen. »Ich weiß. Jemand hat dich verraten. Mein Vater …«

Als hätte ich nichts gesagt, küsst er wieder meine Fingerspitzen und fährt dann fort: »Ich hatte gehofft, beweisen zu können, dass ich unschuldig bin. Zumindest, was den Mord anbelangt. Aber …« Er atmet tief ein, dann wieder aus.

Ich sehe ihn an und meine Stimme klingt ganz matt. »Aber?«

»Ich habe es nicht geschafft.« Er räuspert sich und wagt ein zaghaftes Lächeln, als wollte er mich beruhigen.

Ich habe keine Ahnung, ob ich ihm alles sagen soll, was ich weiß. Oder sollen wir uns lieber erst da vorne auf die

Bank setzen? Haben wir überhaupt noch Zeit dafür? Ich lausche. Von ferne höre ich eine Polizeisirene. Noah scheint nicht alarmiert zu sein. Er wirkt so ruhig, so gelassen, als hätte er längst seinen Frieden geschlossen mit dem, was gleich passieren wird. Ahnt er schon, dass sie ihn holen werden? Will er die paar Augenblicke, die uns noch bleiben, bis zur letzten Sekunde auskosten?

Ich werfe einen unruhigen Blick hinüber zur Bank. »Wollen … Wollen wir uns kurz hinsetzen?«

»Okay.«

Ohne seinen Blick von mir zu lösen, legt er seinen Arm um meine Schultern und führt mich zur Bank. Er setzt sich dicht neben mich und sieht mich von der Seite an, wobei er meine welligen Haare sanft aus dem Nacken streicht. »Du bist so unglaublich hübsch.«

Ich lächele. »Danke.« Und dann kann ich nicht mehr schweigen. »Noah, sie wollen dich heute verhaften …«

»Du kennst meinen Namen«, unterbricht er mich erstaunt und gleichzeitig irgendwie begeistert. Aber ich lasse mich nicht ablenken, sondern sage eindringlich: »Jemand, der ziemlich wütend auf dich ist, hat dich verraten. Ich schätze, sie wissen, wo sie dich finden können. Versteck dich! Bitte!« Jetzt ist es raus. Jetzt habe ich es verraten – und alle, die mich kennen, auch.

Noah verzieht keine Miene. Er legt den Kopf schief und sieht mich nur an. Seine Stimme klingt sanft. »Du bist das unglaublichste Mädchen, das ich je getroffen habe. Hast du gehört?«

Ich nicke. Ja, habe ich. »Aber hast du auch gehört, was ich gesagt habe?«

Die Polizeisirene kommt näher. Vielleicht gab es irgendwo einen Unfall, irgendwas, was nichts mit uns hier oben auf der Sternwarte zu tun hat. Vielleicht macht die Welt einfach mit dem weiter, was sie sonst noch so zu tun hat und kümmert sich für diesen einen Moment mal nicht um uns.

Noah rutscht bis vor auf die Kante der Bank und nimmt mein Gesicht in seine Hände. Wieder versinke ich im grünen Meer seiner Augen. Er kommt näher. Seine Lippen sind meinen ganz nah.

»Ja, habe ich. Aber ich will nichts mehr, als hier bei dir sein.«

Ich spüre seinen weichen Atem auf meiner Haut. Er schließt die Augen und endlich küsst er mich mit seinen wunderschönen, sanften Lippen. Zart und vorsichtig.

Ich erwidere seinen Kuss, und er hebt mich, als sei ich leicht wie eine Feder, auf seinen Schoß. Ich schlinge meine Arme um seinen Hals, meine Beine um seine Hüfte. Dann küsst er mich heftiger. Wie selbstverständlich streichen meine Hände über seine nackten Arme, seine Schultern, den Rücken. Sein Atem ist warm und weich. Seine Hände gleiten über meine Taille.

Er flüstert ganz nah an meinem Ohr. »Alles an dir riecht so gut!«

Und er küsst so gut. Ganz anders als Jean. Viel reifer. Viel selbstbewusster. Viel männlicher. In jedem Kuss liegt Innigkeit und Zärtlichkeit und Wildheit zugleich. Ich dränge mich an ihn und wünsche mir, ganz und gar mit ihm zu verschmelzen. Mit ihm zu schlafen, würde sich richtig anfühlen. Und kein bisschen übereilt. Ist das nicht seltsam? Es ist so, als würde ich meine große Liebe küssen, den Menschen, der unter einer Million für mich gemacht wurde. Den Menschen, ohne den ich nicht atmen kann, der tief in meine Seele blickt und weiß, wer ich wirklich bin. Das ist es, was das Wort Liebe meint. Die Gewissheit, von der ich nichts wusste, bevor ich sie mit einem Mal hatte. Gleichzeitig ist alles neu und verboten.

Ich sehe ihn an und streiche mit der Fingerspitze über die Narbe auf seiner Wange.

»Befindest du dich eigentlich ständig in Gefahr?«

»Sagen wir so: Ich fühle mich nirgends sicher.« Er macht eine kurze Pause und fügt dann leise hinzu: »Nur bei dir. In deinen Armen.«

Er küsst mich wieder. Die Polizeisirenen schwellen immer mehr an. Die Baumkronen wiegen sich warnend über uns. Der Wind nimmt zu. Auf meinen Armen bildet sich Gänsehaut. Ich flüstere: »Ich will nicht, dass sie dich kriegen.«

Sein Atem fliegt zärtlich über meine Wange. »Das will ich auch nicht.«

»Aber das werden sie, wenn du jetzt nicht gehst. Hörst du das nicht? Sie kommen!«

»Doch.« Seine Lippen streichen über meine.

Oh! Warum geht er nicht? Er muss verschwinden! Das macht mich rasend. »Sie wissen, dass du hier oben bist.«

Plötzlich nimmt er mein Gesicht in seine Hände und sieht mich mit diesen offenen klaren Augen an. Seine Wimpern zittern. Doch seine Stimme klingt fest. Als hätte er alle Zeit der Welt. »Ich kann jetzt nicht gehen. Ich will bis zur letzten Sekunde bei dir sein.«

»Geh! Bitte!«, flehe ich, ohne ihn loszulassen. Ich weiß, dass es dumm ist. Aber mir fehlt die Kraft, mich von ihm abzuwenden. Von unten, von der Straße, schallen die Sirenen durch die Baumkronen zu uns nach oben. Ich weiß, dass sie da unten sind. Ich weiß, dass sie gleich durch den Park, den bewaldeten Hang hinaufrennen werden. Ich weiß, dass ich ihn loslassen muss.

Noah flüstert: »Für mich ist es zu spät. Aber du musst verschwinden! Sie dürfen uns nicht zusammen sehen!«

Er hebt mich von seinen Beinen. Jetzt stehen wir dicht voreinander. Ich klammere mich an ihm fest. Plötzlich wird mir klar, dass unsere Zukunft komplett ungewiss ist. »Wann sehen wir uns wieder?«

Noah lächelt und streicht mir ganz ruhig eine Strähne aus der Stirn. »Geh in die Sternwarte. Und komm nicht raus, bevor sie mit mir verschwunden sind. Versprichst du mir das?«

»Ja, aber …«, versuche ich zu widersprechen, ohne zu wissen, was ich eigentlich sagen will. Ich brauche einen Anhaltspunkt, was aus uns werden wird. Natürlich kann er mir den nicht geben. Er weiß ja selber nichts. Aber genau das ist so beängstigend!

»He!« Er hebt mein Kinn an, sodass er mir direkt in die Augen sehen kann. »Versprichst du mir, dass du erst wieder rauskommst, wenn sie mit mir verschwunden sind?« Vorsichtig löst er meine Umklammerung.

»Ich kann dich nicht loslassen.« Meine Hände halten sich an seinem Gürtel fest. »Dann sollen sie mich auch kriegen. Mir ist es egal.«

»Das ist dir nicht egal. Glaub mir. Du musst jetzt

gehen.« Noah küsst zum letzten Mal meine Hände, dann meinen Mund, macht einen Schritt von mir weg und steht einfach da. »Na los! Geh! Schnell!«

Tränen laufen mir übers Gesicht. Meine Lippen zittern. Ich sehe ihn an und kann nicht begreifen, dass ich ihn verlassen muss. Ich bin doch gerade erst gekommen. Eilig mache ich einen Schritt auf ihn zu, nehme seine Hand und lege die rote Kaugummikugel, die er mir neulich aus dem Automaten bei KFC geholt hat, in seine Hand. »Pass gut auf uns auf! Hörst du? Versprich mir das!«

Er lächelt zärtlich. »Ich verspreche es.« Er gibt mir einen letzten langen Kuss. »Geh! Sie kriegen dich sonst. Geh! Geh!«

Noch halten wir uns an den Händen, ein kurzer, ewiger Moment, bis ich loslaufen muss. Am Eingang zum Planetarium drehe ich mich ein letztes Mal um. Dort vorne auf dem Plateau steht Noah, meine Liebe, gefasst, ganz ruhig, konzentriert. Er hebt zum Abschied seine Hand. Dann setzt er sich plötzlich in Bewegung, rennt mit eingezogenem Kopf davon, über den asphaltierten Platz, in den Wald und verschwindet mit einem einzigen Satz in den dichten Sträuchern. Im gleichen Augenblick tauchen unten im Park die ersten Polizisten auf und rennen über die Wiese, wo zwei Männer Frisbee spielen und erschrocken weglaufen. Ein Pärchen mit Kinderwagen folgt ihnen. Ich verschwinde im Gebäude und warte dort atemlos in der kühlen Eingangshalle, in dessen Mitte ein grausilbriger Meteorit in einer Vitrine liegt. Ein Ding aus einer anderen Welt, um das herum das Leben einfach weitergeht.

Ein Vater liest seinem kleinen Sohn die Beschriftung

vor. Hinter dem Kassentresen sitzt eine ältere Frau. Ansonsten scheint niemand hier zu sein. Die Schulklassen kommen unter der Woche am Vormittag. Die Ausstellungsräume sind am Wochenende sowieso geschlossen. Nur die Ferngläser auf dem Dach sind für interessierte Sternengucker zugänglich. Mein Atem geht stoßweise. Eilig wische ich mit dem Handrücken meine Tränen weg. Ich muss mich zusammenreißen. Der Junge, den ich liebe, ist auf der Flucht. Wird er es schaffen, zu entkommen? Wenn ja, wohin wird er verschwinden und für wie lange? Unsere Zukunft ist vollkommen unbestimmt.

Als mein Atem sich beruhigt hat, zahle ich mit zitternden Fingern den Eintritt und steige die Wendeltreppe hinauf, drei Stockwerke hoch, bis aufs Dach. Ich muss wissen, ob er es schafft, zu fliehen.

Die Sonne ist hinter dichten Wolken verschwunden. Ein kühler Wind legt sich über meine nackten Arme. Es wird bald regnen. Was tue ich hier? Ich will nicht sehen, was passiert. Aber ich kann Noah nicht allein lassen. Etwas in mir zwingt mich, so lange mit meinen Augen bei ihm zu bleiben, bis sie ihn haben. Ich habe Angst, mich bis an die Balustrade vorzuwagen. Gleichzeitig zieht mich der Rand des Daches magisch an. Ich muss wissen, ob Noah entkommt. Ich blicke hinunter in das wogende grüne Meer des Parks. So weit das Auge reicht: Baumkronen, Büsche, Sträucher. Dazwischen ein paar Liegewiesen. Ich sehe, wie die Polizisten über die Rasenfläche jagen. Ich sehe vereinzelt Spaziergänger, die ängstlich zurückweichen und von den Einsatzkräften aus dem Park gescheucht werden. Gerade, als ich mich frage, warum keiner der

Polizisten die Sternwarte durchsucht, höre ich hinter mir eine Stimme: »He! Was tust du da?«

Ich drehe mich um. Hinter mir, in der offenen Tür, die zum Dach führt, steht ein Polizist, die Hand am Pistolenhalfter. Automatisch hebe ich die Hände. Zum Zeichen, dass ich nicht vorhabe, irgendwie Ärger zu machen. Gemächlich kommt er auf mich zu und mustert mich eindringlich. »Bist du alleine hier?«

»Ja.« Ich nicke. Wobei ich meinen Blick direkt in seine Augen richte. Nicht herausfordernd, nicht ängstlich, sondern offen und klar, damit er weiß, dass ich die Wahrheit sage und nichts zu verbergen habe. Wie das geht, habe ich in letzter Zeit perfektioniert.

»Wie lange bist du schon hier oben?« Langsam, ohne mich aus den Augen zu lassen, bewegt er sich an mir vorbei, um einen kurzen Blick auf die andere Seite des Daches zu werfen, die von dem großen Teleskop verdeckt wird, dessen gewaltiges Rohr in den Himmel zeigt.

Ich zucke mit den Schultern. »Ein paar Minuten vielleicht. Wieso?«

»Hast du hier oben einen Jungen gesehen? Etwas älter als du, mittelblonde Haare, Tätowierung am Unterarm?«

Ich schüttele den Kopf. »Nein.«

Ist das jetzt schon strafbar, dass ich den Polizisten anlüge? Wird mir irgendjemand nachweisen können, dass ich vor fünf Minuten noch genau diesen flüchtigen Jungen geküsst und über seine Tätowierungen gestreichelt habe?

»In Ordnung. Wenn dir doch noch etwas einfällt, melde dich hier.« Der Polizist drückt mir eine Visitenkarte in die Hand, die er aus der Brusttasche seines Uniformhemdes zieht. Dann klappt er einen kleinen Notizblock auf, in den er meinen Namen und meine Anschrift hineinkritzelt. »Falls Zeugen verhört werden müssen.«

Er klappt den Block wieder zu, sein Funkgerät knistert, und er gibt an seine Kollegen durch, dass seine Suche ergebnislos geblieben ist. »Das Gebäude ist sauber.« Er mustert mich. »Hier steht nur ein junges Mädchen auf dem Dach.«

Schließlich tritt er näher an die Brüstung heran und sieht gemeinsam mit mir nach unten in den sommerlichen Park. »Es wäre besser, wenn du im Gebäude bleibst, bis meine Kollegen und ich wieder abziehen. Da draußen läuft ein gefährlicher Kerl herum, von dem wir annehmen müssen, dass er bewaffnet ist. Wir werden ein paar Beamte vor dem Planetarium postieren, um sicherzugehen, dass er hier nicht reinkommt. Klar?«

»Okay.« Ich presse die Lippen zusammen. Es kostet mich keine Mühe, wirklich alarmiert und eingeschüchtert zu wirken. Ich stehe kurz vor einem Nervenzusammenbruch. Außerdem trägt Noah keine Waffe bei sich. Sonst hätte ich sie doch in seiner Hosentasche gefühlt, oder nicht?

Der Polizist verschwindet wieder und ich werfe einen letzten Blick hinunter in den Park. Weit hinten, am Rand der Liegewiese, sehe ich Noah im Schutz der tief hängenden Ästen entlangrennen. Ich höre eine drohende Megafon-Stimme, die ihm befiehlt, auf der Stelle stehen zu bleiben und die Hände über den Kopf zu heben. Ich will das nicht sehen! Ich presse meine Hände vor den Mund, und doch kann ich mich nicht abwenden, als sei es meine

Pflicht, bis zum bitteren Ende mit anzusehen, wie unsere Geschichte ausgeht.

Doch Noah bleibt nicht stehen. Er flüchtet ins dichte Unterholz und taucht nicht wieder auf. Gebannt starre ich auf die Bäume und Sträucher; das Einsatzkommando stürzt ihm nun ins Unterholz nach. Ich höre Äste knacken. Rufe. Mein Herz pocht, als wollte es aus mir herausspringen. Er wird es nicht schaffen. Er kann es nicht schaffen. Sie sind in der Überzahl. Sie werden ihn kriegen. Wollte er die Polizisten nur von mir weglocken, damit niemand Verdacht schöpft, dass wir uns kennen? Oder hatte er gehofft, wirklich zu entkommen?

Die Zeit dehnt sich in die Ewigkeit. Ich umklammere das kalte Stahlgeländer der Brüstung. Schließlich drängen die Polizisten wieder aus dem Wald zurück auf die Liegewiese. Sie halten Noah an beiden Oberarmen umklammert. Tief gebeugt stolpert er zwischen ihnen über die Wiese.

»Oh Gott!« Tränen schießen mir in die Augen. Sie zerren ihn Richtung Parkausgang, zu ihren Einsatzwagen. »Ich bin bei dir!«, flüstere ich. »Hörst du? Ich bin bei dir!«

Ich laufe am Geländer entlang, bis sie mit ihm aus dem Park verschwunden sind und ich sie nicht mehr sehen kann. Die Tränen rinnen über meine Wangen. Niemand ist da, der mich halten kann. Der Einzige, der das könnte, sitzt dort unten in einem Einsatzwagen, auf dem Weg zum Haftrichter. Ich wische mit dem Handballen die Tränen weg. Ich vermisse ihn jetzt schon so sehr, dass es wehtut.

Endlich, als ein heftiger Sommerregen über den Park

und das Planetarium hereinbricht, schaffe ich es, mich abzuwenden und langsam wieder im Gebäude zu verschwinden. Auf dem Weg nach unten klammere ich mich ans Treppengeländer, um nicht einfach wegzusacken.

In der kühlen Eingangshalle haben sich ein paar Spaziergänger und die Kassenfrau versammelt und versuchen, den Polizisten, die unter dem Vordach stehen, wichtige Informationen zu entlocken. Als ich mich an ihnen vorbei in den niederprasselnden Regen schlängele, höre ich immer nur wieder: »Tatverdächtiger gestellt. Einsatz beendet. Wir haben ihn.«

Den Tatverdächtigen. Den mutmaßlichen Mörder. Den Verbrecher Noah Tal. Meinen Schatz von jenseits des Kanals. Die Leute wissen nichts. Gar nichts. Sie kennen ihn nicht. Sie haben nur ihre Verdächtigungen. Ihre Einsatzpläne. Ihre Anklagen. Ihre Blindheit. Aber sie kennen Noah nicht. Ich könnte sie anschreien, wenn ich mich nicht so kraftlos und leer fühlen würde.

Als ich regendurchnässt und zitternd durch den menschenleeren Park Richtung S-Bahn trotte, kommt mir alles so unwirklich vor. Dabei stecke ich nun noch viel tiefer in der ganzen Geschichte drin. Ich habe den Jungen geküsst, den mein Vater dringend verurteilt sehen will. Ich habe ihn angefleht, dass er fliehen soll. Ich habe die Polizei belogen. Ich bin komplett von meinem mir vorbestimmten Weg abgekommen, und ich weiß, dass es kein Zurück mehr gibt. Ich bin der Liebe verfallen. Das ist der Weg, den ich nun weitergehen muss.

Elf

15. Tag

»Papa will mit dir sprechen.« Meine Mutter steht hinter dem riesigen Blumenbouquet in unserer Halle und zupft die nicht vorhandenen welken Blättchen und Blüten ab. Als ich einfach weitergehen will, taucht ihr Kopf hinter dem Blütenmeer auf. Sie wirft mir einen warnenden Blick zu. »Sofort. Er wartet im Arbeitszimmer auf dich.«

Was ist denn jetzt wieder los? Genügt es nicht, dass seine Leute meinen Freund festgenommen haben wie einen Schwerverbrecher? Will er mit mir jetzt auch noch meine Zeugenaussage durchgehen, damit ich helfe, Noah für ewig hinter Gitter zu bringen?

Ich murmele: »Okay«, und gehe trotzdem weiter Richtung Treppe. Ich will nur kurz hoch und gucken, ob Franzi da ist. Ich muss mit irgendjemandem reden. Sonst platze ich. Ich kann das alles nicht länger für mich behalten. In diesem Zustand sollte ich meinem Vater besser nicht gegenübertreten.

Aber meine Mutter schießt hinter ihrem Blumenbouquet hervor, hält mich am Arm fest und sieht mich scharf an.

»Warum sind deine Haare und das T-Shirt klitschnass?«

»Weil es draußen geregnet hat!« Was glaubt sie denn?

»Hast du geraucht?«

»Was?« Mein Kopf schwirrt. Woher kommt jetzt dieser Verdacht?

Sie tritt näher heran. »Du siehst aus, als hättest du geraucht!«

Wie sieht man denn aus, wenn man geraucht hat?

»Deine Augen sind rot gerändert«, fügt sie alarmiert hinzu. »Sollte ich herausfinden, dass du heimlich rauchst, streiche ich dir für einen Monat dein Taschengeld. Ist das klar?«

Ich mache mich los. »Kannst du mich mal bitte in Ruhe lassen! Deine ungerechten Anschuldigungen nerven! Ich will mir nur was Trockenes anziehen.« Obwohl ich versuche, mich nach außen cool zu geben, fange ich am ganzen Körper an zu zittern. Langsam beginne ich zu begreifen, was da vorhin im Park passiert ist.

Die Stimme meiner Mutter wird schlagartig viel weicher. Ich höre sie wie durch einen dichten Nebelschleier.

»Geht es dir nicht gut? Hast du zu viel Zucker gegessen?«

»Nein, habe ich nicht.« Sie soll mich einfach nur mit ihren Fragen in Ruhe lassen, die allesamt in die komplett falsche Richtung gehen. Wie sollte es auch anders sein? Sie hört mir nie zu! Sie ist immer auf dem Holzweg. Sie trifft nie den Punkt. In diesem Fall ist das meine Rettung.

Ich steige die Treppe hoch. Auf halber Höhe ruft sie

gruselig. Wie eine Eins-A-Vogelscheuche! Die Haare fallen mir wie feuchtes Gestrüpp über die Schultern, meine eigentlich großen hellblauen Augen liegen tief in ihren Höhlen, gerahmt von dunkelvioletten Augenringen. Kein Wunder, dass meine Mutter glaubt, ich hätte geraucht. Eins kann ich mit Sicherheit sagen: Ich bin am Ende.

Wo ist Noah jetzt? Was machen sie mit ihm? Sitzt er allein in einer winzigen, fensterlosen Zelle? Denkt er an mich? Wiederholt er in seinen Gedanken auch immer und immer wieder unsere Zärtlichkeiten? Ich höre seine sanfte Stimme, als stünde er direkt neben mir. Ich fühle sein Streicheln auf meiner Haut, seine Küsse auf meinen Lippen. Und doch ist er unendlich weit weg. Wird er irgendwie Kontakt zu mir aufnehmen können? Wie soll das gehen, ohne dass es jemand mitbekommt? Soweit ich von meinem Vater weiß, hat man in Untersuchungshaft nur einen Anruf frei. Noah hat ja nicht mal meine Telefonnummer. Im Moment leben wir auf zwei Planeten, die mindestens dreitausend Lichtjahre voneinander entfernt sind. Er könnte genauso gut tot sein.

Bevor ich vor Verzweiflung erneut anfange zu weinen, höre ich schon wieder meine Mutter von unten rufen: »Sina, komm runter. Dein Vater wartet.«

Mein mattes »Ja, ich komme gleich!«, wird vom Klingeln an der Haustür verschluckt. Ich halte den Atem an und lausche. Es ist Jean, der seine Stimme eine halbe Oktave tiefer gelegt hat, um erwachsen und seriös rüberzukommen. Was will der denn jetzt noch hier? Er macht meiner Mutter Komplimente, worauf sie ziemlich abfährt.

Er ist so eine Schleimbacke! Ich höre sie hell auflachen. Dann ruft sie mit fröhlichem Singsang. »Sina, Jean ist hier. Komm endlich runter!«

Für einen Moment schließe ich die Augen, sehe Noah direkt vor mir stehen. In Gedanken halten wir uns an den Händen. Unsere sehnsüchtigen Blicke verschmelzen miteinander, und obwohl wir nichts sagen, wissen wir, dass keine Macht dieser Welt es je schaffen wird, uns auseinanderzureißen. Egal, wo er ist, egal, wann wir uns wiedersehen, eines verspreche ich ihm flüsternd: »Ich warte auf dich.« Dann mache ich mir mit einem der herumliegenden Haargummis schnell einen Pferdeschwanz, atme tief durch und gehe raus, bis zum Treppenabsatz.

Unten in der Halle steht mein Exfreund in frisch gebügeltem Hemd und Jeans neben meiner stolzen Mutter. Er hat sogar einen Arm um sie gelegt. Soll er doch mit ihr zusammen sein, wenn er sie so scharf findet.

»Hey, da bist du ja endlich!«

Meine Mutter strahlt zu mir nach oben. »Wo bleibst du denn? Alle warten auf dich!«

»Ich wollte nur eben mit Franzi reden«, sage ich. »Wo ist sie denn?«

Doch anstatt mir zu antworten, mustert mich meine Mutter mit einem abschätzigen Gesichtsausdruck. Ich trage immer noch das nasse T-Shirt und den Jeansmini, den ich mir heute extra für das Wiedersehen mit Noah angezogen habe. Wie lange ist das schon her? Ewigkeiten! Seitdem ist die Welt einmal untergegangen. »Ich dachte, du wolltest dich umziehen. So kannst du jedenfalls nicht mit Jean essen gehen«, sagt meine Mutter.

»Wir gehen essen?« Langsam trotte ich Stufe für Stufe nach unten, wobei ich meinen Exfreund verwirrt ansehe.

Er lässt meine Mutter los und kommt mir bis zur Treppe entgegen. »Ja. Hatte ich dir das gestern Abend nicht gesagt?«

Meiner Erinnerung nach hatte er etwas von sturmfreiem Haus und von Sex geredet. Ich zucke mit den Schultern. »Okay, gehen wir also essen. Soll ich mich dafür noch umziehen?«

»Worin immer du dich wohlfühlst.« Er lächelt mich an und drückt mir einen Kuss auf den Mund, als wolle er meiner Mutter unbedingt zeigen, dass zwischen uns wieder alles klar ist.

Aber meine Mutter ist schon auf dem Weg nach oben.

»Ich hole dir was Hübsches runter. Geh eben noch zu deinem Vater rein. Die fünf Minuten habt ihr wohl noch, oder Jean?«

»Sicher.« Er dreht sich zu meiner Mutter um und weist auf den riesigen Blumenstrauß auf dem Tisch in der Mitte der Halle. »Übrigens: perfekt arrangiertes Blumenbouquet! Jede Blume sitzt exakt an ihrem Platz. Haben Sie dieses Kunstwerk selbst gebunden?«

»Du Charmeur!« Meine Mutter strahlt von oben runter. Wieder so, als wären alle Kameras auf sie gerichtet. Eins kann man sagen: Sie hat ihr persönliches Vorabendserien-Drehbuch echt gelernt.

Ein größeres Kompliment kann man ihr nicht machen, als dass etwas Gekauftes so aussieht, als hätte sie es selbst gemacht. Jean hat es komplett drauf, sie glücklich zu machen. Keine Ahnung, was er damit bezweckt. Er führt sich auf, als hätte er vor, meine Eltern zu beerben. In jedem Fall scheint er seit gestern Nacht wieder zu seiner alten Form zurückgefunden zu haben. Das bedeutet: Er hat nicht vor aufzugeben. Um meine Mutter endgültig auf seine Seite zu ziehen, zupft er nun auch wie ein verdammter Florist an den Blüten herum und meint:

»Meine Ma wäre bestimmt begeistert, wenn Sie bei ihrer nächsten Charity-Veranstaltung die Verantwortung für die Blumendekoration übernehmen könnten. Letztes Mal ist die Sache total schiefgelaufen. Das kommt davon, wenn man Leute ranlässt, die kein Auge für so was haben.«

»Nichts lieber als das!« Meiner Mutter bricht fast die Stimme weg vor Begeisterung.

»Bin gleich wieder da«, sage ich und schlurfe durch die Halle, um mich diesem albernen Blumenschauspiel fürs Erste zu entziehen. Am anderen Ende klopfe ich an die offene Tür und sehe ins Arbeitszimmer zu meinem Vater. »Du wolltest mit mir reden?«

Er sitzt mit hochgekrempelten Hemdsärmeln hinter seinem gewaltigen Schreibtisch. Die bodenlangen Vorhänge sind bis auf einen schmalen Schlitz zugezogen. Dafür hat mein Vater rechts und links von sich zwei Schreibtischlampen aufgebaut, die seine Arbeitsunterlagen voll ausleuchten. Auf dem Boden stapeln sich inzwischen regelrechte Aktentürme. Er sieht auf, nimmt seine Lesebrille ab und legt sie vor sich hin. Sein Gesicht bleibt vollkommen ausdruckslos.

»Komm rein und schließ die Tür hinter dir.«

»Was gibt's?« Ich gebe mir alle Mühe, meiner Stimme

einen unbeschwerten Klang zu verleihen. Während er sich alle Mühe gibt, wie ein unbestechlicher Oberstaatsanwalt zu klingen. Ich kenne diese Stimme. Ein einziges Mal habe ich meinem Vater bei seiner Arbeit im Gericht zugesehen. Und das werde ich nie wieder vergessen.

Er hatte Franzi und mich eingeladen, einem Verfahren beizuwohnen, bei dem ein Sechzehnjähriger wegen iPod-Diebstahls zu hundert Jahren gemeinnütziger Arbeit verurteilt wurde. Der arme Kerl kam überhaupt nicht richtig zu Wort. Wenn doch, hat ihm mein Vater die Worte im Mund herumgedreht. Er hat ihn nicht direkt Lügner oder Gauner genannt, aber er hat so getan, als wäre er einer. Franzi und ich hatten echtes Mitleid mit dem Typen, der aus ziemlich miesen Verhältnissen zu kommen schien. Aber meinen Vater hat das null gekratzt. Ihm ging es nur darum, meiner Schwester und mir vorzuführen, was einen erwartet, wenn man das Gesetz bricht. Erbarmungslosigkeit. Bis heute frage ich mich, ob der arme Junge glimpflicher davongekommen wäre, wenn Franzi und ich an dem Tag nicht dabei gewesen wären. Aber so, wie mein Vater mich jetzt ansieht, wird mir ziemlich schnell klar, dass auch mich Erbarmungslosigkeit erwartet.

Ich drücke die Tür ins Schloss und komme näher heran. »Ja?« Schleifen wir jetzt an meiner Zeugenaussage, bis sie so klingt, wie er sie haben will? Das kann dauern. Der arme Jean wird sich in Geduld üben müssen. Nicht gerade eine seiner Stärken.

»Nimm Platz.« Mein Vater lehnt sich in seinem Ledersessel zurück und ich setzte mich ihm gegenüber auf die Kante des Stuhls.

Er lächelt versteinert. »Vor etwa einer halben Stunde habe ich einen ziemlich beunruhigenden Anruf bekommen.«

»Was denn für einen Anruf?« Mein Herz fängt unkontrolliert zu schlagen an. Mein Instinkt sagt mir, dass es jetzt richtig ernst wird. Trotzdem schaffe ich es, ihn mit großen, unschuldigen Augen anzusehen.

»Das Sondereinsatzkommando – kurz SEK – hat Noah Tal gefasst. An der Sternwarte.« Er faltet die Hände über dem Bauch und mustert mich eingehend, als erwarte er dazu irgendein erhellendes Statement von mir.

»Okay?« Ich weiß nicht, wie man bei so einer Erfolgsnachricht normalerweise guckt. Erfreut? Erleichtert? Ich starre meinen Vater nur an.

»Gegen 17 Uhr 15, falls es dich interessiert.«

»Okay?« Mein Kopf ist komplett leer. Mehr als »okay« fällt mir nicht ein, um mich nicht zu verraten. Wobei ich vermutlich genau das gerade tue.

»Und weißt du, wer zur gleichen Zeit zufällig auch an der Sternwarte war?«

Ich schüttele den Kopf, obwohl spätestens jetzt der richtige Zeitpunkt wäre, zu nicken und zu flüstern: »Ich! Oh-mein-Gott!« Aber ich schüttele nur betäubt den Kopf. Dabei hefte ich meine Augen weiterhin auf meinen Vater, der sich nun erhebt und langsam im Zimmer herumgeht.

»Dann werde ich es dir sagen! Du warst da, junges Fräulein. Auf dem Dach der Sternwarte. Ein Beamter hat deine Personalien aufgenommen. Was in Gottes Namen hattest du da zu suchen?«

Worauf will er hinaus? Was soll das? Hat er mich im

Verdacht, dass ich wegen Noah dort war? Warum sollte er? Sind wir zusammen gesehen worden? Habe ich mich irgendwie verraten? Das Leben besteht aus lauter Zufällen oder etwa nicht? Ich muss ruhig bleiben. Er weiß nichts. Und ich werde mir nichts anmerken lassen. Auch wenn mein Vater sich im Laufe seiner Karriere die Fähigkeit angeeignet hat, dem Angeklagten das Gefühl zu geben, bereits alles zu wissen. Aber so, wie meine Mutter ständig alles falsch deutet, könnte das ja auch auf meinen Vater zutreffen. Also umklammere ich die Armlehnen, damit meine Hände nicht verräterisch zittern, und sage mit erstaunlich gelassener Stimme: »Ich wollte alleine sein, um mir über ein paar Dinge klar zu werden.«

»Über was für Dinge?« Er bleibt am Fenster stehen und lehnt sich gegen die Fensterbank. Seine Körperhaltung, die Strenge, in der er die Worte herausbringt, sollen mir offenbar zeigen, dass er mein Verhalten extrem seltsam findet. Er verschränkt die Arme vor der Brust und sieht mich scharf an.

»Na, was Jean und mich anbelangt«, erkläre ich und gebe ihm seinen bohrenden Blick zurück. »Ich weiß nicht, ob ich ihm verzeihen kann, was er mir im Tenniscamp angetan hat«, sage ich mit belegter Stimme. Nur nicht zu sehr auf die Tränendrüse drücken. Ich will nur vom Thema ablenken, aber nicht am Ende von meinem Vater getröstet werden und mir einen Vortrag über das Auf und Ab von Liebesbeziehungen anhören. In meinen Augen ist er nicht gerade ein Profi, was dieses Thema anbelangt.

Und doch fällt es mir nicht schwer, irgendwie ein gequältes Gesicht zu machen. Die Vorstellung, mit diesem

Lackaffen da draußen einen ganzen langen Abend in einem schicken Restaurant bei Kerzenschein zu verbringen, an dessen Ende ich ihm unweigerlich sagen muss, dass unsere Hochglanz-Beziehung vorbei ist, übersteigt mein Fassungsvermögen. Ich musste heute mit ansehen, wie der Junge, den ich liebe, festgenommen und wie ein Schwerverbrecher weggezerrt wurde!

»Was hat er dir denn angetan?« Mein Vater guckt mich irritiert an. Hab ich es nicht gesagt? Meine Eltern sind blind für eine bestimmte Art von Fehlverhalten oder Unaufrichtigkeit. Nur, weil Jean aus »gutem Hause« kommt, wie sie es nennen, erscheint er ihnen weiterhin als durch und durch unfehlbar und vertrauenswürdig. Wenn die sich nur mal klarmachen würden, wie viele Betrüger und Mörder »guten Familien« entspringen. Graf Dracula war ein richtiger Blutsauger. Heinrich der Achte ließ zwei von seinen sechs Ehefrauen köpfen, Jack the Ripper soll ein Mitglied der englischen Königsfamilie gewesen sein – um nur mal drei Aristokraten zu nennen. Hat mein Vater das nicht während des Studiums gelernt?

Ich räuspere mich und senke meine Stimme. Da ich nun mit Jean angefangen habe, muss ich das Spiel auch weiterspielen. Ich nicke in Richtung geschlossene Arbeitszimmertür, hinter der er noch immer auf mich wartet. »Das habe ich euch doch erzählt. Neulich, beim Frühstück …«

Mein Vater stößt sich von der Fensterbank ab und kommt auf mich zu. Jetzt mit plötzlich ganz weichen Gesichtszügen. Auf einmal ist er nicht mehr der Oberstaatsanwalt, sondern so was wie ein Vater. »Entschuldige. Natürlich. Zugegeben, keine feine Sache, die er sich da geleistet hat. Aber das war bestimmt nichts von Bedeutung. Er steht doch wieder draußen in der Halle. Die Ereignisse der letzten Wochen haben ziemlich viel von dir gefordert. Wichtig ist jetzt, dass du zur Ruhe kommst.« Er blickt auf seine Uhr und ist wieder der Oberstaatsanwalt. »In etwa einer Stunde wird Noah Tal dem Haftrichter vorgeführt. Dann wird sich bald herausstellen, wann genau die Verhandlungen zu eurem Fall losgehen. Ich möchte, dass du da in guter Verfassung bist, weil dieses Verfahren noch einmal all das Vergangene in dir aufwühlen wird. Ich sage dir gleich, das wird kein Zuckerschlecken. Sein Verteidiger wird dich ziemlich in die Mangel nehmen. Aber ich werde dich gut vorbereiten, damit wir diesen Typen das Handwerk legen. Die gehören hinter Gitter.«

»Hörst du mir überhaupt zu?« Ich blicke meinen Vater fassungslos an. Meine Stimme ist ganz wackelig. »Mein Freund, dem ich vertraut habe, hat mich betrogen. Verstehst du, was das heißt? Dafür hat mich Noah damals gerettet. Er hat mich ins Gebüsch gezerrt, damit ich nicht mit entführt werde. Spielt das alles überhaupt keine Rolle für dich? Ich will nicht gegen ihn aussagen.«

»Du willst was nicht?« Mein Vater zieht die Luft durch die Zähne ein. »Mein liebes Kind. Du weißt nicht, was du redest. Er und seine Komplizen haben zwei deiner Freundinnen gegen ihren Willen mitgenommen, die dritte übel zugerichtet und den Wagen ihres Vaters gestohlen. Du hast keine Ahnung, was er wirklich mit dir vorhatte. In der Erinnerung verzerren sich die Tatsachen. Das ist typisch für Verbrechensopfer. Sie sympathisieren mit ihren Tätern, um das schreckliche Erlebnis überhaupt auszuhalten. Der Fachbegriff dafür lautet Stockholm-Syndrom. Darunter versteht man ein psychologisches Phänomen, bei dem Opfer von Geiselnahmen Verständnis oder sogar Zuneigung für ihre Entführer entwickeln. Aber das ist kein Gefühl, es ist eine Wahrnehmungsstörung. Es ist nicht echt, verstehst du?«

Ich beiße mir auf die Lippe. Es ist zwecklos. Mein Vater interessiert sich nicht für mein Herz. Nur für seinen Fall. Er hat sich längst ein felsenfestes Bild von der ganzen Sache gemacht, bevor die Verhandlungen überhaupt losgegangen sind. Was hat Noah da noch für eine Chance?

Ich stehe vom Stuhl auf. »Ich gehe dann mal.«

Mein Vater hält mich an der Schulter fest. »Du hast dich mit diesem einsamen Spaziergang zur Sternwarte schon wieder in Gefahr gebracht. Ich will, dass du vorsichtiger bist. Hast du verstanden? Wer weiß, welche Typen da draußen noch rumlaufen!«

Ich nicke. Der Schlimmste von allen steht in unserer Halle und schmiert meiner Mutter Honig ums Maul. Als ich aus dem Arbeitszimmer schlurfe, kommt Jean mit seinem Ich-hab-die-weißesten-Zähne-Lächeln auf mich zu.

»Okay, wollen wir los? Ich hab schon die Erlaubnis deiner Mutter in der Tasche, dass wir bis Punkt Mitternacht wegbleiben dürfen. Dann liefere ich dich wieder sicher und wohlbehalten zu Hause ab. Keine Sekunde später, aber auch keine Sekunde früher.« Er zwinkert meiner verzauberten Mutter zu. Dann legt er den Arm um mich, und ich gehe an ihr vorbei, obwohl sie mir eins von den spießigen Sommerkleidern entgegenhält, die sie mir für wichtige gesellschaftliche Anlässe von ihren ausgedehnten Shoppingtouren mitgebracht hat.

»Willst du dich nicht noch umziehen?«

»Nein, danke!« Dies wird definitiv kein wichtiger gesellschaftlicher Anlass. Es wird einfach nur das Ende einer Beziehung, die gar nicht mehr existiert. Und warum sollte ich ein Sommerkleid tragen, wenn ich mit Jean Schluss machen will? Ich öffne die Haustür und laufe den Vorgartenweg hinunter bis zur Straße, wo sein rotes Angeber-Cabrio steht.

»Einen Moment, Cinderella.« Er hält mir die Autotür auf, lässt mich einsteigen und drückt die Tür wieder zu. Dann springt er auf der anderen Seite über die Wagentür auf seinen Sitz. Er ist so ein unglaublicher Aufschneider! Doch kaum sitzt er richtig, da startet er den Motor und sagt trocken: »Das Essen lassen wir besser ausfallen. Wir fahren gleich zu mir.«

Zwölf

15. Tag

»Warum bist du so still?« Jean sieht mich forschend an und streicht über meinen Oberschenkel, während wir in seinem Cabrio über eine rote Ampel rasen. Es war ziemlich unklug von mir, meinen Minirock anzulassen. Das ist irgendwie auch das falsche Signal.

»Würdest du bitte die Hand von meinem Bein nehmen?« Ich sehe ihn warnend an.

»Was ist los, Cinderella?« Er wirft mir einen verwunderten Blick zu und setzt seine Fliegersonnenbrille auf, um sein cooles Image zu unterstreichen. Weil ich nicht antworte, streicht er mir die Haare aus dem Nacken, als könne er mich damit zu sich zurückholen. Aber in dieser Geste liegt keine Zärtlichkeit, sondern nur so was wie Größenwahn und Ignoranz. Ich öffne den Mund, um es ihm jetzt sofort unmissverständlich zu sagen: Es ist vorbei. Doch er kommt mir zuvor:

»Sina, vielleicht ist es dir nicht klar. Aber ich habe nicht vor, dich einfach so aufzugeben. Du bist meine Frau.«

Ich bin seine Trophäe, die er braucht, um weiterhin als

heißester Typ der Schule zu gelten. Sein Ansehen steht auf dem Spiel und er wird es sich durch mich nicht beschädigen lassen. Diese First-class-Jean-Ausgabe wird von keinem Mädchen verlassen. Er blickt starr geradeaus, die Lippen aufeinandergepresst, als gäbe es nichts mehr zu besprechen. Als ich ihn aus den Augenwinkeln anschaue, wundere ich mich wieder mal, was im letzten Jahr aus ihm geworden ist.

»Hey!« Er lacht angespannt auf. »Sprichst du nicht mehr mit mir?«

»Keine Ahnung«, sage ich abwesend. Gleich, wenn wir bei ihm zu Hause sind, werde ich Klartext mit ihm reden. Angenehm wird das nicht. Er wird so tun, als sei mein Entschluss, mich von ihm zu trennen, nicht durchdacht. Von wegen, dass ich keinen Perfekteren als ihn finden werde. Aber er wird schon noch merken, wie durchdacht und unwiderruflich meine Entscheidung ist.

»Na dann …« Jean fährt die mit Granatapfelbäumen bewachsene Auffahrt zum Haus seiner Eltern hinauf. Sie wohnen in einem dreistöckigen, rosafarbenen Riesenhaus, das aussieht wie eine römische Villa. Im Innenhof haben sie sogar einen Pool und auf dem Dach gibt's eine Terrasse mit Palmen und Olivenbäumen und seltsam zurechtgestutzten Büschen, die aussehen wie riesige grüne Kissen. Jean parkt den Wagen auf dem Platz vor den Garagen, läuft ums Cabrio herum und öffnet mir die Tür. »Darf ich bitten?«

Irgendwie klingt seine Stimme mit einem Mal kraftlos. Und doch gibt er sich alle Mühe, sich die Anstrengung nicht anmerken zu lassen. Eins muss ich ihm lassen: Er scheint wirklich über ein Frühwarnsystem zu verfügen, das Alarm schlägt, wenn Verlust droht.

Ich schwinge meine nackten Beine nach draußen und nehme seine Hand, die er mir entgegenstreckt. Dazu lächele ich sogar. »Danke!« Ich werde freundlich sein. Schließlich ist er derjenige, der mit gebrochenem Herzen zurückbleibt. Ich werde weitergehen und das Vergangene hinter mir lassen. Doch ein letztes Mal kehre ich in die Räume meines vorherigen Lebens zurück.

Jean zieht mich an der Hand über den weiß gekiesten Vorplatz an einem riesigen Range Rover mit Ladefläche, dem Zweitwagen seines »Daddy«, vorbei zur Haustür. Er gibt einen Code ein und die massive Eichenholztür geht auf.

»Komm.« Er zieht mich weiter durch den Eingangsbereich, vorbei am ebenfalls cremefarbenen Wohnzimmer. Durch die offene Küchentür winke ich kurz der Haushälterin Ella zu, die mit Pfannen und Töpfen hantiert. Auf den Fensterbänken stehen Terrakottatöpfe mit üppig wuchernden Kräutern. »Hi!«

Dann geht's weiter den mit moderner Kunst vollgehängten Flur runter, am Innenhof mit dem hellblau leuchtenden Pool vorbei, die frei schwebende Treppe hinauf. Es ist seltsam, wieder hier zu sein. Ich fühle mich wie eine Fremde, die sich in der Zeit verlaufen hat. Plötzlich nehme ich alles überdeutlich war, so als sei das hier schon nicht mehr da. Jedes winzige Detail kann ich sehen: Die goldenen Türklinken, die gläsernen Lampen im Treppenhaus, die violetten Lavendelsträuße. Ich komme mir vor, als sammele ich Erinnerungen ein wie Schnappschüsse für ein Fotoalbum. Das alles gehörte einmal zu meinem Leben.

Jean geht vor mir die Stufen hinauf, bis wir auf der Dachterrasse ankommen. »Willst du etwas trinken?« Er lächelt mich beinahe unsicher an, wobei er seine Hände aus den Hosentaschen zieht und sie gleich darauf wieder darin versenkt.

»Eine Cola light, wenn du hast.« Meine Stimme klingt grauenhaft piepsig, so, als würden wir uns kaum kennen. Mit einem Mal bin auch ich befangen. Als mein Blick über die riesigen Kakteen und die hellen Steinfliesen schweift, habe ich einen Kloß im Hals. Noch Anfang des Sommers haben wir uns da drüben auf den Liegestühlen in der Sonne geaalt und uns gegenseitig den Rücken mit Sonnenmilch eingecremt.

»Klar.« Jean geht rüber zur mobilen Bar, die in der warmen Jahreszeit immer hier oben unter den Olivenbäumen steht. Er holt uns zwei Flaschen Cola light aus dem Kühlschrank, reicht mir eine und lenkt mich dann hinter die mannshohe Yucca-Palme, rüber zum Tisch, der festlich gedeckt ist. Also: weiße Stoffservietten, Kerzenständer, silbernes Besteck, als würde wirklich gleich die Disney-Cinderella in ihrem hellblauen Ballkleid aus ihrer Kürbiskutsche steigen.

»Nimm Platz.« Er rückt mir einen der Stühle zurecht und setzt sich mir gegenüber. Für meinen Geschmack sieht er mich viel zu lange mit diesem seltsamen Hundeblick an, bis er schließlich erklärt: »Ich habe Ella gebeten, etwas Besonderes für uns zu kochen.«

Okay, was soll der Zauber? Neben dem Tisch steht ein

Sektkühler, der bis oben hin mit Eis gefüllt ist. Und darin steht eine Flasche Champagner. Will er jetzt um meine Hand anhalten? Das wäre ja beinahe noch unangenehmer, als seine Zudringlichkeiten abzuwehren. Jean zieht die sündhaft teuer aussehende Flasche aus dem gecrashten Eis, trocknet sie mit einem Geschirrtuch ab und entkorkt sie so gekonnt, als würde er das jeden Tag machen.

Ich sehe ihn forschend an. »Kannst du mir mal sagen, was das hier alles soll?« Und während ich ihn frage, habe ich Angst vor seiner Antwort. Denn sobald Jean den Grund für seinen Aufwand genannt hat, muss ich reagieren und ihm seine Hoffnung auf einen Neubeginn nehmen. Warum mache ich nicht endlich den Mund auf und sage, dass es vorbei ist? Er ahnt es doch sowieso schon. Je länger ich schweige, desto unentschlossener muss ich auf ihn wirken. Nur: Wie beendet man denn seine erste große Liebe?

Jean wirft mir einen kurzen Blick zu, dann gießt er den Champagner in die beiden hohen Gläser. »Ich wollte mich entschuldigen«, presst er hervor, wobei er den Eindruck macht, als würde er kaum Luft bekommen.

Er will sich entschuldigen? Damit habe ich nicht gerechnet. Bevor er kollabiert, frage ich erstaunt: »Wofür?«

»Für gestern Abend. Ich habe mich total danebenbenommen. Tut mir leid.« Er hebt sein Glas und prostet mir zu. »Ich habe darüber nachgedacht, und mir ist klar geworden, dass ich dich … bedrängt habe. Das muss ziemlich egoistisch rübergekommen sein. Kannst du mir das noch mal verzeihen?«

Ich lächele und proste ihm schließlich zögernd zu.

»Okay, verziehen.« Jean hat sich noch nie für irgendetwas entschuldigt. Zu meiner eigenen Verwunderung bin ich gerührt. Und beeindruckt. Sein Gesicht hat einen für ihn untypischen sensiblen Ausdruck bekommen.

»Aber eigentlich …« Er nippt an seinem Glas und stellt es wieder zurück. »… Eigentlich ist mir aufgefallen, dass ich mich dringend bei dir entschuldigen muss für das, was ich dir in den Sommerferien angetan habe. Ich weiß nicht, was da im Tenniscamp in mich gefahren ist. Vermutlich brauchte ich den Beweis, dass ich ein toller Typ bin, auf den die Mädels reihenweise abfahren.« Er lächelt hilflos und sieht hinunter auf seine im Schoß gefalteten Hände.

Und es ist – zu meiner erneuten Verwunderung – ein aufrichtiges Lächeln.

»Ich finde, wir sollten erst einmal ein bisschen Zeit miteinander verbringen und uns langsam wieder annähern.« Jetzt sieht er wieder auf und in seinen Augen sehe ich Bedauern. »Ich habe dein Vertrauen verletzt. Das möchte ich wiedergutmachen. Und auch, wenn ich dich am liebsten küssen würde, ich kann mich gedulden.«

Beschämt blicke ich auf meinen Teller. Mir ist es unangenehm, wie schlecht ich über Jean gedacht habe und dass ich sogar vorhatte, ihn zu benutzen, um den Schein vom perfekten Leben zu wahren, nur, um von meiner verbotenen Liebe zu Noah abzulenken. Nervös schiebe ich das silberne Messer auf der blütenweißen Tischdecke hin und her. Ich bin komplett verwirrt. Ich höre diesem Jungen zu, den ich einmal total geliebt habe, und es berührt mich, wie offen er ist. Gleichzeitig denke ich an Noah und bin erfüllt von dieser schmerzhaften Sehnsucht nach ihm.

Ich will wissen, wie es ihm geht, ihm sagen, dass ich auf ihn warten werde, dass ich an seine Unschuld glaube und zu ihm halte. Ich will über sein schönes Gesicht streichen und flüstern, dass alles gut wird. Auf meinen Lippen spüre ich noch unseren ersten zärtlichen Kuss, oben an der Sternwarte. Gerade mal ein paar Stunden ist das her. Und doch kommt mir dieser Kuss nur noch wie ein längst verwehter Traum vor, der nicht zu wiederholen ist. Der nicht wiederholt werden darf. Wie denn auch? Noah wird bis zum Mordprozess nicht aus der Untersuchungshaft entlassen werden. Und dann? Kann er seine Unschuld überhaupt beweisen? Ich meine, die Polizei rückt nicht umsonst mit einem Sondereinsatzkommando an, um eine einzelne Person zu fassen, wenn die nicht wirklich etwas getan hat, oder?

Vielleicht ist dieser Moment ein Wink des Schicksals, der mir sagen will, dass ich mich glücklich schätzen kann, einen so guten Freund wie Jean zu haben, der es schafft, seine Fehler einzugestehen.

Seine Stimme wackelt: »Ich will es besser machen, hörst du?« In seinen Augen glitzern Tränen, sein Kinn zittert.

Ich nicke. »Ja.« Dann blinzele ich an ihm vorbei in die untergehende, orangerote Abendsonne. Wem soll ich vertrauen? Noah oder Jean? Ist der eine wirklich kein Mörder und tut es dem anderen tatsächlich leid? Sagen sie beide die Wahrheit? Und falls ja, mit welcher Wahrheit will ich leben?

Jean trinkt sein Glas aus und dreht es langsam in seiner Hand. »Glaub mir, Sina: Ich habe aus meinen Fehlern gelernt. Ich habe kapiert, dass man diejenigen, die man liebt, nicht belügen darf. Ich habe verstanden, dass ich nicht ohne dich leben will. Und ich meine nicht die Idee, das Image von dir. Sondern dich. Sina, das Mädchen mit dem blonden Engelshaar, das …«

Er stockt.

Ich ziehe die Augenbrauen hoch. »Ja?« Jetzt bin ich aber gespannt, was er noch in mir sieht außer meinem blonden Engelshaar. Denn eigentlich weiß Jean kaum etwas über mein Innerstes. Ich sehe ihn herausfordernd an.

»Das so schöne Gedichte schreibt wie zum Beispiel dieses hier …« Er räuspert sich und blickt mir tief in die Augen.

»Wir stehen Hand in Hand am Seeufer
und sehen hinaus auf unser Glück.
Bis zum Horizont reicht es und noch weiter.
Unsere Herzen schlagen in unserer Brust.
Ich höre deins. Wie ein schönes, ewiges Lied.
Wir blinzeln in unsere Sonne des Lebens.
Wie es hell um uns wird.
In meinen Gedanken weiß ich längst,
dass ich es dir eines Tages sagen werde:
Es ist ein Wunder, dass wir uns haben.
Und ewig halten. Versprichst du mir das?
Wenn ich flüstere:
Ich liebe dich! – hörst du es?
Und wirst du das Gleiche zu mir sagen,
wann immer unsere Augen sich berühren,
unsere Lippen sich küssen,
wir unsere Arme umeinanderschlingen?
Gilt das für die Ewigkeit?

Dein und mein: Ich liebe dich.
Sag es mir. Versprich es mir.
Damit ich niemals zweifeln muss.
Ich will wissen, dass unsere Sonne niemals untergeht
und das Dunkel niemals siegen kann.«

Nachdem Jean das letzte Wort gesprochen hat, greift er nach meiner Hand, die noch immer das silberne Messer umfasst, als wolle ich mich daran festhalten wie an einem rettenden Strohhalm. »Du hast es mir nachts zu unserem einjährigen Zusammensein gemailt. Und ich habe nie darauf reagiert. Das ist richtig daneben von mir.«

»Schon okay«, sage ich, und obwohl ich mich dagegen wehre, ist die Zuneigung, die uns einmal miteinander verbunden hat, mit einem Schlag wieder da. Ich war so voller Liebe, als ich das geschrieben habe. Und komplett ernüchtert, als er nichts dazu gesagt hat.

»Es ist ein wunderschönes Gedicht, Sina.« Er holt tief Luft. »Es erzählt von dem, was wir einmal hatten. Die Ironie an der Sache ist nur, dass ich es erst jetzt sehe.«

»Tja.« Ich schlucke und spüre, wie meine Augen ebenfalls feucht werden. »Freut mich, dass es dir gefällt.«

Jean hat mein Gedicht auswendig gelernt! Habe ich ihn falsch eingeschätzt? So, wie meine Mutter jeden und alles falsch einschätzt? Vorsichtig lege ich meine Hand in seine Hand, und mit einem Mal ist er wieder der Junge, in den ich mich damals auf der Schulparty unsterblich verliebt habe. Der Junge, den ich unbedingt küssen wollte. Der schlaksige Typ, der noch kein Auto hatte, sondern mit dem Bus zur Schule fuhr. Der lustige Junge, der es einfach nicht schaffte, im Rhythmus der Musik zu tanzen. Einer, der fröhlich lachte und noch nicht die Mimik und Gestik seines Zahnarztvaters übernommen hatte.

»Ich war einfach zu selbstverliebt, um zu erkennen, was für ein wertvolles Geschenk ich von dir bekommen habe.« Jean gießt sein Glas wieder mit Champagner voll und trinkt es eilig bis zur Hälfte aus. »In meiner Familie zählen eher die Dinge, die man anfassen kann, wenn du weißt, was ich meine: Autos, Schmuck, Handtaschen und dieser ganze Prestige-Kram. Es sei denn, die Gedichte stammen höchstpersönlich aus Goethes Feder. Dann gelten sie natürlich als besonders kostbar.« Er grinst kraftlos. »Wie es aussieht, habe ich diese Einstellung inzwischen übernommen. Ohne es zu merken.«

»Verstehe.« Tapfer lächelnd blicke ich auf die silberne Messerklinge und sehe mich darin im Kleinformat und leicht verzerrt. Goethe bin ich definitiv nicht, aber es freut mich trotzdem, dass Jean den persönlichen Wert meiner Gedichte erkannt hat. Offenbar muss man mit den Menschen Geduld haben, bis ihnen manche Dinge klar werden. Also sollte ich mich vielleicht nicht voreilig von Jean abwenden, sondern mir Zeit nehmen, sein wahres Selbst zu erkennen.

Ich halte seine Hand und streiche mit der anderen sanft darüber. Dann steht er plötzlich von seinem Platz auf und kommt langsam auf mich zu. Als er neben mir steht, dreht er meinen Stuhl so, dass er sich vor mich hinknien kann. »Verzeih mir«, sagt er leise. »Ich hatte vergessen, was wir Kostbares hatten. Aber jetzt weiß ich es wieder und ich will es nicht verlieren.«

Er legt seinen Kopf in meinen Schoß und im Reflex streiche ich über seine nussbraunen Haare. Ich wusste nicht, dass es so schwer ist, loszulassen. Gerade weiß ich nicht mal, ob ich es überhaupt kann. Ich schlucke, weil ich wieder diesen Kloß im Hals habe und es sich in meiner Nase anfühlt, als hätte ich Schnupfen.

»Hey, ihr zwei!«, höre ich hinter mir eine altbekannte Stimme, als ich mich gerade zu Jean runterbeuge und ihm einen tröstenden Kuss auf die Stirn geben will.

Überrascht drehe ich mich um. Juno steht in der Dachterrassentür in superknappen Jeans-Hotpants und einem bauchfreien Top. Ihre langen dunklen Locken fließen über ihre Schultern. Was will sie denn hier? Hat Jean sie eingeladen? Wenn ja, warum?

Ich grinse höflich. »Hey!«

»Was machst du hier?« Jean springt so schnell auf, dass mein Champagnerglas umkippt und sich der Inhalt über die weiße Tischdecke und die Servietten ergießt.

Juno macht ein paar Schritte auf uns zu. Dabei klimpert sie seltsam mit ihren Augenlidern und ihre Stimme klingt plötzlich viel rauchiger als sonst. »Na, das sieht aber feierlich aus. Störe ich?«

Als ihre beste Freundin kann ich schlecht sagen: »Ja, du störst!« Wobei ich das gerne machen würde, um mit Jean das zu besprechen, was so dringend zu besprechen ist.

Juno schlängelt sich, umhüllt von einer zartblumigen Duftwolke, an mir vorbei zum Tisch und leert in einem Zug Jeans Champagnerglas, wobei sie demonstrativ ihre Hüfte ausstellt. »Also? Ich höre? Gibt's was zu feiern?«

Ohne eine Antwort abzuwarten, schwebt sie weiter zu

Jean. Er sieht sie fassungslos an, während sie ihm mit der Hand über die Brust streicht. Dabei legt sie den Kopf in den Nacken und blinzelt zu ihm hinauf. »Was ist los, Jeanello? Du siehst aus, als fühltest du dich nicht wohl. Liegt das an mir?«

Ich bin sprachlos. Meine beste Freundin zieht hier gerade eine ziemliche Show ab, die für mich keinen wirklichen Sinn ergibt.

Aus den Augenwinkeln sehe ich zu Jean, der angespannt ausatmet. »Hat Ella dich reingelassen?«

»Wenn du eure Haushälterin damit meinst: ja. Sie war so freundlich.« Juno dreht sich mit Schwung um und lässt sich auf Jeans Platz fallen. Sie schlägt die nackten Beine übereinander und schüttelt ihre Locken nach hinten. »Oh Mann! Es ist so heiß hier oben auf der Dachterrasse. Ist es hier immer so heiß, Jeanello?«

»Juno, kann ich dich mal kurz sprechen?«, sage ich eilig und lächele so unbekümmert wie möglich. Dabei mache ich ihr mit den Augen Zeichen, dass es ziemlich dringend ist. Aber offenbar kann sie diese Zeichen neuerdings nicht mehr deuten, denn sie lehnt sich genüsslich zurück, wobei sie ihre Brust rausstreckt und Jean herausfordernd anstarrt.

»Jeanello, was ist los? Du siehst so verspannt aus?! Ist das die Hitze? Wenn ja, zieh dein Hemd aus. Du bist doch sonst nicht so verklemmt – wie man hört.«

»Juno, bitte!«, sage ich noch mal. Es reicht! Für meinen Geschmack geht sie gerade komplett zu weit. Sie muss Jean nicht vor mir fertigmachen, um ihm noch mal reinzuwürgen, was sie von ihm hält. Das wäre zu diesem Zeitpunkt ziemlich überflüssig. Und überhaupt, was will sie eigentlich hier? Und woher wusste sie, dass ich da bin?

Ich sage: »Wir waren gerade dabei, uns auszusprechen. Es ist alles okay …«

Aber Juno reagiert nicht. Mit einem Mal wirkt auch sie angespannt. Ihre Augen ziehen sich zu schmalen Schlitzen zusammen, als sie mit kalter Stimme in Jeans Richtung fortfährt. »Du brauchst mir gar nicht zu sagen, was los ist, Jeanello. Ich weiß es auch so.«

»Juno, beruhig dich, okay?« Jean macht einen Schritt auf sie zu. »Das ist gerade wirklich unpassend.«

»Unpassend?!« Juno lacht bitter auf. »Du bist ein gewaltiges Arschloch, und ich hoffe, dass irgendwann der Tag kommt, an dem du für all das zahlen musst, was du dir so leistest.«

Was bitte ist hier los? Ich habe Juno nicht gebeten, Jean die Meinung zu sagen! Er hat die Arme vor der Brust verschränkt und starrt Juno einfach nur an. Als würde ihm zu all dem nichts mehr einfallen. Seine Nasenflügel blähen sich wie Segel im Wind. Ein klares Zeichen dafür, dass er sich mega zusammenreißen muss, nicht laut zu werden. Schließlich sagt er ganz ruhig und ebenso kalt. »Ich glaube, du solltest jetzt besser gehen, Juno. Ich begleite dich gern zur Haustür.« Er greift nach ihrer Hand, um ihr vom Stuhl aufzuhelfen. Doch sie zieht blitzschnell ihren Arm mit den feinen silbernen Armbändern weg. »Wage es nicht! Wage es ja nicht, mich anzufassen!«

Okay, ich finde, dass ich jetzt einen Schlussstrich ziehen muss. Juno ist nicht meine persönliche Rächerin. Ich kann mich gut alleine vertreten. Also fasse ich mir ein

Herz und sage noch mal ganz freundlich: »Juno, kann ich mal bitte kurz mit dir reden?« Ich zeige rüber zur Yucca-Palme, hinter der orangerot die Sonne untergeht. Wunderschönes Abendrot.

Aber sie ignoriert mich einfach. Sie flüstert nur: »Leckt mich am Arsch! Alle beide!« Dann steht sie auf und verschwindet hocherhobenen Hauptes Richtung Terrassentür.

Ich will ihr nachlaufen, um die Angelegenheit zu entschärfen. Wobei ich nicht mal verstehe, was hier eigentlich los ist.

Aber Jean hält mich zurück und sieht mir fest in die Augen.

»Lass mal. Ich mache das schon. Offenbar ist sie wütend auf mich. Dann sollten sie und ich das klären.«

»Okay.« Ich bleibe verdattert zurück, während Jean meiner besten Freundin Juno durch die Terrassentür ins Haus folgt. Habe ich irgendwas Wichtiges nicht mitbekommen? Nervös setze ich mich zurück an den Tisch und warte. Ewigkeiten. Irgendwann reicht es mir und ich folge ihnen die Treppe runter nach unten, den Flur entlang, Richtung angelehnter Haustür. Durch den schmalen Spalt drängen sich die letzten warmen Sonnenstrahlen des Tages. Ich höre die aufgeregten Stimmen der beiden. Ihr unterdrücktes Flüstern. Intuitiv verlangsame ich meine Schritte und nähere mich schließlich mit angehaltenem Atem der Tür. Hauptsache, Ella kommt jetzt nicht aus der Küche und fragt laut, ob sie das Essen servieren kann. Ich gehe ganz nah heran. Normalerweise ist es überhaupt nicht meine Art, Leute zu belauschen. Aber irgendetwas sagt mir, dass das, was da draußen so heftig verhandelt wird, mit mir zu tun hat.

Ich höre, wie Jean leise schimpft. »Was um Himmels willen tust du hier? Habe ich dir jemals das Gefühl gegeben, dass du einfach so spontan bei mir vorbeikommen kannst?«

»Ich wollte nur verhindern, dass sich meine beste Freundin wieder auf dich einlässt, Jeanello. Sie hat ja keine Ahnung, was für ein Spiel du mit ihr spielst.«

»Ich spiele kein Spiel mit ihr.« Jean klingt richtig wütend. Seine Stimme wird immer lauter. »Ich habe dir gestern Nacht gesagt, dass ich Zeit brauche, um mein Verhältnis zu Sina zu klären. Und dann tauchst du hier einfach auf!«

»Hallo! Als ihre beste Freundin habe ich die Pflicht, sie zu schützen!« Juno gibt sich nun auch keine Mühe mehr, leise zu sprechen.

»Du bist wirklich lustig!« Jean lacht.

»Was gibt's da zu lachen?«, faucht Juno.

»Wenn du ihre beste Freundin bist, warum hast du dann mit ihrem Freund geschlafen?«

Für einen Augenblick bleibt mir das Herz stehen. Dann klopft es hektisch wieder los. Juno hat mit Jean geschlafen? Ist sie das Mädchen aus dem Tenniscamp? Sie war doch gar nicht im Tenniscamp! Dann ist sogar diese Geschichte eine Lüge. Und Jean war derjenige, der gestern Nacht bei ihr an der Haustür geklingelt hat, als Juno und ich gerade miteinander telefoniert haben. Na großartig!

Vorsichtig ziehe ich mich in den Flur zurück, in die Küche, wo Ella gerade das von ihr gezauberte Essen kunstvoll auf zwei Tellern anrichtet und mit silbernen Hauben abdeckt. Als sie mich auf Höhe des riesigen Kühlschranks bemerkt, blickt sie auf und sieht mich freundlich an. »Hallo, Sina. Das Essen ist fertig. Ich wollte es gerade zu euch raufbringen. Brauchst du noch etwas?«

Ich schüttele betäubt den Kopf, und mein Mund klappt auf und zu, ohne dass ein Ton herauskommt. Als hätte ich vor Schock das Sprechen verlernt. Mir reicht's für heute. Stumm zeige ich auf die Tür, die hinaus in den Innenhof führt.

Ella sieht mich fragend an. »Ist alles in Ordnung? Hast du Kopfschmerzen?«

Da ich noch immer nicht meine Sprache wiedergefunden habe, schlängele ich mich, ohne zu antworten, an ihr vorbei, raus in den abendlichen Innenhof, am blau schimmernden Pool mit den Liegestühlen vorbei. Ich will nur noch weg. Bevor Jean zurückkommt und versucht, mich mit seinen jämmerlichen Erklärungen und Ausflüchten aufzuhalten.

Wie ich diese Hochsicherheitsmauern überwinden soll, weiß ich allerdings noch nicht. Aber etwas anderes bleibt mir nicht übrig, wenn ich unbemerkt entkommen will. Ich will Jean und Juno nie wieder sehen. Sie haben miteinander geschlafen. Hinter meinem Rücken. Meine beste Freundin hat sich meinen Freund geschnappt. Wann denn überhaupt? Wollte sie sehen, ob sie ihn auch rumkriegt wie all die anderen Jungs, denen sie das Herz bricht? Oder hat sie sich in ihn verliebt? Sie hat ihm den Knutschfleck verpasst. Ist sie noch immer mit ihm zusammen? Warum sonst wollte sie ihn von der Sportplatztribüne aus im

Auge behalten? Um sicherzugehen, dass ich ihm nicht zu nahekomme? Hat sie überhaupt kein Gewissen? Sie war meine beste Freundin! Ich habe ihr vertraut!

Als ich zwischen Pool und rosafarbener Mauer entlanghusche und mich mit letzter Kraft von einem der riesigen Palmentöpfe aus auf das mit Schindeln gedeckte Garagendach hieve, begreife ich noch immer nicht ganz, was ich da gerade gehört habe. Dabei ist es total einfach: Juno wollte verhindern, dass Jean und ich wieder zusammenkommen. Weil sie beschlossen hat, ihn ganz für sich zu haben. Ich dachte, es sei ein absolutes No-Go, sich an den Freund der besten Freundin ranzumachen! Das komplette Tabu!

Ich kraxele über das Garagendach und lasse mich auf der anderen Seite in die gelb blühenden Ginsterbüsche fallen, die rund um das Haus gepflanzt wurden. Als ich mich daraus hervorgearbeitet habe, renne ich los. Hinter dem riesigen Range Rover vorbei, über den weißen Kies, die Auffahrt hinunter. Hinter den Granatapfelbäumen sind Juno und Jean zu erahnen. Das war's. Unten an der Straße öffne ich das schmiedeeiserne Tor und schlüpfe hindurch. Ich verlasse mein altes Leben auf immer und ewig. Weiter, immer weiter laufe ich ihm davon.

Dreizehn

17. Tag

»Warum sitzt du auf der Bank, anstatt dich umzuziehen?« Unsere Sportlehrerin Frau André steht in ihrem dunkelblauen Trainingsoverall vor mir und blickt ungeduldig auf mich herunter, dann auf ihre Armbanduhr. »Die Stunde hat vor vier Minuten begonnen.«

»Ich weiß.« Ich lächele entschuldigend. Wie es aussieht, bin die Einzige, die heute nicht am Sportunterricht teilnehmen wird. Die anderen Mädchen aus meinem Kurs stürmen in Shorts und Tank-Tops die Halle.

»Ich habe meine Sportsachen vergessen«, sage ich wahrheitsgemäß. Wobei ich vermutlich das Gleiche behaupten würde, wenn ich sie heute Morgen nicht zu Hause hätte liegen lassen. Ich habe die letzten Nächte kein Auge zugemacht. Jean hat ununterbrochen versucht, mich zu erreichen. Bis ich gegen fünf Uhr morgens ans Handy gegangen bin und reingebrüllt habe, dass ich nie wieder mit ihm reden werde. Nie wieder. Ich habe keine Lust, mir seine bekloppten Entschuldigungen anzuhören. Was will er denn sagen? Mir tatsächlich plausibel erklären, warum er mit meiner besten Freundin geschlafen hat? Und dass er das jetzt total hinter sich gelassen hat – und voller Reue nur noch mich will? Warum sollte mich das interessieren? Für meinen Teil gibt es nichts mehr zu sagen. Schlimm genug, dass ich es in Gedanken überhaupt für möglich gehalten habe, Jean zu verzeihen. Dass allerdings Juno zu so einem Verrat fähig ist, hätte ich nie gedacht. Gerade frage ich mich, ob wir überhaupt je richtig befreundet waren oder ob sie nur so getan hat, um zusammen mit Nana und Lil die angesagteste Mädchenclique der Schule zu bilden. Vielleicht braucht sie mich jetzt nicht mehr, weil sie mit dem angesagtesten Jungen der Schule etwas angefangen hat. Ich hoffe nur, dass sie heute den Sportkurs schwänzt, um uns ein Zusammentreffen zu ersparen. Noch ist sie nicht da.

Ich habe dröhnende Kopfschmerzen, Bauchschmerzen und mir ist übel. Ich weiß nicht, wie ich diesen Tag oder alle folgenden Tage überstehen soll. Ständig verabschiedet sich ein weiterer Mensch aus meinem Leben, und der Einzige, der dazugekommen ist, sitzt in Untersuchungshaft. Mit jeder Nacht wird die Sehnsucht nach Noah noch schmerzhafter. Da ist es total egal, dass ich einen Eintrag wegen vergessener Sportsachen ins Klassenbuch bekomme.

Frau André zieht die Augenbrauen hoch. »Geht es dir nicht gut, Sina? Du siehst ziemlich blass aus. Soll dich jemand ins Krankenzimmer begleiten?«

Ich schüttele den Kopf. »Danke, ich bleibe lieber hier sitzen.« Auf jeden Fall will ich vermeiden, dass Jean mitkriegt, dass ich allein im Krankenzimmer liege. Er würde sofort kommen und versuchen, alles zu erklären, um Verzeihung bitten und was man sonst so macht, wenn man richtig Mist gebaut hat. Darauf kann ich gut verzichten.

»Bist du sicher, dass du hier sitzen bleiben willst?« Meine Sportlehrerin sieht mich zweifelnd an.

»Jep«, sage ich, damit sie sich endlich von mir abwendet und mit dem Sportkurs beginnt.

Ich fühle mich, als würde mein Brustkorb von den Ereignissen der vergangenen Tage zusammengedrückt werden. Jeder Atemzug kostet so viel Kraft. Ich weiß nicht mehr, was ich tun oder denken soll. Ich weiß nicht, mit wem ich reden soll. Franzi ist heute Morgen so spät aufgestanden, dass keine Zeit mehr war, mich ihr endlich anzuvertrauen. Heute Nachmittag trifft sie sich mit Klassenkameradinnen, um ein Referat vorzubereiten, und danach geht sie ins Altenheim, um den Senioren vorzulesen. Die Alten lieben meine Schwester, weil sie so lustig ist. Zu Weihnachten kriegt sie von ihnen immer kiloweise Kekse und Schokolade geschenkt, die sie zum Entsetzen meiner Mutter auch noch aufisst. Ich muss wohl bis zum Abend warten.

Ich stehe von der Bank auf, um dieses Sausen in den Ohren loszuwerden. In meinem Kopf brandet ein ganzer Ozean. Mein gesamter Körper wird gerade von seltsamen Hitzewellen geflutet. Ich habe das Gefühl, mein Gehirn platzt oder ich werde wahnsinnig. Ich mache ein paar tapsende Schritte über den Turnhallenboden. Dann sacke ich kraftlos zusammen.

Als ich die Augen aufschlage, liege ich auf dem Rücken. Zwanzig Mädchen knien um mich herum und starren mich entgeistert an. Super! Das ist genau die Situation, vor der mir am meisten graut: kompletter Kontrollverlust. Läuft mir Speichel aus dem Mund?

Direkt neben meinem Kopf hockt Frau André und klopft mir mit der flachen Hand auf die Wangen. »Sina! Sina! Hörst du mich?«

»Ja«, sage ich und vernehme meine eigene Stimme wie durch Watte. Ich erwache aus einem schlimmen Albtraum, in dem Noah und ich versucht haben, zu Fuß eine stark befahrene Autobahn hinunterzufliehen. Hand in Hand sind wir unzähligen hupenden Wagen ausgewichen, die auf uns zugerast kamen. Wir wussten nicht, wohin wir uns retten sollen, es gab kein Entkommen. Plötzlich haben wir Polizeisirenen gehört. Immer mehr Einsatzwagen sind hinter uns auf der Straße aufgetaucht, die uns mit Blaulicht verfolgt haben, und Polizisten, die auf uns geschossen haben, als wären wir Bonnie und Clyde.

Über mir baumeln die Turnringe von der holzvertäfelten Hallendecke. Nana streichelt meine Hand, während mir Lil, die heute zum ersten Mal wieder in die Schule gekommen ist, ein Taschentuch hinhält und flüstert: »Du blutest da.«

Sie zeigt auf meine Lippe. Tatsächlich schmecke ich Blut. Ich greife nach dem Taschentuch und presse es auf die Stelle, an der ich die Wunde vermute. Mein öffentliches Ansehen ist endgültig ruiniert.

»Okay, Mädels.« Frau André erhebt sich und klatscht seufzend in die Hände. »Die Vorstellung ist vorbei. Holt den Schwebebalken raus, die dicke Matte drunter. Sylvie und Linda, ihr gebt Hilfestellung. Grätschsitz, aufrichten in den Stand, Schritt vorwärts, Pferdchensprung, Schritt, senken in die Standwaage, zwei Sekunden halten. Los geht's!«

Die Mädchen schwärmen zögernd aus. Nur Nana und Lil bleiben bei mir.

Lil sieht mich besorgt an. »Geht's wieder?«

»Ja, danke!« Aus den Augenwinkeln sehe ich Juno mit ihren perfekt gebräunten Beinen in superkurzer Hose und engem T-Shirt die Halle betreten und mit arrogantem Blick auf uns zukommen. Sie hat tatsächlich die Nerven, hier aufzutauchen! Hofft sie darauf, dass ich das Feld räume? Andererseits: Das ist unsere Schule. Wo sollten wir beide auch sonst hin? Schnell richte ich mich auf. Sie wird nicht auf mich herabsehen! Solange sie in der Halle ist, werde ich nicht am Boden liegen. Doch bevor ich stehe, wird mir schon wieder schwarz vor Augen.

Nana drückt mich an den Schultern sanft wieder nach unten. »Ruh dich besser noch einen Moment aus.«

Glücklicherweise wird Juno auf halbem Weg von Frau André aufgehalten und bekommt gleich eine Abreibung. Gegen Zuspätkommen hat Frau André was. »Ah, das junge Fräulein bequemt sich auch schon in die Halle? Gleich mal zwanzig Liegestütze zur Abmahnung.«

Ich höre Juno stöhnen. »Muss das sein?«

»Okay, dreißig Liegestütze! Zack! Zack!«

Ich vermute, dass Frau André mal Feldwebel bei der Bundeswehr war. Sie kennt kein Erbarmen. In diesem Fall schadet es überhaupt nichts. Von mir aus kann Juno hundert Liegestütze machen. So eine Strafübung kratzt natürlich richtig an ihrem Coolness-Faktor. Sie soll mir nur nicht zu nahekommen. Seit gestern gehört sie zu den Menschen, mit denen ich nichts mehr zu tun haben will. Soll ich Nana und Lil von ihrem Verrat erzählen? Oder wissen sie es längst? Hat Juno sich ihnen anvertraut? Haben sie ein Schweigegelübde abgelegt, dass keine von ihnen mir gegenüber je ein Sterbenswörtchen über diesen Betrug verliert? Haben sie mich alle angelogen und mir etwas vorgemacht? Ich werde herausfinden, was Nana und Lil wissen, obwohl ich jetzt schon komplett Angst vor der Erkenntnis habe. Ich würde auf einen Schlag gleich drei Freundinnen verlieren.

»Ich will aufstehen«, sage ich.

»Bist du sicher?« Lil streicht mir die Haare aus der verschwitzten Stirn. »Du siehst ganz fiebrig aus.«

Ich nicke. »Trotzdem.«

»Na, dann wollen wir mal.« Nana fasst mich am Arm und bringt mich zurück zur Bank. Lil kommt schnell hinterher und stützt mich auf der anderen Seite. »Geht's? Was ist denn los? Warum kippst du einfach um, Babe?«

»Keine Ahnung.« Ich presse mir das Taschentuch auf die aufgeplatzte Lippe.

Meine beiden Freundinnen setzen sich rechts und links von mir auf die Turnbank. Lil greift nach meiner Hand und hält sie schweigend fest. Dabei sehen wir Juno zu, wie sie hinten in der Turnhallenecke ihre Liegestütze mehr oder weniger formvollendet absolviert.

Nana kichert. »Die Arme! Sie hasst Liegestütze! Besonders, wenn ihr alle dabei zusehen.«

»Wenigstens haben wir so etwas zu lachen.« Lil grinst.

»Ich habe dir gleich gesagt, du sollst hoch ins Krankenzimmer.« Frau André stellt sich in ihrem Overall in unser Sichtfeld und wirft mir missbilligende Blicke zu. Dann sagt sie zu Lil gewandt: »Bring Sina nach oben und achte darauf, dass sie sich hinlegt. Hoffen wir, dass sie keine Gehirnerschütterung hat. Kann deine Mutter dich abholen?«, fährt sie an mich gerichtet fort.

»Ich rufe sie an«, sage ich. Wobei ich das definitiv nicht vorhabe. Auf ihre mit Sorgen gespickte Ansprache kann ich momentan gut verzichten.

Im fensterlosen Krankenzimmer lege ich mich auf die Liege und Lil deckt mich mit einer Wolldecke zu, die ihr die Sekretärin gibt.

»Wenn ihr noch irgendetwas braucht, meldet euch.« Mit diesen Worten schließt die Sekretärin hinter sich die Tür.

»Geht's wieder?« Lil bleibt neben mir stehen und sieht unsicher auf mich herunter. »Soll ich dir was zu trinken holen? Du siehst echt richtig bleich aus.«

»Das wäre lieb. Danke!« Ich lächele matt. Obwohl ich nicht weiß, ob Lil etwas von Juno und Jean gewusst hat, beschließe ich, freundlich zu bleiben und ihr nichts zu unterstellen. Sie wirkt ziemlich gebrochen.

»Bin gleich wieder da.« Sie verlässt das Zimmer, ich schließe die Augen und flüchte mich in Gedanken zu Noah. Wo ist er gerade? Fühlt er sich genauso verlassen? Liegt auch er in einem trostlosen, fensterlosen Raum, in dem nichts mehr steht außer einer Liege? In dem der eigene Atem das einzige Geräusch ist, das man hört? Das Krankenzimmer ist *meine* Gefängniszelle. Die Vorstellung, hier mehrere Tage oder Nächte drinzubleiben, schnürt mir die Kehle zu. Wie hält Noah seine Gefangenschaft nur aus? Unerreichbar für ihn, verbringe ich meine Tage, ohne etwas für ihn tun zu können. Ich kann nur warten und hoffen und bangen, dass wir uns irgendwann wiedersehen und er seine Unschuld beweisen kann.

Ich muss herausfinden, ob ich ihn im Gefängnis besuchen oder ihm wenigstens schreiben kann. Aber wie soll das gehen, ohne dass mein Vater Wind davon bekommt? Dafür müsste ich meinen Personalausweis fälschen oder eine Brieftaube schicken. Ich bin sicher: Sollte mein Vater von unserer Verbindung erfahren, würde er alle Hebel in Bewegung setzen, nur um zu verhindern, dass Noah und ich uns je wieder begegnen. Am Ende lässt mein Vater ihn nur meinetwegen lebenslänglich wegschließen.

Ich öffne die Augen und starre an die weiße Zimmerdecke. Ich bin die größte Gefahr für Noah. Und er ist meine. Am Vernünftigsten wäre es, ihn zu vergessen. Aber das schaffe ich nicht. Ständig sehe ich ihn vor mir. Ich höre seine Stimme, spüre seine Lippen auf meinen, seine Hände auf meinem Rücken. Seinen Atem an meinem Nacken. Wenn ich nur ein paar Minuten mit ihm hätte, um einen Plan zu machen! Damit wir wissen, worauf wir warten und wie lange. Versucht er, mich zu vergessen? Gelingt es ihm? Hat er mich schon abgeschrieben, weil unsere Liebe so aussichtslos ist?

Ich schließe die Augen, und im nächsten Moment höre ich, wie sich leise die Zimmertür öffnet.

»Lil?« Ich blinzele in den dämmrigen Raum.

Nur durch das schmale Fenster oberhalb der Tür dringt

etwas Flurlicht. Der Türspalt wird breiter. Im Türrahmen taucht eine kräftige Männergestalt auf, sie drängt zu mir in die Kammer und drückt die Tür hinter sich ins Schloss. Zuerst denke ich, es ist Jean. Aber die raue Stimme passt nicht zu ihm.

»Ganz ruhig, Mädchen, ich bin gleich wieder weg!«

»Wer sind Sie?« Mit Mühe richte ich mich auf und schiebe meine Beine über den Rand der Liege. Sofort ist der Mann in der rotbraunen Lederjacke bei mir und drückt mich zurück aufs Kissen.

»Bleib ruhig, habe ich gesagt. Ich muss was mit dir besprechen.« Sein gerötetes Gesicht mit dem grauen Bart ist ganz nah an meinem. Hilflos blicke ich ihm in die blassblauen Augen. Etwas sagt mir, dass mit diesem Mann nicht zu spaßen ist. Er spricht ganz leise, als wolle er mich in den Schlaf flüstern. Doch gleichzeitig hat seine Stimme etwas Drohendes. Was soll das? Wer ist das? Woher weiß er, dass ich hier bin?

»Okay.« Langsam richtet er sich wieder auf und streicht sich seine Haare nach hinten. Dabei lässt er mich keine Sekunde aus den Augen. Sein ganzes Auftreten sagt mir, dass ich besser keinen Versuch unternehme, um Hilfe zu rufen. Er raunt: »Gut. Und jetzt hör mir zu!«

Ich flüstere noch einmal fast unhörbar: »Wer sind Sie?«

Er zuckt mit den Schultern und sieht kurz hinüber zur Tür. »Sagen wir, ich bin ein Freund von deinem geheimen Freund, Töchterchen.«

Offenbar hat es was mit meinem Vater zu tun. Und mit Noah. Und was immer es ist, ich ahne schon, dass es meine Situation noch komplizierter machen wird. Kann das nicht irgendwann mal aufhören? Ich habe keine Kraft mehr, ständig am Abgrund entlangzubalancieren.

Jetzt beugt sich der Kerl zu mir nach unten und sagt leise in mein Ohr: »Du wirst Noah ein Alibi verschaffen.«

»Was für ein Alibi?« Noch einmal versuche ich, mich aufzurichten.

Doch der Mann drückt mich sofort mit seiner Pranke zurück auf die Liege, sodass ich kaum Luft bekomme. »Verdammt, weißt du nicht, was ein Alibi ist?«

Er holt tief Luft. Dann muss er husten. Seine Augen sind so kalt. So tot. Als sei er zu allem fähig. Seine Hand drückt schwer auf meiner Schulter. Ich kann mich nicht rühren. Ich kann nichts anderes tun, als den Mann anzustarren. Ist er derjenige, der Noah mit dem Messer verletzt hat? Ich öffne den Mund. Ich will etwas fragen, weiß aber vor Aufregung nicht was.

»Hör zu, Töchterchen, und merk dir, was ich sage!« Der Mann wird immer kurzatmiger. Offenbar ahnt er, dass gleich jemand zur Tür hereinkommen wird, und das stresst ihn. »Am 14. Mai diesen Jahres fand der City-Marathon statt. Mittags war es ziemlich heiß dort am Zieleinlauf. Du hast dir ein Bier gekauft und Noah hat dich von hinten angestoßen. Dein T-Shirt war nass, er hat dir sein T-Shirt gegeben, und als du wieder zu Hause warst, hast du seine Handynummer in deiner Handtasche gefunden, dich aber nicht bei ihm gemeldet. Verstanden?«

Ich nicke, so gut es geht.

»Und das ist sein T-Shirt. Nur für den Fall, dass jemand nachfragt.« Der Mann holt aus seiner Jacke ein geknülltes weißes T-Shirt und wirft es mir auf den Bauch. »Halt es in Ehren!«

Ist es wirklich von Noah? Ich taste danach und ziehe es hoch an meine Nase. Für einen süßen Moment vergesse ich alles um mich herum. Ich bin ganz nah bei ihm. Es ist sein Duft. Um den Duft nicht zu verschwenden, nehme ich das T-Shirt wieder von meinem Gesicht.

Der Kerl tippt mich an der Schulter an. »Und solltest du das Bedürfnis haben, mit irgendjemandem über unser Gespräch zu reden, wird dein Vater innerhalb kürzester Zeit von dir und Noah erfahren. Ist das klar?«

Bevor ich antworten kann, wird die Tür aufgedrückt und Lil erscheint mit einem Glas Wasser. »Tut mir leid, dass es so lange …«

Sie bricht mitten im Satz ab und sieht mich erstaunt an. Dann den Kerl in der Lederjacke, der sich eilig an ihr vorbei in den Flur drängt und verschwindet.

»Wer war das?« Beunruhigt tritt sie an die Liege heran. »Kanntest du den?«

Ich brauche etwas, bis ich wieder bei mir bin und mich von weit her sagen höre: »Keine Ahnung. Irgendein neuer Sportlehrer.«

Was geht hier vor? Was ist das für eine Geschichte vom City-Marathon, die er mir da gerade erzählt hat? Soll das die Alibi-Geschichte sein? Wer soll die glauben? Ich trinke überhaupt kein Bier, wie blöd ist das denn!?

»Und was wollte er hier?« Lil reicht mir das Wasserglas und zieht ihre Augenbrauen hoch.

Ich setze mich auf und trinke es in einem Zug aus.

»Er ist zufällig reingekommen.« Meine Hände zittern,

meine Stimme bebt. Wie ein ferngesteuerter Roboter gebe ich eine Erklärung ab. »Er hat im Medizinschrank nach Bandagen oder so gesucht. Als ich ihm gesagt habe, dass ich umgekippt bin, meinte er, ich soll was für meinen Kreislauf tun, beim Leichtathletiktraining vorbeischauen und …« Und dann komme ich nicht weiter und muss weinen. Es ist eigenartig, wie einfach es ist, unwahre Geschichten von sich zu geben, die dennoch einen Sinn ergeben. Trotzdem fühlt es sich komplett grauenhaft an, Lil anzulügen.

Sie setzt sich zu mir auf den Rand der Liege und sieht mich mitfühlend an.

»Schade, dass er keine Kampfsport-AG anbietet.« Lil grinst aufmunternd und legt den Arm um mich. Dann flüstert sie: »Wir müssen versuchen, diese Sache mit dem Überfall zu vergessen, Sina. Wir müssen es einfach versuchen, damit wir ohne Angst weiterleben können.«

»Du hast recht.« Ich nicke und komme mir so richtig schäbig vor. Seit der Geschichte auf dem Parkplatz wirkt Lil komplett zerbrechlich, als hätte sie ihr gesamtes Vertrauen in die Welt verloren, und doch ist sie es, die mir jetzt Mut zuspricht. Dabei lüge ich sie eiskalt an und gerate immer tiefer in diesen undurchdringlichen, alles verschlingenden Morast, der mein Verderben sein wird. Soll ich mich Lil doch anvertrauen? Bisher habe ich immer alle meine Geheimnisse mit ihr geteilt. Noch nie hat sie mich verraten. Ich sehe sie von der Seite an. Es kostet mich ziemlich Überwindung, es auszusprechen. »Lil?«

»Ja?« Sie dreht mir ihr Gesicht zu und sieht mich fragend an. »Was?«

»Kennst du das Mädchen …« Ich räuspere mich. »Kennst du das Mädchen, mit dem Jean in den Sommerferien etwas angefangen hat?«

Ich blicke ihr direkt in die großen braunen Augen, die nichts von Unaufrichtigkeit wissen. Für einen Moment schaut Lil mich irritiert an, dann schüttelt sie langsam den Kopf. »Wie kommst du darauf? Wenn ich es wissen würde, hätte ich es dir doch sofort gesagt.«

Ich schlucke. »Auch, wenn es sich dabei um eine deiner drei besten Freundinnen handelt?«

Lil starrt mich mit offenem Mund an. »Was meinst du damit?«

»Juno hat mit Jean geschlafen.«

»Oh-mein-Gott!« Lil presst die Hand vor den Mund. »Oh-mein-Gott! Das … Das wusste ich nicht! Wie kann sie dir das antun! Ich meine, wir sind beste Freundinnen! Woher … Woher weißt du das?«

»Ich habe zufällig ein Gespräch zwischen ihr und Jean mit angehört.« Ich zucke hilflos mit den Schultern.

»Es tut mir so leid!« Tröstend fährt sie mit der Hand über mein Haar. »Es tut mir leid.« Ich spüre, dass sie nichts von all dem wusste und dass sie über diesen Verrat komplett erschüttert ist. Aber ich weiß nun auch, dass ich ihr nicht länger etwas vormachen darf. Ich muss ihr die Wahrheit über Noah und mich beichten. Auch auf die Gefahr hin, dass ich sie dann für immer verliere. Aber sie noch einmal anzulügen, würde mir das Herz brechen.

Ich stehe von der Liege auf und stelle mich vor Lil hin, die ich seit der ersten Grundschulklasse kenne.

»Da ist noch etwas, das ich dir sagen muss.« Ich hole

tief Luft. Ich habe Angst, es auszusprechen. Ich habe Angst, nicht die richtigen Worte zu finden. Ich habe Angst, dass dies das letzte Mal ist, dass wir miteinander gesprochen haben. Aber ich fürchte mich noch mehr davor, weiterhin mit Lil Zeit zu verbringen, ohne dass sie von meiner Liebe zu Noah weiß. Meine Stimme bröckelt leise über meine Lippen. »Versprichst du mir, dass du es für dich behältst?«

»Klar! Das weißt du doch, Babe! Was ist denn los?« Lil fasst nach meinen Händen. »Sprich mit mir!«

»Ich weiß nicht, wie es passieren konnte«, bricht es aus mir heraus. »Aber ich habe mich in den Jungen vom Überfall verliebt. In den, der mich in die Büsche gezerrt hat.«

»Wovon redest du?«

»Von dem Jungen, der mich gerettet hat.«

»Aber …« Lil schnappt nach Luft. »Aber ich dachte, du hättest niemanden an diesem Abend gesehen! Du hast doch gesagt …«

»Ich habe gelogen.« Ich wische mir mit dem Handrücken über die Augen. »Es tut mir so leid.« Ich werde von heftigen Weinkrämpfen geschüttelt, sodass ich mich wieder auf die Liege sinken lasse.

Über mir höre ich Lils tonlose Stimme. »Hast du ihn danach noch einmal wiedergesehen?«

Ich nicke, ohne zu ihr aufzusehen.

»Aber wie denn? Wie hast du das angestellt?«

»Er hatte mein Portemonnaie und hat es mir wiedergebracht«, schluchze ich.

»Bist du wahnsinnig? Weißt du nicht mehr, was die uns

angetan haben? Das sind Verbrecher, Sina! Du lässt dich mit einem Verbrecher ein!« Ich höre, wie Lil nach Luft ringt. Die Spannung im Krankenzimmer ist kaum auszuhalten.

»Hilf mir, Lil. Ich weiß nicht mehr, was ich tun soll.« Ich richte mich auf, und es kommt mir vor, als seien wir in einem Albtraum gefangen, den wir nur mir zu verdanken haben. Wahrscheinlich hätte ich damals im Krankenhaus gleich reden sollen. Aber damals dachte ich noch, ich hätte die Sache im Griff. Jetzt scheint es so, als würde sie mich im Griff haben und mich nicht mehr loslassen, bis ich zerstört bin.

»Tut mir leid, Sina. Dabei kann ich dir nicht helfen. Du hast deine Entscheidung doch längst getroffen.« Sie macht einen großen Schritt an mir vorbei, Richtung Tür. Für einen Moment wird es im Krankenzimmer hell. Ich höre Lil traurig flüstern: »Du weißt, dass wir ab heute nicht mehr befreundet sein werden.«

Dann wird es dunkel. Die Tür fällt ins Schloss. Und meine beste Freundin ist für immer weg. Wieder eine weniger.

Vierzehn

23. Tag

»Hey, Schweinebäckchen, was ist los?« Am Sonntagnachmittag blinzelt Franzi durch den Türspalt zu mir ins Zimmer. »Darf ich reinkommen?«

Ich gucke kurz von meinem Zeichenblock hoch und murmele: »Ich glaub, ich will lieber alleine sein.«

Nachdem ich Lil Anfang der Woche meine Liebe zu Noah gebeichtet habe und sie danach unsere Freundschaft beendet hat, bin ich nicht in der Stimmung, nun auch noch Franzi einzuweihen. Garantiert wird sie der gleichen Ansicht wie Lil sein: dass mir nicht mehr zu helfen ist.

»Darf ich trotzdem reinkommen?«

Obwohl meine Schwester von außen gegen die Tür drückt, öffnet die sich nur ein kleines Stück weit. Ich habe meine Kommode wieder davor geschoben, damit ich mit niemandem reden muss. Franzi macht allerdings nicht den Anschein, als würde sie aufgeben, bevor sie bei mir im Zimmer steht. Also verstecke ich meinen Block mit den Porträtzeichnungen von Noah unter dem Kopfkissen, stehe vom Bett auf und schiebe die Kommode zur Seite. »Warte, ich mach dir auf!«

»Was soll der Quatsch?« Franzi zwängt sich durch den Türspalt und lässt sich auf mein Bett fallen. Sie steckt in einem dunkelblauen Faltenrock mit passendem Jackett und Spitzenbluse. Das Outfit wird mit dunkelblauen Lackschuhen und weißen Söckchen abgerundet. Die krausen Haare hat meine Mutter ihr aufwändig geflochten und hochgesteckt. Sieht eigentlich sehr hübsch aus.

»Was meinst du?« Ich gucke sie ausdruckslos an und lasse mich neben sie aufs Bett plumpsen. Natürlich weiß ich genau, was sie meint, aber irgendwie muss man ja ein Gespräch beginnen.

Von unten ruft gleich wieder unsere Mutter dazwischen: »Franziska, das Klavierkonzert fängt in einer halben Stunde an. Wir müssen los!«

Meine Schwester verdreht die Augen und flüstert: »Scheiß drauf.« Dann sieht sie mich an und fragt mit ernster Stimme: »Hast du psychische Probleme?«

»Wieso?«

»Weil du dich in deinem Zimmer verbarrikadierst.«

»Ich wollte nur nachdenken«, erkläre ich und schiebe unauffällig die letzte Ecke des Zeichenblocks unters Kissen.

»Worüber?«

Ich zucke mit den Schultern. »Keine Ahnung. Über alles Mögliche eben.«

»Verstehe.« Franzi nickt mitfühlend. »Und willst du darüber reden?«

»Irgendwann vielleicht.« Ich lächele abwesend. »Wenn ich bereit dazu bin.«

»Muss ja was echt Schwerwiegendes sein. Ich hoffe, du brichst unter der Last nicht zusammen.« Meine Schwester klopft mir aufmunternd aufs Knie, wobei sie ziemlich besorgt aussieht. Aber sie spürt wohl, dass es nichts bringt, mich weiter zu bearbeiten. Sie seufzt. »Begleitest du mich dann wenigstens aufs Konzert?« Dabei macht sie ein flehendes Gesicht. »Bitte! Da kommen sonst nur Hundertjährige und Klassik-Hirnis hin!«

»So, wie ich aussehe?« Ich gucke an mir herunter. »Ich komme selbst wie ein Hirni rüber!« Seit achtundvierzig Stunden stecke ich schon in diesem ausgebeulten Trainingsanzug. Meine Haare sind ungewaschen und geschminkt bin ich auch nicht.

»Na und?« Franzi grinst. »Du siehst definitiv immer noch besser aus als ich. Irgendwie so gesetzlos.«

»Gesetzlos?« Ich reiße die Augen auf. Womit sie natürlich den Nagel auf den Kopf trifft. Ich bin total gesetzlos und vermutlich gehöre ich wirklich bald zu den Ausgestoßenen der Gesellschaft. Ich ruiniere gerade mein komplettes Leben. Nana drückt mich neuerdings auch weg, wenn ich sie anrufe. Keine Ahnung, warum. Lil hat ihr bestimmt nichts erzählt. Viel eher vermute ich, dass Juno blitzschnell reagiert und Nana auf ihre Seite gezogen hat, bevor ich Nana zu mir rüberziehen konnte.

»Na ja, als hättest du nichts mehr zu verlieren.« Meine Schwester mustert mich von Kopf bis Fuß, als würde sie so den wahren Grund für meine Verwandlung herausbekommen. Woher hat sie nur dieses untrügliche Gespür für mich? Es ist, als hätte sie meine Lage auf einen Blick erfasst, ohne dass sie irgendwelche Details kennt. Sie sollte später als Profilerin bei der Polizei ihr Geld verdienen. Es ist Wahnsinn, wie sie hellsieht. Vielleicht ist sie auch noch so weise, dass sie eventuell eine Lösung für mich parat hat. Wenn ich nur den Mut hätte, ihr alles zu erzählen.

Von unten drängelt schon wieder unsere Mutter: »Franziska! Wir müssen los! Papa holt schon den Wagen aus der Garage!«

»Ich komme gleich!« Franzi steht auf und blickt auf mich herunter. »Ich sag's dir ganz offen. Ich fände es wirklich toll, wenn du mir sagen würdest, was dich bedrückt. Denn dir ist anzusehen, dass du nicht alleine damit klarkommst. Und du bist alleine.«

»Wie meinst du das?« Ich blicke zu ihr auf.

»Wie ich das meine? Du fummelst nicht mehr den ganzen Tag an deinem Smartphone herum, deine Freundinnen tauchen hier nicht mehr ständig auf, und Jean, den Vollpfosten, habe ich hier auch schon länger nicht gesehen. Das bedeutet, du bist allein. Total isoliert!« Sie verschränkt die Arme vor der Brust und sieht mich abwartend an. »Du kannst es ruhig zugeben. Du gehörst nicht mehr zu den beliebtesten Menschen dieses Planeten. Ich wüsste nur gerne den Grund dafür.«

»Das ist kompliziert«, sage ich, und eigentlich wäre ich jetzt doch so weit, ihr alles zu erzählen, aber in dem Moment ruft meine Mutter zum hundertsten Mal nach Franzi – ich könnte sie dafür an die Wand klatschen – und meine Schwester bewegt sich Richtung Zimmertür.

»In zwei Stunden bin ich zurück. Dann gehen wir runter zum See, du erzählst mir alles, und ich werde dir anschließend versichern, dass alles nicht so schlimm ist.

Es sei denn, du leidest darunter, dass du nicht mehr ›fame‹ bist.«

»Nein, darunter leide ich nicht«, sage ich matt. Und es stimmt. Es ist mir egal, dass ich nicht mehr die perfekte Super-Sina bin, die mit ihren Super-Freundinnen auf jede Party eingeladen wird, die auf dem Schulhof nie alleine steht und ständig WhatsApp-Nachrichten bekommt. Komisch. Noch vor Kurzem hätte mich dieser Statusverlust gekillt.

»Das ist doch schon mal eine gute Nachricht.« Meine Schwester nickt zufrieden. »Jetzt drück mir die Daumen, dass ich mich vor den Hundertjährigen nicht verspiele. Die merken das sofort. Die kennen die Stücke alle in- und auswendig.«

»Versprochen! Viel Glück!« Ich mache das Daumen-Hoch-Zeichen und meine Schwester verschwindet im Flur und die Treppe runter. Sie ist so klug und so weise. Wie ich es nie sein werde.

Nachdem unten die Haustür ins Schloss gefallen ist, krabbele ich vom Bett. Ich kann so nicht weitermachen. Ich gehe jetzt duschen, und später, wenn Franzi wieder da ist, werde ich ihr von Noah erzählen. Wird sie auch sagen, dass ich gewissenlos bin? Und dass ich mir etwas vormache, wenn ich ihn für unschuldig halte? Oder wird sie finden, Noah hat es verdient, dass ich ihm glaube?

Für Mitte nächster Woche ist der Gerichtstermin für unsere Überfall-Sache angesetzt. Da werde ich im Zeugenstand stehen und aussagen, was damals auf dem Parkplatz passiert ist. Wenn ich Noah das Alibi für den Mord geben will, müsste ich da aussagen, dass ich ihn bereits vom City-Marathon kannte. Aber das kann ich nicht machen. Das ist richtig gegen das Gesetz. Auch wenn mich dieser brutale Kerl dazu zwingen will. Andererseits wird Noah sonst vielleicht für etwas verurteilt, was er gar nicht begangen hat. Bevor ich eine endgültige Entscheidung treffe, muss ich wissen, welche Beweise eigentlich genau gegen ihn sprechen. Wie kann jemand zum Mörder abgestempelt werden, der gar keiner ist? Ich dachte, so etwas passiert nur im Film. Die schnellste Möglichkeit, mir endlich mal ein Bild zu machen, wäre natürlich, die entsprechenden Akten durchzusehen, die bei meinem Vater im Arbeitszimmer auf dem Tisch liegen. Aber das ist logischerweise auch schon gegen das Gesetz.

Ich verschiebe das Duschen auf später, rücke die Kommode zurück an die Wand und trete hinaus in den Flur. Von oben prasselt der Sommerregen auf das Oberlicht, das die gesamte Halle in milchiges Licht hüllt. Dadurch bekommt unser Zuhause etwas seltsam Entrücktes. Meine Mutter hasst das riesige gläserne Oberlicht, weil sie denkt, dass dieses gigantische Fenster für Einbrecher die ideale Möglichkeit ist, sich unbemerkt in unser Zuhause abzuseilen. Stichwort: Mission Impossible. Vermutlich würde meine Mutter am ruhigsten schlafen, wenn wir einen unterirdischen Bunker bewohnen würden.

Barfuß laufe ich die mit flauschigem Teppich bezogene Treppe hinunter. Im ganzen Haus ist es still. Bis auf das unablässige Prasseln der Regentropfen auf dem Oberlicht ist nichts zu hören. Die Tür zum Arbeitszimmer ist geschlossen. Vorsichtig drücke ich die Klinke hinunter. Wenn mein Vater wüsste, was ich vorhabe! Ich bin ein

Spion in den eigenen Reihen. Anstatt Franzi zum Klavierkonzert zu begleiten, verschaffe ich mir Einblick in Akten, die für mich total tabu sind. Was ist nur mit mir los? Habe ich längst das Gefühl für meine Familie verloren? Seit Franzi drei Jahre alt ist, begleite ich sie zu all ihren Konzerten. An ihrer Stelle wäre ich beleidigt, dass ich nicht mitkomme, aber Franzi ist das egal. Sie spielt den Leuten was vor, verbeugt sich und schlurft wieder von der Bühne. Auf ihr Können bildet sie sich nichts ein, obwohl sie inzwischen wirklich sehr gut Klavier spielt. Sie ist einfach nur erstaunlich.

Trotz schlechten Gewissens rücke ich nicht von meinem Plan ab. Ich muss einfach wissen, was in dieser Akte steht. Weil die Vorhänge wie immer zugezogen sind, knipse ich eine der beiden Schreibtischlampen an und setze mich auf den breiten, lederbezogenen Schreibtischstuhl meines Vaters. Auf dieser Seite des Tisches habe ich noch nie gesessen. Zum ersten Mal sehe ich, dass in den Bilderrahmen, die darauf stehen, gar keine Familienfotos klemmen, wie ich dachte, sondern seine Uniabschlüsse, Urkunden, Diplome. Krass! Scheinbar hat auch er das Gefühl für unsere Familie verloren.

Ich werfe einen langen, zögernden Blick auf die vielen gestapelten Aktenordner, von denen einer die Geschichte von Noah enthält. Mein Herz klopft. Will ich wirklich wissen, welche Beweise gegen ihn sprechen? Werde ich es aushalten, wenn er tatsächlich schuldig ist? Ich habe Angst vor dem, was ich finden werde. Doch vielleicht wird es auch meine Erlösung sein. Ist Noah schuldig, werde ich ihn vergessen, meinem Vater endlich alles gestehen und in mein altes Leben zurückkehren, ohne noch die gleiche Sina zu sein, die es vor ein paar Wochen verlassen hat.

Ist Noah nicht schuldig, werde ich bei ihm bleiben, bis er frei ist.

Mit zitternden Fingern beginne ich, nach seiner Akte zu suchen. Sie liegt ganz unten im Stapel. Vorsichtig ziehe ich den roten Pappordner hervor und klappe ihn auf. Ich blättere mich durch die Seiten, bis ich einige unscharfe Schwarz-Weiß-Fotos finde, die neulich noch nicht in der Mappe lagen, als mein Vater die Unterlagen vor meinen Augen durchgegangen ist. Die Bilder sehen aus, als seien sie von einer Überwachungskamera gemacht worden. Ich ziehe die Mappe zu mir heran und sehe mir mit angehaltenem Atem die Fotos an.

Offenbar wurden sie vor einem Baumarkt aufgenommen. Im Vordergrund schieben Kunden ihre großen Einkaufswagen, gefüllt mit Holzlatten und Farbtöpfen, über den Parkplatz zu ihren Autos. Ein Mann im Hawaiihemd verlässt mit einer Einkaufstüte den Baumarkt. Dicht gefolgt von einem anderen Mann im T-Shirt, die Basecap tief ins Gesicht gezogen. Auf dem nächsten Foto sackt der Mann mit der Plastiktüte in sich zusammen, als sei er verletzt. Ich halte das Foto unter die Schreibtischlampe und gehe noch dichter heran. Der Typ mit der Basecap scheint eine Waffe in der Hand zu haben. Auf dem dritten Bild lässt er sie in seiner Jeanshosentasche verschwinden, dabei ist sein Tattoo auf der Innenseite seines Unterarms zu sehen. Ein Messer, um das sich eine Schlange windet! Ich kenne dieses Tattoo!

Meine Hände zittern. Ich muss mich strecken, um überhaupt einatmen zu können. Auch wenn das Gesicht hinter dem Basecap-Schirm nicht zu erkennen ist, ist es doch zweifellos Noah. Oder nicht? Der Junge, der nachts in mein Zimmer gekommen ist. Der Junge, den ich geküsst habe. Erst auf dem vierten Bild, als der Mann ausgestreckt am Boden liegt, flüchtet er. Die Kunden, die sich in unmittelbarer Nähe befinden, drehen sich zu dem am Boden Liegenden um und eilen zu Hilfe. Auf dem fünften Bild liegt eine Jacke über seinem Gesicht. Er ist tot. Wirklich tot. Von einem auf den anderen Moment. Am helllichten Tag, vor dem Eingang eines Baumarktes, kaltblütig erstochen. Eilig versuche ich, die Daten am unteren Rand der Fotos zu entziffern, um sie schnell wieder aus der Hand legen zu können. 14. Mai 2013. 12.30 Uhr. Der Tag des City-Marathons. An dem Noah mir angeblich ein Bier übers T-Shirt gekippt hat. Die Fotos sprechen eine eindeutige Sprache. Die Beweise sind tatsächlich erdrückend. Noah muss der Täter sein. Wer sonst? Mein Herz pocht und holpert aufgeregt in meinem Brustkorb. Mein Hals fühlt sich wie zugeschnürt an. Ich kriege kaum Luft. Warum zieht er mich da mit hinein? Weil ich so leichtgläubig bin? Lil hat recht: Mir ist wirklich nicht zu helfen.

Ich stehe vom Tisch auf und laufe hilflos durch den Raum. Da auf diesen Fotos liegt ein toter Mann! Von jemandem erstochen, der aussieht wie Noah. Wie kann das sein? Konnte ich mich so täuschen? Wo bin ich nur hineingeraten? Warum habe ich mir diese schrecklichen Bilder überhaupt angesehen? In der Hoffnung, einen Beweis dafür zu finden, dass Noah unschuldig ist? In einer

Akte, die nur Beweise gegen ihn enthält? Was für ein dummes Vorhaben! Ich weiß nichts über ihn! Ich kenne ihn nicht! Ich weiß nur, dass die paar Stunden, die wir miteinander verbracht haben, ausgereicht haben, dass ich mich restlos in ihn verliebt habe. Weil ich mich dazu entschlossen habe, nicht immer nur das Schlechte in den Menschen zu sehen, so wie meine Eltern! Das habe ich jetzt davon.

Ich setze mich wieder hin und atme tief durch. Wenn Noah vorhatte, diesen Mann zu erstechen, warum ausgerechnet vor einem Baumarkt? Jeder weiß, dass es dort definitiv Überwachungskameras gibt. Und warum trägt er eine Basecap, die sein Gesicht verdeckt, dafür aber ein T-Shirt, das sein Tattoo nicht versteckt? Das macht doch keinen Sinn. Fragt sich mein Vater nicht, wie das alles zusammenpasst? Oder hat er für all das schon logische Erklärungen?

Ich lege die Bilder zurück in die Mappe und blättere weiter, bis ich die Seite mit Noahs persönlichen Daten finde. Name, Alter, Wohnanschrift. Eilig kritzele ich mit einem Kugelschreiber seine Adresse auf meinen Handrücken, klappe die Akte wieder zu und schiebe sie zurück unter den Mappenstapel. Dann knipse ich die Schreibtischlampe aus und versuche, im Halbdunkel meine Gedanken zu sortieren.

Ich schließe die Augen und lehne mich im Ledersessel meines Vaters zurück. Habe ich einem Mörder vertraut, um meinem wohlbehüteten, langweiligen Leben zu entfliehen? Das zumindest ist mir gelungen. Ich könnte meinen gewaltigen Fehler einsehen, mich bei Lil entschuldigen und zurück zu meinen Freunden gehen, die mich betrogen, aber niemanden umgebracht haben. Hat sich Noah am Ende absichtlich in mein Leben geschlichen, damit ich meinen Vater um Gnade bitte?! Oder ihm ein wasserdichtes Alibi verschaffe? Niemals werde ich das tun, sollte er tatsächlich diesen Mann erstochen haben!

Ich öffne die Augen und sehe wieder Noahs schönes Gesicht vor mir. Sein kaum merkliches Lächeln. Die leuchtende Stille in seinen Augen. Ich fühle seine Hand, die zärtlich über meine Wange streicht. Ich höre seine ruhige Stimme, die sanft flüstert: »Sina, sieh mich an! Bitte! Sehe ich auch nur minimal wie jemand aus, der einen anderen kaltblütig tötet?«

Ich weiß nicht, wie ein Mörder aussieht! Ich weiß einfach gar nichts mehr! Ich springe vom Stuhl auf und renne aus dem Arbeitszimmer, die Treppe hinauf in mein Zimmer. Weil ich irgendetwas tun muss, lackiere ich mir als Übersprungshandlung die Fingernägel pink. Ein hilfloser Versuch, ruhig zu werden, mir einen genauen Plan zu machen, wie ich vorgehen soll, um die Wahrheit herauszubekommen.

Als ich mich einigermaßen gefangen habe, ziehe ich meinen Block unter den Kopfkissen hervor, von dem mir erneut Noahs Gesicht entgegensieht. Wieder scheint es zu fragen: »Sina, mein schöner Engel! Sehe ich aus wie ein Mörder?«

Ich reiße das Bild ab und verstaue es unter meiner Unterwäsche in der Kommodenschublade. Ich darf mich von ihm nicht mehr ablenken lassen. Dann beginne ich, mir Notizen zu machen, so wie mein Vater, wenn er versucht, seine Gedanken zu sortieren. Der einzige Unterschied zwischen uns beiden ist: Mein Vater setzt alles daran, die Schuld des Verdächtigen zu beweisen – ich versuche, seine Unschuld zu belegen.

Und wenn ich damit fertig bin, werde ich Noah einen Brief schreiben und ihn fragen, wie es überhaupt passieren konnte, dass er wegen Mordes gesucht wird? Kein Mensch wird ohne Grund wegen Mordes gesucht – oder? Er soll mir erklären, wieso dieser Kerl auf den Fotos aussieht wie er, wenn er es angeblich gar nicht war? Laufen etwa noch andere Jungs mit seinen Tattoos herum? Und ich will wissen, was aus uns werden soll? Hat er sich das eigentlich mal überlegt? Er muss mir meine Fragen beantworten. Das Problem ist nur: Wie soll er meinen Brief bekommen? Ich kann ihn unmöglich persönlich im Gefängnis vorbeibringen. Aber er wird ja wohl eine Familie haben, die sich um ihn kümmert. Die soll den Brief mitnehmen. Seine Adresse steht auf meinem Handrücken. Sicherlich irgendeine Wohnung in einem der Wohnblocks jenseits des Kanals. Das ist die einzige Möglichkeit, Kontakt zu Noah aufzunehmen. Auch wenn mir die Vorstellung, bei diesen fremden Menschen zu klingeln und locker easy um einen Gefallen zu bitten, ganz und gar nicht behagt.

Vor Urzeiten bin ich einmal mit meinem Vater durch diese düstere Gegend gefahren, als er Franzi und mir zeigen wollte, wie die kriminellen Viertel unserer Stadt aussehen. Um uns abzuschrecken oder Angst zu machen. Ich erinnere nur noch, dass überall Müll in den Sträuchern hing und Gruppen von verwahrlosten Kindern auf der

Straße herumstreunten. Am Einkaufszentrum hingen ein paar Jungs in Baggy-Jeans mit Skateboards und ein paar Mädchen mit langen blondierten Haaren und Miniröcken herum.

Dort hinzugehen, ist definitiv nicht vernünftig. Aber welche von den Aktionen, die ich zuletzt gebracht habe, war schon vernünftig?

Ich will wissen, ob ich Noah vertrauen kann. Und wenn ich ihm wirklich etwas bedeute, muss er mir die ganze Wahrheit sagen. Doch bevor ich zu seiner Familie gehe und darum bitte, ihm meinen Brief zu übermitteln, werde ich noch Franzi einweihen. Falls mir etwas passieren sollte und ich nicht wiederkomme, muss wenigstens eine wissen, wo ich bin.

Fünfzehn

23. Tag

»Bist du von allen guten Geistern verlassen?« Franzi starrt mich ungläubig an, als wir durch den Heizungskeller in Richtung Garage unterwegs sind. Wir müssen uns in Ruhe unterhalten, ohne dass unsere Mutter uns gleich wieder mit irgendwelchen wichtigen Anliegen unterbricht. Das kann man bei uns zu Hause leider nur noch in der Garage. »Wie kommst du darauf, dich ausgerechnet in einen Jungen zu verlieben, vor dem dich die ganze Welt warnen würde? Mich eingerechnet!«

»Psst! Nicht so laut!« Ich schiebe meine Schwester in ihrem dunkelblauen Faltenrock-Outfit vor mir her, durch die Waschküche, in die Garage und ziehe eilig die Stahltür hinter uns zu. Über uns prasselt der Sommerregen aufs Dach, und ich bereue schon fast wieder, dass ich Franzi von Noah erzählt habe, nachdem sie von ihrem Klavierkonzert zurückgekommen ist. Irgendwie hatte ich gehofft, dass sie mich verstehen würde, anstatt mit komplettem Unverständnis zu reagieren. Ich öffne die Fahrertür des weißen BMWs unserer Mutter, der neben dem schwarzen BMW unseres Vaters steht. Hier wird sie uns nicht vermuten, auch wenn ihr Auto schon immer der Ort war, an den Franzi und ich uns in der Kindheit geflüchtet haben, wenn wir etwas Geheimes besprechen oder tun wollten. Wie zum Beispiel die von meiner Mutter strengstens verbotenen Chips essen.

Ich sage: »Steig ein.«

»Ich habe gleich gespürt, dass irgendwas nicht stimmt.« Franzi lässt sich auf den mit weißem Leder bezogenen Beifahrersitz plumpsen. »Seit Ende der Sommerferien habe ich gewusst, dass hier irgendeine ganz schräge Sache läuft. Aber dass sie so schräg ist, hätte ich nicht vermutet. Ich dachte, du vergehst vor Liebeskummer, weil du nicht über die Arschlochnummer von deinem bekloppten Exfreund Jean hinwegkommst. Stattdessen verliebst du dich ausgerechnet in den Typen, der dich überfallen hat. Das ist unglaublich! Weißt du, was das bedeutet? Du hast die letzten Wochen einen Kriminellen gedeckt, der …«

»Kannst du bitte etwas leiser reden?« Ich ziehe die Wagentür ran und behalte die geschlossene Kellertür im Auge, aus Furcht, meine Mutter könnte uns doch gefolgt sein, um rauszufinden, was wir hinter ihrem Rücken treiben. Wäre nicht das erste Mal. Ich werfe Franzi einen ernsten Blick zu. »Er ist kein Krimineller. Glaub mir.«

»Und er war wirklich schon ein paar Mal bei uns zu Hause?« Meine Schwester schüttelt ungläubig den Kopf, während sie sich eine Haarnadel nach der anderen aus ihrer Hochsteckfrisur zieht und die einzelnen, gelockten Strähnen auf ihre Schultern rutschen. »Weißt du, was passiert, wenn das rauskommt? Mama und Papa werden auf der Stelle tot umfallen! Ich meine, du bist ihre Vorzeigetochter – und dann so was! Vermutlich werden wir sogar die Stadt verlassen müssen. Papa kann seine Robe an den Nagel hängen und Mama wird nie wieder irgendwo eingeladen. Wir werden zu Geächteten des gesamten Viertels werden.«

»Ich weiß«, sage ich und hoffe, dass meine Schwester sich langsam mal wieder einkriegt. Mehr und mehr bekomme auch ich den Eindruck, dass ich allen, die ich kenne, etwas Unverzeihliches angetan habe. Und das ist leider ein ganz unglaublich bekloppptes Gefühl.

»In jedem Fall bist du komplett wahnsinnig!« Franzi schüttelt ihre krausen Haare und stellt ihren Lackschuh hoch aufs Armaturenbrett. »Ich kann dich nur davor warnen, diese Geschichte weiterzuverfolgen. Die ist definitiv eine Nummer zu groß für dich. Du weißt, was Papa von den Leuten erzählt, die jenseits des Kanals wohnen.«

»Ja, ich weiß«, flüstere ich. »Sie sind alle Verbrecher. Von Geburt an. Aber Noah ist anders. Er hat mich in die Büsche gezogen, um mich vor seinen Kumpels zu beschützen. Wirklich.«

»Was für ein Gentleman. Da hat er ja einiges für dich riskiert. Warum war er überhaupt dabei? Hast du ihn das mal gefragt?« Franzi verleiht ihrer Stimme einen sarkastischen Unterton, der mich überrascht. Ich hatte wirklich angenommen, sie sei abenteuerlustiger oder zumindest nicht ganz so voreingenommen wie unsere Eltern. Aber jetzt klingt sie beinahe so, als würde sie die Welt genau wie sie in Schwarz und Weiß einteilen. Da ich nichts sage, sondern nur nervös an meinen frisch lackierten Fingernägeln herumknibbele, sagt sie leise: »Ich habe doch nur Angst um dich. Kannst du das nicht verstehen?«

»Doch.«

»Ich meine, warum bist du dir so sicher, dass er diesen Mord nicht begangen hat, von dem Papa redet?«

»Weil ... weil ich es ihm einfach nicht zutraue«, stottere ich und weiß, wie dumm und wenig stichhaltig das klingt. »Er hat ein gutes Herz.«

»Aha.« Meine Schwester nickt und seltsamerweise entspannen sich ihre Gesichtszüge. So, als sei genau das die Antwort, die sie hören wollte und nach der sie mir und meinen Gefühlen zumindest nicht mehr misstrauen kann. »Aber so, wie es aussieht, bleibt dir trotzdem nichts anderes übrig, als auf das Urteil in dem Baumarkt-Prozess zu warten. Misch dich da nicht ein. Du gerätst nur immer tiefer in Schwierigkeiten.«

Ich setze mich aufrecht hin und schüttele den Kopf. »Das kann ich nicht, weil neulich so ein richtig gruseliger Typ in der Schule aufgetaucht ist. Er wusste von Noah und mir, und jetzt zwingt er mich, Noah ein Alibi für den Mord zu geben. Sonst will er dafür sorgen, dass Papa von der ganzen Sache erfährt.«

»Oh-mein-Gott.« Meine Schwester lässt ihren Kopf nach hinten gegen die Kopfstütze fallen und schließt die Augen. »Das wird ja immer schlimmer. Hörst du dich eigentlich reden? Das ist kein bekloppter Fernsehkrimi! Das ist dein Leben! Was meinst du, warum du ihm ein Alibi verschaffen sollst?! Weil er es war!«

»Oder weil er es nicht war, es aber keine Möglichkeit gibt, das zu beweisen.«

»Warum sollte das unmöglich sein?«

»Weil Leute wie er immer schuldig sind. Hast du Papa die letzten Jahre nicht zugehört?«

»Vielleicht hat er ja recht«, flüstert Franzi und sieht mich besorgt aus den Augenwinkeln an.

»Fängst du jetzt auch noch damit an?« Gleich reicht es mir. Was kann ich denn dafür, dass diese Geschichte immer alptraumhafter wird? Und doch gibt es für mich kein Zurück mehr. Bevor ich die Nerven verliere, bockig aus dem Auto aussteige und es mir auch noch mit meiner Schwester verscherze, flüstere ich mit mutloser Stimme: »Was soll ich denn jetzt machen? Sag du es mir!«

Sie dreht den Kopf in meine Richtung und sieht mich an, ohne etwas zu sagen. Dann zuckt sie ratlos mit den Schultern. »Ich weiß es nicht.«

Ich schlucke und kämpfe die Tränen nieder. »Ich halte das nicht mehr aus. Ich will doch nur von Noah hören, dass er niemanden umgebracht hat. Ich muss Kontakt zu ihm aufnehmen.«

»Das wirst du schön bleiben lassen. Du wirst mit Papa reden, bevor dieser ominöse Kerl es tut.«

»Das kann ich nicht. Papa wird mich umbringen.«

»Nicht jeder ist ein Mörder.« Franzi grinst mich an. »Kleiner Scherz. Wie willst du überhaupt Kontakt zu Noah aufnehmen? Er sitzt in Untersuchungshaft. Einen geheimen Gang zu ihm graben? Good luck!«

»Sehr witzig! Ich habe ihm einen Brief geschrieben, den seine Familie ihm übermitteln könnte. Ich muss ihn nur irgendwie bei denen abgeben.«

»Fantastische Idee! Du willst tatsächlich ins Viertel

hinterm Kanal? Du bist wirklich unrettbar verloren.« Franzi zieht die Luft durch die Zähne. Schließlich grinst sie zu meiner Erleichterung breit, wobei sie ihre feste Zahnspange entblößt. »Küsst er wenigstens gut?«

Ich sehe auf meine Hände, die in meinem Schoß liegen. Meine Schwester hatte noch nie einen Freund und ich habe mich mit ihr über so etwas auch noch nie unterhalten. »Wenn du es genau wissen willst …«

»Ja, will ich!« Meine Schwester stellt nun auch noch ihren anderen Lackschuh aufs Armaturenbrett und hinterlässt feuchte Schlieren auf dem weißen Lederbezug. Wenn unsere Mutter das sehen würde! Das würde richtig Ärger geben.

»Ja, er küsst gut«, seufze ich. »Er küsst sogar richtig gut.«

»Das ist doch schon mal ein guter Grund, ihn rauszuhauen.« Meine Schwester fummelt aus ihrer Rocktasche ein Päckchen Kaugummi und reicht mir einen Streifen. »Angenommen, ich helfe dir. Was wäre dann meine Aufgabe dabei?«

Ich hole tief Luft. »Deine Aufgabe wäre es, Mama und Papa zu sagen, wo ich bin, wenn ich bis …« Ich blicke auf meine Armbanduhr. »… wenn ich bis 19 Uhr nicht zurück bin. Das ist in genau zwei Stunden. Dann gibst du ihnen diesen Zettel mit dieser Adresse.« Ich reiche Franzi einen zusammengefalteten Zettel, auf den ich Noahs Adresse notiert habe.

»Vergiss es.« Meine Schwester nimmt die Füße runter und setzt sich aufrecht hin. Ihr Blick hat sich wieder schlagartig verdüstert. »Ich sitze hier doch nicht tatenlos rum, während du da drüben allein unterwegs bist. Ich komme mit. Dass das mal klar ist.« Bevor ich noch irgendetwas sagen kann, steigt Franzi aus dem Wagen und knallt wütend die Tür zu.

Ich steige auf der anderen Seite aus und schlage ebenfalls die Tür zu. Mittlerweile hat der Regen nachgelassen. Franzi drückt von innen das Garagentor hoch, und ich schiebe meine mintgrüne Vespa, mein Geburtstagsgeschenk von diesem Jahr, an ihr vorbei auf den Vorplatz, so als sei das jetzt entschieden, dass wir zusammen fahren. Dann reiche ich meiner Schwester einen Helm und ziehe meinen auf. Den Zettel mit der Anschrift stecke ich zurück in die Hosentasche meiner Jeans, wo auch der Brief an Noah steckt.

Als meine Schwester und ich aufsteigen, kommt meine Mutter aus der Haustür gerannt. »Moment mal! Wo wollt ihr denn hin? Es gibt gleich Kaffee und Kuchen!«

»Wir müssen nur schnell einem Freund einen Gefallen tun«, ruft Franzi und klappt ihr Visier runter. »Wir sind spätestens um 19 Uhr wieder da. Wenn nicht, ruft die Polizei!«

Sie klammert sich von hinten an mich und winkt meiner Mutter zu, die uns hilflos hinterherruft. »Welcher Freund denn?«

Wir fahren an den Villen in unserer Straße vorbei, mit ihren mannshohen Zäunen und Alarmanlagen, raus aus unserem gepflegten Hochsicherheitsviertel, immer weiter die Hauptstraße und ein paar Nebenwege hinunter, bis wir schließlich auf die mit Schlaglöchern übersäte Straße Richtung Kanal einbiegen, dessen grünlich schlammiges

Wasser wirkt, als hätte es viele düstere Geheimnisse für immer verschluckt.

Der feuchtkalte Fahrtwind weht über unsere nackten Arme. Die Sonne ist hinter den dunklen Regenwolken nur matt zu erahnen. Noch nie habe ich mit meiner Schwester so einen Ausflug gemacht. Wann denn auch? Unsere Wochentage sind streng durchgeplant, jeden Nachmittag haben wir irgendwelche AGs, Musikunterricht, Reiten oder müssen für die Schule lernen. Da bleibt nicht viel gemeinsame Zeit. Bisher gab es aber auch keinen Grund für Franzi und mich, uns abseits unserer gewohnten Wege zu bewegen. Und obwohl wir etwas komplett Unvernünftiges vorhaben, bin ich glücklich. Es ist gut, endlich nicht mehr mit meinem Geheimnis allein zu sein. Mit einem Mal wirkt alles viel wahrhaftiger, als könnte ich endlich etwas tun. Auch wenn es auf die vielleicht größte Dummheit aller Zeiten hinausläuft.

Nach einer Viertelstunde Fahrt überqueren wir die rostige Kanalbrücke und sind von einem Moment auf den anderen von riesigen grauen Hochhäusern umgeben, zwischen denen ein paar mickrige Bäume wachsen. Am Straßenrand steht ein ausgebranntes Autowrack, das extrem verrostet ist. Dahinter liegt ein heruntergekommener Spielplatz mit Schaukel, Wippe und Rutsche. Über die angrenzende Rasenfläche, die eher aus matschiger Erde als aus Gras besteht, flattert eine aufgeweichte Zeitung. Überall liegen Bierdosen herum und die Worte meines Vaters begleiten uns die nasskalte Straße hinunter: »Die Leute hier haben ihre eigenen Gesetze. Wenn ihnen eure Jacke gefällt, dann fragen sie nicht lange, ob sie die haben dürfen. Ihr seid nicht von hier, also haben sie auch kein Mitleid mit euch. Haltet euch besser von hier fern. Ihr habt in diesem Viertel nichts verloren.«

Aber dafür ist es zu spät. Wir sind bereits mittendrin, und wir müssen noch weiter hinein, wenn ich Noahs Familie den Brief geben will. Wir fahren zwischen den Hochhäusern hindurch. Das Glas der Eingangstüren ist gesplittert oder mit Graffiti zugesprüht. Auf den meisten Balkonen stehen Satellitenschüsseln statt Blumentöpfe. Kaum vorstellbar, dass hier Menschen leben. Immer wieder sehe ich auf das Navi von meinem Smartphone. Im übernächsten Block müsste Noahs Familie wohnen. Zumindest war die Nummer 9 als seine Adresse angegeben.

Von hinten höre ich Franzis gedämpfte Stimme: »Kannst du nicht ein bisschen schneller fahren?«

Nein, kann ich nicht. Die Nummerierung der Häuser folgt einer echt seltsamen Logik, die ich nicht kapiere. Ich finde die Nummer 9 nicht. Schließlich muss ich am Straßenrand halten, um noch mal genau auf das Navi zu gucken.

Ich höre meine Schwester aufgeregt durch das Visier rufen. »Bist du wahnsinnig? Warum hältst du an? Willst du um dein Handy erleichtert werden?«

So gut es mit Helm geht, drehe ich mich zu ihr um. »Beruhig dich! Uns passiert schon nichts.«

Ihre Arme liegen fest um meine Taille, als halte sie mich für einen riesigen Greifvogel, der sich mit ihr bei drohender Gefahr einfach in die Lüfte aufschwingen könnte. »Mach schnell.«

Ich glaube, Franzis beschleunigten Herzschlag an meinem Rücken zu spüren, während ich auf mein Handy gucke. Sie ist meine kleine Schwester. Ich habe die Verantwortung. Und dieser Ort ist nichts für sie. Eindringlinge sind bei den Leuten hier bestimmt nicht willkommen. Genauso wenig, wie die Bewohner unseres Hochsicherheitsviertels Eindringlinge mögen. Vielleicht hätten wir doch besser nicht hierherkommen sollen. Jedenfalls nicht in dunkelblauem Faltenrock und auf einer mintgrünen Vespa! Fehlt nur noch das riesige Schild mit der Aufschrift: »Bitte überfallen! Wir sind nicht von hier!«

»Bist du so weit?« Franzi wird immer unruhiger, ständig dreht sie sich um. Unser Vater hat wirklich ganze Arbeit geleistet mit seiner Angstmacherei. Wie gesagt: Ich bin nicht bereit, die Welt so dramatisch negativ zu sehen. Überall gibt es gute und schlechte Menschen. Warum nicht auch hier? Von hinten nähert sich ein Auto, aus dem Bässe donnern.

»Bleib ruhig«, beschwöre ich sie.

Ihre Finger graben sich in meine Seiten. Der schwarze Wagen rollt gemächlich an uns vorbei. Die Scheiben sind dunkel getönt. Nur das hintere Fenster ist heruntergefahren. Ein Mann streckt seine komplett zutätowierte Hand raus. In der Sonne, die sich jetzt hinter den schweren Wolken mühsam hervordrückt, glänzt irgendetwas Silbernes. Eine Waffe? Dann wird die Hand wieder ins Wageninnere zurückgezogen und das Fenster fährt langsam nach oben.

Bevor ich mich fragen kann, ob diese Geste uns galt oder ob sie in diesem Viertel zum guten Ton gehört, bekomme ich von hinten einen Schlag gegen die Schulter. Meine Schwester presst hervor: »Fahr endlich los!«

»Moment noch.«

»Verdammte Scheiße! Fahr sofort los!«

»Ja!« Ich starte den Motor und biege hinter dem nächsten Wohnblock nach rechts ab. Ein Stück vor uns liegt endlich die Nummer 9. Obwohl das Hochhaus extrem hässlich ist, bin ich doch für einen Moment von einer unglaublichen Zärtlichkeit erfüllt. Dieser Block, der genauso übel wie alle anderen aussieht, erscheint mir dennoch heller und irgendwie magisch. Wüsste ich, dass Noah dort oben in einer der unzähligen Wohnungen in seinem ausgeleierten T-Shirt und seinen Arbeiterhosen sitzt, würde ich mit Freude in einen der Fahrstühle steigen und zu ihm hinauffahren. Das ist also sein Zuhause. Fast bin ich gespannt auf seine Familie. Es ist sozusagen unser erstes Kennenlernen. Gleichzeitig habe ich einen dicken Kloß im Hals bei der Vorstellung, bei diesen fremden Menschen unangemeldet vor der Tür zu stehen und ihnen meinen Brief zu übergeben. Wer weiß, wie die drauf sind. Bisher hat Noah nichts von ihnen erzählt.

Als wir auf Höhe der Eingangstür sind, halte ich an. »Da wären wir.«

»Bist du sicher, dass du da wirklich reinwillst?« Franzis Stimme klingt wackelig. Ich habe meine Schwester noch nie so mutlos erlebt.

Ich nicke und nehme meinen Helm ab. »Ja.« Ich will, dass Noah meinen Brief bekommt. Irgendeinen Grund muss es ja haben, dass er und ich uns begegnet sind. Und den will ich endlich erfahren.

Als ich wieder rüber zum Eingang sehe, blicke ich direkt in die Augen eines schneeweißen Kampfhundes, der mit seinem ebenso aggressiv wirkenden Herrchen zielstrebig aus der Tür auf uns zukommt. Der Typ trägt ein langärmliges, eng anliegendes Shirt und eine Basecap, sodass ich sein Gesicht nicht erkennen kann. Jedenfalls macht er einen ziemlich trainierten Eindruck. An seinem Hals klebt ein großes Pflaster. Sieht aus, als sei er in eine üble Schlägerei geraten. Oder gehört er zu den Typen, die illegale Boxkämpfe veranstalten, von denen mein Vater erzählt hat? Er kommt immer näher. Die Hände ganz entspannt in den Hosentaschen. Schließlich, als er nur noch etwa fünf Meter von uns entfernt ist, beugt er sich zu seiner vierbeinigen Kampfmaschine runter, um sie von der Kette zu lassen.

Von hinten haut Franzi mir wieder auf die Schulter. »Worauf wartest du noch?! Fahr endlich los, Sina!«

Gut, dass sie mich aus meiner Trance aufgeweckt hat. Ich lasse den Helm fallen, drehe den Gasgriff bis zum Anschlag auf und ziehe an dem Typen und seinem Hund vorbei. Im Rückspiegel sehe ich, wie der Kampfhund hinter uns die Straße entlangjagt. Seine rosafarbene Zunge hängt ihm aus dem riesigen Maul. Er holt immer mehr auf. Ich gebe noch mehr Gas. Franzi kreischt und zieht ihre Knie nach oben. Ihre Arme drücken mir beinahe die Luft ab. Ihr Helm haut gegen meine Schulter.

Will dieser Typ uns wirklich von seiner Bestie zerfleischen lassen? Kein vernünftiger Mensch würde so etwas zulassen! Andererseits: Noah kam mit einer Schnittverletzung zu mir. Und der Mann im Hawaiihemd wurde einfach so vor dem Eingang des Baumarktes erstochen. Ein Menschenleben scheint hier nicht so richtig viel wert zu sein. Niemand wird je erfahren, dass wir hier waren. Warum sollte ausgerechnet in diesem Viertel nach uns gesucht werden? Das grünlich schlammige Wasser des Kanals verschluckt alles. Unwiderruflich. Für immer.

Endlich taucht hinter dem letzten Wohnblock eine Autowaschanlage mit überraschend farbenfrohem Regenbogen-Logo auf. Passt thematisch überhaupt nicht ins Bild. Trotzdem fühle ich mich sofort sicherer. Im Rückspiegel sehe ich erleichtert, wie der Kampfhund mehr und mehr zurückfällt und schließlich hechelnd mitten auf der Straße stehen bleibt. Sein Herrchen kommt langsam hinter ihm her.

Meine Schwester lockert ihre Umklammerung und dreht sich nach ihnen um. »Oh krass! Wer zur kranken Hölle war das? Sind sie weg?!«

»Was weiß ich? Jedenfalls keiner, der uns mochte!« Mit klopfendem Herzen biege ich auf den Vorplatz der Autowaschanlage ab, in der Hoffnung, dass hier Menschen arbeiten, die uns nicht umbringen wollen. Ich halte direkt vor dem verglasten Kassenhäuschen, das mit knallgelben Sonderangebotsstickern beklebt ist. Drinnen steht jemand an der Kasse und telefoniert mit dem Rücken zu uns. Ich steige ab.

Franzi bleibt mit Helm auf der Vespa sitzen. »Was hast du jetzt schon wieder vor?«

»Keine Ahnung?« Ich zucke mit den Schultern und spüre, dass ich am ganzen Körper zittere. »Da reingehen und überlegen, wie wir hier heil rauskommen.«

Bevor Franzi gegen mein Vorhaben rebellieren kann, drücke ich die Tür zum Kassenhäuschen auf. »Los, komm!«

Als wir drinnen stehen, weiche ich sofort wieder zurück. Wir sitzen in der Falle. Der bärtige Kerl, der hinter dem Kassentresen steht, ist der Schrank, der mich in der Schule bedroht hat. Besser kann es gar nicht laufen.

Er nimmt das Telefon vom Ohr und starrt uns mit offenem Mund an. »Was zum Teufel macht ihr hier?!«

Ja, was zum Teufel tun wir hier? Das frage ich mich inzwischen auch. Ich schlucke und weiß nicht, ob wir lieber abhauen oder diesen Typen um Hilfe bitten sollen. Schließlich habe ich keinen blassen Schimmer, welche Rolle er eigentlich in diesem ganzen verwirrenden Spiel hat.

Bevor ich eine Entscheidung treffen kann, beendet der Kerl sein Telefonat. Ohne ein Wort zu sagen, kommt er um den Tresen herum und schließt eilig die Tür von innen ab. Dann stellt er sich wieder hinter seine Kasse. Als würde uns jemand belauschen, flüstert er: »Was soll das denn werden? Warum seid ihr hier?« Dabei sieht er an uns vorbei durch die Fenster nach draußen. »Seid ihr lebensmüde?«

»Wir sind hier«, sage ich beinahe unhörbar und doch entschlossen, nicht aufzugeben, »weil ich einen Brief für Noah habe, den ich seiner Familie bringen wollte.«

»Seiner Familie?« Der Kerl kichert in sich hinein. Dabei mustert er uns mit seinen hellen eisblauen Augen. »Seid ihr schon da gewesen?«

»Nein, waren wir nicht!«

Franzi hängt hinten an meinem T-Shirt. Ich höre, wie sie ununterbrochen flüstert: »Bitte, bitte lass uns hier verschwinden.«

Wir werden auch gleich verschwinden. Aber erst will ich wissen, wer dieser Mann ist. Heute erscheint er mir weniger gefährlich als noch vor einigen Tagen. Wenn ich ehrlich bin, wirkt er eigentlich ganz freundlich. Fast besorgt. Ich mache ein paar Schritte auf den Tresen zu. Obwohl ich nicht genau weiß, was ich sagen soll, höre ich mich fragen: »Wer sind Sie? Warum liegt Ihnen etwas daran, dass ich Noah ein Alibi verschaffe?« Und während ich ihn das frage, fällt mir auf, dass ich total nach meinem Vater klinge. Obwohl ich nie darauf geachtet habe, habe ich mir offenbar ganz gut seinen Tonfall angeeignet …

»Ich heiße Arnold und auf deine zweite Frage antworte ich nicht.« Der Mann guckt mich ohne zu blinzeln an und zieht an seiner Zigarette, die im Aschenbecher neben der Kasse beinahe ganz heruntergeglüht ist. Schließlich wandert sein Blick wieder nach draußen auf die Straße, als würde er befürchten, dass uns jemand zusammen sieht. »Und jetzt verschwindet!«

Gleich. Ich räuspere mich. »Sind Sie ein Freund von Noah?«

»Was soll die Fragestunde? Sind wir hier bei ›Wer wird Millionär?‹«

»Wenn Sie wollen, dass ich Noah ein Alibi verschaffe, müssen Sie mir sagen, warum Sie ihm keins verschaffen.«

»Weil ich an diesem Tag mit ihm ein Ding gedreht habe, verdammt. Bist du jetzt zufrieden, Sherlock Holmes? Ich mag den Jungen, ich mochte ihn schon immer, und ich will nicht, dass er unschuldig einfährt. Aber ich werde mich nicht belasten, nur damit er ein Alibi hat. Kapiert? Und jetzt zieht Leine.«

Er sieht hinunter auf sein Handy, das auf dem Tresen schon zum dritten Mal vibrierend einen Anruf meldet. Dann sieht er mich aus seinen blassblauen Augen warnend an. »Was steht ihr hier noch rum? Das hier ist kein Pflaster für euch. Alles klar? Verkrümelt euch auf eure rosa Wolke, auf der ihr wohnt. Das hier ist verdammte Realität. Keiner wechselt ungestraft zwischen den Welten hin und her. Ihr habt verdammt noch mal eine Grenze überschritten, die ihr besser nicht hättet überschreiten sollen. Genau, wie Noah diese Grenze nicht hätte überschreiten sollen.« Arnold wirft mir einen schneidenden Blick zu. »Aber er konnte ja nicht widerstehen. Und nun bezahlen wir alle dafür.«

Wieso bezahlen wir alle dafür? Muss ich das verstehen? Bevor ich weiterfragen kann, klopft es von außen an die gläserne Eingangstür. Hinter den gelben Stickern ist der Kampfhundbesitzer zu erkennen. Er klopft schon wieder. Dieses Mal wesentlich heftiger. Für einen Augenblick ist es totenstill im Kassenhäuschen. Schwer atmend kommt Arnold mit einem Baseballschläger hinter seinem Tresen hervor. »Das war klar, dass diese miese Ratte euch gesehen hat! Verzieht euch hinter den Counter. Aber dalli!«

Wir gehorchen. Franzi und ich ducken uns hinter den Tresen, während Arnold Richtung Tür verschwindet. Wir hören, wie er den Schlüssel im Schloss herumdreht. Ich hatte in meinem Leben noch nicht solche Angst. Ich rechne damit, dass es da vorne jede Sekunde richtig eskaliert. Was, wenn dieser Kampfhund-Typ eine Waffe dabeihat? Und: Was will der überhaupt von uns? Doch nicht nur unsere Handys, oder?

Franzi hat die Lippen fest aufeinandergepresst und sieht mich aus ihren Kinderaugen hilflos an. Ihr Faltenrock fällt über ihre Knie. Ich sehe ihre Lackschuhe. Ihre feste Zahnspange, als sie lächelt und gleichzeitig weint. Ich lächele zurück, um ihr das Gefühl zu geben, dass alles gut werden wird. Obwohl ich selbst nicht so richtig daran glaube. Wir haben niemandem etwas getan – und doch scheint dieser Kerl da draußen sauer auf uns zu sein.

Das Gespräch an der Tür wird lauter. Arnolds Stimme dröhnt. Das Ganze klingt nicht gut. Soll Arnold uns ausliefern? Ich ziehe den Brief aus meiner Hosentasche und deponiere ihn vorsichtig unter dem Aschenbecher. Ich will nicht ganz und gar unverrichteter Dinge wieder abziehen. Arnold hat gesagt, er mag Noah. Also wird er ihm vielleicht den Brief zuspielen. Einen Versuch ist es immerhin wert.

Hinter uns, direkt neben dem Kühlregal, ist eine Tür, die offenbar nach draußen führt. Wenn wir Glück haben in die Waschanlage. Dann könnten wir ungesehen verschwinden, auch, wenn ich dafür meine Vespa zurücklassen muss. Ich stupse Franzi am Arm an und mache eine Bewegung mit dem Kopf in die Richtung. Ich flüstere: »Lass uns abhauen!«

Franzi reißt die Augen auf und schüttelt tonlos den Kopf. Trotzdem folgt sie mir im Entengang, als ich mich geduckt zur Tür bewege. Wir haben schließlich keine andere Wahl, wollen wir nicht noch mal mit diesem irren Typen und seiner Kampfbestie zusammentreffen. Dass der sich von der Waschanlage wegbewegen wird, damit ist nicht zu rechnen. Behutsam ziehe ich die Klinke herunter, die Tür geht mit einem leisen Quietschen auf.

Kurz darauf stehen meine Schwester und ich auf dem asphaltierten Hinterhof, über den die rote Abendsonne fließt. Neben uns die Waschanlage mit den bunten Riesenbürsten. Die Regenwolken haben sich verzogen. Eigentlich wirkt mit einem Mal alles ganz freundlich. Wenn sich vor uns nicht die endlosen grauen Häuserblocks in den leuchtend roten Himmel recken würden. Franzi und ich rennen los. Über den feuchtglänzenden Asphalt, zwischen den Hochhäusern hindurch, immer weiter. Wir schlagen uns durch Büsche, bis wir schließlich das Einkaufszentrum erreichen, vor dem gerade ein Bus in die Haltebucht einfährt. Bevor die anderen Fahrgäste mit ihren Takko-Plastiktüten einsteigen können, springen wir schon durch die sich öffnenden Türen und kauern uns ganz hinten auf die freie Bank. In meiner Lunge brennt es. Franzi greift nach meiner zitternden Hand. Sie flüstert überrascht: »Wir haben's geschafft. Siehst du? Wir haben's geschafft!«

Sechzehn

23. Tag

»Wo seid ihr gewesen?« Mein Vater kommt aus dem Arbeitszimmer, als Franzi und ich die Haustür aufschließen. Er sieht aus, als hätte er sich den ganzen Nachmittag über seine sonst so akkurat frisierten Haare gerauft. Er wirft einen flüchtigen Blick auf seine Armbanduhr. »Es ist jetzt 20 Uhr durch. Ihr hattet zu Mama gesagt, dass ihr spätestens um 19 Uhr zurück seid!«

»Tut uns leid.« Ich lächele entschuldigend.

Franzi murmelt: »Ich geh mal hoch in mein Zimmer.«

»Moment, junge Dame! Ich möchte erst wissen, wo ihr gewesen seid!« Mein Vater stellt sich uns in seinem weißen Oberhemd, dessen Ärmel er hochgekrempelt hat, in den Weg. Franzi sieht mich hilfesuchend an. Ich mache mir ein wenig Sorgen. Sie sieht ziemlich mitgenommen aus. Obwohl sie sonst so forsch und unerschütterlich erscheint. Unser Ausflug war definitiv zu viel für sie.

»Wir waren bei einem Freund«, erkläre ich. Dabei versuche ich immer noch, so unschuldig wie ein barmherziger Engel auszusehen. Garantiert ist mir meine Unaufrichtigkeit auf hundert Meter Entfernung anzusehen. Dazu braucht es nicht einmal den Lügendetektor-Blick meines Vaters. Ich stecke meine Hände in die Hosentaschen und spüre, wie sie zittern. Mir ist kalt, obwohl die orangefarbene Abendsonne die Regenwolken vertrieben hat und jetzt wie glühende Lava durch die Terrassentür bis zu uns in die Halle fließt. An so einem herrlichen Abend hätte ich normalerweise mit Jean noch eine Spritztour in seinem Cabrio rund um den See unternommen. Das kann er jetzt mit Juno machen.

»Bei was für einem Freund?« Mein Vater durchbohrt mich geradezu mit seinen misstrauischen Blicken.

Franzi verabschiedet sich eilig die Treppe hinauf. »Muss noch für die Schule lernen.«

Ich hätte meine kleine Schwester niemals in diese Sache hineinziehen dürfen. Ständig versuche ich, Fehler zu vermeiden, dabei mache ich es nur noch schlimmer. Ich setze alles daran, mir einen Gesamtüberblick über die Situation zu verschaffen, scheine darüber aber immer blinder zu werden. Das ist schwer zu begreifen, ist im Moment aber die Wahrheit.

Ich hole tief Luft. »Bei einem Freund, dem es gerade nicht so gut geht.« Reicht das meinem Vater als Information? »Du kannst mir vertrauen!« Das ist mein Lieblingssatz: Du kannst mir vertrauen. Bisher hat der ja auch immer zugetroffen und mir meine Eltern vom Leib gehalten. Aber mein Vater scheint nicht mehr bereit, mir zu vertrauen. Er verschränkt die Arme vor der Brust. Diesmal genügt ihm meine Antwort nicht.

»Geh dir die Hände waschen und komm in mein

Arbeitszimmer. Wir müssen reden.« Er dreht sich um und verschwindet hinter dem Blumenbouquet.

Ich stöhne theatralisch. »Und wo ist Mama?«

In der Tür zu seinem Arbeitszimmer dreht er sich noch mal um. »Bei Jeans Mutter. Sie will sich um die Blumendekoration für diese Charity-Veranstaltung kümmern.« Er seufzt, womit er deutlich macht, dass er den Blumenspleen meiner Mutter ebenfalls für komplett übertrieben hält, und den Wohltätigkeitsspleen vermutlich auch. »Übrigens hat Jean im Laufe des Nachmittags mehrfach angerufen.«

»Schön für ihn«, sage ich und gehe rüber in die Küche, um mir die Hände zu waschen und einen Früchteriegel für meine angespannten Nerven zu holen. Ich bin komplett unterzuckert. Inzwischen zittert mein gesamter Körper. Meine Finger kriegen kaum die Verpackung auf. Ich lasse mich auf den Küchenstuhl fallen und meinen Kopf auf die Tischplatte sinken. Ich bin erschöpft. Ich will nur noch schlafen. Ich fühle mich so schwer.

»Hey«, flüstert es plötzlich neben mir.

In meiner Vorstellung richte ich mich auf und sehe Noah in seinem weißen T-Shirt mit dem durchgescheuerten Kragen und seinen Arbeiterhosen in der Küche stehen. Sein Haar fällt ihm in die Stirn. Er sieht besorgt aus.

Langsam kommt er auf mich zu, streckt seine Hand aus und streicht mir liebevoll übers Haar. »Was tust du nur, du süßer Engel?«

»Ich will uns helfen«, sage ich leise und lasse meinen Kopf zurück auf die Tischplatte sinken.

»Ich will nicht, dass du dich in Gefahr bringst. Hörst du?« Er macht einen letzten Schritt auf mich zu und ich spüre den Stoff seiner Hose an meiner Schulter. Seine Hand streift über meinen Nacken. Seine warme Stimme umhüllt mich ganz und gar.

Ich nicke, als stünde er wirklich direkt neben mir. Ich fühle seine kühle Hand in meinem Nacken, die langsam und liebevoll über meinen Rücken streicht. Ich höre, wie er ruhig ein- und ausatmet und sich schließlich hinter mich auf den Stuhl setzt. Seine Oberschenkel drücken sich an meine, seine Brust legt sich über meinen gebeugten Rücken.

Er küsst mich zärtlich hinters Ohr. »Es reicht mir schon, wenn du an meine Unschuld glaubst. Mehr brauche ich gar nicht. Ich bin in dieses Leben hineingeboren, ohne ein anderes zu kennen. Doch seitdem ich dich getroffen habe, weiß ich, dass es mehr gibt als diesen ewigen Kampf. Durch dich habe ich so viel Schönheit gesehen. Dafür danke ich dir. Und darum werde ich für alles, was ich je getan habe, die Konsequenzen tragen, um mit dir neu anfangen zu können.«

»Aber du hast doch nichts getan!«, wispere ich, sodass nur er es hören könnte, wäre er tatsächlich hier bei mir.

Er lacht leise in sich hinein. »Ich wünschte, die ganze Welt wäre so unschuldig wie du und würde immer an das Gute im Menschen glauben.«

»Ich glaube an das Gute in dir«, antworte ich und streiche über seine Hände, die auf meinen Oberschenkeln liegen.

Er seufzt und hält mich fest. Seine Stimme klingt rau

und doch warm. »Ich wünschte, ich hätte dich früher kennengelernt.«

»Das hast du doch«, flüstere ich zurück. »Am 14. Mai beim City-Marathon. Weißt du nicht mehr? Es war ein sehr heißer Tag und du hast mir Bier übers T-Shirt gekippt. Dann hast du mir dein T-Shirt geliehen. Es liegt oben, in meiner Kommode.«

»Tu das nicht für mich«, sagt er zärtlich in mein Haar. »Ich bitte dich, Sina. Tu das nicht. Es liegt nicht in deiner Verantwortung, mich zu entlasten. Das muss ich ganz alleine schaffen. Zerstör nicht dein Leben für meins.«

»Welches Leben denn? Wenn ich nicht bei dir sein kann?« Ich habe mein Herz längst an ihn verloren. Komplett und unwiderruflich.

»Du weißt, dass ich unrechte Dinge getan habe. Auch wenn ich niemals einen Menschen getötet habe. Dafür werde ich bezahlen müssen, um das Vergangene für immer hinter mir zu lassen. Und irgendwann werde ich vor dir stehen und dich reinen Herzens fragen können, ob du meine Freundin sein willst. Doch so weit ist es noch nicht.«

Ich richte mich auf. Mein Atem geht stoßweise. Was meint er damit? Schickt er mich weg? Soll ich mich von ihm abwenden, weil es keine Zukunft für uns gibt? Jetzt nicht, aber vielleicht auch nie? Egal, wie weh es tut? Das will ich nicht! Das halte ich nicht aus! Noahs Erscheinung verblasst und ich bleibe alleine zurück. Ich werde nicht aufgeben. Gut, dass ich den Brief bei Arnold zurückgelassen habe. Er wird ihn zu Noah bringen. Und Noah wird mir antworten und für alles logische Erklärungen haben. Dann werde ich wenigstens frei sein zu fragen: »Willst du mein Freund sein?«

Bis dahin werde ich das einzig Richtige tun. Endlich meinen Vater einweihen. Er ist der Einzige, der wirklich helfen kann, bevor ich endgültig den Überblick verliere und es zu spät ist.

Kurz darauf sitze ich im Arbeitszimmer meines Vaters. So oft wie in letzter Zeit habe ich in meinem ganzen Leben nicht hier gesessen. Er schließt die Tür hinter mir und bleibt für einen Moment unschlüssig im Raum stehen. Dann setzt er sich wieder an seinen Platz, faltet die Hände auf seiner Schreibtischplatte und sieht mich durchdringend an, als warte er darauf, dass ich etwas sage. Ich gucke zurück. Meine Knie schlackern. Ich will nicht den Anfang machen. Ich warte lieber, was er zu sagen hat.

Schließlich seufzt er und klappt Noahs Akte auf. »Na, dann wollen wir mal.«

Hat er gemerkt, dass ich an seine Mappen gegangen bin? Ist es das, was er mit mir besprechen möchte? Ich schlucke und starre auf die Rückseite einer der Bilderrahmen, die er auf seinem Tisch aufgestellt hat und in denen seine kostbaren Diplome klemmen.

Mein Vater blättert in dem Pappordner, als sei er auf der Suche nach etwas. »Wie du weißt, möchte ich mit dir noch mal deine Zeugenaussage durchgehen, bevor es in ein paar Tagen vor Gericht ernst wird.«

Er sieht kurz auf. Will er, dass ich begeistert nicke? Mehr als ein verkrampftes Lächeln kriege ich nicht hin. »Okay.«

Er lächelt verkrampft zurück. »Als dich Noah Tal auf

dem Parkplatz von Kentucky Fried Chicken in die Büsche gezogen hat, hat er dir da den Mund zugehalten?«

»Ja, aber …«

»Und hat er dir gesagt, dass du nicht schreien sollst?«

»Ja, aber …«

»Was soll nur immer dieses *aber*? Er hat dich überfallen, er hat dich bedroht und dir Angst eingejagt. Wo ist dein Problem? Als dich die Polizei aus den Sträuchern geborgen hat, haben deine Arme und Beine mehrere Kratzer und Blessuren aufgewiesen. Ein klares Zeichen für Gewalteinwirkung. Du hast dich doch gewehrt, oder nicht?«

Ich starre meinen Vater an. Wie kann er die Tatsachen nur so verdrehen? Obwohl es mir schwerfällt, versuche ich, meine Stimme ruhig zu halten. »Die Kratzer kamen von den Büschen und den blauen Fleck am Oberschenkel habe ich mir an einem spitzen Stein geholt. Noah wollte mich vor seinen Kumpels schützen. Das ist alles.«

»Ach ja? Und woher weißt du das so genau? Man könnte ja fast meinen, ihr kennt euch.« Mein Vater lehnt sich in seinem Stuhl zurück, als wolle er mir Raum für ein umfassendes Geständnis geben. Darauf lasse ich mich nicht ein, auch wenn er ausnahmsweise mal mit seinen Mutmaßungen recht hat.

Ich bemerke mit schroffem Unterton: »Es ist nicht alles so einfach, wie du es gerne hättest. Und nicht jeder Mensch, der jenseits des Kanals lebt, ist von Natur aus böse und kriminell.«

Mein Vater zieht erstaunt die Augenbrauen hoch. »Tatsächlich?« Er klappt die Akte zu und sieht mich überrascht an. »Und woher willst du das wissen? Da bin ich aber mal gespannt.«

Ich hole tief Luft und setze mich gerade hin. Meine Füße stelle ich fest auf den Boden, damit meine Knie endlich aufhören zu zittern. Was leider gar nichts bringt. Meine Nerven liegen blank. Der Moment ist gekommen, in dem ich meine persönliche Aussage mache. Nicht erst vor Gericht, sondern jetzt, hier, vor meinem Vater. Ich räuspere mich und blicke ihm direkt in die Augen. »Ich weiß etwas, was du nicht weißt. Ich erzähle es dir, aber nur unter einer Bedingung …«

Ich mache eine Pause und mustere meinen Vater, dem für einen kurzen Augenblick die Gesichtszüge entgleiten. »Unter was für einer Bedingung?«

»Dass du mich ausreden lässt.«

»In Ordnung. Kein Problem.« Mein Vater fingert an seinem Kugelschreiber herum, dabei sieht er etwas beleidigt aus. »Schieß los.«

Doch bevor ich überhaupt ein Wort gesagt habe, hören wir draußen hinter dem angekippten Fenster, wie der Wagen meiner Mutter in der Einfahrt hält. Kurz darauf erstirbt das Motorengeräusch und die Autotüren werden zugeworfen. Mein Vater und ich lauschen. Wir wissen beide, dass es ratsamer ist, abzuwarten, bis meine Mutter ihren Auftritt hatte. Wir setzen also beide ein harmloses Lächeln auf und sehen zur Tür.

Nachdem in der Halle die Haustür ins Schloss gefallen und ein Schlüsselbund auf dem runden Tisch mit dem Blumenbouquet gelandet ist, geht die Arbeitszimmertür auf. Meine Mutter drängt im cremefarbenen Kostüm herein und macht erst vor dem vollbepackten Schreibtisch meines Vaters halt. Sie knallt ihre Handtasche auf seine Akten und sieht uns nacheinander an. Sie strahlt über das ganze Gesicht.

»Ich bestelle euch etwas zu essen. Ich habe leider zu viel zu tun, um selbst zu kochen.« Sie wirft einen kurzen Blick auf ihre Armbanduhr. »Außerdem ist es schon halb neun durch. Pizza? Sushi?«

Mein Vater und ich antworten wie aus einem Mund: »Wir machen uns ein Brot, danke.«

»Wie ihr wollt.« Meine Mutter lächelt gnädig und macht einen Schritt zurück, Richtung offener Arbeitszimmertür. »Ich habe jemanden vom Blumenladen mitgebracht, mit dem ich dringend die Gestecke für die Gala durchsprechen muss.« Sie winkt hinaus in die Halle. »Kommen Sie rein, Max. Sagen Sie meinem Mann und meiner Tochter guten Abend.«

Ein kräftiger junger Mann mit Basecap und einem engen Langarmshirt steht in der Tür. Am Hals ein großes, weißes Pflaster. Obwohl sein Gesicht von dem Schirm seiner Mütze zur Hälfte verdeckt wird, erkenne ich ihn sofort. Trotzdem glaube ich für einen Moment, dass ich halluziniere. Es ist der Kampfhund-Typ aus dem Ghetto. Himmel! Was will er hier? Warum ist er Franzi und mir bis in unser Haus gefolgt? Sind wir ihm zu nahegekommen? Aber wodurch? Doch nicht, weil wir ein bisschen durch sein Viertel gefahren sind. Weiß er von meiner Verbindung zu Noah? Will er mich verletzen? Töten? Ich versuche, ruhig zu bleiben und darauf zu vertrauen, dass alles nur ein seltsamer Zufall ist.

Er schlendert gelassen herein und grinst mich breit an. Und dann meinen Vater. »'n Abend.«

Wie von weit her, höre ich die überspannte Stimme meiner Mutter, die uns gegenseitig vorstellt. »Dieser Mann ist, was Blumen angeht, ein absoluter Geheimtipp.«

Ich bin komplett sprachlos. Wieso hat meine Mutter Kontakt zu ihm? Was hat das nun wieder zu bedeuten? Ist er wirklich Florist? Woher kennt sie ihn? Hier stimmt etwas ganz und gar nicht. Dies ist eine Falle. Ich weiß es plötzlich mit absoluter Gewissheit.

Er bewegt sich unverschämt entspannt auf mich zu und reicht mir seine kräftige Hand, wobei er mich nicht in seine Augen sehen lässt. »Freut mich, dich kennenzulernen!«

Dann gibt er meinem Vater die Hand und schüttelt sie ein paar Mal. »Herr Oberstaatsanwalt, sehr erfreut. Ihre Frau hat mir schon viel von Ihnen erzählt.«

Meine Mutter kichert im Hintergrund. »Ach, was. Gar nichts habe ich erzählt. Nur, dass du sehr erfolgreich bist und …«

»In den höchsten Tönen hat sie von Ihnen geschwärmt«, fällt Max meiner Mutter ins Wort und seine Aufmerksamkeit bleibt an Noahs zugeklappter Akte heften. »Besonders von Ihren Erfolgen beim Versuch, die Stadt von kriminellen Subjekten zu befreien. Sie sind wohl so eine Art Batman, was? Von wegen: Gotham City muss von den Verbrechern gesäubert werden …«

Mein Vater lächelt bemüht. »Gut. Dann hat ja jeder von uns zu tun.« Er erhebt sich von seinem Stuhl und geleitet meine Mutter und Max wieder in die Halle zurück. Gleich wird etwas passieren. Gleich wird es knallen. Ich drehe mich zu ihnen um. Dies scheint wieder so ein Moment zu sein, dem du nicht entfliehen kannst, sondern bei dem du nur noch abwarten kannst, was als Nächstes geschieht.

Ich höre, wie mein Vater argwöhnisch fragt: »Hatten Sie einen Unfall? Scheint ein ziemlicher Kratzer an ihrem Hals zu sein. Können Sie mit so einer Verletzung überhaupt Ihrer Floristen-Arbeit nachgehen?«

»Ja, richtig. Einen Unfall.« Max grinst mir über die Schulter meines Vaters zu. Ich höre seine Stimme wie durch einen nebeligen Schleier. »Meine Kollegin ist die Blumenkünstlerin. Sie stellt die Blumengestecke zusammen, ich nehme nur die Aufträge entgegen. Wir freuen uns, dass Ihre Frau so viel Vertrauen in unser kleines Unternehmen hat, Herr Oberstaatsanwalt. Immerhin haben wir es als Firma von jenseits des Kanals in Ihrem Viertel ja nicht so leicht.«

»Na dann frohes Gelingen!« Mein Vater hebt die Hand und schließt eilig die Tür. Dann setzt er sich wieder hinter seinen Schreibtisch und seufzt. »Wo waren wir stehen geblieben?«

Mein Körper fühlt sich einen Augenblick wie betäubt an. Nichts ist passiert. Nichts. Und das ist seltsam. Mein Herz rast. Habe ich inzwischen die grundlose Panik meiner Mutter übernommen, oder habe ich tatsächlich die Gefahr gespürt, die in der Luft lag? Hat es sich dieser Max noch einmal anders überlegt? Oder wollte er mir nur Angst machen, damit ich nicht um Noahs Unschuld kämpfe? Ich weiß es nicht. Ich weiß nur, dass kein Weg daran vorbeiführt, mich meinem Vater zu offenbaren, bevor etwas Schlimmes passiert.

Ich atme tief durch, rutsche vor auf die Stuhlkante und flüstere: »Das, was ich dir jetzt sage, wird dich schockieren. Du wirst mich für irre, naiv oder sonst was halten, aber ich erzähle es dir trotzdem.«

»Okay …« Mein Vater hat große Probleme, sich in Geduld zu üben. Das sehe ich ihm an, aber trotzdem setzt er alles daran, mir Raum zum Erzählen zu geben. Und ich fange da an, wo alles begann:

»Ihr hattet damals recht mit eurer Vermutung, dass Noah mein Portemonnaie hat. Ein paar Nächte nach dem Überfall hat er es mir wiedergebracht. Er ist über den Balkon in mein Zimmer geklettert und …«

»Was?« Der Oberkörper meines Vaters schießt nach vorne. »Dieser Mensch war hier? In unserem Haus?«

»Ja.« Ich schlucke und gebe mir alle Mühe, möglichst gelassen zu wirken. Als wäre das, was ich gerade gesagt habe, komplett bedeutungslos.

Leider springt die Gelassenheit nicht auf meinen Vater über. »Was wollte er?« Mein Vater fährt sich hilflos durch die Haare. Ihm ist anzusehen, dass er sich nicht mehr sicher fühlt. Es ist, als hätte jemand, trotz höchster Wachsamkeit, seine Festung eingenommen.

»Mit mir reden«, erkläre ich ruhig. »Und mir mein Portemonnaie zurückbringen, wie gesagt.«

»Das ist doch nicht zu fassen! War noch alles drin? Deine Bankkarten, dein Personalausweis …«

»Ja.« Als ob es gerade darum gehen würde! Mein Vater scheint nicht mehr klar denken zu können. Plötzlich wirkt er fahrig und aufgelöst. In diesem Zustand habe ich ihn noch nie erlebt.

»Wie konnte er hier unbemerkt reinkommen? Wir haben eine Alarmanlage!«

»Du hattest mir versprochen, mich ausreden zu lassen«, erinnere ich ihn. Ich will so schnell wie möglich auf den Punkt kommen. Ich fühle mich nicht gerade wohl bei dem Gedanken, dass meine Mutter mit diesem Max draußen in der Halle steht und die Blumendekoration für die Wohltätigkeitsveranstaltung bespricht. Jede Sekunde könnte er wieder hereinkommen. Oder meiner Mutter etwas antun.

»Entschuldige!« Mein Vater hebt geschlagen die Hände. »Die Vorstellung, dass dieser Kerl in unserem Haus war, sich seelenruhig umgesehen hat und …«

»Er war nur in meinem Zimmer. Wir haben uns unterhalten, und dann kam er noch mal, als er eine Schnittverletzung am Bauch hatte. Ich habe sie ihm gesäubert und ein Pflaster drauf geklebt und …«

»Bist du von allen guten Geistern verlassen? Ich kann nicht glauben, was ich da gerade höre. Das übersteigt mein Fassungsvermögen. Noah Tal steht unter Mordverdacht! Du hilfst einem mutmaßlichen Mörder! In unserem Haus! Weißt du überhaupt, was du damit für uns alle aufs Spiel setzt?« Mein Vater springt von seinem Stuhl auf und kommt mit funkelnden Augen zu mir herum. »Warum tust du das?«

»Weil ich ihn mag«, entfährt es mir, ohne, dass ich überhaupt darüber nachdenken muss.

Jetzt reicht es meinem Vater. So viel ist klar. »Und als

Nächstes erzählst du mir vermutlich, dass du wegen ihm an der Sternwarte warst?«

Ich nicke, ohne meinen Blick abzuwenden.

Mein Vater schnappt nach Luft. Seine Stimme wird immer lauter. »Ich fasse es nicht. Du wusstest, dass die Polizei einen Zugriff plant! Wolltest du ihn warnen oder was hattest du vor?«

Ich zucke hilflos mit den Schultern und flüstere: »Könntest du dich bitte wieder beruhigen?«

»Mich beruhigen? Ich erfahre gerade, dass meine eigene Tochter gegen mich arbeitet, weil sie Sympathien für denjenigen hegt, gegen den meine Behörde wegen Mordes ermittelt! Du weißt ja nicht, mit wem du dich da einlässt! Hast du denn von dem Überfall noch nicht genug?« Mit hochrotem Gesicht lässt sich mein Vater auf der Schreibtischkante nieder.

Bevor ich irgendetwas erwidern kann, geht die Arbeitszimmertür auf. Ich zucke zusammen und springe vom Stuhl auf. Doch es ist nur meine Mutter, die ihren Kopf zur Tür reinsteckt.

»Ich würde dann jetzt …«

»Raus!«, brüllt mein Vater.

Erschrocken zieht sie ihren Kopf zurück und knallt die Tür zu. Ich stehe komplett unter Strom. Definitiv hätte ich das alles viel früher beichten sollen. Seitdem da draußen dieser Max herumlungert, ist die Lage noch undurchsichtiger geworden.

»Also!« Mein Vater fährt mit den Händen nervös über seine Oberschenkel. »Gibt es sonst noch etwas, das ich wissen sollte?«

»Na ja. Ein paar Tage, nachdem die Polizei Noah an der Sternwarte festgenommen hat, kam ein bärtiger Mann namens Arnold in die Schule. So ein richtiger Bulldozer. Er wollte mich dazu bringen, dass ich Noah ein Alibi verschaffe.«

»Moment!« Mein Vater hechtet um seinen Tisch herum, wühlt in ein paar Akten und zieht ein Foto von Arnold hervor, auf dem er in einem Schrebergarten neben einem Grill steht. Um ihn herum ein paar tätowierte Typen mit Bierflaschen. Sieht aus, als wäre das Foto heimlich mit einem Teleobjektiv durch die Gartenhecke aufgenommen worden. »Der hier?«

»Ja.«

»Hat er dir wehgetan? Dich bedroht?« Mein Vater sieht aus, als wäre er bereit, Arnold mit bloßen Händen zu erwürgen.

»Nein, hat er nicht.«

»Arnold Steiner.« Mein Vater setzt sich wieder auf die Tischkante und wirft mir das Foto auf den Schoß. »Bankraub, bewaffneter Überfall, schwere Körperverletzung, Autodiebstahl, die Liste ist endlos!«

»Er ist eigentlich ganz nett«, rutscht es mir raus. Dann werde ich wieder toternst. »Er hat gesagt, ich soll Noah ein Alibi für den 14. Mai verschaffen. Dem Tag, an dem er angeblich jemanden vor dem Baumarkt niedergestochen hat.«

»Angeblich? Er hat diesen Mann erstochen! Es gibt Beweise!« Mein Vater kehrt auf seinen Stuhl zurück und zieht die rote Pappmappe hervor, in der sich die Fotos der Überwachungskamera befinden.

»Wenn du die Fotos meinst, die in deiner Akte liegen? Das sind keine Beweise«, sage ich leise, aber überzeugt. »Noah war es nicht. An dem Tag war er nämlich mit diesem Arnold Steiner unterwegs. Sie haben ein Ding gedreht ...«

»Ein Ding gedreht? Woher weißt du das? Führst du jetzt eigene Ermittlungen? Was ist das überhaupt für eine Ausdrucksweise?« Mein Vater macht ein zitronensaures Gesicht, so als sei das jetzt endgültig zu viel für ihn. Sein Atem geht schneller. Auf seiner Stirn glitzern Schweißperlen. »Was für ein ›Ding‹ denn?«

»Keine Ahnung«, sage ich und merke, dass ich gleich zusammenklappe. Es scheint alles so verworren. »Arnold hat das Franzi und mir anvertraut, als wir vorhin bei ihm in der Autowaschanlage waren.«

»Was? Du warst ...?«

»Ja, wir haben uns dorthin geflüchtet, weil uns dieser Mann mit Kampfhund verfolgt hat. Der, der mit Mama gerade die Blumenfrage klärt.« Ich durchbohre meinen Vater mit meinem Blick, in dem Versuch, mich an ihm festzuhalten. Inzwischen dreht sich bei mir alles.

»Um Himmels willen!« Mein Vater fährt sich über den Mund. Bemüht, alle Fäden in der Hand zu behalten. Es ist ihm anzusehen, dass er bei jeder Offenbarung, die ich von mir gebe, am liebsten schreiend vom Stuhl aufspringen und mich schütteln will.

»Und das sagst du mir erst jetzt?« Mein Vater drängt sich am Schreibtisch vorbei und rennt in die Halle hinaus.

»Helene!« Atemlos ruft er nach meiner Mutter. Doch es kommt keine Antwort.

Draußen vor dem Haus startet ihr Wagen. Ich stürze zum Fenster und reiße die schweren Vorhänge zur Seite. Langsam rollt ihr weißer BMW rückwärts aus der Einfahrt. Ich starre durch die blau getönte Windschutzscheibe, hinter der meine Mutter am Steuer sitzt. Neben ihr sitzt Max. Er winkt mir mit einem siegesgewissen Grinsen zu. Dann gibt meine Mutter Gas. Der Wagen schießt die Straße hinunter, als mein Vater aus dem Haus stürmt und meiner Mutter hinterherbrüllt: »Komm sofort zurück!«

Siebzehn

23. Tag

»Wir werden eurer Mutter nichts davon sagen, ist das klar?« Mein Vater kommt durch die Terrassentür in den dämmrigen Garten und wirft fahrige Blicke um sich. Sein Oberhemd hängt aus der Anzughose, seine Haare stehen wirr vom Kopf ab. In so einer Verfassung habe ich ihn tatsächlich noch nie erlebt. Er sieht aus wie jemand, dem gerade sein ganzes Leben wegrutscht.

Franzi und ich sitzen auf der Bank vor den blühenden Rosenbüschen und trinken einen selbst gemachten Eistee. Ich traue mich nicht, zu fragen, tue es aber trotzdem: »Hast du Mama endlich erreicht?«

»Ja.« Mein Vater nickt abwesend und starrt dabei auf mein blinkendes Handy, das neben mir auf dem Sitzpolster liegt. Es ist Jean. Ich ignoriere seinen dreißigtausendsten Versuch, mich zu erreichen, und werfe meinem Vater einen fragenden Blick zu. Meine Stimme klingt irgendwie hohl. »Und?«

»Dieser Max ist vor ein paar Minuten vor seinem Geschäft aus dem Auto gestiegen. Sie kommt jetzt wieder nach Hause. Ich will, dass wir uns so normal wie möglich verhalten, ist das klar?« Mein Vater strafft sich und steckt sein Hemd wieder zurück in den Hosenbund.

Das muss er uns nicht sagen. Wir wissen selbst, dass uns die Aufregung unserer Mutter in den Wahnsinn treiben würde, wenn sie wüsste, wen sie da durch die halbe Stadt chauffiert hat. Hinterher müssten wir alle zum ersten Mal im Panic-Room übernachten und keiner von uns könnte mehr einen klaren Gedanken fassen. Mein Vater streicht sich seine Haare zurück und lächelt gefasst. Jetzt wirkt er wieder wie einer, der weiß, was zu tun ist.

»Alles klar«, murmele ich und auch Franzi gibt ein zustimmendes Geräusch von sich. Ehrlich gesagt, stehen wir beide noch ziemlich unter Schock, dass dieser Max uns ohne Schwierigkeiten bis in unser Haus verfolgt hat. Was hat sein Auftauchen zu bedeuten? Soll das eine Warnung sein? An wen? An mich? An meinen Vater? Wer ist dieser Typ, dass er sich so etwas traut?

»Gut.« Mein Vater atmet hörbar aus. »Ich muss jetzt ein paar Anrufe tätigen. Die Kollegen sollen den Kerl mal durch den Computer jagen, damit wir wissen, mit wem wir es hier zu tun haben. Erst einmal ist es nicht verboten, in einem Blumenladen zu arbeiten und Hausbesuche bei Kunden zu machen.«

»Und was ist mit Noah?«, frage ich vorsichtig.

Mein Vater wirft mir einen gehetzten Blick zu. »Du meinst, ob er den Mord begangen hat? Das werden die polizeilichen Ermittlungen ergeben.«

»Er hat ihn nicht begangen.«

»Das werden wir sehen.« Nun klingt er doch etwas unwillig.

Ich blicke in mein ausgetrunkenes Glas, in dem ein paar Eiswürfel klackern und beiße mir auf die Zunge. Besser, ich sage jetzt nichts mehr.

Mein Vater räuspert sich und verschränkt die Arme vor der Brust. »Ich werde dir in deine Aussage nicht mehr hineinreden. Mach sie so, wie du es für richtig hältst. Ich gebe dir nur einen Rat: Bleib bei der Wahrheit! Füge nichts hinzu und verschweige nichts! Die Wahrheit ist der einzige Weg, auf dem du sicher gehst. Glaub mir.«

»Okay.«

»Das bedeutet auch, dass du Noah Tal vor Gericht selbstverständlich kein Alibi verschaffen wirst. Haben wir uns da verstanden?«

»Ja.« Es ist seltsam, aber mit einem Mal bin ich total froh, dass mein Vater mir sagt, was ich machen und was ich besser lassen soll. Ich habe inzwischen komplett das Gefühl dafür verloren, was richtig und was falsch ist. Dafür weiß ich jetzt, dass mein Vater mir helfen wird. Ich sehe es in seinen Augen. Ich höre es an seiner Stimme.

»Wenn er den Mann nicht niedergestochen hat, werde ich ihn verschonen. Das verspreche ich dir. Ich sperre keinen Unschuldigen ein. Dafür bin ich nicht Staatsanwalt geworden.« Mein Vater tippt mich an der Schulter an. »Und ab jetzt keine Alleingänge mehr! Klar?«

»Versprochen.« Ich nicke und mir fällt ein riesiger Felsbrocken vom Herzen. Diese Geschichte hätte ich nicht alleine klären können. Niemals. Seltsam, dass ich das überhaupt annehmen konnte.

Franzi rutscht neben mir unruhig auf der Bank hin und her. »Kann ich jetzt wieder hoch in mein Zimmer gehen?«

»Klar.« Mein Vater lächelt gequält. »Geh hoch.«

Meine Schwester steht auf und schlurft mit hängenden Schultern an mir vorbei; sie trägt noch immer ihren dunkelblauen Faltenrock. Ich folge ihr mit meinen Blicken und mein schlechtes Gewissen bringt mich beinahe um.

Schließlich stehe auch ich auf und umarme meinen überraschten Vater und gebe ihm einen Kuss auf die Wange. »Danke, Papa, dass du Noah hilfst.«

Für einen Augenblick sieht er mich irritiert an. Dann hält er mich an den Armen fest. »Ich helfe ihm nicht. Das muss er schon selbst tun. Aber wenn er eine Aussage machen will, die für Klarheit sorgt, werde ich alles dafür tun, dass ihm vorurteilsfrei zugehört wird. Glaub mir, es geht mir genau wie dir um die Wahrheit.«

Er sieht mich ernst und gleichzeitig liebevoll an. Seine Stimme klingt warm, als er sagt: »Und denk immer daran, dass ich dich liebe.«

Ich schlucke. »Ich dich auch.« Und es stimmt. Ich hatte vergessen, wie fürsorglich und verständnisvoll mein Vater sein kann, wenn er nicht gerade mit seinen unglaublich wichtigen Angelegenheiten beschäftigt ist. Vielleicht sollte ich ihn öfter um Hilfe bitten, damit er sich daran erinnert.

Ich gebe ihm noch einen Kuss auf die unrasierte Wange und tapse dann hinter Franzi her ins Haus, die Treppe hinauf in ihr Zimmer. Ich klopfe an ihren Türrahmen.

»Darf ich reinkommen?«

»Klar!« Sie zieht endlich ihre Rüschenbluse aus, lässt sie

auf den Boden fallen und zieht sich ein T-Shirt über. Auf dem Teppich liegen schon ihr Faltenrock und die Lackschuhe, wie Überbleibsel aus einem anderen Leben. Für einen Moment bleibt ihr verwunderter Blick daran hängen. Dann lässt sie sich aufs Bett plumpsen, zieht die bis zum Rand mit Schokoladenriegeln gefüllte Nachttischschublade auf und holt zwei davon raus. »Auch einen?«

»Nein, danke! Ich hatte schon einen Früchteriegel.« Ich knie mich vor sie auf den Teppich und sage: »Es tut mir so leid, Franzi! Ich hätte dich da nie mit reinziehen dürfen.«

»Ja, ja, schon klar, Schweinebacke!« Sie beißt von ihrem Schokoriegel ab und macht ein betretenes Gesicht, sodass mir vor lauter schlechtem Gewissen ganz übel wird. Doch dann strahlt sie mich plötzlich breit an und klopft neben sich auf die Matratze. »Und jetzt hör auf, rumzuheulen! Mach die Tür zu und hock dich neben mich.«

Ich verstehe nicht ganz, was dieser plötzliche Sinneswandel soll. Aber ich folge ihren Anweisungen und setze mich neben sie aufs Bett, während sie den letzten Bissen Schokolade verdrückt. Wenn das unsere Mutter wüsste! Und damit meine ich nicht nur den Schokoriegel, sondern den ganzen Tag.

Franzi tätschelt mir den Oberschenkel. »Mach dir nicht in die Hose. Ich find's cool, dass wir mal was zusammen unternommen haben. Sollten wir öfter machen.«

»Okay!« Ich grinse unsicher. Wenn Franzi die ganze Aktion unter »fröhlicher Ausflug mit meiner großen Schwester« abspeichert, kann ich nur froh sein. Dann hat sie offenbar keinen größeren Schaden davongetragen.

Was angesichts der letzten Ereignisse irgendwie auch schon wieder besorgniserregend ist.

Ich sage: »Ich bin auch komplett froh, dass du dabei warst. Trotzdem hätte ich dich nicht mitnehmen dürfen. Ich würde mir nie verzeihen, wenn dir auch nur ein Haar gekrümmt wird.«

Wir umarmen uns, und ich muss sagen, diese ganze Sache bringt auch meine Schwester und mich näher zusammen. Es ist doch komisch. Da lebt man seit seiner Geburt unter einem Dach, aber man kommt nie auf die Idee, dass die eigene Familie aus den besten Freunden besteht, die man je haben kann.

Unten in der Halle fällt die Haustür ins Schloss. Dann ist die verärgerte Stimme meiner Mutter zu hören, die auf meinen Vater einredet. »Warum rufst du mich ununterbrochen an? Ich habe doch gesagt, dass ich mich um die Blumen kümmere. Kommt ihr nicht fünf Minuten ohne mich zurecht?«

Okay, vielleicht gilt das mit den besten Freunden nicht für jedes Familienmitglied.

Die Antwort meines Vaters können wir nicht mehr verstehen, vermutlich, weil er in sein Arbeitszimmer geflüchtet ist. Keine Ahnung, wann er meiner Mutter eröffnen möchte, mit wem sie da die Blumenbouquets für die Gala zusammenstellt.

Franzi sieht mich durchdringend an. »Was überlegst du?«

Ich zucke mit den Schultern, stehe vom Bett auf und stelle mich ans Fenster, hinter dem sich in unserem Garten die Baumkronen im bläulichen Dämmer der Nacht wiegen. »Was meinst du, was für ein Ding Arnold und Noah damals am 14. Mai gedreht haben?« Ich wende mich um und schaue meiner Schwester direkt in die Augen. »Meinst du, sie haben etwas wirklich Schlimmes getan?«

»Keine Ahnung.« Franzi runzelt die Stirn. »Du wirst es wissen, sobald Papa seine Ermittlungen abgeschlossen hat. Zumindest wird er niemanden umgebracht haben. Denke ich.«

»Aber garantiert wird er dafür verurteilt werden.« Ich komme wieder zurück zum Bett und lege mich so hin, dass mein Kopf auf Franzis Schoß liegt. »Und dann sitzt er im Gefängnis. Weißt du, wie krass das ist?«

Sie streicht mir liebevoll die Haare zurück. »Mach dir nicht so viele Sorgen. Bald wirst du wissen, was er getan hat. Und dann weißt du auch, was für eine Strafe ihn erwartet und was du als Nächstes tun wirst.«

»Danke, Franzi.«

Wir bleiben noch eine Weile stumm auf ihrem Bett liegen, umgeben von Klamottenbergen und Büchern. Schließlich gebe ich meiner Schwester einen Gutenachtkuss und gehe runter in die Küche, wo meine Mutter sich an der Saftpresse einen Weizengrasdrink für eine glattere Gesichtshaut zubereitet. Bevor sie sich zu mir umdreht, ziehe ich mich wieder zurück und sehe noch einmal zu meinem Vater ins Arbeitszimmer. Er telefoniert gerade. Als er mich bemerkt, gibt er mir ein Zeichen, dass ich augenblicklich verschwinden und die Tür schließen soll. Also gehe ich wieder die Treppe hinauf in mein Zimmer und lege mich aufs Bett.

Es ist halb elf abends. Was für ein Tag! Was für ein Leben! Obwohl ich äußerlich noch immer total aufgewühlt bin, bin ich innerlich unglaublich müde. In meiner Jogginghose vibriert mein Handy. Ich ziehe es hervor, und bevor ich noch einmal überlege, ob das schlau ist, gehe ich dran.

»Ja?«

»Sina, hier ist Jean.«

»Ich weiß. Deine Nummer ist in meinem Handy eingespeichert.«

»Du hast mich nach letztem Wochenende nicht sofort gelöscht?«

»Bin ich noch nicht dazu gekommen«, erwidere ich, ziehe die Bettdecke bis zu meinem Kinn und schalte das Licht aus. Trotz meiner Wut auf ihn tut es gut, seine vertraute Stimme zu hören.

Er klingt irgendwie erleichtert.

»Danke, dass du drangegangen bist. Ich habe es in den letzten Tagen schon ein paar Mal probiert.«

»Ich weiß.« Ich lege mich auf die Seite und schließe die Augen. »Ungefähr dreißigtausendmal.«

Jean holt tief Luft. »Du fehlst mir.«

Was soll ich dazu sagen? Dazu kann ich nichts sagen. Ich liege in meinem Bett und höre seine mutige Offenbarung, die mich berührt. Und doch ist mein Entschluss, nicht mehr seine Freundin zu sein, unwiderruflich. Er sagt: »Ich will dich nicht verlieren, hörst du? Du bedeutest mir alles.«

»Und du bedeutest mir sehr viel«, flüstere ich nach einer kurzen Pause. »Ich ...« In meiner Kehle brennt es. Ich schlucke. Es ist traurig und doch muss ich es sagen, weil es die Wahrheit ist. »Ich, weiß, ich hätte es dir schon längst sagen müssen. Und glaub mir, es ist das Traurigste, was ich je tun musste, aber … Aber ich kann nicht mehr mit dir zusammen sein. Dafür ist einfach zu viel passiert.«

Für einen Augenblick ist es still am anderen Ende der Leitung. »Okay«, sagt er heiser. »Ich hab es mir schon gedacht.«

Dann höre ich nur noch sein Atmen. Es ist schön, ihm dabei zuzuhören. Wie oft haben wir nebeneinander auf seinem Bett gelegen und uns einfach nur beim Atmen zugehört. Ich habe mich sicher bei ihm gefühlt. Ich habe ihm vertraut. Und jetzt höre ich sein Atmen und es ist mir immer noch vertraut. Dennoch werde ich ihm nie wieder so nah sein, wie ich es einmal war.

»Bitte lass uns Freunde bleiben«, wispere ich, und Tränen kullern aus meinen Augen, über die Nase und verschwinden in meinen Haaren. »Bitte!«

»Okay!« Er atmet heftig aus. Klingt wie ein schwerer Seufzer. »Okay. Natürlich. Für immer.«

»Danke!« Es werden immer mehr Tränen, und schließlich weine ich richtig, so, wie ich schon sehr lange nicht mehr geweint habe. Am anderen Ende der Leitung höre ich nun auch Jean schluchzen. So ist das also, wenn man einen Menschen verliert, den man einmal geliebt hat. Es ist grausam und unbegreiflich und doch nicht zu ändern.

Jean kann kaum sprechen, als er leise sagt: »Deine Stimme ist direkt an meinem Ohr, als würdest du neben mir liegen, und doch werde ich dich nie wieder so halten können, wie ich dich das ganze letzte Jahr in den Armen gehalten habe. Ich hätte es noch viel öfter tun müssen!«

»Jean, bitte!« Er soll damit aufhören!

»Ich sehe dich vor mir, und doch werde ich nie wieder deine Lippen küssen dürfen, wie ich es so viele Male getan habe, ohne wahrhaft zu wissen, was für ein Glück ich hatte. Es tut weh, Sina. Es tut so unglaublich weh.« Jean weint nun richtig los. »Und ich kann nichts dagegen tun.«

Auch ich muss weiter weinen, um all das, was wir hatten, und das ich nun für immer loslasse. Unsere erste, unglaubliche Liebe. Ich werde sie für immer in meinem Herzen behalten. Ich sage mit letzter Kraft: »Danke für alles, Jean.«

Dann lege ich erschöpft auf und schalte mein Telefon aus. Ich will nur noch schlafen. So lange, bis die Welt sich so oft um sich selbst gedreht hat, bis alles wieder in Ordnung ist.

Gerade, als ich eingeschlafen bin, klopft es von außen an meine Zimmertür. Bevor ich irgendwie verstehe, was los ist, steht mein Vater als schwarze Silhouette im hellen Schein des Flurlichtes. Er kommt herein und schließt behutsam hinter sich die Tür. Ohne das Licht anzuschalten, setzt er sich auf meine Bettkante, so, wie er das früher gemacht hat, als ich noch klein war und er mir ein Gute-Nacht-Lied vorgesungen hat.

»Schläfst du schon, Sina?«

Ich richte mich etwas auf und gebe mir Mühe, nicht allzu verheult zu klingen. »Jetzt nicht mehr.«

»Es gibt Neuigkeiten«, erklärt mein Vater leise. In seiner Stimme schwingt eine Spur Begeisterung mit. »Die Kollegen vom Dezernat für Bandenkriminalität haben für den 14. Mai einen Einbruch in eine Villa verzeichnet, von dem bis heute nicht klar war, wer ihn verübt hat.«

»Ein Einbruch in eine Villa?« Ich setze mich noch ein bisschen mehr auf.

»Ja. Und zwar auf der anderen Seite des Sees. Es ist nicht der erste Einbruch dieser Art in der Gegend gewesen. Offenbar handelt es sich um Serientäter. Sie gehen immer nach dem gleichen Muster vor. Erst legen sie die Alarmanlage lahm, dann hebeln sie ein Fenster auf. Sie nehmen immer nur Schmuck oder Kunstgegenstände mit. Sie zerstören nichts. Niemand wird verletzt.«

Soll das heißen, Noah ist einer, der nachts unbemerkt in Häuser einsteigt? Hat er es darum geschafft, unsere Alarmanlage nicht auszulösen? In meinem Kopf rauscht es. Ist das gut oder nicht gut? Ist er so eine Art Robin Hood, der nur den Reichen etwas nimmt? Oder ein ganz normaler Dieb, der es einfacher findet, Leuten etwas zu nehmen, als sich auf ehrliche Weise etwas zu verdienen? »Und was willst du jetzt machen?«

Mein Vater krempelt seine Hemdsärmel runter. »Es ist erst einmal nur eine Spur, mehr nicht. Wenn er klug ist, gesteht er die Einbrüche. Vorausgesetzt, er war es überhaupt.«

»Und wenn er nicht reden will?« Ich ziehe die Decke fest um mich. Die Balkontür steht offen, und ein feiner Windhauch legt sich über meine Schultern und mein Gesicht, als würde Noah zu mir hereinkommen, sich zu uns auf die Bettkante setzen und sagen: »Vertrau mir.«

Mein Vater seufzt. »Wenn er nicht länger unter Mordverdacht stehen will, bleibt ihm nichts anderes übrig. Denn sonst hat er kein Alibi. Im besten Fall gibt er auch noch seine Komplizen preis. Damit zeigt er, dass er sich auf die Seite des Gesetzes stellt und mit seinem alten Leben brechen will.«

Darauf wird sich Noah niemals einlassen. Er ist kein Verräter. Ganz davon abgesehen, dass er für den Rest seines Lebens vor Arnold auf der Hut sein müsste.

»Und wie willst du ihn dazu bringen?«, flüstere ich mutlos.

»Ich kann ihn nicht dazu bringen. Er muss wissen, was für ihn und seine Zukunft das Richtige ist. Wenn er redet, wird sich sein gesamtes Leben ändern. Dann wird er nicht mehr zurückkönnen. So ein Geständnis ist eine Entscheidung gegen seine Herkunft.« Mein Vater erhebt sich von der Bettkante und sieht im Mondlicht auf mich hinunter. »Aber ich bin sicher, dass er die richtige Entscheidung treffen wird.«

Das wird er. Solange er an mir festhält.

Mein Vater beugt sich zu mir hinunter und gibt mir einen Kuss auf die Stirn. »Als Staatsanwalt hast du mich heute daran erinnert, niemanden vorzuverurteilen. Als dein Vater bin ich trotzdem dagegen, dass du diesen Jungen noch einmal siehst.«

Das heißt: Ich soll Noah vergessen?! Was habe ich erwartet? Dass mein Vater mich zu meinem neuen Freund beglückwünscht? Er wird ihn nie akzeptieren. Von meiner Mutter ganz zu schweigen. Würde ich mich für Noah entscheiden, würde ich mich von meiner Familie abwenden. Ich nicke: »Danke, Papa.«

So oder so werde ich Noah sehr lange nicht mehr wiedersehen. Ich muss jetzt gar keine Entscheidung treffen. Ich muss darauf hoffen, dass ein Wunder geschieht. Mein Vater öffnet die Tür und tritt hinaus in den Flur. Dort dreht er sich noch einmal zu mir um. »Schlaf gut, Sina.« Dann zieht er beinahe lautlos die Tür wieder hinter sich zu.

Ich lege mich zurück in meine Kissen und flüstere: »Gute Nacht, Papa.«

Achtzehn

26. Tag

»Wenn das hier durchgestanden ist, musst du diesem Kerl nie wieder gegenübertreten. Für das, was er dir angetan hat, wird er hart bestraft werden.« Meine Mutter greift nach meiner Hand und klammert sich daran fest. Aber weniger, um mich zu beruhigen, sondern, um mich als Stütze zu missbrauchen. Wir sitzen auf einer Bank vor dem Gerichtssaal und warten, dass ich in den Zeugenstand gerufen werde. Für meine Mutter die ideale Gelegenheit, ein großes Drama daraus zu machen. »Wir werden das gemeinsam durchstehen. Hörst du, Schätzchen?«

Ich nicke nur. Mein Magen krampft sich zusammen. Aber nicht, weil ich Angst habe, Noah wiederzusehen, sondern weil ich ihn endlich wiedersehen werde. Fast zwei Wochen ist es schon her, dass wir uns zum letzten Mal berührt haben. Zwei Wochen! Eine unvorstellbar lange Zeit. Eine Ewigkeit. Manchmal habe ich das Gefühl, er ist nur eine sehnsuchtsvolle Schöpfung meiner Fantasie.

Meine drei ehemals besten Freundinnen sitzen mit ihren Eltern auf den Bänken auf der anderen Seite der

Tür. Juno hat mich keines Blickes gewürdigt, als sie vorhin angekommen ist. Als hätte ich ihr etwas echt Fieses angetan und nicht umgekehrt. Nana hat mir schuldbewusst zugewunken und ist schnell weitergelaufen. Offenbar ist es ihr peinlich, dass sie sich gegen mich und für Juno entschieden hat. Der Grund dafür ist mir nach wie vor total schleierhaft. Ich würde echt gerne wissen, was Juno ihr Komisches über mich erzählt hat. Aber garantiert hat sie Nana gegenüber nichts von ihrem Betrug erwähnt. Und Lil hat mich nur traurig angesehen, als hätte sie fragen wollen: »Wie konntest du dich nur auf einen dieser miesen Jungs einlassen?« Sie wirkte richtig fertig, ihre Augen waren ganz matt, und ich hätte sie gerne in den Arm genommen, um ihr zu sagen, dass ich niemals etwas zwischen uns und unsere mir so heilige Freundschaft kommen lassen wollte. Aber dann war der Augenblick auch schon wieder vorbei.

Meine Mutter beugt sich vor und wirft Nana, Juno und Lil ärgerliche Blicke zu. »Was ist denn mit diesen verwöhnten Mädels los? Reden sie nicht mehr mit dir?«

»Was weiß ich.« Nach meiner Aussage für Noah werden sie erst recht nicht mehr mit mir reden. Danach wird es das auf immer und ewig mit unserer legendären Clique gewesen sein. Darauf kann ich jetzt nur keine Rücksicht nehmen. Auch wenn mein Herz blutet und ich mir fast wünsche, Noah hätte nie den Versuch unternommen, mich zu retten. Dann müsste ich mich jetzt nicht schützend vor ihn stellen. Aber nur, weil meine drei ehemals besten Freundinnen es sich wünschen, kann ich keinen Unschuldigen belasten. Das wiederum könnte ich mir nie verzeihen.

»Dieses unreife Verhalten von deinen Freundinnen finde ich ziemlich arrogant. Ich meine, wenn Liliane nicht unerlaubterweise das Auto ihrer Eltern genommen hätte, wäre das alles gar nicht passiert.«

Ich habe kein Bedürfnis, meine Mutter über die wahren Gründe für das eigenartige Verhalten meiner ehemals besten Freundinnen aufzuklären. Auch nicht über die Tatsache, dass das Mädchen, mit dem Jean etwas angefangen hat, ausgerechnet Juno gewesen ist. Was soll das bringen? Meine Mutter würde entweder Juno die Schuld an der ganzen Aktion geben, weil sie Jean verführt hat, oder mir, weil ich ihn nicht ausreichend angebetet habe. Jean wäre jedenfalls an allem komplett unschuldig. Und darüber, warum Lil nicht mehr mit mir spricht, sollte ich sowieso besser schweigen. Sie tut es auch. Und dafür bin ich ihr bis in alle Ewigkeit dankbar. Auf sie ist sowas von Verlass. Es tut so weh, dass wir uns nicht mehr haben. Im Stillen flüstere ich: »Ich vermisse dich, Babe.«

Meine Mutter wirft einen nervösen Blick auf ihre goldene Armbanduhr. Für den heutigen Tag bei Gericht hat sie eine weiße Bluse, eine weiße Röhrenjeans, dunkelblaue Slipper und einen dunkelblauen Cardigan gewählt, um in ihrem Matrosenoutfit die totale Unschuld zu verkörpern. Mich hat sie gezwungen, mir ein dunkelblaues Sommerkleid anzuziehen, das sie mir extra noch besorgt hat. »Damit du absolut glaubwürdig aussiehst.« Offenbar hat sie total vergessen, dass ich gar keine Angeklagte bin.

Mein Herz pocht heftig. Meine Hände sind ganz kalt. Die Vorstellung, dass Noah und ich nur durch die Gerichtssaalwand voneinander getrennt sind, macht mich komplett wahnsinnig. Ich will zu ihm. Ich will ihn sehen. Ihn spüren, um noch mal den Beweis zu haben, dass ich mich in meinen Gefühlen nicht täusche. Dass er und ich zusammengehören – wenn auch nur in unserer Fantasie. Mehr denn je brauche ich die Gewissheit, dass er mich mag. Wenn sich schon die restliche Welt von mir abwendet.

Gleich werde ich bei ihm sein. Nur noch ein paar Minuten. Aber ich darf mich und meine Liebe nicht verraten. Wenn mir der Richter glauben soll, dass Noah mich retten wollte, darf er nicht ahnen, dass ich vor Sehnsucht nach dem Angeklagten fast vergehe. Wie soll er mir sonst glauben? Ich muss cool und sachlich bleiben. Ich atme tief durch und schließe die Augen.

Neben mir nestelt meine Mutter unablässig in ihrer Handtasche herum. Sie kann einen echt richtig nervös machen. Jetzt höre ich, wie sie Nachrichten in ihr Smartphone tippt.

»Alles in Ordnung, Sina?« Ich mache die Augen wieder auf. Mein Vater steht in seiner wallenden Anwaltsrobe vor mir und wirft meiner Mutter einen irritierten Blick zu. Schnell lässt sie ihr Telefon in der Handtasche verschwinden. Er setzt sich neben mich und sieht mich aufmunternd an. »Du weißt, ich darf leider nicht mit reinkommen. Aber du schaffst das schon. Lass dich nur nicht verunsichern. Der junge Kollege, der den Fall bearbeitet, ist ehrgeizig und manchmal etwas scharf, aber kein übler Kerl. Er wird dich jedenfalls nicht in der Luft zerreißen. Bleib bei der Wahrheit. Dann kann dir nichts passieren.«

Ich nicke. »Okay. Danke, Papa.«

Er umarmt mich. »Ich muss wieder los zu meinem Prozess. Wir sehen uns später.«

Nachdem er in seinem wehenden Umhang den Flur hinunter verschwunden ist, geht endlich die Saaltür auf und ich werde vom Gerichtsdiener hineingerufen. Ich erhebe mich von der Bank und senke den Blick, um Juno, Nana und Lil nicht in die Augen sehen zu müssen. Um mich nicht doch noch von ihren Blicken fertig machen zu lassen.

Meine Mutter greift nach meiner Hand. »Zeig es diesen Mistkerlen!«

Was auch immer das heißen soll. Mit wackeligen Schritten folge ich dem Gerichtsdiener in den Verhandlungssaal, einen großen holzgetäfelten Raum mit einem riesigen Kronleuchter in der Mitte. Durch die hohen Fenster dringt die Morgensonne und taucht die Zuschauerbänke, die bis auf den letzten Platz besetzt sind, in weiß strahlendes Licht. In den vorderen Reihen sitzen ein paar Lokalreporter und schreiben eifrig mit. Weiter hinten entdecke ich Arnold, der sich mit der Hand langsam über den grauen Bart fährt, als er mich sieht. Ist er hier, um mir Angst einzujagen und sicherzugehen, dass ich Noah das Alibi verschaffe? Oder will er seinen Freund moralisch unterstützen? Ich nehme im Zeugenstand vor dem Richter in seiner schwarzen Robe Platz. Rechts neben ihm sitzt der Staatsanwalt, von dem mir mein Vater erzählt hat. Er sieht gar nicht so knallhart aus, wie ich ihn mir vorgestellt habe. Eher wie unser schräger Chemielehrer Herr Dahlke. Dann schweift mein Blick nach links zu den drei Angeklagten, die Juno und Nana entführt haben.

Sie sind alle nicht viel älter als wir. Höchstens ein oder zwei Jahre. Für den heutigen Tag haben sie sich – im Gegensatz zu mir – nicht gerade rausgeputzt. Sie hatten eben nicht meine Mutter als Stilberaterin, die ihnen erklärt hätte, dass es komplett ungeschickt ist, sich alte, ausgeleierte T-Shirts und Jeans mit Sneakern anzuziehen, als wären sie gerade wieder auf Raubzug. Der Schmale mit den dunklen, längeren Locken hat sich wenigstens noch eine ausgewaschene Kapuzenjacke übergeworfen. Die anderen beiden Jungs haben kurze Haare. Der eine sieht sportlich und aggressiv aus, der Rundlichere wirkt wie ein kompletter Macho. Er grinst mich an, als wollte er mich zu irgendetwas herausfordern. Vermutlich seine einstudierte Miene. Wirkt bei mir gar nicht. Der Schmale mit den Augenringen guckt auf seine gefalteten Hände auf dem Tisch vor ihm. Und der mit den Locken bastelt tatsächlich kleine Papierschiffchen aus einem weißen Blatt Papier, das ihm offenbar sein Anwalt zur Verfügung gestellt hat. Reue sieht anders aus. Überhaupt ist keinem der drei Jungs anzusehen, dass es ihnen leidtut, was sie getan haben. Keinen erkenne ich wieder. Wenn ich nicht wüsste, dass sie uns überfallen haben, käme mir das Ganze hier vollkommen absurd vor.

Und dann blinzele ich doch hinüber zu Noah. Ich schaffe es einfach nicht, ihn zu ignorieren. Es ist, als würde ein riesiger Magnet meinen Blick in seine Richtung ziehen. Das Verlangen, ihm nur für einen winzigen Moment in die Augen zu sehen, ist unbezwingbar. Mein Herz schlägt so heftig, dass es für alle hörbar sein müsste. Und mein Körper brennt.

Noah sitzt nur einige Meter von mir entfernt neben seinem Anwalt. So nah und doch so unerreichbar. Ich kann ihm nichts zuflüstern. Kein geheimes Zeichen geben. Nichts. Sämtliche Augen sind gespannt auf mich gerichtet. Mein Kopf ist komplett mit Watte ausgefüllt. Dieser Junge hat mich mit seinen Lippen geküsst. Und ich weiß nicht, ob er es je wieder tun wird. Er trägt einen grauen, gut sitzenden Anzug mit weißem Hemd. Meine Mutter wäre beeindruckt von seiner Eleganz. Seine grünen Augen verweilen auf mir. Ich lächele nicht. Ich halte meine Gesichtszüge ganz ruhig. Und doch kann ich den Blick nicht von ihm abwenden.

Alles an ihm ist vollkommen.

Für einen Augenblick vergesse ich alles um mich herum. Den Saal, den Richter, Arnold, die Zuschauer. Ich bin nur noch bei Noah. Für mich hat sich seit unserem letzten Treffen zwischen uns nichts geändert. Ich empfinde nur noch stärker für ihn. Aber was ist mit ihm? Kann er meine Gedanken lesen? Meinen flehenden Blick, der nichts anderes sagt als: Ich will dich so gerne küssen! Seine schönen Hände liegen vor ihm auf der Tischplatte. Er zuckt nicht mal mit der Wimper. Ich möchte nach seinen Händen greifen, über sein Gesicht streichen, will wissen, ob er meinen Brief bekommen hat, den ich bei Arnold in der Waschanlage zurückgelassen habe. Ich muss wissen, ob es für uns eine Zukunft gibt. Wie soll die aussehen? Noah müsste sein altes Leben hinter sich lassen. Will er das überhaupt? Wenn ja, müsste ich auch meine Familie hinter mir lassen und so tun, als gäbe es sie nicht. Das ist unmöglich! Sie sind doch meine Heimat – auch wenn meine Mutter meistens stresst. Hätten Noah und ich es ohne einander nicht beide viel leichter? Oh bitte, wird es für uns je Rettung geben?

Sein Anwalt steht auf und kommt hinter dem Tisch hervor. Er ist ziemlich klein und ziemlich dick, aber irgendwie auch niedlich. Eine richtige Kugel. Eigentlich wirkt er gar nicht wie ein Anwalt. Er lächelt mich freundlich an und kommt ganz nah zu mir heran.

Zuerst soll ich berichten, was damals auf dem KFC-Parkplatz passiert ist. Ich zwinge mich, meine quälenden Gedanken beiseitezuschieben, und erzähle alles ganz genau. Dass Noah und ich uns vor dem Überfall am Kaugummiautomaten unterhalten haben, dass er mir eine Kaugummikugel geschenkt hat und dann zurück zu seinem Motorrad gegangen ist. Ich sage, dass ich sonst niemanden bemerkt hätte und dass er auch nicht nervös oder angespannt gewirkt hätte. Im Gegenteil. Ganz ruhig, so, als sei er nur wegen mir da.

Sein Anwalt fährt sich über die Glatze: »Und dann?«

Ich sage: »Als meine Freundinnen und ich kurz darauf wieder ins Auto steigen wollten, hat mich jemand plötzlich von hinten in die Büsche gezerrt. Das ging alles total schnell. Ich habe meine Freundinnen auf dem Parkplatz schreien hören und …«

»Was meinst du, warum dich dieser jemand in die Büsche gezerrt hat? Um dir etwas anzutun?«

»Auf keinen Fall!« Ich schüttele den Kopf und sehe dem Anwalt direkt in die Augen. »Ich bin mir sicher, Noah wollte mich retten.«

»Wovor denn retten?« Er sieht mich konzentriert an.

»Dass ich nicht von diesen Typen da im Auto mitgenommen oder auf den Boden gestoßen werden, wie es meinen Freundinnen passiert ist.«

»Und wie kommst du darauf, dass dir der Angeklagte nichts tun wollte? Er hat dich immerhin ohne Vorwarnung ins Gebüsch gezerrt.«

»Er hat mich beruhigt und versprochen, dass mir nichts passieren wird, wenn ich nicht schreie.«

Der Anwalt nickt und lässt das von mir Gesagte wirken. Schließlich fährt er fort: »Und du bist dir ganz sicher, dass es der Angeklagte Noah Tal war, der dich aus der ›Gefahrenzone‹ gerettet hat?«

Ich nicke. »Ja, hundert Prozent sicher. Ich habe ihn an seiner Stimme erkannt. Und an seinen Sneakern.«

»Danke.« Der Anwalt macht vor meinem Pult ein paar gemächliche Schritte auf und ab, als würde er überlegen, was er mich noch fragen könnte. Dann kommt er plötzlich mit Schwung zu mir heran und fragt geradeheraus: »Bist du Noah Tal vor dieser Nacht schon einmal begegnet?«

Ich reiße die Augen auf. Mein Herz pumpt. Langsam schüttele ich den Kopf. Ich mache den Mund auf, aber es kommt kein Ton heraus. Ich weiß nicht, was ich sagen soll. Wenn ich jetzt zu Protokoll gebe, dass wir uns vorher schon beim City-Marathon begegnet sind, wäre das keine große Sache für mich. Für Noah schon. Ich würde ihm damit ein Alibi für den Baumarktmord geben. Nur ein paar Worte. Eine winzige Lüge. Eine kleine Gesetzlosigkeit. Mehr nicht.

Der Anwalt holt mich aus meinen Gedanken zurück.

Er spricht laut und deutlich, wobei er sich halb in den Raum zu den Zuschauern dreht. »Ich frage noch einmal: Bist du Noah Tal vor dieser Nacht schon einmal begegnet?«

Ich straffe mich, wobei ich es vermeide, zu Noah zu sehen. Unter dem Pult krampfen sich meine kalten Hände zusammen. Ich flüstere. »Nein. Ich bin ihm vorher noch nie begegnet.«

Jetzt ist es entschieden. Ich gebe Noah kein Alibi. Will er sich entlasten, muss er sich selbst ein Alibi verschaffen, auch wenn er dann gestehen muss, Einbrüche mit Arnold verübt zu haben. Hinten, im Zuschauerraum, springt Arnold von der Bank auf und lässt sich langsam wieder sinken. Bestimmt ist nicht nur er enttäuscht oder entsetzt. Aber ich habe meinem Vater versprochen, bei der Wahrheit zu bleiben. Alles andere bringt nur neue Verwicklungen mit sich. Natürlich will ich nicht, dass Noah für diesen schrecklichen Mord hinter Gitter gebracht wird, den er nicht begangen hat. Ich weiß nicht, ob er seine Unschuld je wird beweisen können. Aber ich weiß, dass mein Vater ihm helfen wird.

Schließlich bedankt sich Noahs Anwalt bei mir, und der Staatsanwalt, der aussieht, wie mein Chemielehrer Herr Dahlke, startet sein Verhör. Ich beantworte all seine Fragen konzentriert und fehlerfrei, wie im Unterricht. Auch, als er noch einmal nachfragt: »Bist du Noah Tal vor diesem Abend wirklich noch nie begegnet? Kanntet ihr euch tatsächlich nicht?«

Ich schüttele den Kopf. »Nein.«

»Wie bitte? Ich habe dich nicht verstanden.« Der

Staatsanwalt hält sich eine Hand hinter das Ohr und zieht die Stirn kraus. »Sprich bitte lauter, damit wir dich alle hören können!« Warum fragt er noch einmal nach? Was bezweckt er damit? Soll es so wirken, als wäre ich irgendwie unglaubwürdig und würde Noah absichtlich als Retter darstellen?

Ich räuspere mich und setzte mich aufrecht hin. »Nein. An diesem Abend sind Noah Tal und ich uns zum ersten Mal begegnet.«

»Habt ihr miteinander gesprochen?«

»Ja.« Für einen kurzen unkontrollierten Moment zuckt mein Blick zu Noah, der mir aufmerksam zuhört. »Er … Er hat mir, wie gesagt, einen Kaugummi aus dem Automaten geschenkt. Eine rote Kugel.«

»Wie romantisch.« Der Staatsanwalt, der plötzlich gar nicht mehr so freundlich wie mein Chemielehrer ist, verleiht seiner Stimme einen ironischen Unterton. Diesen Trick kenne ich aber schon von meinem Vater. Eine Spezialität von ihm, um sein Gegenüber zu verunsichern. Also bleibe ich cool und erkläre freundlich: »Wir haben uns darüber unterhalten, welche Kaugummifarbe welche Bedeutung für uns hat.«

»Aha. Das heißt, ihr habt euch gut verstanden?« Der Staatsanwalt macht in seiner schwarzen Robe ein paar Schritte auf mich zu.

»Ja, so würde ich das sagen.« Ich nicke, und mein Blick schweift noch einmal kurz zurück zu Noah, der sich ein kleines Lächeln nicht verkneifen kann. Ich bleibe ernst. Und sofort erstirbt auch sein Lächeln. Es ist hart, so zu tun, als empfände ich nichts. Es ist wirklich das Härteste!

Der Staatsanwalt unterbricht meine Gedanken:

»Hat er dir einen Hinweis darauf gegeben, dass seine Freunde vorhaben, das Auto zu stehlen und zwei deiner Freundinnen als Geiseln mitzunehmen?«

Ich schüttele den Kopf. »Nein. Wir haben nur über die Kaugummis geredet.«

»Dann habt ihr euch wieder verabschiedet?«

»Ja.«

»Warum?«

»Ich weiß nicht. Das Gespräch war vorbei.« Ich schlucke und versuche, den damaligen Abend noch einmal in allen Einzelheiten in mein Bewusstsein zu rufen. Ich will absolut bei der Wahrheit bleiben.

Ich sehe den Staatsanwalt abwartend an, der nun seine Brille herunternimmt. Mit einem Mal wirken seine Augen viel kleiner. Er lehnt sich gegen das Pult vor mir. »Hat Noah Tal bestimmt, dass das Gespräch vorbei ist?«

»Ich … Ich weiß es nicht mehr. Ich denke …«

»Oder musste er wieder seine Position einnehmen, um den Überfall nicht zu gefährden?«

Was soll das? Ich sehe hilflos in den Raum hinein, in dem nur Fremde sitzen. Bis auf Noah. Und ausgerechnet zu ihm darf ich nicht blicken.

Da ich nichts sage, fasst der Staatsanwalt gleich nach. »Warum hat er dich nicht gewarnt? Warum hat er seine Kumpels nicht an der Tat gehindert? War dafür keine Zeit? Wo waren die überhaupt?«

»Ich weiß es nicht. Es ging alles so schnell. Juno, Nana und Lil kamen aus dem KFC, über den Parkplatz und wollten ins Auto steigen. Plötzlich wurde ich von Noah nach hinten in die Büsche gezerrt. Er sagte, ich solle ganz leise sein …«

»Hast du denn gesehen, dass es Noah Tal war, der dich in die Büsche gezerrt hat? An der Stelle des Parkplatzes steht keine Laterne. Es muss ziemlich dunkel gewesen sein. Außerdem kam er, laut deiner Aussage, von hinten.«

»Nein, ich habe ihn nicht direkt gesehen. Aber ich vermute, dass er es war«, sage ich mit bebender Stimme.

Ein Raunen geht durch die Zuhörerreihen. Der Richter macht sich eine Notiz. Ich sehe flüchtig zu Noah, dem gerade von seinem Anwalt etwas ins Ohr geflüstert wird. Mein Herz pocht bis zum Hals. Habe ich etwas Falsches gesagt? Hat der Kollege meines Vaters vor, ihn hinter Gitter zu bringen? Was passiert hier gerade?

»Aha. Du vermutest es also«, fährt der Staatsanwalt streng fort. »Woher willst du aber genau wissen, dass es Noah Tal war, der dich vor dem Angriff seiner drei Komplizen schützen wollte? Damit wäre er ja ein ziemliches Risiko eingegangen, sich ihren Ärger und ihr Misstrauen einzuhandeln.«

»Das habe ich doch schon gesagt! Ich habe ihn an seiner Stimme erkannt. Und … und an den Reflektoren seiner Sneaker«, stottere ich, wobei ich die aufsteigenden Tränen niederkämpfe. Er ist unschuldig. Warum versteht das denn niemand?

»Bis du ganz sicher? Seine drei Kollegen da vorne haben nämlich etwas ganz anderes ausgesagt. Dass er es war, der deine Freundin Liliane zu Boden geworfen hat. Kann es sein, dass es vielleicht doch jemand anders war, der dich in die Büsche gezerrt hat? Kannst du mit absoluter Gewissheit sagen, dass es Noah Tal war?«

»Ich, ich weiß nicht«, sage ich, und plötzlich weiß ich es wirklich nicht. Ich habe sein Gesicht nicht gesehen. Ich wiederhole ein letztes Mal: »Ich habe seine Stimme gehört.« Reicht das denn nicht?

»Danke.« Der Staatsanwalt nickt mir kurz zu und verschwindet wieder hinter seinen Tisch. »Keine weiteren Fragen!«

Der Gerichtsdiener kommt mir entgegen und führt mich dicht an Noahs Tisch vorbei. Dieses Mal sehe ich nicht zu Boden. Als ich vorbeigehe, lasse ich meine Fingerspitzen sacht über seine Tischplatte gleiten. Zum Zeichen, dass ich zu ihm halte. Aus den Augenwinkeln sehe ich, wie seine Hände zucken, die gefaltet vor ihm liegen. Auf meinem handgeschriebenen Brief. Oben, am Rand erkenne ich ein mit Rot gezeichnetes Herz.

Aufgewühlt setze ich mich ganz hinten in den Gerichtssaal, schräg hinter Arnold. Er hat Noah den Brief gegeben. Doch was ist jetzt mit meiner Aussage? Hat sie überhaupt keine Macht? Dieser Staatsanwalt wirkte so, als würde er mir überhaupt nicht glauben. Oder als sei es nicht Beweis genug, dass ich Noah an seiner Stimme erkannt habe. Was, wenn ich Noah mit meiner Aussage gar nicht helfen konnte? Dann wird er am Ende für etwas bestraft, was er nicht getan hat. Ich glaube, in meinem ganzen Leben habe ich mich noch nie so hilflos gefühlt. Wie kann mein Vater hier nur arbeiten? In Gerichtssälen kann man echt das Gefühl kriegen, als würde es nirgendwo ungerechter zugehen als hier. Es ist, als würde alles schon vorher feststehen, und die Zeugenaussagen würden so lange herumgedreht und hinterfragt werden, bis sie genau zum geplanten Schuldspruch passen.

Als Nächste wird Lil als Zeugin verhört. Sie spricht sehr leise, weswegen der Richter sie mehrfach ermahnen muss, hörbare Antworten zu geben. Sie schnäuzt sich in ein zerknülltes Papiertaschentuch und gibt wirklich ihr Bestes. Sogar von hier hinten ist ihr anzusehen, wie sehr sie das Erlebnis noch immer mitnimmt. Ihre Eltern sitzen ein Stück entfernt von mir und werfen mir wütende Blicke zu, als hätte ich die ganze Sache angezettelt.

Jetzt befragt der Staatsanwalt Lil nach dem genauen Tathergang. An welche Einzelheiten sie sich erinnern kann. Sie beugt sich dicht ans Mikrofon heran. »Ich weiß nur noch, dass plötzlich all diese Typen um uns herumstanden. Sie haben Nana und Juno nach hinten ins Auto geschubst und mich hat einer von ihnen auf den Boden geworfen. Keine Ahnung, wie viele es waren. Aber der, der mich zu Boden gestoßen hat, hatte eine Tätowierung am Unterarm.«

Eine Tätowierung am Unterarm? Was hat das zu bedeuten? Mein Blick rast zu Noah. Zwischen den Zuschauern hindurch sehe ich seinen Hinterkopf, seine Schultern. Er bleibt ruhig, als habe er nichts zu befürchten. Haben diese Typen nicht alle irgendwelche Tattoos? Vermutlich!

Der Staatsanwalt geht mit einer Mappe nach vorne zum Richter und überreicht ihm etwas. Der Richter gibt es, nach kurzer Prüfung, an den Gerichtsdiener weiter. Gleich darauf erscheint auf einer Leinwand neben dem

Zeugenstand die Projektion eines Fotos. Darauf zu sehen ist Noahs Tattoo. Das Messer mit der Schlange. Der Staatsanwalt stellt sich zurück an seinen Platz und fragt Lil freundlich: »Handelt es sich dabei um diese Tätowierung?«

Lil starrt lange auf die Leinwand, auf der riesig groß Noahs Tattoo prangt. Sie zuckt mit den Schultern. »Kann schon sein. Es war ja ziemlich dunkel. Auf jeden Fall habe ich hier unten auf seinem Arm eine Tätowierung gesehen. Auf der Innenseite.« Sie zeigt auf ihren linken Unterarm.

»In Ordnung. Keine weiteren Fragen. Vielen Dank.« Der Staatsanwalt lächelt und Lil darf zu ihren Eltern auf die Bank verschwinden.

Nach ihr wird Juno aufgerufen. Sie wirkt ziemlich taff, als sie in ihrem dunkelblauen, eleganten Hosenanzug den Mittelgang zwischen den Sitzreihen entlanggeht und auf den Zeugenstand zusteuert. Sie setzt sich hinter das Mikrofon, als hätte sie schon tausendmal vor Gericht eine Zeugenaussage gemacht und wirft ihre dunkle Lockenmähne über die Schulter.

Der Staatsanwalt nickt ihr zu. »Wie geht es dir? Bist du bereit?«

»Jep.« Juno lässt den Blick durch die Zuschauerreihen schweifen, bis er an mir hängen bleibt.

Aus Reflex lächele ich. Aber als ich ihren warnenden Gesichtsausdruck sehe, höre ich sofort damit auf. Sie sieht ziemlich kampfbereit aus, als hätte sie vor, niemanden davonkommen zu lassen. Offenbar hat es sich schon bis zu ihr herumgesprochen, dass ich Noah nicht belastet habe.

Ihr Blick schwenkt zurück und bleibt an Noah hängen, der noch immer kerzengerade neben seinem Anwalt am Tisch sitzt. Sie wird ihn fertigmachen, das weiß ich. Sie holt tief Luft.

Langsam kommt der Staatsanwalt auf sie zu und bleibt dicht vor ihr stehen.

»Du und deine Freundinnen, ihr habt traumatische Minuten und Stunden erlebt. Erinnerst du dich noch, was damals passiert ist?«

»Sicher.« Sie sieht die vier Angeklagten einen nach dem anderen herausfordernd an. »Sogar sehr gut. Eine Handvoll Typen haben meine besten Freundinnen und mich überfallen, den Wagen von Lilianes Vater geklaut, Lil zu Boden geworfen und mich und Nana mitgeschleppt und nachts im Wald wieder ausgesetzt. Sie haben uns unsere Handys abgenommen, und ich dachte: Das war's! Unser letztes Stündlein hat geschlagen.«

»Kannst du mir sagen, was genau du unter einer Handvoll Typen verstehst? Drei oder vier Männer?«

»Keine Ahnung. Jedenfalls genug, um Liliane zu verletzen, eine Limousine zu stehlen und Nana und mich zu entführen.«

»Wie viele Männer saßen denn im Wagen, als ihr vom Parkplatz des KFC gefahren seid?«

»Drei.«

»Kannst du sie beschreiben?«

»Nein.« Junos Augen verengen sich zu schmalen Schlitzen. »Sie trugen diese hässlichen Ghetto-Basecaps.«

»Ghetto-Basecaps?«

»Ja. Solche Basecaps mit fettem Aufnäher. Tief in die

Stirn gezogen. Im Wagen war es dunkel. Wir sind eine Landstraße hinuntergefahren. Da gab's keine Laternen. Außerdem weiß jedes Kind, dass es schlauer ist, seine Entführer nicht so genau anzusehen. Das kann einem das Leben retten.«

»Ist dir irgendetwas an ihnen aufgefallen? Eine Tätowierung oder so etwas?«

»Ja. Der, der zwischen Nana und mir saß, hatte auf seinem Unterarm eine Tätowierung.«

»Sah die zufällig so aus wie die, die dort auf die Leinwand projiziert wird?«

Juno legt den Kopf schief. Ihre Stimme wird immer härter, als wolle sie mit Macht die vergangenen Bilder heraufbeschwören. Gleichzeitig spricht aus ihr Enttäuschung. »Ich denke nicht. Ich habe hingeguckt, weil ich dachte, dass ich an der Tätowierung später einen der Täter würde identifizieren können, ohne ihm direkt ins Gesicht zu gucken. Aber die, die ich gesehen habe, sah anders aus. Irgendwas mit einem Totenkopf und bunten Blumen.«

Oh! Danke! Erleichtert atme ich aus. Wie konnte ich überhaupt eine Sekunde zweifeln? Noah war bei mir. Er kann nicht bei dem Überfall dabei gewesen sein. Und auch nicht im Auto. Der Staatsanwalt nickt und geht zurück zu seinem Tisch. »Danke.« Ohne aufzusehen, blättert er in seinen Akten, dann sieht er doch noch mal auf. »Danke. Du kannst gehen.«

Juno zieht die Augenbrauen hoch. »Ja?«

Nach Junos Zeugenaussage gibt es eine Verhandlungspause von einer Stunde. Noah wird aus dem Gerichtssaal abgeführt, ohne dass wir uns noch einmal sehen. Ich schlüpfe eilig aus der Tür, um den Zuschauern und meinen drei ehemals besten Freundinnen mit ihren Eltern zu entkommen. Doch im Flur werde ich gleich von einem Pulk aufgeregter Fotografen von den Tageszeitungen abgefangen, die mir mit ihren riesigen Objektiven direkt vor der Nase herumfuchteln und mir ins Gesicht blitzen. Weiter hinten, am Ende des Flures am Fenster entdecke ich meine Eltern, die sich angeregt unterhalten. Ich winke ihnen zu, aber sie bemerken mich nicht. Offenbar haben sie etwas Wichtiges miteinander zu klären. Ich rufe nach ihnen. Endlich hebt mein Vater den Kopf. Als er mich in der Menge der Fotografen entdeckt, gibt er mir ein Zeichen, dass er gleich fertig ist. Doch anstatt mir zu Hilfe zu eilen, bleibt er bei meiner Mutter stehen, die wild gestikuliert. Vielen Dank! Das scheint ja sehr wichtig zu sein, was sie besprechen. Ich dränge mich an den Reportern vorbei, bis ich bei meinen Eltern ankomme.

»Das ist eine Katastrophe«, höre ich meine Mutter atemlos sagen. »Wie soll ich so schnell Ersatz finden? Die Wohltätigkeitsveranstaltung ist in ein paar Tagen. Und was soll ich bitte als Begründung für die Auftragskündigung angeben, ohne dass er Verdacht schöpft?«

Mein Vater legt ihr beruhigend die Hand auf die Schulter und dreht sich zu mir. »Darüber sprechen wir später.«

Meine Mutter bekommt gar nicht richtig mit, dass ich vor ihr stehe. Aufgelöst zieht sie ihr Handy aus der Handtasche und verschwindet damit. »Ich bin gleich wieder da.«

Ich sehe meinen Vater erstaunt an. »Was war denn los?«

»Ach nichts.« Er seufzt geschlagen. »Ich habe Mama

nur gesagt, dass sie unter keinen Umständen weiterhin mit diesem Max zusammenarbeiten darf, solange nicht klar ist, welche Gefahr von ihm ausgeht.«

Meine Mutter ist wirklich rätselhaft. Hier geht es gerade um wirklich Wichtiges und sie macht sich Sorgen um ihre Blumendekoration. Aber wer weiß. Vielleicht ist das auch nur so eine Übersprungshandlung. So, wie ich mir die Nägel lackiere, wenn ich mich hilflos fühle.

Schließlich, als sich die meisten Gerichtsbesucher nach draußen in die Mittagssonne verabschiedet haben und ich meinem Vater erzählt habe, wie es gelaufen ist, kommt meine Mutter zurück und lächelt meinen Vater und mich abwesend an.

»Wie war's, Schätzchen?«, fragt sie nun endlich.

Als ich antworten will, dreht sie sich schon wieder weg und guckt auf ihr Handydisplay. »Gehen wir was essen? Ich brauche einen Schluck Wein.«

Ich nicke, mein Vater legt den Arm um mich. »Mach's gut. Wir sehen uns später. Ich muss noch mal zurück in die Abteilung.«

»Alles klar. Bis dann.« Ich gebe ihm einen Kuss und folge meiner Mutter aus dem Gerichtsgebäude, die sonnige Straße hinunter, bis zur Ecke, wo wir bei einem Italiener auf der Terrasse Platz nehmen. Nachdem wir das Essen bestellt haben, sieht meine Mutter mich erschöpft an und legt ihre Hand auf meine. »Entschuldige. Ich bin ziemlich gestresst. Von dieser Wohltätigkeitsveranstaltung von Jeans Mutter. Ich habe schreckliche Angst, sie zu ruinieren.«

»Aha.« Eigentlich bin ich jetzt richtig wütend, dass

meine Mutter nur an sich denkt. Aber dann schwenke ich um. Irgendwie tut sie mir leid. Sie scheint wirklich Angst zu haben, dass alles den Bach runtergeht. Und wie blöd sich das anfühlt, weiß ich genau. Vielleicht will sie nur nicht damit alleine sein. Also streiche ich mit der anderen Hand über ihre und halte sie fest: »Du wirst bestimmt einen neuen Blumenhändler auftreiben und es schaffen, dass die ganze Party in einem gigantischen, duftenden Blumenmeer versinkt.«

Meine Mutter atmet tief durch und sieht mich total erleichtert an. »Danke, Sina. Den Zuspruch habe ich jetzt gebraucht.« Und nach einem kurzen Moment fügt sie beinahe glücklich hinzu: »Jetzt bin ich sicher, alles wird gut.«

Ja, alles wird gut. Das hoffe ich jedenfalls.

Neunzehn

27. Tag

»Hey, was machst du denn hier?« Jean starrt mich überrascht an, während hinter mir der Platzregen auf den schwarzen Range Rover seines Vaters und den weißen Kies in der Einfahrt niederprasselt. Ich halte mir meine Tasche mit meinen Literatur-AG-Büchern *Romeo und Julia* und *Krieg und Frieden* über den Kopf, um nicht komplett durchzuweichen.

»Darf ich reinkommen?« Ich bin bereits komplett durchgeweicht. Die Regentropfen gleiten an meinen Haarsträhnen hinunter und versickern im T-Shirt, das dummerweise an meinem Körper klebt. Von meiner Jeans ganz zu schweigen. Und mir ist kalt.

»Klar! Komm rein.« Jean zieht die Haustür weiter auf und tritt zögernd zur Seite, als sei er nicht sicher, ob er meine Gegenwart überhaupt aushält. Seine Stimme klingt belegt. »Bist du mit der Vespa unterwegs?«

»Nein. Mit dem Rad.« Plötzlich bin ich mir auch nicht sicher, ob es fair von mir ist, hier einfach aufzutauchen. Und dann auch noch im durchweichten T-Shirt. Eilig verschränke ich die Arme vor der Brust. Jean sieht mich tapfer an, als würde er sich im Stillen einreden, längst über mich hinweg zu sein.

»Willst du was trinken? Einen Tee?« Er schließt hinter mir die Tür, und es ist seltsam, schon wieder bei ihm in der Eingangshalle herumzustehen. In der Küche höre ich die Haushälterin Ella rumoren. Es riecht nach Kaffee und Gebäck.

»Nein, danke.«

Jean nimmt mir meine durchweichte Tasche mit den Büchern ab. »Du fährst mit dem Rad? Bei dem Wetter?«

»Vorhin hat es noch nicht geregnet, als ich zur Literatur-AG aufgebrochen bin. Außerdem steht meine Vespa leider gerade ganz woanders, wo ich nicht so leicht drankomme.« Mit dem Handrücken wische ich mir über die tropfnassen Lider. Die Wimperntusche läuft mir brennend in die Augen und meine Hand ist kohlrabenschwarz.

Über Jeans Gesicht huscht ein Grinsen. »Sehr schick!« Dann wird er wieder ernst. »Und warum sitzt du jetzt nicht in der Literatur-AG?« Er wirft einen Blick auf seine Armbanduhr. »Die geht doch mindestens noch eine halbe Stunde. Jedenfalls habe ich immer erst gegen 18 Uhr vor der Schule auf dich gewartet.« Er holt tief Luft und presst die Lippen zusammen.

Ich sollte gehen. Es war eine dumme Idee, hierherzukommen. Doch ich kann nicht anders, als ihm die Wahrheit zu sagen, warum ich nicht in der AG sitze. Auch wenn es für ihn wie ein Vorwurf klingen muss. »Weil mir eingefallen ist, dass ich da auf Juno treffen würde. Und ich bin gerade nicht in der Stimmung, mit ihr auf engstem

Raum den Nachmittag zu verbringen. Nach dem, was vorgefallen ist, und so, wie sie sich mir gegenüber verhält.«

Was ich ihm nicht sage, ist, dass meine anderen beiden Freundinnen auch nichts mehr von mir wissen wollen. Franzi hat recht: Ich bin total isoliert. Dabei brauche ich gerade mehr denn je einen Vertrauten zum Herzausschütten.

Jean zieht die Augenbrauen hoch. »Okay, verstehe. Ihr redet überhaupt nicht mehr miteinander, was?«

»Nein. Und das werden wir auch nie wieder. Weil Juno sich plötzlich so benimmt, als müsse sie mich wie eine verhasste Rivalin ausstechen. So, als seien wir nie miteinander befreundet gewesen.«

Jean verzieht keine Miene, sondern nickt nur beschämt vor sich hin. »Es tut mir leid. Ich hab's echt nicht überblickt. Es war so idiotisch, etwas mit ihr anzufangen.«

Ich hole tief Luft. »Du warst wenigstens halbwegs ehrlich zu mir und hast dich zumindest entschuldigt.« Ich räuspere mich und tue alles in meiner Macht Stehende, damit meine Stimme nicht wegbricht. »Und? Bist du auch in Juno verliebt?«

»Sie ist okay. Aber ich sage ja: Das Ganze hatte nichts zu bedeuten. Zumindest war es keine ernste Sache für mich. Wir telefonieren ab und zu. Mehr nicht.«

»Fantastisch.« Ich grinse tapfer. »Dann wäre ja alles geklärt. Jedenfalls zwischen uns beiden.« Ich verschränke die Arme vor der Brust und sehe den mit Moderner Kunst vollgehängten Flur hinunter. »Kann … kann ich hierbleiben, bis die Literatur-AG vorbei ist, damit meine Mutter nicht die Nerven verliert, wenn sie merkt, dass ich geschwänzt habe? Mir geht's gerade nicht so gut.«

»Klar.« Jean sieht nicht so aus, als wäre ihm wohl bei der Vorstellung, den Nachmittag mit mir zu verbringen. Er ist aber zu höflich, um das zuzugeben. Also macht er tapfer weiter im Gespräch. »Liegt dir die Gerichtsverhandlung noch im Magen? Oder was ist los? Wie man hört, wurde einer der vier Typen durch deine Aussage entlastet und freigesprochen.«

Ich nicke. »Hat Juno dir das erzählt?«

»Nein. Ich hab's in der Zeitung gelesen.« Er sieht rüber zur Anrichte, auf der die aufgeschlagene Zeitung von heute liegt. Inklusive Bild von mir. Er lächelt. »Schickes Foto.«

»Danke.«

»Jetzt weiß jeder, wie die Tochter des Oberstaatsanwalts aussieht, die für Kriminelle ein gutes Wort einlegt. War bestimmt ein starkes Stück für deinen Vater.«

»Geht so. Eher für Lil, Nana und Juno. Die sind nun richtig sauer auf mich.«

»Da dachtest du dir also: Fahre ich mal zu Jean. Der kommt nämlich nicht los von mir und hat bestimmt Bock, mich aufzubauen?« Er stubst mich mit der Schulter an.

»Sehr witzig.« Ich folge ihm durch die Eingangshalle, den Flur hinunter, an dessen Ende sein Vater in einem silberschwarzen Flug-Overall die Kellertreppe heraufkommt. Sein gesamter Körper steckt in einem Wirrwarr aus Gurten. Er hebt kurz die Hand zum Gruß. »Hallo, Sina. Lange nicht gesehen. Lass dir in der Praxis einen Termin zur Zahnreinigung geben.«

»Hi. Geht klar!« Das ist so ziemlich das Letzte, woran ich momentan denken würde. Aber Jeans Vater zu sehen, macht mich befangen. Ich habe keine Ahnung, was seine Eltern über unsere zerbrochene Beziehung wissen. Für seinen Vater scheint sich jedenfalls nichts verändert zu haben. Nachdem er die Sache mit der Zahnreinigung losgeworden ist, wendet er sich gleich an seinen Sohn. »Kommst du noch mal runter in den Keller oder machen wir morgen mit der Ausrüstung weiter?«

»Wenn es dir recht ist, lass uns morgen weitermachen.« Jean wirft mir einen flüchtigen Blick zu, und sein Vater scheint zu kapieren, dass sich sein Sohn gerade lieber um mich kümmern will.

»Na dann …« Er hebt noch einmal die Hand und verschwindet in seinem Overall wieder in den Keller.

Wir gehen rauf in Jeans Zimmer, das sich im ersten Stock befindet. Jean drückt hinter uns die Tür ins Schloss und atmet genervt aus. »Mein Dad bereitet sich gerade auf seinen nächsten Paragliding-Flug vor. Gestern hat er sich einen neuen Schirm gekauft.«

»Aha.« Ich stehe unschlüssig neben seinem superaufgeräumten Schreibtisch und nicke hilflos. Da Jean auch nichts von sich gibt, murmele ich: »Entschuldige, dass ich nicht vorher angerufen habe, ob es dir überhaupt passt, wenn ich vorbeikomme. Aber der Akku von meinem Handy war leer und plötzlich ist dieser Platzregen losgegangen. Ich hab wirklich versucht, mich an der Bushaltestelle unterzustellen, aber nach einer halben Stunde dachte ich, ich erfriere.«

»Schon gut.« Er wirft meine Tasche mit den Klassikern der Weltliteratur auf sein Bett und steckt die Hände in die Hosentaschen. Dabei vermeidet er es, mich direkt anzusehen. »Willst du vielleicht was Trockenes anziehen?«

Ich spüre, wie sich meine Pupillen vor Schreck weiten. Gleichzeitig versuche ich, ruhig zu bleiben. Ich will nicht, dass ein Missverständnis zwischen uns aufkommt. Ich bin nicht hier, um unsere Beziehung wieder aufzuwärmen oder mich vor Jean auszuziehen. Auf der anderen Seite klebt mein T-Shirt so eng an meiner Brust, dass ich dankbar für ein etwas weiteres Oberteil wäre. Inzwischen umklammere ich mich selbst mit meinen Armen, meine Zähne klappern aufeinander. Deshalb antworte ich ihm nach einigem Zögern: »Gerne, wenn du noch einen Pulli oder so für mich hast. Und eine Trainingshose?«

»Mal sehen.« Jean wendet sich von mir ab und wühlt in seinem riesigen Kleiderschrank herum. Ich beobachte ihn. Seine Bewegungen wirken unsicher, als würde er sich fragen, was all das zu bedeuten hat. Schließlich habe ich mich erst vor ein paar Nächten definitiv und unwiderruflich von ihm getrennt. Und schon stehe ich wieder in seinem Zimmer, noch dazu in einem durchnässten T-Shirt. Klares Verhalten sieht anders aus.

Ich räuspere mich, und schließlich gelingt es mir zu sagen: »Irgendwie bin ich mit der ganzen Welt zerstritten. Da dachte ich, ich … ich kann vielleicht bei dir sein und wir können ein bisschen reden oder so.«

»Du willst reden?« Jean taucht aus den Untiefen seines Kleiderschranks auf und hält mir einen riesigen, flauschigen Kapuzenpulli und eine riesige Jogginghose hin. »Worüber?«

Ich zucke mit den Schultern. »Ich weiß nicht.« Am

liebsten würde ich ihm alles erzählen. Von meiner Liebe zu Noah, dass er wegen Mordverdachts weiterhin in Untersuchungshaft sitzt, dass ich an seine Unschuld glaube und hoffe, dass er seine Einbrüche gesteht und dafür nicht zu hart bestraft wird. Und dass ich mich frage, ob es überhaupt mit uns weitergehen kann. Doch wieso sollte sich ausgerechnet Jean, der Superschwiegersohn, dafür interessieren? Sowieso will ich ihn nicht mit meiner Liebe zu Noah quälen.

Er zwinkert nervös. »Ich hätte nicht gedacht, dass du so schnell wieder bereit bist, mit mir reden. Ich dachte, wir lassen besser ein wenig Zeit verstreichen. Es ist nicht leicht für mich, dich zu sehen. Verstehst du?« Für einen Moment sieht er mich durchdringend an. »Ich war es ja nicht, der sich trennen wollte.«

»Ja«, sage ich leise und nehme den Pulli und die Hose. »Du fehlst mir auch.« Ich blicke zu Boden, wobei ich auf der Innenseite meiner Wange herumkaue. Es ist seltsam. Aber jetzt, wo ich nicht mehr mit Jean zusammen bin, fühle ich mich ihm irgendwie wieder verbundener. Und er wirkt auch wie rückverwandelt. Nicht mehr so angeberhaft und aufgebläht. Trotzdem gibt es für uns kein Zurück mehr. Weil ich einen anderen Jungen liebe. Und doch klammere ich mich krampfhaft an der Vergangenheit fest, weil ich Angst vor der Zukunft habe.

Jean seufzt und macht eine Kopfbewegung Richtung seines angrenzenen Badezimmers. »Zieh dich besser um, nicht, dass du dich erkältest.«

Bevor ich überhaupt geantwortet habe, geht er schon an mir vorbei und hält mir die Tür zum Bad auf. Vermutlich hat er keine Lust, sich mit mir im durchnässten T-Shirt zu unterhalten. Ist irgendwie verständlich.

»Danke.« Ich schlüpfe an ihm vorbei und schäle mich aus meinen Kleidern. Als ich den Pulli über den Kopf ziehe, gleitet mein Blick über den Spiegel, und ich sehe, dass Jean sich in seinem Zimmer wegdreht. Der Pulli ist schön warm und gemütlich. Und er duftet nach ihm. Aber es löst kein Herzklopfen mehr in mir aus. Ich komme wieder aus dem Bad und lehne mich neben ihn an den Schreibtisch. Ich gucke runter zu meinen nackten Füßen. »Darf ich dich was fragen?«

»Klar.«

»Warum hast du etwas mit Juno angefangen?«

»Ich weiß nicht.« Jean räuspert sich. »Ich hab ja gesagt, es war ein Fehler.« So richtig angenehm scheint ihm dieses Gespräch nicht zu sein. Doch ich frage weiter. Dies ist kein Verhör, eher ein Erfahrungsaustausch in Sachen geheime Liebe. »Hattest du denn keine Angst, dass alles, was du hast, kaputtgeht, wenn das rauskommt?«

»Ganz ehrlich?« Jean sieht mich forschend an. Als ich nicke, fährt er tastend fort: »Ich schätze, der Sog des Geheimen war einfach stärker als die Vernunft.«

»Und wenn du jetzt noch mal entscheiden könntest, würdest du etwas anders machen?«

Jean zuckt kaum merklich mit den Schultern. »Von heute aus gesehen – ja! Aber damals fand ich es vermutlich total aufregend, was echt Verbotenes zu tun. Eigentlich ging es nur darum, nicht um Juno. Auch wenn das jetzt ziemlich egoistisch und kalt klingt. Verstehst du?«

Ich nicke. »Ich glaube schon.« Ich kenne den Sog des Geheimen, der stärker ist als die Vernunft. Nur frage ich mich jetzt, ob es mir auch eher um das Verbotene als um Noah geht? Wie soll ich das herausfinden?

Jean grinst verlegen und sieht durchs Fenster nach draußen. »He, Cinderella. Es hat aufgehört zu regnen. Sollen wir vielleicht deine Vespa holen? Wir könnten den Geländewagen von meinem Dad nehmen und den Roller hinten drauf laden.«

»Würdest du das für mich tun?« Ich sehe ihn dankbar an. Bestimmt ist es echt nicht fair, dass ich hier bin. Und doch erkenne ich in ihm endlich wieder den großzügigen Jungen, der er einmal war. Bevor er dachte, als Super-Aufreißer auftreten zu müssen.

»Das ist das Mindeste. Komm!« Er stößt sich von der Schreibtischkante ab und reicht mir seine Hand. Ich greife danach, und er zieht mich zu sich heran, sodass ich für einen kurzen Moment dicht vor ihm stehe. Zu dicht. Ich blicke auf und sehe in seine dunkelblauen Augen, die ihren arroganten Ausdruck verloren haben. Ich höre seinen Atem. Kurz legt er seine Arme um mich und zieht mich an sich. »Komm her, schönste Frau der Welt!«

Er lässt sein Gesicht in meine feuchten Haare sinken und stößt seufzend die Luft aus. Er flüstert: »Ich wäre gerne dein bester Freund.«

Ich lasse es geschehen, weil es guttut, von ihm gehalten zu werden. Ich schließe die Augen und schlinge nun auch meine Arme um Jean. Ich fühle sein Herz schlagen, und für einen Moment sehne ich mich zurück in mein altes Leben, in dem alles sortiert war, alle Wege vorbestimmt waren, in dem keine Gefahren lauerten, keine Abwege. Ich flüstere: »Und ich wäre gerne deine beste Freundin.«

»Okay.« Jean lässt mich wieder los und lächelt erleichtert. »Dann wäre das schon mal geklärt. Lass uns besser deine Vespa holen, bevor es zu emotional wird.« Eilig zieht er die Zimmertür auf und geht Richtung Treppe. Ich folge ihm, mit meiner durchnässten Tasche, in die ich meine nassen Klamotten gestopft habe.

Wir laufen hintereinander die Stufen runter, den Flur entlang zum Ausgang. Jean hält mir die Haustür auf. »Nach dir.«

Ich lächele. »Danke.«

Irgendwie fröhlich gehen wir nebeneinander über den feuchtglänzenden Kies und springen in den schwarzen Range Rover seines Vaters. Am Ende der langen, von blühenden Rhododendren gesäumten Einfahrt geht das schmiedeeiserne Tor auf und wir rollen wie in einem Panzer raus auf die Straße in den regenverhangenen Nachmittag.

Zwanzig

27. Tag

»Wo geht's hin?« Jean tippt auf dem Navi-Gerät herum, um unseren Zielort einzugeben.

»Ins Viertel hinterm Kanal«, sage ich und sehe ihn abwartend von der Seite an.

»Da steht dein Roller?« Jean wirft mir einen überraschten Blick zu. »Warum ausgerechnet da? Was wolltest du in diesem Gangster-Viertel?«

»Vielleicht auch etwas Verbotenes tun«, erwidere ich ausweichend und gucke aus dem Fenster auf die vom Regen aufgeweichten Plakatwände, die die Straße säumen. Irgendwie hoffe ich, dass Jean die Aktion abbricht. Es ist definitiv nicht vernünftig, mit diesem Riesenschiff von seinem Vater drüben im Viertel einzulaufen. Außerdem hat es wieder heftig zu regnen begonnen und die Tropfen werden immer dicker. Allerdings habe ich keine Ahnung, wie ich sonst meine Vespa zurückkriegen soll. Es sei denn, ich bitte meinen Vater um diesen Gefallen.

»Wow! Klingt nach einer Super-Freizeitbeschäftigung!« Jean fährt die Straße hinunter und scheint tatsächlich vorzuhaben, die Sache durchzuziehen. Er biegt auf die Hauptstraße ab, die jetzt vollkommen im Regen versinkt. Der Asphalt ist mit einem glänzenden Wasserfilm überzogen, an den Seiten haben sich tiefe Pfützen gebildet, deren Wasser hochspritzt, als Jean den schweren Wagen hindurchlenkt. Er sieht angestrengt aus und klammert sich am Lenkrad fest, über das er sich weit nach vorne beugt, um überhaupt zu erkennen, wohin er fährt. Die Scheibenwischer geben ihr Bestes, doch die Wasserfluten überspülen die Windschutzscheibe, sodass gerade mal die roten Bremslichter des vorderen Wagens verwaschen zu erkennen sind. Jean sieht kurz zu mir rüber. »Und? Willst du mir vielleicht den wahren Grund verraten, warum deine Vespa dort steht?«

Ist jetzt der Moment gekommen, in dem ich ihm doch die ganze Geschichte von A bis Z erzähle? Damit er weiß, worauf er sich hier eigentlich einlässt? »Da wohnt jemand, dem ich etwas bringen wollte«, sage ich kleinlaut. Um irgendwie einen Anfang zu machen.

»Du kennst Leute, die da wohnen? Niemand kennt Leute, die da wohnen. Das sind total krasse Existenzen. Solche, die Mädchen nachts auf dem Kentucky-Fried-Chicken-Parkplatz überfallen und ihre Autos klauen.«

»Ich weiß. Die Aktion ist ja auch total schiefgelaufen. Ich wurde von einem Typen mit Kampfhund verfolgt, bevor ich meine Mission beenden konnte.«

»Und wer ist es, den du da kennst?« Jean wirft mir einen kurzen Blick zu. Als ich nichts sage, fährt er fort: »Doch nicht etwa der Typ, den du mit deiner Aussage entlastet hast?«

Als ich immer noch nichts sage, blinkt er und fährt auf die rostige Brücke über den Kanal ins Viertel. Er seufzt. »Ich finde, dieser Ort und die Menschen, die dort leben, sind eine Spur zu hart für dich. Pass auf, was du tust, Sina.«

Was heißt das nun wieder? Dass ich mich selbst verlieren werde, wenn ich an Noah festhalte? Dass ich mich verrate und zu jemandem werde, der ich gar nicht bin? Vermutlich heißt es das. Und diese Vorstellung macht mir Angst. Ich will mir nicht untreu werden, nur um zu jemandem zu passen, der nicht zu mir passt. Oder sind Noah und ich uns – hinter all den Äußerlichkeiten – ähnlicher, als Menschen es je sein könnten? Warum sonst sollten wir uns so zueinander hingezogen fühlen? Vielleicht sind wir beide auf der Suche nach etwas Eigenem, das wir selbst gewählt haben.

»Hier müssen wir rein«, sage ich, als würde ich mich schon super in dem Viertel auskennen. Ich zeige nach rechts die Straße runter, die sich grau und trostlos zwischen den heruntergekommenen Hochhäusern entlangzieht. Keine Menschenseele ist zu sehen. Nur an der Bushaltestelle sitzen zwei pummelige Mädchen und rauchen. Ein auf die Reklametafel gesprühtes Graffiti leuchtet im Neonlicht: »The Killer in me – is the Killer in you.«

Jean stöhnt. »Ich hoffe wirklich, dass sie uns nicht mit Baseballschlägern bearbeiten. Ein Typ in einem Range Rover provoziert die bestimmt noch mehr als ein Mädchen auf einer mintgrünen Vespa. Ich kann nur hoffen, dass ich meinem Vater nachher nicht sagen muss, dass nun auch sein Wagen gestohlen wurde. Aber was tut man nicht alles im Namen der Freundschaft?«

»Danke, Jean.« Ich werfe ihm einen dankbaren Blick zu. »Du bist der Beste!«

»Das glaubt mir kein Mensch, dass ich freiwillig hier herumgurke.« Plötzlich huscht ein zufriedenes Grinsen über sein Gesicht. »Obwohl: Mellow würde vor Neid platzen! Als Möchtegern-Gangster-Rapper hält er dies hier natürlich für den *place to be*!«

Ich grinse nun auch und zeige durch die regennasse Windschutzscheibe. »Da vorne ist es!«

Vor uns taucht das bunte Regenbogenschild von Arnolds Autowaschanlage auf. Jean ist längst nicht der Einzige, der ein mulmiges Gefühl hat. Auch ich werde mich erst entspannen, wenn wir den Roller hinten auf der Ladefläche verstaut haben, auf der Jeans Vater normalerweise seine Paragliding-Ausrüstung transportiert, wenn er am Wochenende zum Fliegen fährt. Um, wie er sagt, »runterzukommen«.

Jean lässt den schwarzen Geländewagen langsam unter das Vordach rollen. Die Waschanlage ist bereits geschlossen. Arnold ist zum Glück nirgendwo zu sehen. Der ist bestimmt nicht gut auf mich zu sprechen, nachdem ich ihm einen Strich durch seine Alibi-Rechnung gemacht habe. Dafür steht meine Vespa noch immer da, wo ich sie neulich abgestellt habe. So, als sei das in so einem Viertel das Normalste von der ganzen Welt.

Jean schnallt sich ab, lässt aber den Motor laufen. Seine Pupillen flimmern nervös, als er mich ansieht. »Rutsch hinters Lenkrad.« Seine Stimme klingt seltsam rau.

»Ich? Warum?«

»Falls jemand kommt, der uns fertig machen will. Dann musst du losfahren.«

»Ich weiß aber nicht, wie das geht.« Ehrlich. Jean sollte cool bleiben. So lebensgefährlich ist es hier nun auch nicht. Das hier ist schließlich nicht die Bronx. Oder?

»Ist fast das Gleiche wie auf deinem Roller. Einfach Gas geben und lenken.« Er sieht beunruhigt aus, als ich ihm den Vespa-Schlüssel aushändige.

»Na gut.« Brav platziere ich mich hinter dem Lenkrad. »Danke, Jean.«

»Halt einfach die Augen offen.« Er schlägt die Fahrertür zu. Ich beobachte ihn durch die Scheibe der Beifahrertür, wie er zu meinem Roller hinübergeht, der vor dem Eingang zum Kassenhäuschen steht. Es ist komplett lieb von ihm, dass er mir hilft, die Vespa zurückzuholen. Er müsste das nicht tun. Er ist mir nichts schuldig. Dann schweift mein Blick hinüber zur Straße. Ein Stück entfernt von uns steht ein oranges Auto am Straßenrand. Eigentlich nicht weiter beachtenswert. Wenn es sich nicht plötzlich in Bewegung setzen und langsam auf den Geländewagen, in dem ich sitze, zurollen würde. Vollkommen lautlos. Ich sehe wieder zu Jean, der gerade damit beschäftigt ist, den Ständer meiner Vespa zurückzuklappen. Das Auto hält an. Die Fahrertür geht auf und Max steigt aus. Na super! Er kommt zielstrebig auf mich zu. In seinem engen, langärmeligen Shirt und seiner Basecap. Es ist sowas von klar, dass sein Auftauchen nichts Gutes heißt. Bevor ich den Wagen von innen verriegeln kann, steht er schon neben meiner Tür und reißt sie auf.

»Los! Raus mit dir!«

Er zerrt mich grob vom Sitz runter. »Keinen Mucks!« Dann greift er nach dem Autoschlüssel und Jeans Handy und schleift mich zum orangefarbenen Wagen. Auf dem Weg dorthin schmeißt er Handy und Schlüssel in den Abfalleimer an der Tanksäule. Keine Ahnung, was die Aktion soll. Vermutlich, damit Jean uns nicht verfolgen oder Hilfe rufen kann. Kurz darauf lande ich schon auf dem zerschlissenen Rücksitz und die Wagentür fliegt zu. Max steigt vorne auf der Fahrerseite ein und verriegelt die Türen. Triumphierend dreht er sich zu mir um. Wieder verdeckt der Schirm der Basecap die Hälfte seines Gesichts: »Ich wusste ja, dass du wiederkommen würdest, um deine Vespa zu holen.« Doch auch wenn ich nicht in seine Augen sehen kann: Der Ärmel seines Shirts ist hochgerutscht. Ich erkenne das Tattoo auf seinem Unterarm. Ein Messer, um das sich eine Schlange windet. Das ist unmöglich! Er kann nicht das gleiche Tattoo haben wie Noah. Es war ein Geschenk seines Bruders! Und doch erklärt es alles. Mit quietschenden Reifen fährt Max rückwärts, reißt das Lenkrad herum, um nach vorne zu entkommen.

Wo bringt er mich hin?

Plötzlich kommt Jean mit erhobenen Armen vors Auto gerannt. »Hey! Was soll der Scheiß! Halt an! Halt sofort an!«

Doch Max drückt das Gaspedal runter und schießt direkt auf Jean zu. Warum wird eigentlich immer alles nur noch schlimmer? Inzwischen würde es echt an ein Wunder grenzen, wenn wir das Ganze überleben.

Eilig springt Jean zur Seite. »Halt an, hab ich gesagt!«

Er brüllt noch irgendwas und schlägt mit Wucht aufs Dach. Er riskiert wirklich sein Leben für mich.

Wir rasen einfach weiter. Ich höre, wie Jean ein letztes Mal hinten auf den Kofferraum schlägt. Ich drehe mich um und sehe durch die Heckscheibe, wie er unter dem Vordach stehen bleibt und hilflos die Arme hebt, während wir die Straße hinunterschießen.

Wir preschen quer über die matschige Wiese, holpern über Schlaglöcher, den Spielplatz, am Sandkasten und haarscharf an der Rutsche vorbei. Ich umklammere den Türgriff, um nicht quer über die Rückbank geschleudert zu werden. Der Wagen fliegt über den Bordstein, zurück auf die Straße und schießt auf eine Kreuzung zu. Ich weiß nicht, was dieser Max von mir will. Erst einmal bin ich froh, dass er seinen Kampfhund zu Hause gelassen hat und ich mir mit dem nicht die Rückbank teilen muss.

Plötzlich kommt von rechts ein Motorrad durch den strömenden Regen auf uns zu und zwingt Max zum Ausweichen. Für einen Moment fühlt es sich so an, als würde sich unser Wagen überschlagen wollen. Doch dann krachen wir frontal in einen Altkleidercontainer und es ist still. Nur der Regen trommelt unablässig aufs Autodach.

Im nächsten Augenblick wird neben mir die Wagentür wieder aufgerissen und der Motorradfahrer greift nach mir. Mein Kopf schlägt gegen den Türrahmen. Hinter meinen Schläfen pocht es, als ich von ihm ins Freie gezerrt werde. Dann sehe ich sein feuchtes Gesicht und es dauert eine Schrecksekunde, bis ich ihn erkenne.

»Noah!« Ich reiße meine Augen auf. Ich will etwas sagen. Aber ich kann nicht. Ich bin wie betäubt.

Vom Fahrersitz keucht Max. »Spielverderber!«

Für einen Moment hält Noah inne und wirft ihm drohende Blicke zu. »Ich warne dich! Lass sie in Frieden!« Dann hievt er mich vorn auf den Motorradsitz, schwingt sich hinter mich und wir schießen in die hinabstürzenden, grauen Wassermassen hinein, zwischen den Hochhäusern hindurch. Ich werde ganz und gar umschlossen von seinem Körper. Das schwarze Wasser der Pfützen peitscht uns entgegen. Ich weiß nicht, was mit Jean ist. Ich weiß nicht, warum Max versucht hat, mich zu entführen. Ich weiß nicht, wie Noah so plötzlich aus dem Nichts auftauchen konnte. Es ging alles so furchtbar schnell.

Wo soll das enden?

Wir lassen die Hochhäuser in unglaublicher Geschwindigkeit hinter uns, legen uns mit der Maschine schräg in die Kurven und rasen in einen verwahrlosten Park hinein, in dem sich sandige Wege durch gelbliches Gestrüpp und moosige Grasflächen schlängeln. Dahinter liegt eine heruntergekommene Schrebergartenkolonie, die durch einen hohen Maschendrahtzaun begrenzt wird. Noah drosselt die Geschwindigkeit, bis wir schließlich in Schritttempo in die Schrebergartenkolonie rollen, zwischen traurigen Gärten hindurch, in denen zusammengenagelte Gartenlauben vor sich hin modern. Schließlich, nachdem wir die halbe Gartenanlage durchquert haben, halten wir. Niemand verfolgt uns. Wir sind allein in dieser seltsamen Stille, die nur durch ein leises Vogelzwitschern durchflattert wird.

Noah steigt ab und schiebt mich mitsamt der schweren Maschine durch ein offenes Holztor, einen schmalen

Gartenweg hinunter, auf eine urige Blockhütte zu. Dahinter stellt er das Motorrad ab und hilft mir beim Absteigen.

»Komm!« Aus seinen Haaren perlen Regentropfen. Und den Kragen seiner Lederjacke hat er hochgestellt. »Du bist ja ganz durchnässt.« Er legt seinen Arm um meine Taille, führt mich durch den Regen den schmalen Steinplattenweg hinunter und stößt die Tür zur Hütte auf.

Drinnen ist es dämmerig und es riecht staubig. Ich mache ein paar zögernde Schritte hinein, während Noah hinter mir die Tür schließt und den Riegel vorschiebt. Durch die Schlitze der geschlossenen Fensterläden dringen Streifen fahlen Lichts. Ich erkenne schemenhaft einen rohen Holztisch und zwei Stühle. Und eine Küchenzeile mit Backofen und Spüle. Mir ist schon wieder kalt. Ich schlinge meine Arme um mein nasses Kapuzensweatshirt, während meine Zähne aufeinanderschlagen.

»Noah«, presse ich hervor und drehe mich zu ihm um. Er ist es tatsächlich, der mich hierhergebracht hat. Ich zittere am ganzen Körper. Es ist, als würde sich erst jetzt all die angestaute, unterdrückte Angst in mir Bahn brechen. »Wo kommst du her? Woher kennst du diesen Typen? Seid ihr in einer Gang? Woher wusstest du …?«

»Psst.« Langsam kommt er auf mich zu und streicht mir eine feuchte Haarsträhne aus der Stirn. »Erst mal ist wichtig, ob es dir gut geht? Hat er dir wehgetan?«

Benommen schüttele ich den Kopf.

Vorsichtig streicht er mir noch mal übers feuchte Haar. Sein forschender Blick wandert über mein pulsierendes Gesicht. Erst jetzt merke ich, dass die eine Hälfte sich seltsam brennend und geschwollen anfühlt. »Setz dich hin und beweg dich nicht«, sagt er und drückt mich sanft auf einen der Stühle. »Bin gleich wieder da.«

Ich sehe ihm nach, wie er Richtung Waschbecken geht. Ich stehe total neben mir. Das ging alles so schnell. Am liebsten würde ich anfangen zu weinen. »Was ist los?«

Ohne zu antworten, hält er ein kariertes Küchenhandtuch unter den Wasserhahn, Schließlich kommt er damit zurück und drückt es mir vorsichtig auf die Schläfe. »Ist nur eine kleine Schürfwunde, nichts weiter«, sagt er schließlich. »Sonst alles in Ordnung?«

Ich nicke. Es ist gelogen. Ich habe furchtbare Angst. Ich weiß nicht, was geschehen ist. Ich weiß nicht, wo ich bin. Ich weiß nicht, warum ich in ein Auto gezerrt wurde und woher Noah so plötzlich kam. Außerdem mache ich mir Sorgen um Jean. Ich will nicht, dass ihm wegen mir etwas passiert. Wie soll er jemals von der Waschanlage wieder nach Hause kommen? Werden sie ihm die Reifen aufstechen? Oder gleich ihn selbst? Ich flüstere: »Was tust du hier? Ich dachte ...«

»Dich retten.« Er kniet sich vor mich hin und umfasst fest meine Hände, die nicht aufhören können zu zittern. Er küsst jede meiner Fingerspitzen und sieht mich dann wieder durchdringend an. »Ich habe dir gesagt, du darfst hier nicht herkommen! Es ist viel zu gefährlich. Sobald es dunkel wird, werde ich dich hier rausschaffen. Und deinen Freund kriegen wir auch wieder nach Hause.«

Noah erhebt sich und geht mit seinem Handy hinüber zum Bett. Von dort aus telefoniert er und kommt nach ein paar Minuten zurück. »Mach dir keine Sorgen um ihn. Arnold wird ihm helfen.«

»Arnold?« Ist er nach meiner Aussage noch bereit, Noah zu helfen? Bedeutet das, dass Noah sich und ihn nicht verraten wird? Ich habe so viele Fragen, aber keine Kraft mehr, die Antworten zu verstehen. Schließlich schaffe ich es doch noch, etwas zu sagen. »Ich dachte, du bist in Untersuchungshaft?«

Noah kühlt vorsichtig meine Verletzung an der Stirn. »Sie haben mich heute gegen Kaution rausgelassen, bis zum Mordprozess. Und das war auch dringend notwendig, wie mir scheint.«

Einundzwanzig

27. Tag

»Hier wohnst du also?« Ich blicke mich in der Blockhütte um.

Auf dem kleinen robusten Holztisch flackert eine weiße Kerze, um die herum ein paar graue Steine angeordnet sind. Der Regen prasselt unablässig vom Himmel auf das Dach. Noah sitzt im Rippunterhemd und mit ausgestreckten Beinen auf dem Bett, das an die rückwärtige Wand gerückt ist und von selbst gezimmerten, etwas windschiefen Bücherregalen eingerahmt wird. In der anderen Ecke des Raumes baumelt ein lederner Sandsack von der Decke. Ich stecke in seinem karierten Holzfällerhemd, während Jeans Joggingklamotten über dem Ofen trocknen, in dem ein Feuer brennt. Es ist das erste Mal, dass ich Noah in seiner Umgebung sehe und nicht in meinem Schlafzimmer oder im Gerichtssaal.

Von seinem Handy aus habe ich Franzi angerufen, um ihr zu sagen, dass ich noch unterwegs bin und nach Hause komme, sobald der Regen nachgelassen hat. Sie war gerade dabei, sich in der Küche einen Haufen Pfannkuchen zu backen. Was bedeutet, dass meine Mutter nicht da ist, um vor ihrer Nase mit dem ausgefeilten Weight-Watchers-Diätplan herumzuwedeln und ihr den Spaß zu verderben. Franzi meinte nur: »Alles klar, Sister. Ich geb's weiter. Wir sprechen später, sonst kokeln mir die Pfannkuchen an.«

So, wie sich das Getrommel über uns anhört, wird der Regen nie wieder nachlassen. Es ist, als gehe draußen die Sintflut nieder, und wir sitzen hier drin, in Noahs Arche, als die zwei Letzten unserer Art.

»Sagen wir: Es ist mein geheimer Unterschlupf. Vor ein paar Jahren habe ich ihn mir zu meinem Schutz gebaut und eingerichtet.« Noah erhebt sich und kommt langsam über die ausgetretenen Holzdielen auf mich zu. Er streicht sich seine Haare zurück und lächelt mich an. »Gefällt's dir? Ist natürlich nichts gegen dein Zuhause. Aber ich mag die Bude.«

»Ist gemütlich«, sage ich und sehe hinüber zum Bücherregal, um seinem durchdringenden Blick auszuweichen. »Hast du die Bücher alle gelesen?«

»Die meisten.« Er streckt die Arme hoch und legt die Hände auf einen der Dachbalken, so als wollte er ein paar Klimmzüge machen. »Einige auch doppelt und dreifach. Die Angewohnheit habe ich von meinem Bruder. Er hat auch immer wieder die gleichen Bücher gelesen. Einige konnte er sogar auswendig. War ein richtiger Bücherwurm. Kennst du den *Kleinen Prinzen*? War sein Lieblingsbuch.«

Ich nicke überrascht. »Den mag ich auch gern.« Ich hätte nicht gedacht, dass Noah liest. Schon gar nicht, dass er den *Kleinen Prinzen* kennt. Außerdem scheint er ein sehr inniges Verhältnis zu seinem Bruder gehabt zu haben. So liebevoll, wie seine Stimme klingt, wenn er von ihm redet. Und handwerklich geschickt ist er auch. Was meinem Opa gefallen hätte. Offenbar fälle also auch ich vorschnelle Urteile über Menschen, die aus diesem Viertel kommen. Eigentlich sind sie nicht anders als alle anderen auch. Sie lieben und sie kämpfen und wollen doch auch nur ein gutes Leben haben.

Ich schlendere weiter hinüber zum Sandsack. Mit den Fingerspitzen fahre ich über das spröde Leder. »Und offenbar boxt du auch.«

»Hin und wieder. Mein Bruder hat mich früher trainiert. Bis …« Noahs Gesicht verschwindet kurz hinter seinen Armen, ich sehe seine perfekt definierten Muskeln, dann sieht er wieder zwischen seinen Armen hindurch.

Ich zwinkere. »Bis was?« Dabei weiß ich, was jetzt Furchtbares kommt. Mein Vater hat es mir aus seiner Akte vorgelesen.

Noah nimmt die Arme herunter und klopft sich den Staub von den Händen. Dabei schaut er ganz knapp an mir vorbei und über sein Gesicht huscht eine seltsame Härte. »Bis er erschossen wurde.«

»Wer hat das getan?« Ich mache eine Pause und versuche, mir mein Herzklopfen nicht anmerken zu lassen. Ich kann Noahs Schmerz fühlen. »Ich meine, wieso wurde er erschossen?« Was erhoffe ich mir darauf für eine Antwort? Es kann nur eine unsagbar traurige sein, die ich vielleicht gar nicht verstehe. Vielleicht sind wir Menschen dann doch wieder nicht alle gleich. In meiner Welt gibt es keinen Grund, jemanden zu erschießen. Aber ich will endlich ein schärferes Bild von Noahs ganz persönlicher Welt bekommen. Egal, wie beängstigend sie aussieht, es ist seine, und ich weiß so gut wie nichts über ihn. Außer, dass er sein Leben lang in Schwierigkeiten gesteckt hat und immer noch mittendrin steckt. Dass er bis zum Mordprozess frei gekommen ist, bedeutet nicht, dass er sich nicht mehr für all das verantworten muss, was er sonst noch so angestellt hat.

»Lass uns das Thema wechseln. Okay?«

Gut, wechseln wir wieder einmal das Thema. Wie immer, wenn es um Noah geht. Ich stupse den Sandsack an. »Und was machst du damit? Auch trainieren, bis du erschossen wirst?« Ich habe keine Lust mehr auf dieses Spielchen. Plötzlich bin ich wütend. Er kann nicht einfach ungefragt in mein Leben kommen und jede Antwort zu *seinem* Leben verweigern.

Doch wie nicht anders zu erwarten, lässt er sich nicht auf meine spitze Bemerkung ein. »Meine Schlagkraft verbessern, Ausdauer trainieren.« Er geht hinüber zum Sandsack und schlägt mit den nackten Fäusten ein paar Mal dagegen. »Auf die Kombination kommt es an, verstehst du? Bahm. Bahm-Bahm!«

»Hm.« Irgendwie bin ich befangen. Er lässt mich einfach nicht an sich ran. Anstatt dass ich ihm näherkomme, wird er mir immer fremder. Seine Schlagkraft interessiert mich nicht. Was habe ich erwartet? Dass wir die gleichen Hobbys haben? Ich sehe zum Tisch rüber und versuche es ein letztes Mal mit einer unverfänglichen Frage. »Und was sind das für Steine, die da rund um die Kerze liegen?«

Er schlägt noch einmal gegen den Sandsack und dreht

sich dann zu mir um. »Sie symbolisieren das, worüber nicht geredet werden darf.«

Dann müsste da ja ein ganzer Haufen Steine liegen. In Noahs Welt gibt es nur Dinge, über die nicht geredet werden darf. Ich trete näher an den Tisch heran und nehme einen der kleinen grauen Steine hoch. »Sie sind hübsch. Ganz glatt. Wo hast du sie gefunden?«

»Unten am Kanal.« Plötzlich steht Noah dicht hinter mir. Er atmet schwer. »Jeder Stein ist für einen Freund von mir, der da draußen getötet wurde. Tito, Mike und mein Bruder. Sie alle hatten irgendwann keine Lust mehr, bei *seinem* Spiel mitzuspielen.« Er nimmt mir den Stein aus der Hand und legt ihn behutsam zu den anderen zurück.

»Bei *seinem* Spiel?«, flüstere ich und erstarre innerlich. »Von wem redest du?«

»Vom Boss. Du kannst versuchen, ihm aus dem Weg zu gehen und zu leben, als gäbe es ihn nicht. Aber eines Tages klopfen seine Leute an deine Tür, und du musst tun, was sie dir sagen. Oder er zerstört alles, was dir am Herzen liegt.«

Meine Eltern wären geschockt, wenn sie wüssten, wo ich bin. Sie würden ihr braves kleines Mädchen endgültig nicht mehr wiedererkennen. Hundertprozentig ist es genau so, wie Jean es gesagt hat: Dieser Ort ist zu hart für mich. Sobald ich mich in diesem Viertel aufhalte, bin ich nicht mehr sicher. Ein Menschenleben ist hier nichts wert. Ich räuspere mich und sehe Noah direkt in die Augen. »Darf ich noch mal dein Handy haben? Ich muss kurz telefonieren.«

»Sicher.« Er zieht es aus seiner Hosentasche und reicht es mir. »Hier.«

Ich nehme es und gebe Jeans Zuhause-Nummer ein. Ich habe sie im vergangenen Jahr so oft gewählt, dass ich sie vermutlich nie wieder vergessen werde. Nach dem ersten Tuten meldet sich sofort seine atemlose Stimme. »Ja?«

»Hey, ich bin's.« Ich senke meine Stimme und wende mich von Noah ab, was auf ihn komplett komisch wirken muss. Als hätte ich ihm etwas zu verheimlichen. Dabei stehe ich in seiner Blockhütte, in seinem Holzfällerhemd und bin vielleicht so etwas wie seine Freundin. Aber nicht einmal das weiß ich mit Sicherheit. Seitdem ich hier bin, haben wir uns nicht geküsst. Wir schleichen umeinander herum, reden über dies und das, aber ohne das Wesentliche auszusprechen: Was mit uns ist und was aus uns werden soll.

»Bist du das, Sina? Ich bin gerade nach Hause gekommen und wollte in diesem Moment die Polizei alarmieren und deine Eltern anrufen.«

»Ist schon gut. Ich bin in Sicherheit und …«

»In Sicherheit? Weißt du, was für eine Scheißangst ich hatte? Ich dachte, diese Arschkrampe killt dich! Es hat Ewigkeiten gedauert, bis ich mein Handy und meinen Autoschlüssel gefunden habe. Und zwar nur, weil Mellow mich zufällig angerufen hat und ich das Klingeln im Abfalleimer gehört habe. Nachdem ich deinen Roller auf die Ladefläche gewuchtet hatte, kam auch noch so ein Hulk-Verschnitt vorbei und meinte, er würde mir helfen. Da bin ich aber abgehauen und leider im Vollstress über mein Handy gefahren. Wo bist du?«

»Es tut mir leid«, stottere ich. »Es ist alles meine Schuld.«

»Okay, aber, wo bist du?«

»Ich … ich bin bei einem Freund«, murmele ich. Dabei komme ich mir total schlecht vor. Zuerst bringe ich uns in so eine gefährliche Lage, und als Nächstes wähne ich mich bei einem anderen Jungen in Sicherheit, während Jean zusehen musste, dass er es alleine aus der Klemme schafft.

»Bei einem Freund? Bei diesem Freund, wegen dem wir deine Vespa holen mussten? Sag ihm herzlichen Dank von mir!«

»Jep«, sage ich kleinlaut. »Ich werde dir später alles in Ruhe erzählen. Ich wollte nur erst mal hören, wie es dir geht.«

»Gut. Wahnsinnig gut!« Jean lacht bitter auf. »Bis darauf, dass ich mir an deinem Roller fast einen verdammten Bruch gehoben habe, dachte, dass mich dieser Schrank umbringt, und ich jetzt kein Handy mehr habe.«

»Es tut mir leid, dass ich dich in diese Situation gebracht habe.«

»Du wiederholst dich, Sina.« Jean klingt alles andere als entspannt. Er atmet tief ein und aus. »Hör mal, ich brauche gerade mal ein bisschen Ruhe. Lass uns morgen in der Schule sprechen, in Ordnung? Deine Vespa steht bei uns in der Garage, du kannst sie dir dann bei Gelegenheit abholen. Ich gehe jetzt in die Badewanne.«

»Danke, Jean. Es tut mir leid.«

Ich höre es in der Leitung knacken und lege auch auf. Das war es wohl erst mal mit der Freundschaft zu Jean.

Noch jemand, den ich wegen meiner Verbindung zu Noah verliere. Er wird nicht der Letzte sein. Ich drehe mich zu Noah um, der inzwischen neben dem Ofen an der Holzwand lehnt und mit sarkastischem Unterton fragt: »Dein Exfreund?«

Ich nicke. »Ja, mein Exfreund.«

»Gehörte ihm der schwarze Geländewagen?«

»Seinem Vater.«

»Bist du eigentlich sicher, dass er dein Exfreund ist?«

»Ja, bin ich.« Meine Stimme klingt schärfer als geplant. Ich bewege mich auch hinüber zum Ofen und prüfe, ob Jeans Kleider inzwischen trocken sind. Wieso darf er mir solche Fragen stellen? Traut er mir nicht? Gibt es dafür irgendeinen Grund? Ich denke nicht. »Am besten, ich rufe mir ein Taxi.«

»Ein Taxi? Hierher?« Noah stößt sich mit einem Ruck von der Wand ab. »Hier kommt kein Taxi her! Das ist ein absolut geheimer Ort!«

Ich ziehe die Augenbrauen hoch. »Das hier ist kein Ort! Das ist der komplette Wahnsinn. Ich kann das nicht. Ich will keine Geheimnisse in meinem Leben haben. Ich will nicht von irgendwelchen Kerlen in irgendwelche Autos gezerrt werden, die die gleichen Tattoos haben wie du. Ich will nicht mit jemandem zusammen sein, von dem keiner wissen darf. Ich rutsche immer tiefer in diesen Morast aus Lügen, anstatt rauszukommen. Ich ziehe meine Freunde in diese Geschichte mit hinein, von der ich nicht mal weiß, wie sie für mich ausgehen wird. Und scheinbar vertraust du mir ja nicht mal.«

»Was ist los mit dir?« Noah verschränkt die Arme vor der Brust und sieht mich überrascht an. »Stimmt nicht, was du in deinem Brief geschrieben hast, den mir Arnold gegeben hat? Dass du an meine Unschuld glaubst und auf mich warten wirst? Hast du das nur so dahingeschrieben, um dir ein bisschen rebellisch vorzukommen?«

»Nein habe ich nicht!«, sage ich wütend.

Meine Kleider sind noch klamm. Trotzdem ziehe ich mir eilig die Hose an. Dann drehe ich mich von Noah weg, um mir den Kapuzenpulli überzuziehen. Wegen ihm begebe ich mich in allergrößte Gefahr, und er hat keine Lust, mich einzuweihen, und macht blöde Sprüche wegen Jean. Irgendwie reicht es mir gerade.

Hinter mir höre ich ihn leise fragen: »Warum bist du böse auf mich?«

Ohne zu antworten, öffne ich die Knöpfe des Holzfällerhemdes und lasse es auf den Boden fallen. Ich bin so durcheinander, dass ich nicht sicher bin, was ich überhaupt fühle. Schließlich flüstere ich: »Keine Ahnung. Immer wenn ich dich etwas frage, sagst du, dass du nicht darüber reden willst. Sobald ich in deine Nähe komme, ist mein Leben in Gefahr. Wer ist dieser Typ, der mit mir im Auto abhauen wollte? Warum nennt er dich Spielverderber? Woher wusstest du überhaupt, dass ich hier in deinem Viertel bin? Wer bist du? Was tust du? Brichst du in Villen ein? Bringst du Menschen um? Ich weiß nichts über dich.«

Als ich nach Jeans Pullover greife, gleiten Noahs Hände über meinen Rücken. Hinauf zu meinen Schultern, und dann hinunter, bis zu meiner Taille. Ich spüre seinen Atem in meinem Nacken, zärtliche, kaum spürbare Küsse. Er raunt: »Du hast recht. Entschuldige.«

Obwohl es sich schön anfühlt, von ihm berührt zu werden, werde ich stocksteif. »Ich … Ich halte diesen Irrsinn nicht mehr aus. Ich meine, normalerweise würde ich dich fragen, auf welche Schule du gehst, welcher dein Lieblingsfilm ist, welche Musik du hörst und auf welche Partys du gehst. Stattdessen frage ich, was dieser brutale Typ vorhin von mir wollte?«

Noah steht ganz dicht hinter mir und zieht mich noch enger an sich, sodass ich seine Brust an meinem Rücken spüre. Er spricht leise in mein Haar. »Er wollte dir nur Angst machen, nichts weiter. Vielleicht hatte er es aber auch auf den protzigen Geländewagen von deinem Richie-Rich-Freund abgesehen.«

»Er heißt Jean!«, sage ich ärgerlich. Gleichzeitig habe ich das Gefühl, Noah erzählt mir nur wieder irgendwas, um mich zu beruhigen. Wenn Max den Geländewagen hätten klauen wollen, hätte er wohl kaum den Autoschlüssel in den Abfalleimer geworfen. Da steckt etwas ganz anderes dahinter. Aber diese Überlegungen behalte ich jetzt für mich. Noah wird mir sowieso nicht die Wahrheit sagen. Stattdessen füge ich unwillig hinzu: »Außerdem wollte er mir nur helfen, meine Vespa zu holen.«

»Wie auch immer.« Nun klingt auch Noah leicht ungeduldig. »Glaub mir endlich, dass du hier nichts verloren hast. Eindringlinge sind hier nicht erwünscht. Mit denen wird nicht zimperlich umgegangen. Außerdem bist du nicht irgendwer, Sina. Heute war dein Bild in der Zeitung. Wenn du Pech hast, erkennen dich die Leute hier wieder und werden richtig sauer. In diesem Viertel gibt es nur wenige Familien, aus denen dein Vater nicht irgendjemanden verknackt hat.« Noah atmet aus und zieht mich noch näher an sich heran. »Und bald werden es noch sehr viel mehr sein …«

»Wieso werden es noch mehr sein?«

»Weil ich auspacken werde.«

»Was denn auspacken?« Ich drehe mich zu ihm um und vergesse, dass ich obenrum nackt bin.

Er sieht mich erstaunt an. Sein Mund geht auf. Dann wieder zu. Schnell verschränke ich meine Arme vor der Brust. »Oh!«

Ohne eine Miene zu verziehen, reicht er mir den Pulli. »Hier.«

»Danke.« Ich schlüpfe hinein und streiche mir nervös meine nassen Haare nach hinten. »Du meinst, du gestehst deinen Einbruch, den du mit Arnold am 14. Mai verübt hast? Mein Vater hat mir davon erzählt …«

»Nicht nur den. Ich will alles auspacken. Mehr kann ich dir nicht sagen.«

»Siehst du! Du tust es schon wieder!« Ich funkele ihn wütend an.

»Was?« Er lacht verlegen. »Was tue ich schon wieder?«

»Dass du dich weigerst, mir irgendwas zu erklären!«

Er streicht mir sanft eine Haarsträhne aus der Stirn, aber ich stoße seine Hand weg. »Lass dieses Besänftigen.«

Er hebt entschuldigend seine Hand. »Verzeih! Aber dein Vater und ich haben einen Pakt geschlossen …«

»Mein Vater und du habt einen Pakt geschlossen? Was

denn für einen Pakt?« Jetzt verstehe ich überhaupt nichts mehr. Wann soll das denn gewesen sein?

Noah räuspert sich und fährt ruhig fort: »Als ich heute Morgen aus der Untersuchungshaft entlassen wurde, kam er, um mir einen Deal anzubieten. Beim Mordprozess werde ich alles aussagen, was ich über den Boss und seine illegalen Geschäfte in diesem Viertel weiß. Im Gegenzug will dein Vater versuchen, dass ich straffrei aus der Sache mit den Einbrüchen rauskomme. Doch er wird mir beide Beine brechen, wenn ich dich da mit hineinziehe. In Wahrheit musste ich ihm sogar versprechen, dass wir uns nie wiedersehen.«

»Ja. Mir hat er auch jeglichen Kontakt zu dir verboten. Auf immer und ewig.« Ich blicke zu Boden, auf meine nackten Füße. Vermutlich ist es wirklich besser, ich weiß so wenig wie möglich über das, was Noah auspacken will. Mein Vater wird ihm helfen. Das ist gut. Nur bedeutet es logischerweise, dass es mit uns vorbei ist. Ist dies hier unser Abschied? Ist Noah eifersüchtig, weil er nicht so selbstverständlich bei mir sein kann wie Jean? Hat er Angst, dass ich erneut mit Jean zusammenkommen könnte? Ich sehe wieder auf und flüstere: »Jean ist wirklich mein Exfreund. Er wollte mir nur helfen.« Und ich liebe dich, flüstere ich in Gedanken.

»Na gut.« Noahs Mundwinkel zucken nervös. Aber er beißt sich auf die Zunge. Er ist klug genug, mir zu glauben oder zumindest das Thema »Jean« fallen zu lassen. »Nächste Woche beginnt der Prozess. Danach ist alles vorbei und ich kann ein neues Leben beginnen.«

Ja, nur ohne mich. Er hat es meinem Vater versprochen.

Trotzdem sollte ich mich freuen, dass er nicht für einen Mord verurteilt wird, den er nicht begangen hat. »Aber was, wenn die Leute hier bereits ahnen, dass du sie verraten wirst? Werden sie nicht alles versuchen, dich daran zu hindern?« Mein Blick schweift über die drei grauen Steine auf dem Tisch. Werden es bald vier sein? Jetzt sehe ich Noah in die tiefgrünen Augen.

Er wirkt ganz ruhig, nur sein Blick jagt unruhig durch den Raum. »Sie ahnen es längst.«

»Wissen sie, dass du hier wohnst?«, frage ich leise. Es ist so eine grausame Vorstellung, gleich für immer gehen zu müssen und Noah hier allein zu lassen. Ohne zu wissen, ob er in Sicherheit ist.

Noah schüttelt den Kopf. »Nur Arnold.«

»Wird er dich verraten?« Ich trete ganz nah an ihn heran. Ich fasse nach seinen Händen. Plötzlich sehe ich in seinen Augen Angst. Angst und Hilflosigkeit.

»Wieso sollte er das tun? Er hat mich und meinen Bruder aufgezogen und beschützt. Damit wir keinen Mist bauen.«

»Keinen Mist bauen?« Ich kann mir ein Lächeln nicht verkneifen. »Du bist in Villen eingebrochen. Du warst mit diesen Jungs unterwegs, die meine Freundinnen …«

»Das klingt vielleicht seltsam für dich«, unterbricht Noah mich. »Aber Arnold war wichtig, dass aus uns keine kalten Brutalos werden. Wer weiß, vielleicht hätte ich sonst damals beim Überfall mitgemacht. Ansonsten hat er uns gezeigt, wie man, ohne Spuren zu hinterlassen, in Villen einbricht. Er ist ein wahrer Meister. Ich habe ihm viel zu verdanken. Also, menschlich gesehen.« Noah grinst verlegen. »Er ist ein feiner Kerl.«

»Aber du wirst ihn verraten?«

»Er wird verschwinden, bevor ich ihn verrate. Über die Jahre hat er ein kleines Vermögen zur Seite geschafft. Mach dir um ihn keine Sorgen.«

»Und was ist mit deiner Mutter, deinem Vater? Deiner Familie?«

Noah seufzt. »Das ist kompliziert. Das …« Er holt tief Luft und weicht meinem Blick aus. »Das will ich dir lieber in Ruhe erzählen. Ist das okay?«

Ich nicke. »Jep.« Ich will ihn ja auch nicht zwingen, mir alles aus seinem Leben zu erzählen. Besonders nicht die Dinge, die offenbar traurig für ihn sind, und davon scheint es eine Menge zu geben. Ich flüstere: »Warum bist du nicht in Untersuchungshaft geblieben? Da wärst du wenigstens in Sicherheit gewesen.«

»Ich wollte dich sehen.« Er blickt mich lange an. »Ich möchte mein Leben für dich ändern, Sina. Ich will deinem Vater zeigen, dass ich kein schlechter Mensch bin. Auch wenn es bedeutet, dass es das Letzte ist, was ich tue, bevor mich der Boss und seine Leute kriegen.«

»Aber wenn du gegen sie aussagst, werden sie alle ins Gefängnis gehen. Oder nicht? Dann können sie dir nichts mehr tun.«

»Wäre schön, wenn's so wäre.« Sein Blick geht hinauf zur Laubendecke. Er räuspert sich. »Wie es scheint, hat es aufgehört zu regnen. Ich bringe dich besser aus dem Viertel raus. Hinter der Brücke kannst du dann ein Taxi nehmen.«

Ich sehe Noah mit großen Augen an. Ich soll einfach so ins Taxi steigen? Als sei nichts gewesen? War es das jetzt? Ich beobachte, wie er sich seine schwarze Lederjacke überzieht und den Reißverschluss schließt. Dann lässt er seine Arme sinken. »Was? Warum guckst du mich so an?«

Ich komme näher heran und ziehe den Reißverschluss seiner Motorradjacke wieder auf. Ich möchte ihn berühren. Ihm zeigen, wie sehr ich ihn will. Ich streiche sanft über seine Brust, lege meine Hand auf sein Herz und flüstere: »Ich will dir nah sein. Nur einen kurzen Moment.« Ich will es mehr als alles andere. Ich ziehe Noah langsam hinter mir her, am Tisch vorbei, bis er mich plötzlich auf seine Arme hebt und die letzten Meter zum Bett hinüberträgt.

Sanft lässt er mich in die Kissen sinken und streift meine Jogginghose nach unten. Dann legt er sich auf mich und sieht mich lange an. Er flüstert: »Du bist unglaublich schön.« Seine Worte gleiten über meine Wange, meinen Hals, meine Brust.

Er fühlt sich so gut an. Ich möchte in ihm versinken. Unsere Lippen treffen sich. Zuerst sachte, dann heftiger, unser Atem geht stoßweise. Als ich seine Küsse hungrig erwidere, wird er leidenschaftlich, fordernder. Meine nackten Beine schlingen sich um seine Taille. Es kommt mir unwirklich vor, dass ich unter ihm liege. Wie ein wunderschöner, flüchtiger Traum.

Schließlich hält er für einen Augenblick inne. »Ist noch immer alles gut zwischen uns?«

Meine Hände streichen über seine Wangen und ich wispere: »Ja. Alles ist gut zwischen uns.«

Ich schließe die Augen und gebe mich seinen zärtlichen Liebkosungen und Küssen hin. Meine Finger öffnen seine Gürtelschnalle, ich schiebe seine Arbeiterhose nach unten. Die Kerzenflamme flackert und erhellt sanft den immer dunkler werdenden Raum. Draußen ist längst die Sonne untergegangen. Hier drinnen schmiege ich mich mit meinem nackten Körper an seinen. Ich fahre mit den Fingerspitzen seine Tätowierungen nach und verschmelze schließlich behutsam mit meiner neuen Liebe.

Zweiundzwanzig

27. Tag

»Es ist besser, wenn wir uns hier trennen. Damit wir nicht zusammen gesehen werden.« Noah gibt mir im Licht der Laterne ein paar Geldscheine und einen innigen Kuss auf den Mund. »Auf der anderen Seite der Brücke ist ein Taxistand. Schätze, du hast kein Portemonnaie dabei, nachdem dich dieser Typ vorhin aus dem Geländewagen gezerrt hat.«

Stimmt. Meine durchweichte Tasche liegt noch im Range Rover. »Danke.«

Ich stecke das Geld in die Tasche von Jeans Jogginghose und atme tief durch. Dieser Moment in der regenverhangenen Nacht soll ewig währen. Nie im Leben will ich vergessen, wie Noah und ich auf dieser verlassenen Straße am Rand des Viertels standen und uns umarmten, bevor wir für unbestimmte Zeit auseinandergehen mussten. Ich lege meine Arme um seinen Hals. Der Nachtwind schleicht über die Wiesen, die sich matschig bis hinunter zum teerschwarzen Kanal ziehen.

»War übrigens nicht so gemeint, die Sache mit Richie

Rich«, sagt Noah. »Es gefällt mir einfach nicht so besonders, wenn du mit diesem Typen Zeit verbringst, während ich mich verstecken muss und nicht bei dir sein kann. Aber er hat sicher auch seine Probleme.«

»Na ja«, sage ich sanft in sein Ohr. »Du hast gerade mit seiner Exfreundin geschlafen.«

»Das kommt eben bei so einer Richie-Rich-Erziehung raus. Man lernt nicht, die Dinge wertzuschätzen. Erst, wenn es zu spät ist.« Noah lächelt mich liebevoll an.

»Und du kannst das? Die Dinge wertschätzen?« Ich lege meinen Kopf in den Nacken und sehe zu ihm auf.

»Ja. Das kann ich.« Er streicht sanft über meinen Rücken. »Du hast mir so gefehlt, während ich meine Tage und Nächte in dieser Zelle verbracht habe. Es klingt vielleicht albern, aber in Gedanken habe ich dir die ganze Zeit irgendwelche Geschichten aus meiner Kindheit erzählt. Von meiner Mama, die der liebste Mensch auf der ganzen Welt war, von meinem Vater, der alles dafür getan hat, unsere Familie über Wasser zu halten. Aber irgendwann hatten sie keine Kraft mehr.« Er senkt seine Stimme ab. »Sie hätten dich sehr gemocht. Ich weiß es.«

Ich nicke und fahre mit dem Zeigefinger über den Reißverschluss seiner Jacke. »Ich hätte dir gerne zugehört.«

Noah lächelt. »Ich bin froh, dass du das nicht konntest. Ich habe dir sogar erzählt, dass meine Lieblingsfächer in der Schule Deutsch und Kunst waren. Leider ausgerechnet die Fächer, die du hier im Viertel am allerwenigsten gebrauchen kannst. Und bestimmt habe ich auch ein bisschen angegeben, als ich nebenbei erwähnt habe, dass ich ganz groß im Gedichte schreiben bin.«

Ich kann nur noch staunen. Er schreibt Gedichte! Genau wie ich. Er spielt das Kaugummispiel. Genau wie ich. Er lacht wie mein Opa. Er mag den *Kleinen Prinzen*. Alles zusammengenommen muss doch heißen, dass wir füreinander bestimmt sind. Oder nicht? Während ich meinen Gedanken folge, fährt Noah fort: »Na ja. Jedenfalls habe ich noch nie jemandem so viel über mich erzählt. Mir ist so vieles wieder eingefallen, von dem ich dachte, dass ich es längst vergessen hätte. All das löst du in mir aus, mein Engel. Du bist so wunderbar.«

Ich sehe in die Schwärze der Nacht und meine, sein Herz schlagen zu hören. »So wunderbar.«

Ich bin unendlich dankbar, dass er sich mir wenigstens in seinen Gedanken offenbart hat. Ich wispere zärtlich: »Und weißt du was? Deutsch und Kunst sind auch beides meine Lieblingsfächer.«

»Darum passen wir ja auch so gut zusammen.« Noah lässt sein Gesicht in mein Haar sinken und atmet tief ein. »So gut, dass es wehtut.«

»Sag mir irgendeine Nacht, auf die ich mich freuen kann«, bettele ich leise. »Bitte! Irgendeine Nacht in der wir uns wiedersehen. Für immer.«

Er dreht seufzend seinen Kopf zur Seite und sieht die dunkle Straße hinunter, in deren nassglänzender Oberfläche sich das Licht der einzigen Laterne spiegelt. »Das kann ich nicht, Sina. Ich habe deinem Vater versprochen, dass ich mich von dir fernhalte.«

»Und du hältst dich einfach so daran?« Sonst hat er sich doch auch nicht immer an Regeln gehalten! Warum ausgerechnet jetzt, bei unserer Liebe? Ich weiß, es ist nicht fair, was ich da gerade tue. Mein Vater ist Noahs einzige Chance. Aber ich kann nicht anders. Die Vorstellung, ihn vielleicht nie wieder zu sehen, bringt mich um. Es ist, als würde meine Sehnsucht nach ihm von Minute zu Minute schmerzhaft zunehmen.

»Ich will deinen Vater nicht enttäuschen.« Er sieht mich flehend an. »Verstehst du das nicht?«

»Doch. Natürlich verstehe ich das. Aber ich werde dich vermissen.«

»Ich werde dich auch vermissen.« Er nimmt mein Gesicht in seine Hände. »Aber wir werden uns irgendwann wiedersehen. Das verspreche ich dir.« Wie zur Besiegelung küsst Noah mich lange auf den Mund. Dann löst er sich langsam wieder von mir.

Wie kann er das versprechen? Bestimmt muss er für immer verschwinden, wenn er erst einmal vor Gericht als Kronzeuge ausgesagt hat. Vielleicht sind sie jetzt schon hinter ihm her, um ihn am Reden zu hindern. Sie dürfen ihn nicht finden. Ohne ihn ist mein Leben bedeutungslos. Er streicht mir eine Haarsträhne hinters Ohr, wobei er leicht meine Schürfwunde an der Stirn streift. Ich zucke zurück. Irgendwie fühle ich mich so verwundbar. Außen und innen.

»Ich weiß nicht, ob ich das kann. Diese furchtbare Ungewissheit«, flüstere ich und schlucke, damit ich nicht weinen muss. Mit einem Mal wird mir ganz kalt. Als sei ich in ein Meer aus Eiswasser gefallen. Und eine nie gekannte Einsamkeit kriecht an den Innenwänden meines Körpers empor und legt sich um mein Herz.

»Natürlich kannst du das!« Noahs Stimme klingt warm

und sicher, als sei er überzeugt, dass irgendwann alles gut ausgehen wird. »Uns verbindet so viel. Zu viel …«

Was heißt das nun wieder? »Soll ich aus deinem Leben verschwinden?« Zitternd verschränke ich die Arme vor der Brust, um mich mit letzter Kraft zu wappnen. Ich habe Angst, dass es gleich entsetzlich wehtun wird.

Er schüttelt irritiert den Kopf. »Wie kommst du darauf? Spürst du nicht, was du mir bedeutest? Mehr, als mir ein Mensch je bedeutet hat. Darum will ich dich beschützen! Warum verstehst du das nicht? Ich will dich aus diesen Sachen raushalten. Es ist schon schlimm genug für mich, dass du wegen mir in all diese Schwierigkeiten geraten bist.«

»Wegen dir?« Ich grabe meine Hände tief in die Taschen des Kapuzenpullis. »Ich kann nicht gemütlich zu Hause sitzen und so tun, als sei alles in bester Ordnung, während du dich verstecken musst. Ich habe Angst, dass sie dich finden. Ich will irgendetwas tun, weiß aber nicht was.«

»Aber du hast doch schon längst mehr getan, als ich es je verdient hätte. Du bist das Schönste, was mir je passiert ist.« Er zieht mich wieder an sich und streicht über mein feuchtes Haar, das in Wellen über meine Schultern fällt. »Sina, du bist mein Engel. So zart und unschuldig.«

Mein Kopf liegt wieder auf seiner Brust. Unter der schweren Lederjacke schlägt sein einsames Herz. »Was, wenn sie dich finden und …?«

Noah seufzt und zieht mich noch enger an sich. »Denk jetzt nicht darüber nach.«

»Ich kann über nichts anderes nachdenken.« Der feine

Sprühregen legt sich wie ein glänzender Film über unsere Gesichter. »Ich habe Angst um dich, Noah«, entfährt es mir. »Entsetzliche Angst. Was, wenn sie dir etwas antun? Etwas Furchtbares.«

»Hab keine Angst. Ich kann gut auf mich aufpassen. Das habe ich schon früh gelernt.« Plötzlich sieht er abwesend über meine Schulter, die Straße hinunter, als würde er vor seinem inneren Auge unsere letzten innigen Stunden in seiner Blockhütte noch einmal an sich vorbeiziehen sehen. Von Ferne ist ein Hubschrauber zu hören. »Wir haben doch noch so viel gemeinsam vor. Du und ich.«

Ja. Das haben wir. Nur: Wann sollen wir damit beginnen? Wo ist dieser kleine Lichtblick in der Ewigkeit? Meine Hände fahren über seine Brust, die hinter dem Panzer der Lederjacke verborgen liegt. »Ich warte auf dich«, sage ich und fürchte mich vor dem, was mich erwartet.

»Irgendwann wird all das vorbei sein.« Noah küsst mich auf die Stirn. »Dann werde ich zu dir kommen, egal, was deine Eltern sagen, und für immer bei dir bleiben.«

Ich nicke kaum merklich und blicke auf den schwarzen, regennassen Asphalt. »Versprichst du das?«

»Ich verspreche es dir.«

Der Wind nimmt immer mehr zu und treibt die dichten Wolken über uns hinweg. Dahinter ist der mondhelle Nachthimmel zu erahnen. Ich muss Noah glauben, dass er zu mir kommen wird. Wann auch immer das sein wird. Denn ich wüsste nicht einmal, wie ich seine Blockhütte in diesem Schrebergartenlabyrinth wiederfinden sollte. All die Sandwege, die wir auf seiner Maschine entlanggefahren sind! Wie hätte ich sie mir merken sollen? Aber ich weiß nicht, ob ich es schaffe, Ewigkeiten zu warten. Wir stehen erst am Anfang dieser Ewigkeit.

Als hätte Noah meine Gedanken gelesen, greift er nach meinen Händen und verschränkt seine Finger mit meinen. Er küsst jede einzelne meiner Fingerspitzen, dann meine Lippen. »Ich beeile mich.«

Plötzlich jagt sein Blick die nebelige Straße hinunter. Das aufheulende Motorengeräusch eines Autos nähert sich mit rasender Geschwindigkeit. Mit einem Mal packt er mich an den Schultern und dreht mich um. In seinem Gesicht steht Besorgnis. »Schnell! Geh schnell die Straße hinunter. Dreh dich nicht um und halt nicht an. Bis du am Taxistand ankommst.«

»Was ist?« Ich sehe seine Unruhe. Seinen Blick, der wie ein Scheinwerfer die Straße absucht.

»Lauf!« Er schiebt mich von sich weg. »Lauf!«

Betäubt drehe ich mich um und laufe dicht an der Wiese entlang. Was ist los? Was passiert hier gerade? Haben seine ehemals Verbündeten ihn schon aufgespürt? Ich höre, wie er hinter mir seine Maschine anwirft und der Motor hochdreht. Ich wende mich ein letztes Mal um und sehe, wie er über den Lenker gebeugt, ohne Licht in der Dunkelheit verschwindet. Noah! Ich zwinge mich, ihm nicht länger nachzusehen, sondern haste, umhüllt von nebeligen Dunstschwaden, weiter die Straße hinunter. Ich ziehe die Schultern hoch und konzentriere mich auf meinen einsamen Weg vor mir, von dem ich mir nicht vorstellen kann, dass er irgendwo endet.

Nach ein paar Augenblicken taucht vor mir aus dem Nebel der verbeulte orangefarbene Wagen auf. Das kann nur Max sein. Wie ein leuchtender Pfeil schießt er an mir vorbei, ohne mich zu bemerken. Dieses Mal jagt er hinter Noah her. Er wird es schaffen, Max zu entkommen. Er kann auf sich selbst aufpassen, hat er gesagt. Und wenigstens daran zweifele ich keine Sekunde.

Als ich sicher bin, dass kein weiterer Wagen mehr folgt, renne ich los, bis ich endlich das Ende der Straße erreiche. Ich laufe über die rostige Kanalbrücke, bis ich auf der hell erleuchteten Hauptverkehrsstraße am Taxistand in den ersten Wagen springe. Ich will nur noch nach Hause. Ich kann jetzt nichts mehr für Noah tun. Er wird sich heute Nacht selbst helfen. Ich war nie hier.

Dreiundzwanzig

27. Tag

Nachdem ich dem Taxifahrer das Geld gegeben habe, steige ich vor unserem Haus aus und schlage die Wagentür zu. Hinter mir fährt das Taxi wieder an und ich stehe allein in der feuchten Stille der Nacht. In unserem Hochsicherheitsviertel.

Mein Blick gleitet an unserer Häuserfassade hinauf. Efeu umrankt die unteren Küchen- und Wohnzimmerfenster. Auf Höhe der ersten Etage verlieren sich die Ranken wie immer feiner werdende Pinselstriche. Es kommt mir vor, als würde ich von einer langen Reise heimkehren, dabei sind gerade mal ein paar Stunden vergangen, seitdem ich heute Nachmittag von hier mit dem Fahrrad zur Literatur-AG aufgebrochen bin. Trotzdem komme ich als eine andere Sina zurück. In der Zwischenzeit ist so viel passiert. Ich war wieder dort, wo ich nicht sein sollte. Ich wäre beinahe entführt worden und ich habe mit Noah geschlafen. Es war schöner und überwältigender, als ich es mir je erträumt hätte. Ich spüre noch immer sein Streicheln auf meiner Haut. Seine zahllosen Küsse. Seine leisen, zärtlichen Worte an meinem Ohr. »Wir haben noch so viel gemeinsam vor.« Wir sind uns so nah gekommen, dass mich die Sehnsucht nach ihm beinahe zerreißt.

Unter dem übergroßen Kapuzenpullover trage ich Noahs T-Shirt. Ich werde es nie wieder ausziehen. Nie wieder! Bis wir uns wiedersehen.

In der unteren Etage unseres Hauses ist das Licht bereits gelöscht. Das heißt, meine Eltern sind schon hinaufgegangen. Bestimmt haben sie inzwischen tausendmal auf meinem leeren Handy angerufen, das in der feuchten Tasche bei meinen Literatur-AG-Büchern vor sich hin modert. Leise schließe ich die Haustür auf und drücke sie lautlos ins Schloss.

Trotzdem geht keine Sekunde später in der Halle das große Licht an und meine Mutter erscheint wie ein Erzengel im seidenen Morgenrock oben am Treppenabsatz. Für eine Millisekunde habe ich die Hoffnung, dass es sich seit dem Mittagessen beim Italiener zwischen uns ein bisschen entspannt hat. Doch sie stemmt die Fäuste in die Seiten und legt wie eh und je los. »Wo, um Gottes willen, warst du? Es ist nach 23 Uhr! Morgen ist Schule!«

»Bei einem Freund, habe ich doch schon zu Franzi am Telefon gesagt.« Schnell schüttele ich mir eine Haarsträhne ins Gesicht, damit meine Mutter nicht das Pflaster auf meiner Stirn entdeckt. Es wäre so schön gewesen, nicht gleich wieder von ihr belagert zu werden.

Aber meine Mutter hat nun mal kein Gespür dafür, dass man manchmal einfach nur in Ruhe gelassen werden will. Sie folgt ihren immer gleichen Mustern. »Sei froh, dass Papa gerade unter der Dusche steht. Er war richtig ärgerlich, dass wir dich nicht erreicht haben. Beinahe hätte er ein paar Kollegen von der Polizei losgeschickt.«

»Reg dich ab, ich bin ja wieder da.« Irgendwie reicht es mir. Ich bin enttäuscht, dass meine Mutter scheinbar vergessen hat, wie nah wir uns für wenigstens eine halbe Stunde waren. Ich muss echt aufpassen, dass ich keinen Streit mit ihr anfange. Der würde meine Stimmung komplett ruinieren. Ich will mich von ihr nicht aus meiner Glückseligkeit vertreiben lassen, nur, weil sie die selbst schon lange nicht mehr spürt.

»Bei was für einem Freund warst du überhaupt?« Langsam kommt sie die Treppe herunter, ohne mich auch nur eine Sekunde aus den Augen zu lassen. Auf keinen Fall soll ihr entgehen, wenn mir die Miene verrutscht, weil ich lüge. Aber das wird mir nicht passieren. Weil ich die Wahrheit sage.

»Bei einem Freund eben. Ist das ein Verbrechen?« Meine Stimme klingt schärfer, als sie sollte.

Meine Mutter kommt unten an und legt den Kopf schief, so wie immer, wenn sie versucht, meine Gedanken per Telepathie zu lesen. Aber ich habe längst gelernt, nichts über mein Innerstes preiszugeben, wenn ich es nicht will.

»Und warum ist dein Telefon ausgeschaltet? Ich habe dir schon hundertmal gesagt, ich möchte, dass du jederzeit erreichbar bist. Sonst kann ich dich nicht mehr vor die Tür lassen.«

Alles klar. Meine Mutter sollte langsam mal wieder runterkommen. Ich bin siebzehn Jahre alt. Trotzdem lächele ich verständig, damit dieses Verhör endlich aufhört und ich mich oben in mein Bett legen kann. »Tut mir leid, mein Akku war leer. Ich hatte nicht vor, so lange wegzubleiben.«

»Wie siehst du überhaupt aus? Wie ein Obdachloser.« Sie zupft an Jeans nassem Jogginganzug herum.

Ich kann mir ein Grinsen nicht verkneifen. »Das sind übrigens Jeans Klamotten. Die hat er mir gegeben, weil ich komplett durchweicht war.«

Automatisch entspannen sich ihre Gesichtszüge. »Du warst bei Jean? Sag das doch gleich! Ich war heute Abend mit seiner Mutter unterwegs, um eine geeignete Location für die Wohltätigkeitsveranstaltung zu suchen. Das ist gar nicht so leicht, etwas zwanglos Elegantes zu finden. Du kannst dir nicht vorstellen, was heutzutage angeboten wird. Geschmacklose Räumlichkeiten, in denen es unmöglich ist, eine feierliche Atmosphäre zu kreieren.« Sie atmet aus und sagt dann, wesentlich milder gestimmt: »Aber glücklicherweise habe ich einen neuen Floristen gefunden. Hast du noch Hunger? Ich könnte dir noch etwas von heute Mittag warm machen.«

Sie ist schon beinahe auf dem Weg zur Küche. Obwohl ich unglaublichen Hunger habe, schüttele ich den Kopf und lasse auch meine Stimme weicher klingen. »Alles bestens.«

In der Mitte der Halle bleibt sie stehen. »Bist du sicher?« Mit einem Mal fliegt ein mütterlicher Ausdruck über ihr Gesicht. Als würde sie gerade so etwas wie echte Fürsorge für mich empfinden. Dann ist dieser Augenblick aber auch schon vorbei und sie guckt gleich wieder enttäuscht. »Na gut. Hast du denn heute Abend überhaupt etwas Vernünftiges gegessen?«

»Ja, hab ich.« Ich will nur noch hoch in mein Zimmer. Ich bin entsetzlich müde. Es ist, als sei alle Kraft aus mir entwichen. »Gute Nacht!«

Ich schleppe mich die Stufen nach oben. Meine Mutter folgt mir, während sie ohne Unterbrechung weiter auf mich einredet, als könne sie es nicht aushalten, wenn einen Moment Stille herrscht. »Dein Vater hat den ganzen Abend auf dich gewartet, um dir zu sagen, dass Noah Tal wieder auf freiem Fuß ist. Sie haben ihn aus der Untersuchungshaft entlassen. Dein Vater und er haben sich für den Mordprozess auf einen Deal geeinigt, der für beide Seiten recht Erfolg versprechend sein könnte.«

Beinahe wäre mir vor lauter Schläfrigkeit ein verräterisches »Ich weiß!« herausgerutscht. Das kann ich gerade noch verhindern. Ich nicke und ziehe mich am Treppengeländer nach oben. »Alles klar.« Ich werde morgen in Ruhe mit meinem Vater darüber reden.

Wenn meine Mutter wüsste, dass ich inzwischen sogar mit Noah Tal geschlafen habe!

Meine Mutter redet und redet. »Ich finde es wirklich nicht gut, wenn du nicht zu erreichen bist. Überhaupt bist du mir in letzter Zeit zu viel unterwegs. Wenn du so weitermachst, leiden deine schulischen Leistungen darunter. Wann hast du eigentlich vor, dein Zimmer mal wieder aufzuräumen? Da sieht ...«

In der Mitte der Treppe bleibe ich plötzlich stehen und drehe mich zu ihr um. Über uns prasselt der Regen aufs riesige Oberlicht und taucht uns in ein entrücktes Rauschen. »Mama! Kannst du mich vielleicht auch mal was Normales fragen? Wie es mir geht, zum Beispiel?«

Meine Mutter sieht mich irritiert an. Dann steigt sie mit beleidigtem Gesichtsausdruck an mir vorbei, weiter die teppichbezogenen Stufen hinauf. »Ich weiß nicht, was du meinst. Das tue ich doch!«

»Tust du nicht! Die ganze Zeit geht es nur ums Zimmeraufräumen, Hausaufgaben, deine Wohltätigkeitsveranstaltung und irgendwelchen anderen Quatsch, der keinen Menschen interessiert.« Ist doch wahr! In den letzten Wochen haben mein Vater, meine Schwester und ich uns irgendwie verwandelt, wir sind uns so nahegekommen, wie noch nie in unserem Leben. Nur meine Mutter macht stoisch weiter mit ihrem bekloppten Automatismus. Wie ein Roboter. Merkt sie eigentlich gar nicht, dass sie immer mehr die Verbindung zu uns verliert?

»Schätzchen, ich finde es ziemlich verletzend, was du da redest. Ich habe kein Bedürfnis, mich von dir beschimpfen zu lassen. Nur, weil ich dafür sorge, dass wir nicht in totalem Chaos versinken.«

Es hat keinen Zweck. Ich weiß nicht, wie ich meiner Mutter noch erklären soll, was mir fehlt. Ich weiß nur, dass ich plötzlich entsetzlich traurig darüber bin, dass ich ihr nicht mein Herz ausschütten kann. Normalerweise wäre doch die eigene Mutter die Person, der man alles vertrauensvoll erzählt? Diejenige, die weiß, wie das Leben läuft. Die einen tröstet und sagt, dass alles nicht so schlimm ist. Aber stattdessen sorgt meine Mutter dafür, dass ich mich ihr immer mehr verschließe, weil ich denke, dass sie sowieso nicht versteht, was in mir vorgeht, und sie auch keinen Tipp für mich hat, wie ich mit meiner Sehnsucht nach Noah umgehen soll.

Langsam folge ich ihr die Treppe hinauf. Sie wird nie verstehen, was ich meine. »Na, dann gute Nacht.«

Vor der Schlafzimmertür bleibt sie stehen und dreht sich um. »Sina!« Für einen langen Moment sieht sie mich nur an. Dann kommt sie in ihrem cremefarbenen Seidenmorgenmantel noch mal zurück und gibt mir einen Kuss auf die Wange. Ihre Stimme klingt ungewohnt sanft. »Gute Nacht, mein Kind. Ich sage deinem Vater, dass du da bist. Und schmink dich ab, bevor du dich ins Bett legst. Deine Haut muss atmen.«

»Alles klar.« Ich schließe meine Zimmertür hinter mir. War meine Mutter eigentlich schon immer so? Kein Mensch kommt so voller Sorge auf die Welt, oder? Ihr Vater war ganz anders. Er hat immer gelacht. Dieses freie, warme Lachen. Noahs Lachen. Mein Opa hätte ihn gemocht. Da bin ich ganz sicher.

Gleich fällt mein Blick auf die geschlossene Balkontür. Dahinter ist nichts als milchig verhangene Dunkelheit. Heute Nacht muss ich meine Tür nicht öffnen. Noah wird nicht kommen. Ich muss mir keine Sorgen um ihn machen. Max wird ihn nicht kriegen. Und alle anderen auch nicht. Er wird schneller sein. Er ist dort drüben in diesem Viertel aufgewachsen, in dem so andere Gesetze herrschen als hier. Er weiß, wie man überlebt. Ich ziehe mich bis auf sein T-Shirt aus und kuschele mich unter meine Bettdecke. Ich schaffe es gerade noch, das Licht auszuschalten, da bin ich auch schon eingeschlafen und versinke in einen tiefen, traumlosen Schlaf.

Sieben Stunden später wache ich schlagartig daraus auf,

als Franzi sich neben mich auf die Bettkante plumpsen lässt. Von draußen dringt gleißend helle Morgensonne zu uns herein. Ich zwinkere, während sie meine Haare auf der Stirn zur Seite schiebt und fragt: »Was hast du denn da schon wieder kleben?«

Ohne ganz die Augen zu öffnen, sage ich: »Ein Pflaster.«

Warum kann ich denn nicht noch ein bisschen liegen und träumen? Warum muss ich denn jetzt schon wieder aufstehen und in die Schule? Ich hätte so gerne mal einen Tag Pause von allem. Aber nicht mal meine kleine Schwester gönnt mir diese ersehnte Pause.

»Warum? Was ist dir denn jetzt wieder passiert?« Franzis Stimme klingt gar nicht mehr so abenteuerlustig, sondern komplett besorgt.

»Ich bin beim Aussteigen aus Jeans Auto mit dem Kopf gegen den Türrahmen gestoßen.« Ich blinzele ins helle Zimmer. Es sieht noch aus wie immer. Wie das Zimmer einer Einserschülerin mit Hang zum Perfektionismus. Nur liegt die Einserschülerin nicht mehr in diesem Bett. Dabei kann ich nicht mal sagen, wer an ihrer Stelle dort liegt. Irgendwie habe ich kein Image mehr. Witzig. Ich dachte, ohne überlebe ich nicht.

»Wie bekloppt muss man sein, damit einem das passiert?!« Franzi sieht mich missbilligend an. »Was hast du überhaupt in Jeans Auto gemacht?«

»Frag nicht!« Jetzt richte ich mich auf und sehe meiner Schwester ins sommersprossige Gesicht.

»Fängst du jetzt wieder was mit der Dumpfbacke an?« Sie zieht eine angeekelte Grimasse und krempelt die Ärmel ihrer geblümten Bluse hoch, die sie mit engen

Leggings kombiniert. Sie hat einen furchtbaren Geschmack. Was eigentlich auch total egal ist. Immerhin ist es ihr Geschmack.

Ich streiche über ihre Hand. »Keine Sorge! Er wollte mir nur helfen, die Vespa wieder drüben aus dem Viertel zurückzuholen.«

»Du warst mit Jean auf der anderen Seite des Kanals? Ist er doch nicht so ein Loser, wie ich immer dachte? Schlägt tatsächlich in seinem gestählten Adonis-Körper ein menschliches Herz?« Franzi wirkt irgendwie beeindruckt. »Ich sage ja immer: Hüte dich, dir gleich ein festes Bild von deinen Mitmenschen zu machen. Du liegst meistens falsch damit.«

»Na ja.« Ich werfe einen Blick auf meinen Wecker. Es wird Zeit aufzustehen. Aber ein paar Minuten haben wir noch. »Zumindest scheinen manche Menschen die Fähigkeit zu haben, sich weiterzuentwickeln.«

In dem Augenblick ruft unsere Mutter schon wieder von unten. »Wo bleibt ihr denn! Franziska! Sina! Ihr kommt zu spät zur Schule!«

»Und manche ändern sich vermutlich nie!«, sagt meine Schwester und grinst mich an. Während ihr Blick an dem T-Shirt hängen bleibt, das ich nie wieder ausziehen werde. »Du warst gestern Nacht bei ihm, stimmt's?« Sie zieht warnend die Augenbrauen hoch, und ich muss überhaupt nicht ausweichen oder so tun, als wüsste ich nicht, was Franzi meint. Im Gegensatz zu meiner Mutter kann sie nämlich wirklich Zeichen lesen und richtig deuten.

»Jep.« Ich nicke.

»Bist du dir sicher, dass das Zukunft hat?« Meine

Schwester sieht mich zweifelnd an. »Ich meine, er steht kurz vor einem Mordprozess. Und Papa sagt, er ist total in Gangmachenschaften verstrickt. Mama und Papa werden ihn nie als deinen Freund akzeptieren. Außerdem kommt ihr aus komplett unterschiedlichen ›Gesellschaftsschichten‹, wie Mama sagen würde.«

Ja, ich weiß. Schön, dass Franzi mir das nun auch noch mal sagen muss. Ich kann nichts dafür, dass wir aus diesen verschiedenen *Gesellschaftsschichten* kommen. Und überhaupt wird es unter diesen Umständen langsam mal Zeit, meine Liebe zu Noah unter literarischen Gesichtspunkten zu betrachten. Nicht unter realen. Ich meine, Shakespeare kennen heute noch alle Leute, weil er eine Liebesgeschichte erfunden hat, die von einem Jungen und einem Mädchen erzählt, die sich familiär bedingt nicht lieben dürfen. Heißt das nicht, dass unsere Liebe bereits legendär ist? Vermutlich stehe ich mit dieser Meinung total alleine da. Also sage ich um Verständnis bemüht: »Noah wird vor Gericht alles sagen, was er weiß. Damit er ein neues Leben beginnen kann. Für mich. Und irgendwann werden wir zusammen sein.«

»Glaubst du, was du da redest?« Meine Schwester sieht nicht so richtig überzeugt aus. Sie gibt sich nicht mal mehr Mühe, mir Hoffnung zu machen. Ich glaube, sie hält mich inzwischen für komplett unrettbar verloren. Sie kennt das eben nicht. Dieses unbeschreibliche Gefühl, das über alle Grenzen hinweggeht. Vielleicht kennen das überhaupt nicht viele Menschen. Mal abgesehen von Romeo und Julia. Es kann sogar sein, dass es den meisten Menschen Angst macht, wenn sie merken, dass zwei Menschen sich so lieben, dass sie Dinge tun, die auf den ersten Blick unvernünftig erscheinen. Nur, um zusammen sein zu können. Zugegeben. Romeo und Julia haben es mit ihren Aktionen echt übertrieben. Da kann man sich als Außenstehender tatsächlich schon mal Sorgen machen.

Trotzdem frage ich bockig: »Warum soll ich nicht daran glauben?« Ich habe mich bei meiner Aussage für Noah doch auch gegen meine Freundinnen gestellt und sie für immer verloren. Auch wenn sie nichts mehr mit mir zu tun haben wollen, weiß ich, dass es das einzig Richtige war. Manchmal muss man, um weiterzukommen, eben Dinge tun, die alles zum Einstürzen bringen, damit etwas Neues entstehen kann. »Es wird alles gut werden.« Plötzlich klingt meine Stimme hart, als würde ich Franzi klarmachen wollen, dass ich keine Zweifel dulde. Und mir selbst erlaube ich auch keine Zweifel.

»Dann hoffe ich mal, dass Noah die nächste Woche überlebt«, flüstert sie und über ihre Wangen rollen plötzlich Tränen. »Es tut mir wirklich leid um ihn. Er kann ja nichts dafür, dass er in diesen kaltherzigen Verhältnissen aufgewachsen ist.« Sie schluckt. »Du bist bestimmt der erste Mensch von der anderen Seite des Kanals, der an ihn glaubt.«

Mit einem Mal schluchzt Franzi richtig los. Sie fällt mir um den Hals, und ich spüre, wie ihre Tränen meinen Hals hinunterrinnen. Ich halte sie fest und auf dieser Welt gibt es keinen besseren Menschen als meine Schwester. Es ist gut, dass sie sich die Sorgen macht, die ich mir nicht erlaube.

Vierundzwanzig

28. Tag

»Geht es dir wieder besser?« Meine Sportlehrerin Frau André kommt im Trainingsanzug durch die leere Turnhalle direkt auf mich zu.

In der Freistunde stehe ich allein auf dem Schwebebalken und übe meine Kür, die in der nächsten Sportstunde zensiert wird. Ich habe mir etwas echt Kompliziertes überlegt. Die Kür ist gerade das Einzige, was mich von meiner Sehnsucht nach Noah ablenken kann. Jeder Schritt, den ich auf diesem schmalen Grad mache, braucht meine komplette Aufmerksamkeit – will ich nicht kopfüber auf den Balken knallen oder auf die dicke Matte stürzen, die ich mit einiger Kraftanstrengung alleine darunter gewuchtet habe.

»Ja, danke!« Ich vollziehe meine letzte Drehung und springe mit einem gekonnten Strecksprung vom Balken auf die Matte und balanciere meinen Stand mit den Armen aus. Die Mittagssonne kommt durch die hohen Fenster, hier drinnen wirbeln die Staubpartikel durch die Luft.

»Ist deine Kür fertig?« Frau André zieht sich ihre Sportjacke aus und wirft sie über einen Kasten. Dann bindet sie sich die blonden langen Haare zu einem Pferdeschwanz.

»Fast. Nur den Anfang finde ich noch nicht so gut, aber …« Ich schnappe nach Luft. »Aber ich kann mir ja zu Hause zur Inspiration auf YouTube noch ein paar Übungen angucken.«

»Mach das.« Frau André lächelt mich an. »Liliane kommt auch gleich, um ebenfalls zu trainieren. Eigentlich wollte ich ihr Hilfestellung geben, aber das kannst du ja jetzt vielleicht übernehmen. Sie ist noch immer etwas wackelig auf den Beinen. Aber das weißt du ja.«

Für den Bruchteil einer Sekunde höre ich noch einmal Lils Schreien, das über den KFC-Parkplatz hallt. Dann sehe ich sie reglos auf dem Asphalt liegen, umringt von all diesen Menschen.

Ich fühle mich sofort wieder schuldig, als hätte ich etwas mit dem Überfall zu tun. Als hätte ich meine liebste Freundin damals in diese Falle gelockt. Dabei waren es doch meine ehemals drei besten Freundinnen gewesen, die mich von zu Hause abgeholt hatten, damit ich auf andere Gedanken komme und meinen Liebeskummer vergesse. Auf einmal zieht es mich wieder in diese Nacht hinein, die alles verändert hat. Ohne dass ich höre, was Frau André sagt, starre ich auf ihre Lippen, die sich bewegen. Es ist, als trenne uns mit einem Mal eine unsichtbare Wand. Mein Herz wummert.

Hinter Frau André kommt Lil im Gymnastikanzug und mit bandagierten Handgelenken in die Halle. Als sie mich sieht, will sie sofort wieder kehrtmachen.

Doch Frau André hat offenbar an meinem nervösen Augenzucken bemerkt, dass hinter ihr etwas im Gange ist. Augenblicklich dreht sie sich um und ruft: »Liliane, komm rein! Ihr könnt gleich loslegen.«

Ich sehe Lil an, dass sie weder mit mir trainieren noch überhaupt mit mir in der Halle sein will. Für einen Moment denke ich, dass sie einfach abhaut. Aber anscheinend traut sie sich das nicht. Mit versteinerter Miene kommt sie auf uns zu und bleibt drei Meter von mir entfernt stehen.

Frau André geht ihr entgegen und legt den Arm um ihre Schultern. »Sina wird dir Hilfestellung geben. Ihr seid ja ein eingespieltes Team.« Sie lächelt aufmunternd. Doch ihre Stimmlage macht eindeutig klar, dass sie keinen Widerspruch duldet.

Ich weiß nicht, ob Frau André registriert hat, dass hier etwas ganz und gar nicht stimmt. Oder ob sie genau darum beschlossen hat, uns beide in der Halle allein zurückzulassen. Daraus wird nichts. Das kann ich gleich sagen. Seitdem ich Lil gestanden habe, dass ich mich in Noah verliebt habe, traut sie mir keinen Millimeter weit. Wie soll ich ihr da auf dem Schwebebalken Hilfestellung geben?!

Lil blickt geschockt vom Schwebebalken zu Frau André, als sei sie von ihr gerade zum Tod durchs Fallbeil verurteilt worden und ich ihr Henker. »Ich dachte, Sie machen das?«

»Ihr kommt schon zurecht!« Unsere Sportlehrerin zwinkert bedeutsam und greift nach ihrer Sportjacke. »Dann bis Montag!«

Sie zieht den Reißverschluss hoch und läuft leichtfüßig aus der Halle, wobei ihr blonder Pferdeschwanz hin und her pendelt. Lil bleibt wie angewurzelt stehen und wirft mir einen wütenden Blick unter ihren langen schwarz getuschten Wimpern zu. »Tolle Idee!«

Ihre Stimme klingt rau – was mich seltsamerweise freut. Denn endlich schwingt darin wieder die alte, kämpferische Lil mit, die nicht bereit ist, sich unterkriegen zu lassen.

Ich zucke mit den Schultern, wobei ich am liebsten spontan grinsen würde. »War nicht meine Idee. Bedank dich bei Frau André.«

»Wenn mir nicht so viel daran liegen würde, eine Eins in Sport zu kriegen, würde ich dich sofort aus der Halle jagen.« Lil fummelt an ihren Handgelenkbandagen herum, wobei sie sich alle Mühe gibt, richtig wütend auszusehen.

»Ich weiß.« Ich verschränke die Arme vor der Brust und gebe ebenfalls mein Bestes, knallhart rüberzukommen. Wie jemand, der nicht bereit ist, das Feld zu räumen. Dann lasse ich die Arme aber wieder sinken. »Willst du ewig sauer auf mich sein?«

»Was heißt sauer? Ich vertraue dir nicht! Das ist weitaus schlimmer, als sauer auf dich zu sein. Du hast mich komplett enttäuscht. Oder verraten oder sonst was!«

»Sie haben Noah vor Gericht freigesprochen, weil er unschuldig ist«, gebe ich zu bedenken.

Lil verengt ihre Augen zu schmalen Schlitzen. Für einen Moment denke ich, sie will sich auf mich stürzen. Doch dann sagt sie nur: »Ja, wegen deiner seltsamen Aussage.

Dass du in ihn verliebt bist, hast du dem Richter allerdings verschwiegen.«

Jetzt reicht es mir aber. Ich stemme meine Hände in die Hüften und erkläre: »Ich habe nur die Wahrheit gesagt …«

»Deine Wahrheit ist nichts wert. Weil sie nicht wahr ist«, kontert Lil, bevor ich aussprechen kann.

»Legst du neuerdings fest, was wahr und unwahr ist?«, schnaufe ich. »Du hast doch gar keine Ahnung! Er war es jedenfalls nicht, der dich auf den Boden geworfen hat. Und er hat auch nicht Nana und Juno im Auto mitgenommen.« Ich atme wütend aus. »Das haben sie vor Gericht eindeutig bewiesen. Was willst du also?«

»Okay. Er saß vielleicht nicht mit im Auto, aber er ist immerhin mit diesen drei Arschkrampen befreundet. Warum hat er sie denn nicht an ihrem Vorhaben gehindert, wenn er so ein guter Mensch ist?«

Ich zucke hilflos mit den Schultern. »Ich weiß es nicht.« Ich weiß es tatsächlich nicht. Haben Noah und ich je darüber gesprochen? Hatte er gesagt, dass er es versucht hat? »Sie haben sich vermutlich nicht abhalten lassen, als sie den Wagen von deinem Vater gesehen haben.«

»Das soll ich glauben?« Lil verzieht spöttisch das Gesicht. »So, wie ich das sehe, ist er ein Feigling.«

»Ist er nicht«, widerspreche ich leise. Ich will nicht zu viel von meinen Gefühlen für Noah preisgeben, um Lil nicht weiter zu reizen. Ich werde ihn allerdings so weit vertreten, dass keine Lüge über ihn im Raum stehen bleibt. »Das Ganze ist total verworren und viel komplexer, als wir es uns vorstellen können, Lil. Mehr weiß ich auch nicht. Nur, dass Noah kein übler Kerl ist. Er kommt eben aus einer anderen Welt, die keine Gnade und kein Mitleid kennt.« Es klingt unglaublich kitschig, was ich da sage. Trotzdem ist es wahr.

»Alles klar. Verstehe.« Lil nickt und beißt auf der Innenseite ihrer Wange herum. Das macht sie immer, wenn sie unwillig ist. »Du hältst also immer noch an ihm fest. Gratuliere! Wissen deine Eltern schon von deiner Leidenschaft?«

»Nur mein Vater. Aber ich darf Noah nicht mehr sehen.«

»Wow! Ein Wunder, dass dein Vater dich dafür nicht gleich lebenslänglich zu Hause eingesperrt hat. War bestimmt eine große Überraschung für ihn.« Dann hebt Lil den Blick und seufzt. »Bist du sicher, dass du mich auffangen kannst, wenn ich daneben greife?« Der Mundwinkel meiner ehemals besten Freundin zuckt verräterisch. Als müsse sie sich plötzlich das Grinsen verkneifen.

»Ich hoffe es.« Schnell presse ich die Lippen zusammen, um ebenfalls nicht zu grinsen. Ich weiß ganz plötzlich, dass zwischen uns alles wieder gut ist. Ich weiß, dass Lil weiß, dass ich kein gewissenloser Mensch bin. Und ich weiß, dass wir uns beide gerade das Gleiche vorstellen: wie Lil beim Flik-Flak daneben greift und ich sie nicht auffange. Und das Ganze in totaler Comedy-Manier. Ich räuspere mich und füge hinzu: »Aber garantieren kann ich das natürlich nicht. Du weißt ja, auf mich ist kein Verlass.«

»Ganz recht.« Lil grinst vor sich hin und kommt ein paar Schritte auf mich zu. »Du bist eine ganz und gar unzuverlässige Freundin, der ich definitiv nicht mein Leben anvertrauen werde.« Jetzt sieht Lil mir direkt in die Augen. Ihre glänzen glücklich. Sie lächelt. »Trotzdem liebe ich dich, Baby.«

Bevor ich noch irgendwie darüber nachdenke, schlinge ich meine Arme um ihren Hals. »Ich hab dich so lieb. Ich wollte nie etwas gegen dich machen. Niemals! Bitte, bitte, bitte verzeih mir!«

Lil schlingt nun auch die Arme um mich. Sie vergräbt ihr Gesicht in meiner Schulter, sodass ich kaum verstehe, was sie sagt. Es klingt wie: »Schon geschehen, Babe.«

Dann lässt sie mich wieder los und sieht mich ernst an. »Das, was du vor Gericht gesagt hast, war sehr mutig. Und ich habe verstanden, dass Noah dir wirklich helfen wollte. Ich meine, ich bin stinksauer, dass er uns anderen nicht geholfen hat, aber ich vertraue dir, dass du ihn richtig einschätzt. Und ...« Lil macht eine kurze Pause und wispert dann mit gesenkter Stimme: »... ganz ehrlich, als ich ihn da auf der Anklagebank habe sitzen sehen, habe ich dich total verstanden. Er sieht echt richtig schnuckelig aus. Er hat bestimmt ein gutes Herz.«

Als ich Lil das sagen höre, rutscht mir *mein* Herz in die Gymnastikhose. Ich schlucke. Das ist das Schönste, was ich seit Langem gehört habe. Es befreit mich von einer schweren Last. Es tut so gut, aus Lils Mund zu hören, dass sie irgendwie auch an Noahs Unschuld glaubt und dass sie ganz offenbar den Menschen sieht, den ich in ihm sehe. Es bedeutet, dass ich nicht verrückt bin. Es heißt, dass ich mir nichts einbilde. Es heißt, dass sie mich versteht. Und das bedeutet mir alles.

»Danke«, flüstere ich und mir laufen die Tränen über die Wangen. »Danke, Lil. Du hast mir so gefehlt.«

»Und du hast mir gefehlt.« Lil schlingt noch einmal die Arme um meinen Hals und drückt mich ganz fest. Dann lässt sie mich los und fragt: »Du oder ich zuerst?«

»Wie du willst. Ich lege mein Schicksal ganz und gar in deine Hände.«

»Na, dann hopp!« Lil gibt mir einen spielerischen Klapps auf den Po und ich schwinge mich auf den Schwebebalken.

Von da oben erkläre ich ihr den komplizierten Aufbau meiner Kür. Wir üben konzentriert eine Stunde lang, bis die Schulglocke zur Mittagspause klingelt. Wir schleppen die dicke Matte zurück in den Geräteraum und verabreden uns für später, um nach der Schule gemeinsam für Geschichte zu lernen. In der Schulcafeteria wollen wir uns lieber erst mal nicht zusammen blicken lassen, um einen Eklat zu vermeiden. Juno und Nana sind nach wie vor absolut nicht gut auf mich zu sprechen.

»Sie sind noch wütend wegen deiner Aussage vor Gericht«, meint Lil, als wir vor den Schließfächern stehen bleiben, um unsere Sportsachen zu verstauen. »Sie finden, die vier Jungs hätten alle verknackt werden müssen.«

Ich zucke mit den Schultern. »Und ich finde, Juno hätte sich nie an Jean ranmachen dürfen. Und Nana habe ich gestern Mittag schon eine Mail geschrieben und ihr noch mal die ganze Sache mit meiner Aussage erklärt. Aber ehrlich: Langsam sehe ich auch nicht mehr ein, warum ich mich ständig dafür entschuldigen soll. Ich habe nichts als die Wahrheit gesagt! Außerdem hat sie ja schon vorher beschlossen, nicht mehr mit mir befreundet zu sein. Ich will echt nicht wissen, was Juno ihr Seltsames über mich erzählt hat, damit Nana sich gegen mich wendet und ihr treu bleibt.«

»Das wird schon, Baby!« Lil drückt ihre Schließfachtür wieder zu. »Ich rede noch mal mit Nana. Nur bei Juno bin ich mir nicht sicher, ob das mit dem Versöhnen so einfach wird. Sie denkt, dass du dich wieder an Jean ranmachst.«

»Was? Wie kommt sie denn darauf?« Ich trinke meine Wasserflasche aus und stelle sie zurück ins Schließfach. Ist eine Pfandflasche. Ich muss sie wieder mit nach Hause bringen. Meine Mutter kontrolliert das.

Lil öffnet ihren Pferdeschwanz und schüttelt ihre Haare aus. »Du weißt ja, wie sie ist. Ihrer Meinung nach steht ihr alles zu. Und Jean hat heute Morgen in Bio erzählt, dass du gestern während der Literatur-AG bei ihm warst. Da ist Juno total ausgeflippt und musste raus auf den Pausenhof, um sich abzureagieren.«

»Ist er bekloppt? Ich wollte nur mit ihm reden. Mehr nicht.«

»Tja, für Juno sah es aber leider so aus, als hättest du ihn extra besucht, als sie selbst ahnungslos in der Leserunde saß.«

»Wieso? Warum regt sie das so auf? Ist sie jetzt doch mit Jean zusammen?« Ich bin etwas verwirrt. Eigentlich müsste ich sauer auf sie sein. Sie hat mit meinem Freund rumgemacht!

Lil wirkt mit einem Mal leicht nervös. »Keine Ahnung. Ich steige da nicht mehr durch, was zwischen Juno und Jean ist.« Sie seufzt entschuldigend. »Auf jeden Fall muss ich jetzt los, wenn ich noch was essen will.«

Die ersten Schüler kommen schon wieder aus der Caféteria und den Gang an den Schließfächern herunter. Ich umarme Lil schnell zum Abschied und gebe ihr einen Kuss auf die Wange. »Danke! Und bis später!«

Ich selbst mache schon seit einiger Zeit einen großen Bogen um die Cafeteria. Meinen Stammplatz gibt es nicht mehr. Stattdessen habe ich einen neuen Lieblingsbäcker, direkt gegenüber von unserer Schule, wo ich mir jetzt immer Zimtbrötchen besorge, anstatt Salat zu essen. Bis jetzt leidet meine Figur null darunter. In der siebten und achten Stunde haben wir Chemie. Bei Herrn Dahlke! Um das durchzustehen, brauche ich dringend Nervennahrung. Nach dem Verhör vor Gericht werde ich den jetzt mit ganz anderen Augen sehen.

Fünfundzwanzig

28. Tag

Als ich wieder aus der Bäckerei hinaus in die Mittagssonne trete, entdecke ich meinen Vater direkt neben den Fahrradständern an der Mauer lehnen. Was will er denn hier? Seit ich zur Schule gehe, hat er mich noch nie abgeholt. Er trägt eine Sonnenbrille, sein Haar sitzt perfekt, genau wie sein maßgeschneiderter Anzug. Schätze, er kommt gerade aus dem Büro. Er sieht mir angespannt entgegen, als ich über die Straße auf ihn zukomme. Er weiß doch hoffentlich nicht, dass Noah und ich uns gestern gesehen haben!

Kurz bevor ich bei ihm bin, stößt er sich von der Mauer ab und nimmt die Sonnenbrille runter. »Wir müssen reden.«

Oh Mist! Weiß er es doch? »Okay.« Ich versuche, cool zu bleiben, und sehe mich nach einem geeigneten Platz um, wo wir uns kurz hinsetzen könnten. Doch mein Vater geht direkt auf seinen Wagen zu, den er quer auf dem Gehweg abgestellt hat, und öffnet ihn per Fernbedienung. »Steig ein.«

Als wir beide die Türen geschlossen haben, startet mein Vater nicht den Motor, sondern holt von der Rückbank einen Pappordner. Er blättert darin herum, ohne mich anzusehen. Wenn er von Noahs und meinem unerlaubten Treffen weiß, soll er es einfach sagen, aber mich nicht so auf die Folter spannen!

Er holt tief Luft. »Du bist gestern Abend spät nach Hause gekommen. Ich wollte eigentlich noch mit dir reden und dir erzählen, dass Noah auf Kaution draußen ist. Aber ich vermute, das weißt du schon.«

Ich starre aus der Windschutzscheibe und sage mit schuldbewusstem Unterton: »Ja. Mama hat es mir gesagt.« Ich werde mein Vergehen nicht direkt zugeben. Hinterher muss ich mich vor ihm noch für meine Liebe rechtfertigen. Das will ich nicht. Aber ab jetzt werde ich mich mit Noah an seine Bedingungen halten.

»Er steckt in ziemlichen Schwierigkeiten. Ich schätze, er ahnt selbst nicht einmal, in was für gewaltigen Schwierigkeiten er steckt«, sagt mein Vater, wobei er noch immer in der Akte blättert.

Doch! Das weiß er. Und ich weiß es auch. Aber ich habe beschlossen, keine Angst um ihn zu haben. Irgendwie denke ich, dass ich ihn dadurch schwächen könnte. Aber all das kann ich meinem Vater schlecht sagen.

Er sucht noch immer etwas in der Mappe. »Ich verlange, dass du ihn aus deinem Leben streichst. Das habe ich dir schon mal gesagt. Haben wir uns jetzt endlich verstanden?« Endlich sieht mein Vater auf und durchbohrt mich mit einem Blick, der definitiv keinen Widerspruch duldet. »Es ist zu gefährlich!«

»Okay. Verstanden! Ich weiß sowieso nicht, wie ich Kontakt zu Noah aufnehmen soll«, sage ich eine Spur zu bockig. »Mama hat gesagt, ihr beide habt euch auf einen Deal geeinigt.«

»Der dich überhaupt nichts angeht. Ich verlasse mich auf euch. Es darf keinerlei Verbindungen zwischen euch geben. Sonst kann ich nicht helfen.« Mein Vater sagt das mit dieser Stimme, die klarmacht, dass er längst weiß, dass wir uns noch mal gesehen haben, und dass er nicht wieder enttäuscht werden möchte. Trotzdem klingt es schön, wenn er »euch« sagt. So, als sei es zwischen Noah und mir nun doch irgendwie offiziell, obwohl er ja nun gerade alles andere als das will.

Also antworte ich: »Versprochen.« Dabei weiß ich, dass ich es natürlich nicht versprechen kann, Noah aus meinem Leben zu streichen. Vielleicht für die nächsten Wochen, aber nicht für immer.

»Gut.« Mein Vater zieht ein verwackeltes Foto hervor, auf dem dieser Max beim Gassigehen mit seinem furchterregenden Kampfhund zu sehen ist. Wie immer mit Basecap und langärmligen Shirt. »Unser Blumenlieferant. Er glaubt tatsächlich, dass wir uns von ihm einschüchtern lassen.« Mein Vater lacht bitter auf. »Aber er wird damit kein Glück haben.«

»Ich bin ihm gestern schon wieder begegnet.« Ich krampfe meine Hände zusammen, bis die Knöchel weiß hervortreten. Es hilft nichts. Ich muss es meinem Vater sagen. Die ganze Körpersprache dieses Typen wirkt auf dem Foto noch bedrohlicher als in echt. Als sei er wirklich zu allem fähig.

»Wo?« Die Augen meines Vaters zucken verdächtig. Aber er schafft es, mich ausreden zu lassen.

»Als ich mit Jean meine Vespa da bei der Autowaschanlage abgeholt habe. Er hat versucht, mich im Auto mitzunehmen. Aber Noah hat mir geholfen.«

Mein Vater tut alles, dass ihn seine Aufregung nicht überwältigt. Er atmet nur tief durch und sagt dann: »Ich nehme mal an, du wusstest nicht, wie du es mir beichten sollst. Richtig?«

Ich nicke. »Tut mir leid.«

Und er fährt fort: »Wie wir rausgefunden haben, ist Max seit Neuestem die rechte Hand des *Bosses*, der alles im Viertel jenseits des Kanals bestimmt und den alle nur den Blumenhändler nennen, weil er seine Geschäfte im Hinterzimmer einer Blumenhandlung abwickelt. Und mit Geschäfte meine ich alles, was du dir denken kannst: Autos knacken, in Villen einbrechen, Glücksspiel, Drogenhandel, womöglich sogar Mord.«

»Und ausgerechnet bei dieser Blumenhandlung hat Mama die Blumendekoration für die Wohltätigkeitsveranstaltung in Auftrag gegeben?«, frage ich ungläubig.

»Ja leider. Kein Witz. Sie wollte diese Leute im Sinne ihres Charity-Auftrags wohltätig unterstützen.« Mein Vater macht ein zerknirschtes Gesicht. »Außerdem gehörte Noah bis vor Kurzem zu seinen Laufburschen. Diese Jungs arbeiten für den Blumenhändler und erledigen seine schmutzigen Aufträge. Genau wie dieser Max, bevor er zur rechten Hand ›befördert‹ wurde.«

»Noah kennt ihn also ziemlich gut.«

»Ja. Und mit seiner Hilfe werden wir noch näher an den *Boss* und sein Gefolge herankommen und aushebeln. Ich bin froh, dass Noah sich dazu entschlossen hat, auf unsere Seite zu wechseln. Es wird nicht zu seinem Schaden sein.«

Ich gebe meinem Vater das Bild zurück. »Danke, dass du dich so für Noah einsetzt.«

»Ich setze mich nicht für ihn ein. Ich helfe ihm nur, das Richtige zu tun. Und das wiederum scheint dem Blumenhändler zu missfallen.« Mein Vater lächelt. »Aber davon sollst du, wie gesagt, gar nichts wissen. Nach meinem Gespräch mit Noah kann ich nur so viel sagen: Er ist ein feiner Kerl. Vielleicht ein wenig pathetisch, aber ...«

»Pathetisch?« Ich sehe meinen Vater neugierig an. »Was meinst du damit?«

»Nun ja.« Er windet sich etwas auf seinem Sitz und fummelt an seinen Manschettenknöpfen herum. »Er hat dauernd davon geredet, dass du ihm die Augen für ein anderes Leben geöffnet hast, dass noch nie ein so großartiges Mädchen wie du an ihn geglaubt hat und so weiter. Und dass er dich liebt. Aber er wird auch noch lernen, dass es zwischen Mann und Frau nicht immer nur romantisch ist.«

»Alles klar, Papa.«

Mein Vater zwinkert mir zu. »Irgendwann geht es nur noch darum, Erfolg im Beruf zu haben, vitaminreich zu essen und am Wochenende gesellschaftliche Verpflichtungen zu überstehen.« Er beugt sich über meine Beine, zieht am Türgriff und öffnet neben mir die Wagentür. Offenbar schmeißt mich mein Vater gerade raus. »Ich muss wieder ins Büro. Pass auf dich auf und versprich mir, dass du keinen Kontakt zu Noah aufnimmst.«

»Nie wieder?«

»Nein. Nie wieder. Es ist mir sehr wichtig. Dieser Max ist gefährlich. Wenn er dich hat, dann hat er mich in der Hand. Und dann sind wir alle miteinander verloren.«

Ich gebe meinem Vater einen Kuss auf die Wange und steige in die Hitze des frühen Nachmittags. Dann beuge ich mich noch einmal zu ihm ins Auto und frage: »Und was ist, wenn Noah für mich ein neues Leben anfängt? Darf ich ihn dann auch nie wieder sehen?«

»Darüber reden wir, wenn es so weit ist.«

Mein Vater startet den Motor und ich schlage die Tür zu. Ich bleibe auf dem Gehweg stehen, bis er die Straße hinunter verschwunden ist. Dann wende ich mich um und laufe über den Parkplatz. Es hat bereits zur siebten Stunde geklingelt. Ich muss mich beeilen. Herr Dahlke hat komplett kein Verständnis für Leute, die zu spät zu seinem Unterricht erscheinen. Als ich hinter dem Fahrradschuppen hervorkomme, steht dort plötzlich Noah an sein Motorrad gelehnt. Fast wie hingezaubert.

»Hey!« Er sieht mich lächelnd an. Seine Lederjacke steht offen. Den Motorradhelm hält er in der Hand. Hinter ihm seine Maschine.

»Was ... Was tust du hier?« Ich blinzele und halte mir die Hand als Schirm über die Augen. Die Sonne steht direkt hinter Noah, als hätte er einen Heiligenschein.

»Freust du dich nicht, mich zu sehen?« Er legt seinen Kopf schief und seine smaragdgrünen Augen blitzen unter seinen langen, gebogenen Wimpern hervor.

»Doch! Ich ... ich dachte, du wolltest dich von mir fernhalten«, wende ich ein und klinge wieder mal wie meine Mutter, die enttäuscht darüber ist, dass eine spontane Planänderung stattfindet. Wann hört das eigentlich auf, dass ich reflexartig wie sie denke und rede, ohne etwas dagegen tun zu können? Ich meine, ich freue mich schließlich total, Noah zu sehen. Nur kann ich es gerade nicht so zeigen. Dafür bin ich definitiv zu verwirrt und aufgeregt. Er ist hier! Vor meiner Schule! In meiner Welt! Bei Tageslicht! Ist er lebensmüde? Mein Vater hat es uns so was von verboten. Was will er hier?

»Ich hab nicht viel Zeit, Sina.« Sein Lächeln ist verschwunden, plötzlich wirkt sein Gesicht beinahe starr. »Lass uns verschwinden. Ich muss dir etwas beichten.«

Sechsundzwanzig

28. Tag

»Hier, für dich!« Noah reicht mir einen zweiten Helm, der über dem Lenker hängt. Wobei er mich gar nicht richtig ansieht. Dann setzt er seinen Helm auf und klappt sofort das Visier runter. Er muss mir etwas beichten? Und kein Kuss zur Begrüßung? Ich schiebe nun auch mein Visier nach unten. Muss ich mir Sorgen machen? Da ich in den nächsten Minuten keine Antwort darauf kriegen werde, beschließe ich, sein seltsames Verhalten erst mal zu ignorieren. Hat bestimmt nichts zu bedeuten. Vermutlich will er nur schnell weg von hier.

»Wohin fahren wir?« Ich ziehe die Kinnschnalle mit zittrigen Fingern fest. Ich kann nicht fassen, dass ich hier mit Noah auf dem Schulparkplatz stehe. Ich weiß nicht, womit ich gerechnet habe, aber definitiv nicht damit, dass ich ihn so schnell wiedersehen würde. Aber so nah bei ihm zu sein, wühlt mich komplett auf, und ich spüre, wie sehr ich ihn vermisst habe. Gut, dass es längst zur siebten Stunde geklingelt hat. Wenn Juno, Nana oder Lil mich hier mit ihm sehen würden!

»An meinen Lieblingsort!« Noah lächelt flüchtig und schwingt sich auf den Motorradsitz, lehnt sich weit nach vorne und tritt mit Schwung den Motor an.

Dieses Mal steige ich hinter ihm auf. Zuerst sitze ich stocksteif da, weil ich nicht weiß, wie ich mich am besten festhalten soll. Ich will ihn nicht beim Fahren behindern oder so. Aber dann nimmt er meine Hände und legt sie sich ohne ein Wort zu sagen um seine Taille. Die Maschine ruckt wie ein bockiges Pferd, als er mit Druck anfährt und schräg gelegt und mit ziemlicher Geschwindigkeit vom Parkplatz auf die Straße hinausschießt. Als wir auf dem Mittelstreifen die Fahrbahn hinunterjagen, lehne ich meinen Kopf an seine Schulter. Der Wind saust über meine nackten Arme. Meine Haare flattern hinten unter dem Helmrand hervor. Ich drücke mich eng an Noahs Rücken. Meine Vespa ist ein Dreirad dagegen.

Und wieder frage ich mich: Was tue ich überhaupt hier? Gerade eben habe ich meinem Vater hoch und heilig versprochen, Noah nicht wiederzusehen. Und keine fünf Minuten später sitze ich schon auf seiner Maschine und rase mit ihm durch die Gegend.

Innerhalb kürzester Zeit lassen wir das Wohnviertel, in dem meine Schule steht, hinter uns und fliegen die breite Hauptverkehrsstraße hinunter. Geschickt lenkt uns Noah zwischen den Autos hindurch. Ich schließe die Augen, um seinen Körper noch intensiver zu spüren. Seine Muskeln unter der Lederjacke. Ich lasse meine Hände weiter runter auf seine Oberschenkel gleiten und streiche darüber. Ganz locker. Ich fühle mich absolut sicher, auch wenn wir jetzt bei diesem Wahnsinnstempo gemeinsam sterben würden. Es wäre unsere perfekte Verschmelzung.

Als ich die Augen wieder öffne, steht die Sonne hell und klar über uns. Wir entfliehen der Stadt und folgen nun einer von Bäumen gesäumten Landstraße, überholen einen nach Kuhmist stinkenden Traktor, bis wir schließlich von sattgrünen Wiesen umgeben sind, die am Horizont in gelb blühende Rapswiesen und schließlich in einen Wald übergehen. Es duftet nach Natur und Sommer und nach Freiheit. Am Ende der Straße biegen wir auf einen staubigen Feldweg ab und tauchen in die leuchtend gelben, nach Honig duftenden Rapsfelder hinein, bis wir endlich im dichten Grün des Waldes verschwinden. Wir jagen einen holprigen Trampelpfad hinunter. Immer wieder müssen wir uns ducken, um nicht von tief hängenden Ästen getroffen zu werden. Schließlich erreichen wir eine strahlend grüne Lichtung. Es ist wunderschön hier. Still und irgendwie feierlich. Ich wusste gar nichts von diesem magischen Ort. Wenn wir mit der Familie Sonntagsausflüge unternehmen, dann immer Richtung See.

Im kühlen Schatten der Bäume rollen wir langsam aus und Noah hilft mir beim Absteigen. Ich nehme den Helm ab und mache ein paar Schritte über den weichen, moosigen Waldboden. »Das hier ist also dein Lieblingsplatz?« Hat Noah beschlossen, mir nun mehr und mehr von seinem Leben preiszugeben?

»Jep.« Als er seinen Helm abnimmt, hat sich zu meiner Überraschung an seinem ernsten Gesichtsausdruck nichts geändert. Seine Stimme klingt seltsam hohl. »Ich muss mit dir reden.«

»Worüber?« Ich klammere mich an seine Hand und meine Beine fühlen sich an wie Pudding. Mir schießen tausend Gedanken gleichzeitig durch den Kopf und einer ist beängstigender als der andere. Was ist los? Was will Noah mit mir besprechen? Macht er einen Rückzieher und wird doch nicht vor Gericht auspacken? Muss er aus der Stadt verschwinden? Will er nicht länger an uns festhalten? In jedem Fall muss es von solcher Bedeutung sein, dass er mich vor der Schule abpasst und mich an diesen versteckten Ort bringt. Was erwartet mich? Unruhig sehe ich mich um. Mein Atem geht stoßweise. Alles wirkt friedlich. Das sanfte Blätterrauschen über uns. Die zarten Vogelstimmen. Das Brechen der trockenen Ästchen unter unseren Füßen. Und dahinter diese grenzenlose Stille.

Noah hängt seinen Helm an den Lenker und öffnet seine Lederjacke. Dabei ist er irgendwie bemüht, möglichst entspannt zu wirken. Aber von seinem Körper geht ein seltsames Flirren aus, als könnte er selbst kaum noch die innere Anspannung aushalten. »Ich habe nachgedacht«, fängt er umständlich an.

»Worüber?« Ich lege meinen Helm auf den Motorradsitz und setze alles daran, meine Gedanken in Zaum zu halten, mir nichts auszumalen, sondern nur seinen Worten zu lauschen. Gleich werde ich wissen, worum es geht.

»Na ja, über das, was du gestern gesagt hast.« Nervös fährt Noah sich durchs Haar. »Dass ich immer alles für mich behalte. Du hast recht, es ist unfair. Es gibt etwas, das du wirklich besser wissen solltest, bevor ich es auch noch deinem Vater gestehe. Auch wenn du danach bestimmt nichts mehr mit mir zu tun haben willst. Aber es soll zwischen uns keine Geheimnisse geben.«

Ich gucke ihn erschrocken an. Mein Herz schlägt so heftig, als sei ich in allergrößter Gefahr. »Okay …« Ich schlucke. »Wovon redest du?«

»Ich hätte es dir gleich sagen sollen«, setzt Noah an. Es ist ihm anzusehen, dass es ihn echt Kraft kostet, weiterzusprechen. »Aber ich hatte Angst, dass …« Er kommt einen Schritt näher heran und blickt mich flehend mit seinen unendlich grünen Augen an. Seine großen schwarzen Pupillen sind direkt auf meine geheftet. Seine Lippen sind so nah. So schön. So vollkommen und so verboten.

»Ja?«, frage ich und habe einen gewaltigen Kloß im Hals. Warum sagt er es nicht endlich?! Wovor hatte er Angst? Was hätte er gleich sagen sollen?

»Noah, was ist?«

Seine kalte Hand fasst nach meinem Handgelenk und hält es so fest, als wollte er mich nie wieder loslassen, damit ich ihn nicht verlassen kann. Ist es so schlimm? Er flüstert: »Ich hatte Angst, dass du mich dann verachtest.«

»Wofür sollte ich dich verachten?« Ich versuche, meinen Arm seinem Griff zu entwinden. Irgendwas stimmt hier gerade ganz und gar nicht. »Noah, du tust mir weh.« Ich weiche zurück und er lockert seinen Griff.

Schließlich lässt er mich ganz los. »Tut mir leid.« Seine Arme hängen kraftlos nach unten. Sein gesamter Körper hat seine Spannung verloren. So habe ich ihn noch nie gesehen. Er stottert: »Ich … Ich weiß nicht, wie ich es dir sagen soll.«

»Sag es einfach«, stoße ich hervor. Ich halte diese Ungewissheit kaum noch aus. »So schlimm kann es doch nicht sein.«

»Versprichst du mir, dass du dann nicht sofort wegläufst? Ohne mich würdest du hier nie wieder rausfinden.«

Ich nicke. »Ja. Versprochen.«

Über uns flirren die blätterbepackten Baumkronen. Hat er mich extra hierhergebracht, damit ich ihm nicht entkommen kann? In den Zweigen zwitschern ein paar Vögel. Die Sonne bricht durch das grüne Laub. Es riecht nach Sommer und Erde. Alles ist so lieblich. Als gäbe es nichts Böses auf der Welt. Ich sehe Noah abwartend an und plötzlich huscht erneut diese seltsame Härte über sein Gesicht. Seine Halsschlagader tritt hervor, als würde er sich auf einen Kampf vorbereiten. Er holt tief Luft.

»Damals auf dem KFC-Parkplatz. Das war kein Zufall.« Er fasst wieder nach meiner Hand und hält sie ganz fest.

Irgendwo knackt es im Unterholz. Erschrocken drehe ich mich um. Plötzlich habe ich das Gefühl, dass von allen Seiten Gefahr droht. Weil mir Noah jetzt so fremd vorkommt. »Was meinst du damit?«

»Ich hatte den Auftrag, dich zu entführen.« Er senkt den Blick.

»Was? Was redest du da?« Ich starre Noah an. Ich brauche einen Augenblick, um zu begreifen, was er gerade gesagt hat. Sein Gesicht ist fast weiß, als er mich endlich wieder ansieht.

Er zwinkert nervös und sein Griff wird noch ein wenig fester. »Ich hatte den Auftrag, dich zu entführen. Mein

Boss wollte deinen Vater einschüchtern und dazu bringen, die Ermittlungen gegen ihn für immer einzustellen.«

»Okay.« In meinem Kopf rauscht es. Ich höre, was Noah sagt, und ich verstehe es. Aber ich kann es nicht fassen. Er hatte den Auftrag, mich zu entführen? Darum stand er dort, an sein Motorrad gelehnt, im Schein der Laterne? Darum kam er zu mir, um mir eine Kaugummikugel zu schenken? Gehörte all das schon zu seinem unfassbaren Plan? Hatte er mich längst gegoogelt, um zu sehen, wie ich aussehe? Hatte er ein paar Fotos von mir farbig ausgedruckt, darunter das Bild von der Hockey-Mannschaft mit dem pinken Mundschutz? Das alles war kein Zufall. Er und seine Freunde hatten es nicht auf irgendein Auto abgesehen. Sondern nur auf mich. Noah, der Wald, alles verschwimmt vor meinen Augen. Ich höre mich flüstern. »Das kann nicht sein.«

»Sina, bitte! Glaub mir, ich …«

Ich drehe meine Hand, um sie seinem Griff zu entwinden. »Sei still. Noah. Sei einfach nur still.« Aber er lässt nicht los. Ich bin so dumm. So dumm! Warum bin ich hier? Warum habe ich nicht auf den Rat meines Vaters gehört, mich von Noah fernzuhalten? Warum habe ich nicht glauben wollen, was mein Vater immer gesagt hat, um seine Familie zu beschützen? Dass die Leute von jenseits des Kanals verlorene Existenzen sind! Dass ihnen nicht zu trauen ist! Ist das jetzt meine Quittung dafür? Mit meiner freien Hand versuche ich, Noahs Finger zu lockern. Ich keuche: »Lass mich los.«

Zwecklos. Sein Griff wird nur noch fester. »Rede mit mir, Sina!«

Ich muss mich beherrschen, um nicht durchzudrehen, aus Wut, getäuscht worden zu sein. »Worüber?« Meine Stimme zittert. »Worüber soll ich mit dir reden? Es gibt nichts mehr zu reden, Noah!«

Ich kenne diesen Noah nicht. Sollte ich vor ihm Angst haben? Sollte ich mich losreißen und wegrennen? Zwischen den Baumstämmen hindurch, immer tiefer in dieses grüne Chaos hinein? Egal, ob ich mich restlos verirre! Ich will nur nicht mehr hier bei ihm sein. An seinem Lieblingsort. Was hatte er vor? Anschließend mit mir noch ein bisschen romantisch rumzuknutschen?

»Ich weiß, dass es falsch war. Aber hör mir bitte bis zum Ende zu!« Seine Lippen sind ganz blass, seine Augen unendlich traurig. Nichts an ihm wirkt jetzt gefährlich. Er ist einfach ein Junge, der einen Fehler gemacht hat, der nicht mehr aus der Welt zu schaffen ist. Und doch fürchte ich mich vor ihm, weil ich nicht erwartet habe, dass er zu so etwas fähig ist. Ich dachte, ich hätte ein Gespür für Menschen. Aber offenbar habe ich es genauso wenig wie meine Mutter.

»Ich will nicht, dass du mich hasst. Verachtest. Mich nie wieder sehen willst. Mir nicht mehr vertraust. Nach allem, was …«

»Lass mich los«, flüstere ich heiser. Ich will nur noch weg. Es tut so weh. Ich habe ihm vertraut. Ich habe mit ihm geschlafen, ich habe ihn heimlich in mein Zimmer gelassen, ohne zu ahnen, was er mir die ganze Zeit über verschweigt. Wie konnte er auch nur eine Sekunde mit mir verbringen, ohne mir die Wahrheit zu sagen? Er ist genauso ein Betrüger wie Jean. Doch dieser Betrug ist noch viel schmerzhafter. Ich habe das Gefühl, mein Herz zerspringt. Noch immer hält er mich fest. Meine Augen füllen sich mit Tränen. »Wieso?«

Endlich lässt er meinen Arm los und weicht einige Schritte über das Moos zurück. »Ich weiß es nicht. Es ist so kompliziert.« Er atmet geschlagen aus. Die flirrenden Schatten der Bäume fliegen über sein immer noch unendlich schönes Gesicht. »Sie haben mich dazu gezwungen.«

»Wer?«

»Na, mein Boss. Der Blumenhändler. Der Mann, der das ganze Viertel beherrscht und nun auch Max auf dich angesetzt hat – nachdem ich versagt habe.«

»Mein Vater hat mir von ihm erzählt. Für den bist du also in die Villen eingestiegen?« Ich sehe einen großen schwarzen Vogel über uns aus den Zweigen in den Himmel aufsteigen.

»Ja«, antwortet Noah. »Ja. Genau wie mein Bruder … Ich war einer von seinen Jungs. Ich wollte schon lange aussteigen. Aber wie ich dir gesagt habe, so leicht entkommt man ihm nicht. Er hat mir diesen Mord angehängt. So konnte ich nicht mehr zur Polizei gehen. Genauso wenig konnte ich einfach ein neues Leben anfangen. Es war eine Falle, der ich nur entkommen konnte, indem ich dich entführe. Zur ›Belohnung‹ wollte er den wahren Mörder ausliefern.«

Ich nicke und presse die Lippen zusammen. Sagen kann ich dazu nichts. Ich begreife es. Aber irgendwie auch nicht.

»Ich hätte es dir gleich sagen sollen. Es tut mir leid.«

Ich blicke stumm an ihm vorbei in das undurchdringliche Grün der eng stehenden Bäume. Ja, er hätte es mir gleich sagen sollen.

»Aber ich konnte nicht, weil ich mich in dich verliebt habe.« Er senkt den Blick und scharrt mit seinem weißen Sneaker in der Walderde. »Als ich dich in dieser Nacht aus dem Auto habe steigen sehen. In deiner Jogginghose und den pinken Badelatschen … Du sahst so wunderschön aus. Wie ein … ein Engel eben.«

»Und was hattet ihr mit mir vor?« Jetzt sehe ich Noah durchdringend an. Meine Stimme klingt scharf und warnend. Nun will ich alles wissen. Alles. »Du und deine ›Freunde‹?«

»Sina, bitte.« Er hebt die Hände und lässt sie wieder sinken. Er weint fast. »Ich wusste mir nicht mehr zu helfen. Es ist alles so kompliziert. Was sollte ich denn machen?«

»Was hattet ihr mit mir vor?« Ich lasse ihn nicht entkommen. Ich will es wissen.

Er schüttelt hilflos den Kopf. »Sollte ich mich für etwas verurteilen lassen, was ich nicht getan habe?«

»Nein, natürlich nicht!«, sage ich bitter. »Da ist es natürlich vernünftiger, die Tochter des Oberstaatsanwalts zu entführen. Ich hätte das schon weggesteckt, so eine winzige Entführung!«

Noah steht vor mir. Unglücklich. Mit geballten Fäusten. Er sagt kaum hörbar: »Du hast allen Grund, mich zu hassen. Für einen Moment dachte ich, ich könnte mein Leben ändern. Aber das ist totaler Blödsinn. Meine Vergangenheit werde ich nie los. Sie wird mich immer wieder einholen und alles, was vor mir liegt, zerstören.«

Obwohl ich es nicht will, tut Noah mir leid. Dummerweise habe ich noch immer Gefühle für ihn, auch wenn ich weiß, dass ich sie mir besser verbieten sollte, um endlich diesem Drama zu entkommen. Vermutlich bin ich unrettbar verloren. Lil, Nana oder Juno hätten sich sofort umgedreht und wären weggelaufen. Ich komme stattdessen näher heran und nehme seine harte Faust zart in beide Hände.

Ich flüstere: »Eines Tages werde ich dir das vielleicht verzeihen können. Aber nicht heute. Heute nicht.« Ich merke, wie sich auch meine Augen mit Tränen füllen. »Ich weiß so wenig über dich. Über dein Leben, deine Familie. Vielleicht habe ich mir die ganze Zeit etwas vorgemacht. Dabei habe ich mich noch nie einem Menschen so nah gefühlt wie dir. Das tut mir an der ganzen Sache am meisten weh.«

Noah zieht die Luft durch die Nase ein. Dann streicht er mir eine Haarsträhne aus dem Gesicht. »Ja, es tut unsagbar weh.« Seine Stimme ist mit einem Mal ganz sanft und seine Miene entspannt sich. »Ich wünschte, ich könnte die Vergangenheit ändern. Heute würde ich so vieles anders machen. Heute weiß ich, dass es noch eine andere Welt als die hinterm Kanal gibt. Eine Welt, in der es solche Menschen wie dich gibt. Aber ich kann es nicht ändern. Ich wünschte, es wäre alles nicht so ausweglos.«

»Und ich wünschte, wir hätten uns irgendwie anders kennengelernt«, erwidere ich. Wobei das natürlich nie geschehen wäre.

»Du bist so unglaublich. Nie habe ich ein großzügigeres und mutigeres Mädchen als dich getroffen. Und jetzt, wo du hier in diesem ganzen Blätterflirren im Wald stehst, habe ich das Gefühl, dass du nicht von dieser Welt bist. Du bist so vollkommen, so atemberaubend schön und voller Glauben an das Gute.«

»Und ich liebe dich!«, flüstere ich zum ersten und zum letzten Mal. Wir haben keine Zukunft. In meinem Hals brennt es. Ich habe es tatsächlich ausgesprochen.

Noah macht einen Schritt zurück. Sein Atem geht schwer. Sein Gesicht ist blass. Seine Lippen bewegen sich und er sagt es auch. Ganz leise. »Und ich liebe dich.«

Dies ist das Ende. Von etwas, das nie richtig begonnen hat. Ein letztes Mal komme ich auf Noah zu. Zärtlich streiche ich ihm die Haare aus der Stirn, nehme sein Gesicht in meine Hände und küsse seine Wangen. Seine Nasenspitze, seine Stirn und dann seine Lippen. Ganz sanft. Zwischen meinen Küssen flüstere ich immer wieder »Ich liebe dich!« Fast wie ein Gebet. Wie ein Schwur. Für immer und ewig. »Ich liebe dich.«

Siebenundzwanzig

28. Tag

»Irgendwann werde ich diesen ganzen Schrott noch mal in Brand setzen!« Lil sitzt im Schneidersitz auf ihrem riesigen rosaroten Kitsch-Himmelbett, das super in ein Barbie-Haus gepasst hätte, und gießt Sekt in zwei Wassergläser, die sie aus der Küche geholt hat.

Die Sektflasche hat sie aus dem Weinkeller ihrer Eltern entwendet. Endlich hat sie wieder zu ihrer alten Form zurückgefunden. Was mich echt erleichtert. Nur ihre Zimmereinrichtung könnte mal erneuert werden. Die sieht komplett nach Klein-Mädchen-Albtraum aus. Zu allen Seiten türmen sich rosarote Plüschkissen, sogar der Teppich ist pink. Im Körbchen neben dem Bett schlafen ihre beiden puscheligen Yorkshire Terrier Pinky und Stinky.

»Mach's aber erst, wenn deine Eltern wieder im Italien-Urlaub sind.« Ich grinse und gebe mein Bestes, fröhlich zu wirken. Nicht gerade leicht nach den welterschütternden Ereignissen im Wald. Ich stehe noch total neben mir und kann nicht glauben, was vorhin passiert ist. Irgendwann werde ich sicher das Ausmaß von Noahs Beichte verstehen und vermutlich zusammenbrechen. Aber jetzt schaffe ich es noch, mich auf den Beinen zu halten.

»Geht klar, Baby!« Lil krabbelt über die Matratze und reicht mir eins der Wassergläser, die zu Dreiviertel mit Sekt gefüllt sind.

»Cheers.« Ich proste ihr vom weißen Frisierhocker aus zu, der zur weißen Frisierkommode gehört, die ebenfalls komplett nach Barbie-Haus aussieht. Lils Eltern haben null Geschmack. Trotzdem halten sie sich für richtige Vollprofis in Sachen Einrichtung. Lils Vater designt knallbunte Krawatten mit witzigen Motiven und ist damit richtig reich geworden. Ihren Style betreffend, hat Lil das Kitsch-Gen ihrer Eltern glücklicherweise nicht geerbt, was in dieser Umgebung noch befremdlicher wirkt. Es ist, als hätte sie sich hier mit ihren Laufmaschen-Leggings, dem Tank-Top und ihren Armreifen und Armbändern reingeschmuggelt.

Sie lächelt und erhebt ihr Glas. »Auf dich und mich! Möge uns in diesem Leben nichts mehr auseinanderbringen.«

Und dann trinken wir den Sekt auf ex aus. Das kalte Prickeln tut gut. Ich bin so froh, dass ich heute Nachmittag bei Lil sein kann und dass ihre Mutter nicht da ist, die sonst ständig mit was Essbarem reinkommen würde. Ich brauche dringend Ablenkung von meinem Ausflug in den Wald, von Noahs und meiner Trennung. Und die finde ich bei Lil. Zwischen uns ist es wie früher. Komplett vertraut. Wir kennen uns eben schon seit der ersten Klasse. Am liebsten würde ich Lil von Noahs Geständnis erzählen. Aber das kann ich nicht. Lil würde ausrasten und mir zum hundertsten Mal Vorwürfe machen, wie ich auf ihn nur reinfallen konnte. Das Gespräch erspare ich mir besser.

Ich komme zu ihr rüber und setze mich neben sie auf die superweiche Matratze. Die knuddeligen Pinky und Stinky kommen auch noch hochgesprungen und wollen gekrault werden. Der Sekt macht mich angenehm leicht und plötzlich verschwindet meine Trauer. Die Motorradfahrt in den Wald verschwimmt in der Erinnerung. Wichtig ist, dass ich meine beste Freundin wiederhabe. »Du hast mir so gefehlt«, sage ich und gebe Lil einen Schmatzer auf die Wange. »I love you, Baby!«

»I love you, too!« Lil gibt mir einen Schmatzer zurück und dann lassen wir uns nebeneinander in die Kissenberge sinken.

Eigentlich müssen wir noch richtig viel für die Geschichtsklausur büffeln. Aber sobald man auf diesem Bett liegt, geht gar nichts mehr. Leicht beschwipst gucken wir hoch in diesen knallrosa Wahnsinn aus Tüll und Seide und kraulen die Hunde. Lils Handy liegt zwischen uns, wir hören Musik und singen laut mit. Lil hat eine super Stimme. Sie nimmt Gesangsstunden und will später Sängerin werden. Oder Fotografin oder Psychologin. Vielleicht auch Balletttänzerin. Dabei hatte sie noch nie eine einzige Ballettstunde. Das bisschen Schwebebalkentraining in der Schule hilft ihr da jedenfalls nicht weiter.

Ich kichere. »Willst du immer noch Schwanensee tanzen?«

»Klar.« Sie dreht den Kopf und sieht mich von der Seite an. »Traust du mir das etwa nicht zu?«

Ich hebe die Hand. »Oh klar! Auf jeden Fall. Du wirst später mal eine ganz tolle Primaballerina werden. Und ganz viel Rosa tragen.«

Wir lachen, bis uns die Tränen aus den Augenwinkeln kullern. Und in dieses Lachen hinein meint Lil unvermittelt: »Du solltest dich mit ihr aussprechen.«

»Mit wem?« Ich richte mich auf und höre sofort auf zu lachen. Natürlich weiß ich, wen sie meint.

»Na, mit Juno.« Lil setzt sich nun auch wieder auf und hebt sich Pinky mit den schwarzen Knopfaugen vors Gesicht, damit sie mich nicht angucken muss. Weil sie ahnt, dass mich das Thema wütend macht.

»Wieso sollte ich mich mit Juno aussprechen?«, frage ich ärgerlich. »Ich hab ihr nichts getan. Wenn sie so blöd ist und mich hasst, kann ich auch nichts dafür. Ich finde, sie müsste den ersten Schritt machen. Ich laufe ihr doch nicht hinterher.«

»Okay!« Lil nimmt ihren winzigen Hund mit dem rosa Halsband wieder runter und setzt ihn auf die Bettüberdecke. »Willst du bis zum Abitur mit ihr gemeinsam Kurse besuchen und sie wie Luft behandeln? Viel Spaß dabei! Super anstrengend!«

»Sie behandelt mich doch auch wie Luft!« Ich nehme mir ein Kissen, lege es auf meine angewinkelten Beine und boxe ein bisschen darauf herum. Juno würdigt mich in der Schule keines Blickes. Und Nana hat sie auch auf ihre Seite gezogen. Das nervt mich total. »Sie tut, als hätte *sie* allen Grund, total sauer auf mich zu sein. Ich schätze, sie redet den ganzen Tag total schlecht von mir. Was ich für eine Verräterin bin und so. Dabei ist sie eine! Schätze, sie will von sich ablenken.«

»Ja, aber auch nur, weil sie nicht weiß, wie sie sich dir gegenüber verhalten soll, nach dem Blödsinn, den sie mit Jean verzapft hat.« Lil zieht die Augenbrauen hoch. »Ehrlich. Ich glaube, sie ist komplett unglücklich. Jedenfalls hat sie das heute nach der Schule zugegeben.«

»Selbst schuld. Sie hätte sich ja nicht an Jean ranmachen müssen!«

»Aber ihr seid doch gar nicht mehr zusammen«, wendet Lil ein. Dabei sieht sie mich durchdringend an, als wollte sie sagen, dass ich endlich zur Vernunft kommen und Juno verzeihen soll.

Aber irgendwie kann ich das nicht. Sie hat mir etwas angetan, was sich Freundinnen, die sich seit der Grundschule kennen, einfach nicht antun. »Ach ja? Und warum sind Jean und ich nicht mehr zusammen? Weil Juno mit ihm rumgemacht hat, als wir noch zusammen waren!«

»Ja, das möchtest du dir vielleicht einreden«, sagt Lil unerschüttert und gießt sich noch mal Sekt in ihr Wasserglas nach. »Aber Fakt ist doch, dass du dich früher oder später sowieso von Jean getrennt hättest! Eure Beziehung war am Ende.«

»Und warum hat es dann so wehgetan?«

»Weil dein Stolz verletzt war. Hättest du noch echte Gefühle für ihn gehabt, wärst du Noah nicht verfallen.«

»Bin ich ja auch gar nicht.« Ich blicke sie bockig an. »Wie kommst du darauf?« Viel eher bin ich gerade dabei, ihn zu vergessen. Denn so, wie die Dinge liegen, ist es zwischen uns unwiderruflich vorbei. Für uns gibt es keine Zukunft. Wie sollte die überhaupt aussehen? Wir beide in einer Hochhauswohnung im Viertel hinterm Kanal mit fetter Satellitenschüssel auf dem Balkon?! Nichts in der Welt kann meine Entscheidung umstürzen. Ich bin geheilt. Zumindest fast. Wenn ich es mir nur häufig genug einrede.

Lil zuckt mit den Schultern. »Na ja, weil du förmlich glühst. Ich schätze, du hast ihn gleich nach der Gerichtsverhandlung heimlich wieder getroffen. Von dir geht nämlich seit Neuestem so eine seltsame Elektrizität aus, wenn du weißt, was ich meine?!«

»Nein, ich weiß nicht, was du meinst«, behaupte ich, aber nur in der Hoffnung, dass Lil ihren Eindruck etwas spezifiziert.

»Dieses aufgeregte Brizzeln, mit dem du die ganze Stadt mit Strom versorgen könntest, war nie da, als du mit Jean zusammen warst.« Sie trinkt ihr Glas aus und gibt einen leisen Hickser von sich. »Muss toll sein, so verliebt zu sein. Ich werde vermutlich den Rest meines Lebens drauf warten.«

Oh nein! Lil macht es immer schlimmer für mich. Ich versuche, meine Mimik ruhig zu halten. »Ach ja? Und welches Geräusch habe ich gemacht, als ich mit Jean zusammen war?«

»Mehr so ein schlaffes Pfffff. Wie eine kaputte Luftmatratze.« Lil hält mir grinsend die Sektflasche hin. »Noch einen Schluck, Baby?«

»Vielen Dank! Echt schmeichelhaft.« Ich grinse auch.

Weil Lil es mit ihrer Luftmatratzen-Analogie ziemlich auf den Punkt gebracht hat, was Jean und mich anbelangt. Am Ende waren wir echt schlaff zusammen. Komplett langweilig.

»Keine Ursache. Du kannst froh sein, dass Juno es dir so leicht gemacht hat.« Nachdem Lil mir noch einen Schluck eingegossen hat, stellt sie die Flasche auf ihr Nachtschränkchen, und ich muss sagen, der Sekt hat ihre Zunge ganz schön gelöst. Sie nimmt ja gar kein Blatt mehr vor den Mund. Was nichts macht, weil ich ziemlich froh bin, das Vergangene mal konkret durchzusprechen, um es endgültig hinter mir zu lassen.

»Juno hat es mir leicht gemacht? Wie soll ich das denn bitte verstehen? Sie hat mir den übelsten Schmerz des Jahrhunderts zugefügt. Diese Sache hat mir das Herz gebrochen.«

»Als ob! Das hättest du vielleicht gerne, damit du dir selbst leidtun kannst.« Lil winkt ab, schiebt die Geschichtsbücher mit dem Fuß von der Matratze und lässt sie auf den Teppichboden plumpsen. Das bedeutet, wir lernen heute nicht mehr, sondern schreiben uns Spickzettel für die Klausur. »Sie hat dir eine ganz unangenehme Aufgabe abgenommen.«

»Und die wäre?« Jetzt bin ich aber gespannt.

»Sie hat dir erspart, mit Jean Schluss zu machen. Ich sage dir, den wärst du nicht so einfach losgeworden. Denn im Gegensatz zu dir ist er totaler Pragmatiker. Wäre Juno nicht dazwischengekommen, hätte er gnadenlos den Weg weiterverfolgt, den sich seine Eltern für ihn ausgedacht haben. Und zwar mit dir. Gähn!« Lil hält sich die Hand vor den offenen Mund und klappert kokett mit ihren Augenlidern.

»Okay.« Ich puste geschlagen die Luft aus. »Ich werde mit ihr reden und mich bedanken.«

»Wenn du ehrlich bist, müsstest du zugeben, dass du dich damals auf dem KFC-Parkplatz so oder so in Noah verliebt hättest. Auch wenn du noch mit Jean zusammen gewesen wärst. Weil ihr irgendwie viel besser zusammenpasst. Jedenfalls kommt es mir so vor.«

»Meinst du?« Mein Herz klopft heftig drauflos. Wie kommt sie darauf? Sie kennt ihn doch gar nicht. Nur vom Sehen vor Gericht. Hat er da schon solchen Eindruck auf sie gemacht? Ich will lieber hören, dass Noah und ich überhaupt nicht zusammenpassen, damit die Trennung nicht so wehtut. Soll ich Lil doch von der geplanten Entführung erzählen? Damit sie mir glaubhaft meine neue Meinung bestätigt, nämlich wie indiskutabel er ist? Sind beste Freundinnen nicht genau dafür da? Sie muss mir Noah ausreden. Mir versprechen, dass ich bald einen neuen Freund habe. Einen, der wirklich zu mir passt. Meinetwegen gehe ich auch zu irgendeiner Dachgartenparty von Nanas Freund Nick, um mit einem Zwei-Meter-Basketballer zu knutschen. Nur will ich Noah vergessen. Ich will nicht in diesem Schmerz versinken. Es ist kein schöner, wehmütiger Schmerz. Es ist ein Schmerz-Schmerz. Einer, der die Macht hat, mich um den Verstand zu bringen, wenn die erste Schockbetäubung nachlässt.

Plötzlich sehe ich alles wieder deutlich vor mir. Die ganze Szenerie. Noah und ich mitten im Wald. Sein Geständnis. Unser letzter Kuss. Unser Abschied für immer. Es ist wie eine Woge, die über mir zusammenbricht. Ich kann das nicht für mich behalten. Ich muss es Lil erzählen, weil ich sonst platze.

»Hey! Ist alles okay mit dir?« Lil stupst mich mit ihrer Hand am Knie an und guckt mich besorgt an.

Ich nicke und lächele ziemlich gequält. »Ja, alles okay. Mir geht's nur gerade nicht so gut.«

»Oh nein! Was ist los? Du musst mir doch sagen, wenn's dir nicht gut geht! Hallo!?« Lil rutscht näher an mich heran und guckt mich mit großen Augen an. »Hab ich was Falsches gesagt? Ist es wegen Juno und Jean?«

»Nein.« Ich spüre schon, wie sich die Erleichterung in meinem ganzen Körper ausdehnt, weil ich Lil gleich in alles einweihen werde. Ich will gerade loserzählen, da klingelt es unten an der Haustür.

Lil zuckt zusammen und starrt zuerst mich an, dann auf ihr Handydisplay. »Oh Shit!«

»Was denn?« Ich sehe ihr irritiert nach, wie sie vom Bett springt und in ihr Bad rennt. Durch die offene Tür höre ich, wie sie gurgelt und ausspuckt. Dann kommt sie wieder zu mir ins Zimmer. Sie sieht total schockiert aus. »Oh shit!« Sie stampft mit dem Fuß auf. »Das ist mein bekloppter Fahrlehrer, der mich zur Autobahnfahrt abholt. Oh Mist! Und ich bin total alkoholisiert! Meinst du, der merkt das?«

Ich schüttele den Kopf. »Bestimmt nicht. Du wirkst total klar.«

»Shit! Wirklich?« Lil dreht sich um. »Bin gleich wieder da, ich mach nur schnell die Tür auf.« Sie rennt los und prallt direkt am Türrahmen ab. »Aua!« Sie taumelt für einen Moment, dann hält sie sich ihr Knie und humpelt nach draußen in den Flur, die Treppe runter.

Ich muss lachen, obwohl mir gerade noch zum Heulen zumute war. Es ist wie früher. Mit Lil zusammen zu sein, ist einfach witzig.

Nach ein paar Minuten kommt sie zurück und setzt sich zu mir auf die Bettkante. Sie nimmt meine Hände in ihre und sieht mich an. So richtig kann sie ihren Blick allerdings nicht mehr fokussieren. Ein ganz leichtes Lallen ist auch zu hören. »Tut mir leid, dass ich jetzt losmüss. Lass uns heute Abend telefonieren. Okay?«

»Okay.« Ich lächele. Vielleicht ist es besser, dass ich nichts erzählen konnte. Bestimmt ist es besser so. Auch wenn sich meine Erleichterung gleich wieder in Luft aufgelöst hat. »Ich werde schon klarkommen. Viel Glück bei der Fahrstunde. Und vielleicht übst du ja heute besser nur vorwärts einparken.«

»Geniale Idee!« Sie gibt mir noch einen Kuss auf die Stirn und rennt dann wieder raus. Aus dem Flur höre ich sie rufen: »Zieh einfach die Haustür hinter dir zu, wenn du gehst, Baby!«

Nachdem ich Pinky und Stinky in der Küche noch frisches Wasser in ihre quietschrosa Näpfe gefüllt habe, trete ich hinaus in die späte Nachmittagssonne und laufe den Vorgartenweg hinunter, auf die Straße. Weil Jean hier gleich um die Ecke wohnt, beschließe ich, meine Vespa abzuholen, die noch bei ihm in der Garage steht. Und mein Handy. Ich hoffe, er ist beim Fußballtraining. Ich habe gerade so was von keine Lust, mit ihm noch mal unseren Trip ins Viertel am Kanal zu diskutieren. Entschuldigt habe ich mich ja schon. Erst mal will ich mich mit Juno aussprechen.

Während ich den Gehweg an den Villen runtergehe, schicke ich ihr eine Nachricht von meinem Ersatzhandy, ob sie später zu Hause ist und ob ich vorbeikommen kann. Als ich vor Jeans Einfahrt stehe, habe ich noch keine Antwort von ihr. Was echt merkwürdig ist. Juno und ihr Telefon bilden quasi eine Einheit. Vermutlich hat sie absolut kein Verlangen, mit mir zu reden. Aber so verbohrt ist doch kein Mensch, nicht die letzte Gelegenheit zu ergreifen, sich zu versöhnen, oder?

Das hohe schmiedeeiserne Tor zum römischen Pseudo-Palast von Jeans Eltern steht wie meistens offen, und ich laufe die gewundene Einfahrt hinauf, an den Granatapfelbäumen und blühenden Rhododendronbüschen vorbei, bis ich die letzte Windung nehme und *sie* auf dem Vorplatz sehe.

Juno und Jean!

Beide in kurzen Hosen, abgeschräbbelten T-Shirts und braun gebrannt. Juno hat ihre Haare zum Dutt geknotet und trägt Pappkartons quer über den Vorplatz zu Jean, der auf der Ladefläche vom Range Rover seines Vaters steht und ihr die Kartons abnimmt, um sie zu verstauen. Was soll das denn werden? Ich bleibe augenblicklich stehen, leicht verdeckt von einem ausladenden Granatapfelbaum. Ich kann nicht verstehen, worüber sie reden. Aber man muss nicht besonders schlau sein, um zu kapieren, dass die beiden sich bombig verstehen.

Juno reicht Jean einen Karton nach oben. Er sagt irgendetwas, offenbar war es ein Witz, denn sie lacht. Dann springt er von der Ladefläche, umarmt Juno und küsst sie auf den Mund. Wow! Sieht ganz danach aus, als wären sie jetzt offiziell zusammen. Das ging aber schnell. Ich verschwinde mal besser!

Doch bevor ich mich ungesehen ins schützende Grün der Rhododendren zurückziehen kann, entdeckt mich Juno in den Büschen. Sie weicht einen Schritt von Jean zurück. »Sina! Was machst du denn hier?«

»Keine Angst. Ich wollte nur meine Vespa abholen. Mehr nicht«, erkläre ich trocken und werfe ihr einen wütenden Blick zu. »Und was machst du hier?«

Eigentlich will ich das gar nicht fragen. Aber so ganz ohne Worte kann ich das Feld auch nicht räumen.

Jean kommt über den Vorplatz auf mich zu und ich trete aus diesen ganzen Pflanzen hervor. Er grinst verlegen. »Wir helfen meiner Mutter bei den Vorbereitungen für die Wohltätigkeitsveranstaltung. Geschenkpakete für die Kinder verladen und so.«

»Toll!« Da haben sich ja zwei gesucht und gefunden. Ich habe nichts gegen Wohltätigkeitsveranstaltungen und auch nichts gegen Geschenkpakete für notleidende Kinder. Aber ich habe was dagegen, wenn man so tut, als sei man der absolute Gutmensch, obwohl man der komplette Arsch ist. Oder zumindest mal war. »Dann viel Spaß noch!« Ich drehe mich um und laufe die Auffahrt hinunter. Mit den beiden muss ich mich jetzt definitiv nicht weiter unterhalten. Worüber auch? Dass ich mich nicht so anstellen soll? Will mir Jean zum Ausgleich vorhalten, dass ich selbst eigenartige Sachen am Laufen habe? Auch wenn es stimmt, will ich es gerade nicht hören. Meine Vespa und das Handy kann ich auch noch später abholen.

Nur komme ich nicht weit. Ich höre, wie Jean hinter mir herrennt und ruft: »Sina, warte!«

Ich laufe einfach weiter. Immer schneller die Auffahrt hinunter. Ich kenne fast jeden Grashalm, der hier wächst.

Wieder höre ich Jean nach mir rufen. »Sina!«

Jetzt fällt auch noch Juno ein: »Hey, Mann! Warte doch mal!«

Ich höre, wie sie über den Kies hinter mir herkommen. Ich beschleunige meine Schritte, bis ich schließlich laufe, damit sie mich nicht einholen. Wie früher, wenn wir Fangen gespielt haben.

Juno versucht es noch einmal: »Sina! Sei nicht albern! Lass uns endlich reden!«

Das kann sie vergessen. Mir reicht es. Ich habe überhaupt keinen Grund, mich bei ihr zu entschuldigen oder für eine Aussprache auf sie zuzugehen. Warum auch? Ihr scheint es doch blendend mit meinem Exfreund zu gehen. Und unter besonderen Schuldgefühlen scheint sie auch nicht zu leiden, so, wie Lil vermutet hat. Dass ich vor Gericht nicht gegen Noah ausgesagt habe, wird sie irgendwann auch noch verkraften. Vielleicht verrät Jean ihr sogar, dass ich mit Noah befreundet bin. Wahrscheinlich hat er es ihr schon längst erzählt. Ist mir egal. Ich muss nicht darum betteln, dass sie mich in der Schule nicht mehr ignoriert und nicht mehr so tut, als sei ich ein unzumutbares Subjekt. Ein letztes Mal höre ich sie nach mir rufen: »Sina!«

Irgendwie bin ich schon zu weit gelaufen, als dass ich

mich jetzt noch umdrehen könnte. Ich zwänge mich durch das angelehnte schmiedeeiserne Tor auf die sonnenbeschienene Straße. Schon zum zweiten Mal innerhalb der letzten 14 Tage flüchte ich von diesem Grundstück. Ich sollte wirklich aufhören, hierherzukommen.

Achtundzwanzig

30. Tag

»Mir reicht's für heute!« Meine Schwester steigt mit rotfleckigem Gesicht vom Stepmaster und trocknet sich ihren Nacken mit dem Handtuch ab. »Ich brech zusammen! Das ist so anstrengend. Los, gib auch auf, Schweinebacke! Dann können wir endlich gehen und uns irgendwo eine Pizza reinstopfen.« Sie sieht mich flehend an.

Ich keuche: »Noch nicht.« Den Gefallen kann ich ihr leider nicht tun. Auch wenn ich völlig am Ende bin und schon Sternchen sehe. Ich will erst noch diesen angenehmen Trance-Zustand erreichen, von dem Extremsportler so schwärmen. Mit letzter Kraft trete ich die Pedale runter. Der Schweiß rinnt mir über das Gesicht. Meine Oberschenkel brennen, mein T-Shirt ist komplett durchnässt, und mein Herz rast, als würde ich kurz vor einem Infarkt stehen. Aber darauf kann ich keine Rücksicht nehmen. Genauso wenig kann ich auf Franzi Rücksicht nehmen, die hier so schnell wie möglich wieder rauswill, weil sie Fitnessstudios hasst.

»Und wie lange willst du dich noch abstrampeln?« Sie

greift nach ihrem isotonischen Getränk und saugt am Strohhalm, als würde sie dadurch reinen Sauerstoff aufnehmen. »Bis du dreißig Kilo abgenommen hast?«

»Nee! Bis ich mich komplett aufgelöst habe.« Das wäre gerade echt mein Traum. Dann wäre ich mit einem Schlag mein problematisches Leben los. Gerade befürchte ich, dass es nie wieder in Ordnung kommt. Am liebsten würde ich so tun, als sei in den letzten Wochen nichts Weltbewegendes passiert! Aber das geht leider nicht. Denn wie als Symbol für den Komplett-Zusammenbruch meines Lebens, steht vor der Fitnessstudiotür ein von meinem Vater organisierter Sicherheitsmann, der aufpasst, dass mir dieser Max nicht mehr zu nahe kommt.

»Na, dann viel Spaß! Wir treffen uns an der Saftbar.« Franzi wirft sich das Handtuch über die Schulter und verschwindet in ihrem Samtjogginganzug, in dem sie wie ein altrosa Sofa aussieht, Richtung Umkleidekabinen.

Ich rechne es ihr hoch an, dass sie mich an diesem Sonntagmorgen überhaupt hierherbegleitet hat. Früher bin ich immer mit meinen drei Mädels hergekommen, um unsere Beine so in Form zu bringen, dass die Oberschenkel sich beim Gehen nicht berühren. Erst, wenn du so schlank bist, ist deine Figur perfekt! Juno hat das mit ihrem eisernen Willen sogar geschafft. Aber die Zeiten des gemeinsamen Trainierens sind ja nun vorbei. Die angesagteste Mädchenclique der Schule hat sich aufgelöst. Nana hat noch immer nicht auf meine Versöhnungsmail reagiert und Lil sucht krampfhaft weiter nach plausiblen Entschuldigungen für ihr kindisches Verhalten. Sie meint, dass Nana fast nur noch mit ihrem Zwei-Meter-Basketballer Nick rumhängt und ihn als Maskottchen zu seinen Auswärtsspielen begleitet. Juno hat mit Jean zum ersten Mal einen festen Freund und nicht nur One-Night-Stands. Und Lil macht gerade ihren Führerschein. Ab jetzt kümmert sich wohl jede von uns nur noch um ihr eigenes Leben.

Ich reagiere mich schon seit zwei Tagen auf dem Stepmaster ab, um nicht durchzudrehen. Juno hatte völlig recht, damals in der Cafeteria, kurz nach dem KFC-Überfall: In schweren Krisenzeiten hilft Extrembetätigung dabei, das Nachdenken abzuschalten. Es ist einfach unmöglich, sich auf diesem Ding bis zur Totalerschöpfung abzustrampeln und gleichzeitig Probleme zu wälzen. Der Nachteil an der Sache ist: Sobald ich runter von dem Gerät bin, kann ich nicht aufhören, mir die immer gleichen Fragen zu stellen, auf die es gerade keine Antworten gibt: Wo ist Noah? Wie geht es ihm? Denkt er an mich? Wie wird für ihn der Mordprozess ausgehen? Werden wir uns je wiedersehen? Ist er ein schlechter Mensch, weil er mich entführen wollte? Oder der mutigste von allen, weil er sich in allergrößte Gefahr begeben hat, um mich zu retten? Müsste ich ihm nicht dankbar sein? Und sollte ich Juno endlich mal verzeihen, obwohl sie sich an meinen Freund rangemacht hat? Franzi meint, das, was Juno getan hat, ist komplett indiskutabel, auch wenn sie mit ihrem hohlen Äußerlichkeitswahn viel besser zu Jean passt als ich. Sie findet, dass ich Juno nicht mal verzeihen kann, wenn sie auf Knien zu mir gerutscht kommt und sich unter Tränen selbst auspeitscht. Meine Schwester liebt die Motive aus dem Alten Rom.

»Hey, Sina.« Plötzlich, ohne dass ich es bemerkt habe, ist Juno neben mich getreten. Als hätte ich sie durch meine Gedanken hierhergebeamt. Will sie etwa auch trainieren? Dann müsste ich sofort verschwinden. Ich werde nicht mit ihr in einem Raum bleiben. Egal, wie groß er ist.

Sie blickt zaghaft lächelnd zu mir nach oben. Ich blicke wütend zu ihr nach unten. Sie trägt enge Jeans und ein weites Top. Dazu lange goldene Ohrringe. Sie ist wie immer top gestylt, nur ihre Haare sind etwas zerzaust. Als hätte sie nicht zu Hause geschlafen. Natürlich nicht. Ich Dummkopf! Sie ist ja jetzt mit meinem Exfreund zusammen! Ich will mir nicht mal vorstellen, wie sie Jean küsst, dabei hat sie garantiert bei ihm übernachtet und mit ihm geschlafen. Da sind die beiden schon weitergekommen als ich und Jean. Dafür habe ich mit Noah geschlafen, was jetzt auch egal ist, weil es mit ihm schon wieder vorbei ist.

Weil ich nichts sage, sondern Juno nur böse anstarre, zieht sie die Stirn kraus und öffnet den Mund. Es kommt aber kein Ton heraus.

Also frage ich scharf: »Wie geht's?« Zu mehr bin ich nicht in der Lage. Immerhin sind wir beide total verfeindet, und es ist wichtig, dass ich ihr das signalisiere. »Gut. Und dir?« Juno verschränkt die Arme vor der Brust, lässt sie dann aber wieder sinken. Schließlich holt sie tief Luft und stößt hervor: »Ich wollte mich entschuldigen. Ich habe mich total danebenbenommen. Es tut mir leid. Ich hätte nie etwas mit Jean anfangen dürfen, solange du mit ihm zusammen warst. Und eigentlich auch danach nicht.

Du bist doch meine allerbeste Freundin! Kannst du mir noch mal verzeihen?«

»Bist du deswegen hergekommen?« Ich klinge komplett vorwurfsvoll. Genau wie meine Mutter, die es nicht leiden kann, in privaten Momenten gestört zu werden. Und in diesem Punkt sind wir uns sogar ähnlich. Gerade will auch ich meine Ruhe haben. Auch wenn ich nichts mehr für Jean empfinde, bin ich tief verletzt. Ich weiß nicht, ob ich Juno mal eben so verzeihen kann, weil ihr plötzlich wieder eingefallen ist, dass ich ihre beste Freundin bin. Wie stellt sie sich das vor? Dass es einfach ganz normal mit uns weitergeht und ich vergesse, was sie getan hat? Nur mit dem Unterschied, dass sie jetzt einen Freund hat und ich nicht!

Juno wendet sich in den riesigen Trainingssaal hinein, in dem unzählige Fitnessgeräte in mehreren Reihen stehen, an denen rot gesichtige Frauen trainieren. Dann dreht sie sich wieder zu mir um und blickt mich ernst an. »Ich halte es nicht aus, wenn wir uns in der Schule wie Luft behandeln und du wütend auf mich bist.«

»Verstehe«, sage ich. Und ich halte es nicht aus, sie zukünftig in der Schule zusammen mit Jean zu sehen.

»Bitte, können wir uns nicht wieder vertragen?«

»So, als sei nichts passiert?«, sage ich bockig und stapfe wieder wie eine Wilde auf dem Stepmaster herum, anstatt endlich abzusteigen.

»Tja, also ...« Juno presst die Lippen zusammen und macht große Augen, als hätte sie Hoffnung, dass ich jetzt mal die Gesprächsführung übernehme. Weil sie darauf nämlich keine Antwort weiß. Aber so richtig was zu sagen habe ich auch nicht mehr. Ich könnte sie noch fragen, was sie sich bei der ganzen Sache eigentlich gedacht hat oder wie lange sie schon in Jean verliebt war? Lauter Fragen, deren Antworten richtig wehtun. Aber ich bin vernünftig genug, die Geschichte nicht noch mal aufzurollen und in allen Einzelheiten zu besprechen. Also sehe ich sie nur abwartend an.

Juno grinst unsicher: »Kannst du mal irgendwas sagen? Zum Beispiel: Entschuldigung angenommen. Oder: Ich hasse dich! Ich werde dich töten!«

Den Gefallen werde ich ihr nicht tun. Offenbar muss ich aber irgendetwas antworten, damit ich wieder meine Ruhe habe. Ich haue auf die Stopptaste vom Stepmaster und steige taumelnd von den Pedalen. Ärgerlicherweise muss ich mich für einen kurzen Moment an Junos Schulter festhalten, um nicht umzukippen. Ich murmele mit geschlossenen Lidern: »Sekunde …«

So stehen wir ein paar Augenblicke, bis sich mein Puls einigermaßen normalisiert hat. Dann lenke ich uns in Richtung Saftbar, wo Franzi noch nicht zu sehen ist. Vermutlich ist sie ins Dampfbad gegangen. Ich hoffe, sie bleibt da eine Weile. Wenn sie Juno hier antrifft, könnte es sein, dass ihr meine Schwester unverblümt die Meinung sagt. Das wäre mir jetzt auch zu anstrengend. Ich will diese Angelegenheit schnell hinter mich bringen und dann nie wieder darüber nachdenken.

Juno und ich setzen uns auf die Barhocker an der Theke und bestellen uns bei der Frau mit dunkelbraunem Pferdeschwanz einen frisch gepressten Möhren-Apfel-Ingwer-Saft.

Als die Gläser vor uns stehen, sauge ich an meinem Strohhalm und frage: »Woher wusstest du, dass ich hier bin?«

»Von deiner Mutter. Sie kam heute schon ganz früh zu … zu … Jean.« Juno räuspert sich und ihr Gesicht läuft rot an. »Entschuldige. Ich bin so blöd. Ich weiß.«

Ich übergehe Junos Bemerkung, die mir beweist, dass sie wirklich bei Jean geschlafen hat, und sage trocken: »Meine Mutter hat sich sicher gewundert, dich dort anzutreffen. Ich habe ihr nämlich noch gar nicht gesagt, dass es zwischen mir und Jean endgültig aus ist.«

»Ja, sie war ziemlich überrascht.« Juno wirft mir einen kurzen, unsicheren Blick zu. »Ich kam gerade aus dem Haus, als sie reinwollte.«

»Hat sie irgendwas gesagt?«, frage ich und knabbere an der Zitronenscheibe, die am Glasrand klemmte. Auf meiner Haut bildet sich Gänsehaut. Eben war mir noch superheiß, jetzt wird mir langsam richtig kalt. Wieso will ich das eigentlich wissen? In der Hoffnung, dass meine Mutter an meiner Stelle Juno die Meinung gegeigt hat? Oder will ich den Beweis, dass meine Mutter wieder so getan hat, als sei alles in bester Ordnung, um sich keine Blöße zu geben?

»Sie hat mich nur komisch angesehen und gefragt, was ich schon so früh bei Jean mache. Sie hatte gedacht, dass ich mit dir im Fitnessstudio bin. Wie immer …« Juno setzt sich gerade hin, ihr Augenlid zuckt und ihre Stimme klingt brüchig. »Bevor ich irgendwas sagen konnte, kam schon Jeans Mutter dazu und wollte wissen, ob ich nicht noch mit frühstücke. Das war ziemlich peinlich. Für einen

Moment dachte ich, deine Mutter macht auf dem Absatz kehrt und verschwindet. Aber dann hat sie gelächelt und gemeint, sie hätte sehr gerne auch einen Kaffee.«

»Aha.« Es ist echt bezaubernd von Juno, dass sie mir das alles so ausführlich erzählt. Meine Mutter hat auch wie erwartet reagiert. Wahrscheinlich hat sie drinnen am Frühstückstisch in ihrer aufgesetzt fröhlichen Art herumgelacht und so getan, als sei alles in bester Ordnung, während sie innerlich vor Scham im Boden versunken ist. Schließlich ist ihr in diesem Moment klar geworden, dass ihre Tochter nun definitiv nicht mehr mit dem tollsten und vielversprechendsten Typen der Schule ihr Hochglanz-Leben verbringen wird – sondern Juno. Wahrscheinlich macht sie mir, wenn ich nach Hause komme, noch Vorwürfe, wie ich Jean nur an Juno verlieren konnte.

Sie hebt hilflos die Hände. »Es tut mir so leid, Sina. In meinem ganzen Leben habe ich mich noch nie so mies gefühlt. Aber es ist irgendwie einfach passiert. Als ich Jean Anfang der Sommerferien beim Joggen am See getroffen habe, als du mit deiner Familie gerade im Urlaub warst. Wir sind ein Stück zusammen gelaufen und haben uns dann in der Abendsonne auf den Steg gesetzt und …«

»Okay! Vielen Dank!« Ich hebe abwehrend die Hand. »Ich muss das nicht im Detail wissen.« Spinnt sie eigentlich? Hat sie überhaupt kein Herz? Kann sie sich nicht vorstellen, wie ich mich fühle?

»Klar. Entschuldige.«

Juno beißt sich auf die Lippen und betrachtet konzentriert die bunte Gemüseauslage in der Vitrine.

Damit sie es für immer versteht, sage ich: »Du hast mir echt ziemlich wehgetan, Juno. Ich dachte, mein Herz bricht, als Jean sich von mir getrennt hat. Ich war mir sicher, dass ich mich nie wieder davon erhole. Ich hab dir das alles noch erzählt, und du hast so getan, als würdest du mitfühlen. Dabei hast du mich nur im Auge behalten, aus Angst, ich könnte mich Jean wieder annähern. Das ist so … so hinterhältig.«

»Ich weiß. Und es hat mir das Herz gebrochen, dich so traurig zu sehen.« Juno schluckt, und für einen Augenblick denke ich, dass sie anfängt zu weinen. Ich habe sie noch nie weinen sehen. Aber dann strafft sie sich und verfällt stattdessen in ein Jammern: »Aber Sina, was sollte ich denn machen? Was hättest du an meiner Stelle gemacht? Ich habe mich bedingungslos in ihn verliebt.«

Soll ich ihr ernsthaft darauf antworten? Soll sie mir jetzt etwa leidtun? Mein Kopf platzt gleich. Ich will, dass Juno verschwindet. Irgendwann werden wir uns vielleicht wieder wie zwei normale Menschen unterhalten. Aber jetzt gerade nicht.

Sie sagt mit klagender Stimme: »Ich konnte nicht anders, obwohl es so unglaublich verboten war. Verbotener als alles andere auf der Welt. Jean und ich haben beide versucht, dagegen anzukämpfen. Und trotzdem fühlte es sich komplett richtig an. Kannst du das verstehen?«

Ich zucke mit den Schultern und sauge den Rest von meinem Saft durch den Strohhalm. Sicher kann ich es irgendwie verstehen. Auch ich habe mich in jemanden verliebt, der mir verboten war. Aber ich habe dabei niemanden verletzt. Sie hat sich meinen Freund genommen.

Ich finde, das ist viel schlimmer, als sich heimlich in den eigenen Retter zu verlieben, der sich im richtigen Augenblick gegen das Falsche entschieden hat. Für mich ist die Freundschaft zu Juno vorbei. Und zu Jean auch, der behauptet hat, Juno habe ihm nie etwas bedeutet.

Sie beobachtet mich von der Seite, als wollte sie meine Gedanken lesen. »Sag doch was. Verzeihst du mir?«

Ich hole tief Luft. »Klar.« Dabei habe ich einen dicken Kloß im Hals. »Klar, ich verzeihe dir.«

»Wirklich?« Juno bindet sich mit zitternden Händen einen Pferdeschwanz. »Es ist so ein schreckliches Gefühl, diejenigen zu belügen, die man am meisten liebt. Ich hatte solche Angst, dich zu verlieren, und dann kam der Überfall dazwischen und ...«

»Ist schon gut.« Ich habe keine Lust mehr, mir ihre Überlegungen und Erklärungen anzuhören. Ich sehe sie ernst an. Aber ohne Wut. Ohne Trauer. Einfach nur ernst. »Ich bin dir nicht mehr böse.«

»Danke.«

»Aber ich will nicht mehr mit dir befreundet sein. Es tut mir leid. Zwischen uns ist etwas kaputtgegangen, das nicht mehr zu reparieren ist.«

Bevor Juno noch etwas antworten kann, klopft mir jemand von hinten auf die Schulter.

»Gibt's Probleme? Soll ich tätig werden?« Franzi hat sich inzwischen umgezogen und baut sich neben mir auf. Sie funkelt Juno wütend an. »Ist das die Bitch, die dir deinen Freund ausgespannt hat und nun versucht, mit der Dumpfbacke glücklich zu werden?«

»Wir sprechen uns gerade aus«, erkläre ich knapp und

gebe Franzi mit den Augen Zeichen, dass sie auf der anderen Seite der Bar auf mich warten soll.

Es ist ihr anzusehen, dass sie eigentlich nicht von meiner Seite weichen will. Sie sagt: »Im Alten Rom hätte man dich für deinen Betrug den Löwen zum Fraß vorgeworfen!«

Juno öffnet den Mund. Doch bevor sie noch irgendetwas erwidern kann, lässt Franzi mich mit ihr noch mal allein, aber nicht aus den Augen. Sie setzt sich uns gegenüber auf einen der Barhocker und beobachtet uns.

Ich seufze. »Also, was ich sagen wollte, war, ich will nur endlich Frieden haben.«

Juno nickt und Tränen kullern ihr über die Wangen. Sie flüstert kaum hörbar: »Verstehe. Es tut mir leid.« Sie rutscht vom Barhocker und sieht mich ein letztes Mal an. »Mach's gut, Sina.« Sie gibt mir einen Kuss auf die Wange, läuft an der Gerätefläche entlang, durchs Drehkreuz und verschwindet aus dem Fitnessstudio, in dem wir gemeinsam für unser perfektes Leben trainiert haben. Für sie wird das einfach weitergehen. Während ich mich ohne Noah noch immer wie die Hälfte von etwas fühle, das ein Ganzes hätte sein sollen.

Neunundzwanzig

30. Tag

»Wo ist dein Abendkleid, das ich dir aufs Bett gelegt habe?« Meine Mutter starrt mich entgeistert an, als ich hinter meinem Vater und Franzi den Festsaal betrete. Offenbar ist sie heute Abend für die Begrüßung der Gäste abgestellt worden. Sie lächelt krampfhaft weiter, damit keiner der hereintretenden Herrschaften darauf kommt, dass hier gerade etwas ganz und gar nicht nach Plan läuft.

»Das habe ich da liegen lassen«, sage ich und bin regelrecht begeistert von mir selbst, weil ich den heutigen Abend mit offenen Haaren, in ausgewaschenen Jeans und Noahs T-Shirt verbringen werde, während sich alle anderen richtig viel Mühe mit ihren voluminösen Ballkleidern und seltsamen Hochsteckfrisuren gegeben haben. Die Leute aus unserem Hochsicherheits-Viertel sehen komplett verkleidet und irgendwie steif aus. Dafür fühle ich mich total frei.

Meine Mutter sieht das etwas anders. Sie flüstert: »Für diesen Abend gibt es einen strengen Dresscode! Festliche

Abendgarderobe! Das hatte ich doch gesagt. Und ausgerechnet meine Tochter hält sich nicht daran. Sogar Franziska hat ihr Abendkleid angezogen. Von dir hätte ich mehr erwartet.«

Ich zucke mit den Schultern. »Tut mir leid.« Meine Mutter wird es schon überleben. Dafür haben sich die anderen zweihundert Gäste an diesen albernen Dresscode gehalten. Mit ihren Champagnergläsern stehen sie herum und glitzern um die Wette.

Meine Mutter sticht sie allerdings alle aus, in ihrem weißen, mit Strasssteinen verzierten, figurbetonten Kleid. Sie sieht wirklich toll aus. Nur schade, dass sie glaubt, die äußere Erscheinung sei alles. Während hinter uns ständig neue Gäste den Ballsaal betreten, die meine Mutter eigentlich persönlich begrüßen müsste, schaltet sie plötzlich einen Gang runter und nimmt sich die Zeit, mir eine lockige Strähne hinters Ohr zu streichen. Dabei sagt sie, ohne mit dem Lächeln aufzuhören: »Schätzchen, warum hast du mir denn nichts von der Sache mit Juno und Jean erzählt?«

»Warum sollte ich?« Ich sehe meine Mutter erstaunt an, die irgendjemandem in der Menge hinter mir zuwinkt. Dies ist ihr großer Abend, auf den sie hingearbeitet hat, die ganzen letzten Wochen ging es nur um die Blumendekoration hier im Saal, und jetzt fragt sie mich allen Ernstes, warum ich nicht mit ihr geredet habe?

Ihr Blick schweift zurück zu mir und für einen kurzen Augenblick verschwindet ihr Lächeln und weicht einem wehmütigen Ausdruck. Sie sagt leise, fast sanft: »Aber ich bin doch deine Mutter. Mit wem willst du denn sonst so etwas Einschneidendes besprechen? Mit deinen Freundinnen, die dir deinen Freund wegschnappen?«

»Sie schnappen mir ja nicht alle meinen Freund weg.« Ungeduldig blicke ich mich um, ob ich irgendwo Franzi mit meinem Vater entdecke, die in der Menge verschwunden sind. Aber ich sehe nur kunstvolle Blumenbouquets, die im Saal verteilt auf hohen Tischen stehen und einen zarten Duft verströmen. Will meine Mutter jetzt ehrlich mit mir darüber reden, welch schweren Verlust ich ihrer Meinung nach erlitten habe?

»Aber dir ist etwas angetan worden, was bestimmt sehr schmerzhaft für dich war.« Sie streicht hilflos über meine Schulter und lächelt wieder zaghaft.

Ich weiß echt nicht, was das hier plötzlich werden soll. Nimmt sie die Wohltätigkeitsveranstaltung jetzt zu wörtlich und meint, mir was Gutes tun zu müssen? Darauf kann ich verzichten. Also versuche ich abzulenken. »Tolle Blumendekoration. War bestimmt viel Arbeit.«

Mit einem Mal hört meine Mutter auf zu lächeln. Obwohl sie dauernd von allen Seiten begrüßt wird. Sie nickt nur noch abwesend, dann greift sie mich am Arm und schleift mich durch die festlich gekleidete Menschenmenge, Richtung Bühne, die Jeans Mutter Melissa gerade im dunkelblauen bodenlangen Abendkleid betritt.

Melissa schwebt hinüber zum Mikrofon und räuspert sich. Als sie »Guten Abend« sagt, drehen sich alle gespannt zu ihr um und stellen ihren Smalltalk ein. Ich hätte erwartet, dass meine Mutter sofort vor Ehrfurcht erstarrt und gebannt auf Melissa blickt. Doch stattdessen zieht sich mich weiter, bis wir am Durchgang zur Küche stehen bleiben, in der weiß gekleidete Männer und Frauen hin- und herlaufen, Gemüse zerkleinern, in Töpfen rühren und Törtchen anrichten. Ich blicke über die nackte Schulter meiner Mutter und entdecke Jean, der im Anzug neben Juno am Bühnenrand steht und andächtig zu seiner Mutter hinaufsieht, die alle willkommen heißt und darum bittet, dass alle kräftig Tombola-Lose kaufen sollen. Jetzt legt er auch noch den Arm um Juno, die sich in ihrem atemberaubenden Cocktailkleid selig an ihn schmiegt. Das muss ich mir nicht angucken. Also wende ich mich wieder meiner Mutter zu, die plötzlich einen richtig unglücklichen Eindruck macht.

»Sina, ich weiß nicht, was zwischen uns passiert ist. Aber ich würde mir so wünschen, dass wir wieder mehr miteinander sprechen. Du hast recht, mit dem, was du neulich Nacht gesagt hast: Wir sind uns so fremd geworden.«

»Wundert dich das? Ständig geht es bei dir nur um irgendwelchen oberflächlichen, komplett unwichtigen Kram. Du hörst nie richtig zu. Stattdessen sagst du mir immer nur, was ich falsch mache oder anders machen soll. Nie fragst du mich, wie es mir geht.« Obwohl ich das jetzt gar nicht mit meiner Mutter besprechen möchte, höre ich mich all diese Dinge sagen, als hätten sie nur darauf gewartet, endlich von meinem Mund ausgesprochen zu werden.

Zu meiner Überraschung nickt sie und versucht nicht, sich zu rechtfertigen. »Es tut mir leid. Ich will es besser machen. Ich will für dich da sein. Ich bin doch deine Mutter.«

Wieso fällt ihr das ausgerechnet jetzt ein? Weil in diesem Moment eine Gruppe von Kindern die Bühne betritt, die von Melissa mit rührseliger Stimme als »hilfsbedürftig« und »von den Eltern allein gelassen« begrüßt wird? Braucht meine Mutter gerade das Gefühl, eine echt tolle und verständnisvolle Mutter zu sein? Bei diesem dämlichen Spiel mache ich nicht mit. Sie kann es ja mal bei Franzi versuchen. Oder sie grabscht sich eins von den wirklich armen Kindern da oben auf der Bühne und kann ihnen Schminktipps geben, so, wie Jean ihnen Tennisstunden gibt.

Ich atme tief ein und mache ein unwilliges Gesicht, um meiner Mutter zu signalisieren, dass ich keine Lust auf diese Schleimnummer habe.

Doch sie lässt sich nicht abhalten. »Nichts gegen deine Freundinnen, Sina«, sagt sie leise. »Aber wenn die erste große Liebe zu Ende geht, braucht doch jede Tochter ihre Mutter, um von ihr getröstet zu werden.«

»Soll das ein Witz sein?« Ich funkele sie ärgerlich an. Jetzt reicht es aber.

Mit einem Mal sieht sie schockiert aus. »Was habe ich dir nur getan? Ich meine es ernst. Ich will für dich da sein! Bitte stoß mich nicht weg.«

Ich gucke sie mit großen Augen an. Bin vielleicht ich es gerade, die nicht richtig zuhört? War ich in der Vergangenheit, genau wie meine Mutter, gar nicht mehr offen für ihre Bemühungen, mir näherzukommen? Wahrscheinlich bin ich mindestens so verbohrt gewesen wie sie. Ich murmele: »Entschuldige.«

Sie fasst wieder nach meiner Hand. Ihre Hand ist ganz

kalt. Als sei meine Mutter in Not. »Oder glaubst du, ich kenne mich mit der Liebe und dem Herzschmerz nicht aus?«

Hilflos zucke ich mit den Schultern. »Ich weiß nicht?«

Meine Mutter hält mich ganz fest an den Händen. Und plötzlich ist das irgendwie schön. In ihren Augen glitzern Tränen. »Natürlich kenne ich mich damit aus. Ich hatte ja auch mal meinen ersten Freund, als ich gerade achtzehn Jahre alt war. Und stell dir vor: Er hat mich mit meiner besten Freundin betrogen. Auf meiner Abiparty! Ich dachte, ich überlebe es nicht. Vor lauter Herzschmerz wäre ich fast aus meinem Zimmerfenster in Opas Rosen gesprungen. Aber dann habe ich deinen Vater an der Tankstelle getroffen. Beim Betanken seiner Vespa.« Meine Mutter lächelt verzaubert, als würde sie das Vergangene wieder deutlich vor sich sehen. Ihre Stimme klingt mit einem Mal ganz warm und weich. Beinahe zärtlich. »Er sah so hübsch aus in seinen alten Jogginghosen. Wie jemand, der das Leben mutig angeht. Der zupacken kann.«

»Papa hat Jogginghosen getragen?« Genau wie ich! In der Nacht bei Kentucky Fried Chicken!

»Ja!« Meine Mutter strahlt. »Ich war auf den ersten Blick in ihn verliebt – obwohl ich mich mit Händen und Füßen dagegen gewehrt habe.«

»Was? Warum das denn?« Was gab es denn gegen meinen Vater einzuwenden? Die Leute um uns herum klatschen Beifall. Irgendetwas Wichtiges passiert da oben auf der Bühne. Irgendwelche Menschen werden für ihr unermüdliches soziales Engagement ausgezeichnet.

Aber meine Mutter ist mit ihrer Aufmerksamkeit ganz

bei mir. »Ich habe es für absolut unvernünftig gehalten, mich ausgerechnet in einen angehenden Staatsanwalt zu verlieben. Ich wusste, dass ich immer Angst haben würde, dass irgendjemand richtig wütend auf ihn sein könnte. Und mit dieser Angst wollte ich nicht leben. Aber ich wollte auch nicht ohne deinen Vater leben. Vom ersten Augenblick an habe ich gespürt, dass wir füreinander bestimmt sind. Aller Vernunft zum Trotz war ich verrückt nach ihm.«

Ich sehe meine Mutter an und erkenne sie nicht wieder. Was ist denn nur mit ihr los?

Ihre Augen leuchten feierlich. Sie will gerade noch etwas sagen, da hören wir, wie Melissa sich auf der Bühne bei meiner Mutter für ihre unglaubliche Hilfe bei der Vorbereitung dieser Veranstaltung bedankt. Eigentlich sollte meine Mutter jetzt auf die Bühne gehen, aber sie bleibt bei mir und sagt mit einer unbeschreiblich warmen und glücklichen Stimme: »Du bist mein ganzer Stolz, mein geliebtes Kind. Egal, was du tust, egal, ob ich es immer verstehe oder richtig finde, du sollst wissen, dass ich dich liebe!«

Ich umarme meine Mutter ganz fest und flüstere: »Danke, Mama.«

Ich würde sie ewig festhalten, wenn mein Vater nicht plötzlich mit Franzi hinter uns stehen würde und meine Mutter liebevoll Richtung Bühne schieben würde. »Das ist dein großer Moment!«, sagt er.

Meine Mutter lächelt und ihre Augen glänzen und dann verschwindet sie durch die Menge. Ich rufe leise in Gedanken hinterher: »Und ich liebe dich!«

Mein Vater legt die Arme um meine Schwester und mich und es ist ein großartiger Augenblick der Verbundenheit. Ich fühle, wie die Liebe wieder zu mir zurückkommt und mich ganz und gar erfüllt. Es ist eine fröhliche, glückliche Liebe. Sie fühlt sich anders an als die Liebe, die ich für Noah empfunden habe. Aber sie ist genauso überwältigend.

Franzi und ich schmiegen uns an unseren Vater und dann verfolgen wir voller Stolz unsere wunderschöne Mutter in ihrem weißen Kleid, die sich langsam und anmutig ihren Weg durch die Menschenmenge bahnt. Die Leute machen ihr höflich Platz und mit glücklichem Gesicht nähert sie sich der Bühne. Plötzlich zerreißt ein ohrenbetäubender Knall die aufgeregte Stille. Im gleichen Moment wird meine Mutter von einem Mann zu Boden gerissen. Die Menge gerät in Aufruhr. Die Leute schreien und weichen von meiner Mutter zurück, die in ihrem weißen, mit unzähligen glitzernden Strasssteinen besetzten Kleid am Boden liegt. Auf ihr ein junger Mann. In blauen Arbeiterhosen und T-Shirt, auf dem sich ein tiefroter Blutfleck langsam ausbreitet.

Mein Vater, Franzi und ich verharren bewegungslos, während ich in den Augenwinkeln sehe, wie sich jemand mit Basecap durch die entsetzte Menschenmenge Richtung Ausgang kämpft. Niemand ist fähig zu reagieren. Alle verharren im Schock. Es dauert, bis ich verstanden habe, wer schwer und bewegungslos auf meiner Mutter liegt.

Noah.

Allmählich kommt wieder Leben in die anwesenden Gäste. Einige beugen sich über meine Mutter und Noah, andere ziehen sich wie betäubt zurück, nehmen mit bleichen Gesichtern an den festlich gedeckten Tischen Platz und fächeln sich Luft zu. Wieder andere holen Servietten und versuchen, irgendwie zu helfen.

Melissa ruft ins Mikrofon: »Wir brauchen einen Arzt. Ist hier irgendwo ein Arzt? Schatz, wo bist du?«

Langsam bewegen mein Vater, Franzi und ich uns auf unsere Mutter zu. Die Leute nicken uns zu. Mein Vater kniet sich neben Mama und Noah. Franzi und ich knien uns auf der anderen Seite hin. Ich weiß nicht, was ich tun soll. Darum greife ich nach Franzis Arm, während mein Vater behutsam meiner Mutter das Haar aus der blutverschmierten Stirn streicht. Sie blinzelt. Ihre Lippen zittern. Ihre Augen klammern sich an seinen fest, als hätte sie Angst, dass sie nun für immer von uns gehen muss. Es ist kaum zu hören, als sie ganz leise fragt: »Mein Liebling, was ist passiert?«

Mein Vater beruhigt sie: »Es ist alles gut. Ich bin bei dir. Wir sind alle bei dir.« Dann versucht er, gemeinsam mit Jeans Vater, Noah von ihr herunterzuheben. Doch sein Körper ist ganz schlaff und schwer. Alles ist voller Blut. Als er zwischen mir und meiner Mutter mit geschlossenen Augen auf dem Rücken liegt, murmelt mein Vater: »Er ist angeschossen worden.«

Ich sehe sein weißes Gesicht. Während fremde Hände helfen, seine Blutung auf Brusthöhe mit den gebügelten Stoffservietten zu stoppen. Seine Augenlider flimmern, als wollte er sie öffnen. Um nach mir zu suchen? Zögernd strecke ich meine Hand aus und lege sie auf seinen Arm. Ich streiche sacht über seine Tätowierung. Der Engel mit dem Heiligenschein. Auch ich verspreche leise: »Es ist alles gut. Ich bin bei dir. Wir sind alle hier bei dir.«

Jemand hinter mir flüstert: »Er hat sich vor deine Mutter in die Kugel geworfen. Er hat ihr das Leben gerettet.«

Ich begreife nicht, was das heißt. Ich begreife gar nichts. Ich höre nur gespenstische Stille um mich herum. Ich kann nichts denken. Ich kann nichts sagen. Ich sehe nur, wie Franzi weinend den Kopf meiner Mutter auf ihren Schoß bettet und ihr immer wieder über die Haare streicht. Ich sehe meinen Vater, wie er meine Mutter küsst und weint. Ich sehe, wie meine Mutter die Hände nach mir ausstreckt, und ich sehe, dass sie lebt. Ich schlucke und forme mit den Lippen »Ich liebe dich, Mama«. Damit sie weiß, dass nichts mehr zwischen uns steht. Ich liebe sie so sehr und ich weiß, dass sie mich liebt und dass jetzt alles besser werden wird. Weil wir es beide wollen.

Dann richte ich meinen Blick wieder auf Noah und ich sehe, dass er vor Kälte zittert. Ich rutsche dicht neben seinen kämpfenden Körper. Ich sehe all das Blut. Ich sehe sein blasses Gesicht. Seine halb geschlossenen Lider. Ich sehe seine Liebe. Und ich sehe mich. Wie ich nach seiner Hand greife und sie ganz festhalte und seine Fingerspitzen küsse, während ich immer wieder seinen Namen wispere: Noah. Bis mich irgendjemand nach hinten wegzieht, um den Sanitätern Platz zu machen.

»Noah!«, schluchze ich auf. »Ich bleibe bei dir bis zum Schluss.« Das ist mein Schwur.

Dreißig

393. Tag

Das Erste, was ich höre, als ich aufwache, ist Vogelgezwitscher. Und dann Noahs gleichmäßiges Atmen direkt neben meinem Ohr. Ich öffne die Augen und sehe hinüber zur offenen Balkontür. Dahinter spannt sich der azurblaue Sommerhimmel. Ohne Wolken. Nur endlose strahlende Weite. Vorsichtig richte ich mich auf. Ich trage sein T-Shirt, das er mir damals, vor einem Jahr, gegeben hat, nachdem wir zum ersten Mal miteinander geschlafen hatten. In seiner Blockhütte, während der Regen über uns aufs Dach trommelte und in seinem Ofen das Feuer loderte. Die Sonne bricht durch die Baumkronen im Garten, die sich flimmernd in der Brise des jungen Tages wiegen. Es ist Hochsommer. Wie immer in meinem Leben.

Das dünne Laken, mit dem wir uns in dieser Nacht zugedeckt haben, ist heruntergerutscht. Mein Blick wandert über Noahs nackten Oberkörper. Die Kugel, die eigentlich für meine Mutter bestimmt war, hat eine Narbe direkt über seinem Herzen zurückgelassen. Sie sollte meinem Vater das Kostbarste nehmen, was er besitzt. Meine Mutter.

Zögernd strecke ich meine Hand aus und fahre sacht mit den Fingerspitzen über diese Narbe. Noah hat ihr das Leben gerettet, bereit, sein eigenes zu verlieren. An diesem Abend ist meine Mutter mit dem Schrecken davon gekommen – und mit der Einsicht, dass wir nicht in einer durch und durch bösen Welt leben. Sondern in einer Welt, in der sich Menschen für sie und ihre Familie opfern würden. Ich streiche über Noahs Brust, über seinen Arm, über den Engel mit dem Heiligenschein. Weiter runter über das Messer, um das sich eine Schlange windet. Jeden Tag bin ich aufs Neue dankbar, dass diese Kugel mir nicht das Kostbarste genommen hat, was ich neben meiner Familie besitze: Noah. Meine große, meine einzige, ewige Liebe.

Ich kann meinen Blick nicht von diesem Messer mit der Schlange lösen. Von der Tätowierung, die ihm sein großer Bruder gestochen hat, als Noah dreizehn Jahre alt war. Genau wie Noahs Zwillingsbruder: Max. Es sollte ihr Talisman nach dem Tod ihrer Eltern sein. »Zum Schutz vor bösen Mächten und als Glücksbringer beim Heben eines Schatzes.« So hatte es Noah damals gesagt, bevor er von meinem Balkon in die Nacht verschwunden war.

Noah ist beim Mordprozess freigesprochen worden. Die Beweise gegen seinen Zwillingsbruder Max waren erdrückend. Noah hat seine umfassende Aussage gemacht, so, wie er es meinem Vater versprochen hatte. Um frei zu sein. Um nicht endgültig das Gefühl fürs Gute und Schöne zu verlieren. Wie Max, der sogar bereit war, seinem eigenen Zwillingsbruder einen Mord anzuhängen. Nur, um zu verhindern, dass er ihren *Boss* verrät. Er wusste, dass Noah seinen eigenen Bruder niemals ans Messer liefern, sondern dass er sich für ihn verurteilen lassen würde. Wären wir uns nicht begegnet und hätte sein Leben nicht eine andere Richtung genommen, wäre Max' kaltblütiger Plan aufgegangen. Noah würde noch zwanzig Jahre hinter Gittern sitzen. Für den Mord am Mörder seines großen Bruders. Wir hätten uns nie begegnen sollen. Ein Leben ohne Noah! Unvorstellbar, leer, ich wäre ewig auf der Suche nach ihm gewesen, ohne zu wissen, nach wem ich suche und wo ich ihn finden würde. Verurteilt durch meinen Vater. Was für eine unfassbare Vorstellung!

Ich lege mich zurück in Noahs Armbeuge. Ich küsse seine warme, duftende Haut. Wir haben uns. Und nichts wird uns je wieder auseinanderbringen. Niemals. Und doch kann ich nicht vergessen, wie groß damals meine Angst war, dass wir uns nie wieder sehen würden. Ich erinnere mich, wie schmerzhaft meine Sehnsucht nach ihm war. Ich weiß noch genau, wie überirdisch beglückend es war, ihm bei der Sternwarte in seine tiefgrünen Augen zu sehen und in ihnen vollkommen zu versinken.

Jetzt dreht er mir sein schönes Gesicht zu und öffnet blinzelnd die Augen. Wieder versinke ich in diesem sanften, wogenden Meer. Ganz und gar. Er lächelt und streicht mir mit der Hand zart über die Wange. »Guten Morgen, mein Engel. Woran denkst du gerade?«

»Wie glücklich ich bin, dass wir uns haben.«

Sein Blick fliegt hinüber zum Nachtschränkchen, auf dem *unsere* rote Kaugummikugel beschützt unter einer kleinen Glashaube liegt. »Ich habe dir doch versprochen, ich passe gut auf uns auf.«

Er lacht leise. Und es ist ein schönes Lachen. Nur ein

einziges Mal in meinem Leben habe ich ein derart schönes Lachen gehört.

»Du lachst genau wie mein Opa«, wispere ich.

»Ist das ein Kompliment?« Seine Lippen kommen langsam näher.

»Es ist mehr als das«, flüstere ich und schmiege mich noch enger an ihn.

»Ach ja?« Noah umfasst schmunzelnd meine Handgelenke und hält sie über meinem Kopf zusammen. Bevor er sich mit seinem ganzen Gewicht auf mich legen kann, klopft es an meine Zimmertür. Dann wird die Klinke heruntergedrückt und Franzi kommt herein.

»Aufstehen, Schweinebacken!« Sie sieht hübsch aus. Irgendwie so erwachsen. Sie lacht und zeigt ihre perfekten Zähne. Ihre feste Spange ist verschwunden, genauso alles Kindliche in ihrem Gesicht. Die Sommersprossen verzieren ihre hübsche Nase und die roten Haare kräuseln sich nicht mehr störrisch, sondern fließen in sanften Wellen über ihre Schultern.

Von unten aus der Küche ist schon nervöses Geschirrgeklapper zu hören. Am Samstag frühstücken wir immer zusammen im Wintergarten oder auf der Terrasse, je nach Wetterlage. Und es ist total verpönt, zu spät zu erscheinen, sodass Rührei und Kaffee kalt werden.

Ich grinse meine Schwester an und sage: »Wir kommen gleich. Fangt schon mal ohne uns an.« Dann ziehe ich das dünne Laken über mich und Noah und gebe ihm einen langen innigen Kuss.

Anna Carey

Blackbird

ca. 352 Seiten, ISBN 978-3-570-31086-1

Ein Mädchen erwacht auf den Gleisen einer U-Bahn-Station in Los Angeles. Sie weiß nicht, wer sie ist, wo sie ist, wie sie dort hinkommt. Sie hat ein Tattoo auf der Innenseite ihres rechten Handgelenks, das einen kleinen Vogel zeigt. Sie erinnert sich an nichts. Nur bei einer Sache ist sie sich sicher: Jemand will sie töten. Also rennt sie um ihr Leben, versucht die Wahrheit herauszufinden. Nirgendwo ist sie sicher und niemand ist, was er zu sein scheint. Auch Ben, der Einzige, dem sie glaubte, vertrauen zu können, verbirgt etwas vor ihr. Und die Wahrheit ist noch viel verstörender, als sie es jemals für möglich gehalten hat.

30247

www.cbt-buecher.de

Sara Shepard
LYING GAME

Und raus bist du
Band 1, 320 Seiten,
ISBN 978-3-570-30800-4

Weg bist du noch lange nicht
Band 2, 320 Seiten,
ISBN 978-3-570-30801-1

Mein Herz ist rein
Band 3, 320 Seiten,
ISBN 978-3-570-30802-8

Wo ist nur mein Schatz geblieben?
Band 4, 320 Seiten,
ISBN 978-3-570-30803-5

Sag mir erst, wie kalt du bist
Band 5, 320 Seiten,
ISBN 978-3-570-30903-2

Und du musst gehen
Band 6, 380 Seiten,
ISBN 978-3-570-30924-7

cbt

www.cbt-buecher.de

30106/6